DUPLA ARMAÇÃO

CARL HIAASEN

DUPLA ARMAÇÃO

Tradução:
THELMA MÉDICI NÓBREGA

COMPANHIA DAS LETRAS

Título original:
Double whammy

Capa:
Silvia Ribeiro

Preparação:
Denise Pegorim

Revisão:
Arlete Mano
Touché! Editorial

Dados Internacionais de Catalogação na Publicação (CIP)
(Câmara Brasileira do Livro, SP, Brasil)

Hiaasen, Carl
Dupla armação / Carl Hiaasen ; tradução Thelma Médici Nóbrega. – São Paulo : Companhia das Letras, 1995

Título original : Double whammy.
ISBN 85-7164-484-5

1. Romance norte-americano I. Título.

95-3513 CDD-813.5

Índices para catálogo sistemático:
1. Romances : Século 20 : Literatura norte-americana 813.5
2. Século 20 : Romances : Literatura norte-americana 813.5

1995

EDITORA SCHWARCZ LTDA.
Rua Tupi, 522
01233-000 — São Paulo — SP
Telefone: (011) 826-1822
Fax: (011) 826-5523

À memória de Clyde Ingalls

1

Na manhã do dia 6 de janeiro, duas horas antes do amanhecer, um homem chamado Robert Clinch arrastou-se para fora da cama e esfregou os olhos sonolentos. Colocou três pares de meia, uma camisa de flanela azul, calça de brim verde-oliva, um relógio Timex à prova d'água e um boné vinho com um emblema costurado na frente. O emblema dizia: "Iscas Gelatinosas Mann".

Clinch andou pesadamente até a cozinha e preparou um bule de café, quatro ovos mexidos (com ketchup), duzentos gramas de lingüiça Jimmy Dean e duas torradas de pão integral com geléia de uva. Enquanto comia, ligou o rádio para ouvir a previsão do tempo. A temperatura naquele dia estava em sete graus centígrados, a umidade do ar era de trinta e cinco por cento e o vento soprava do noroeste a onze quilômetros por hora. De acordo com o homem do tempo, uma densa neblina cobria a estrada que ligava Harney ao lago Jesup. Robert Clinch adorava dirigir na neblina, pois isso lhe dava a chance de usar os faróis para neblina amarelo-âmbar da sua nova caminhonete Blazer. Os faróis para neblina eram um acessório que lhe custara 455 dólares, e sua mulher, Clarisse, que ainda dormia, vivia reclamando de que fora dinheiro jogado fora. Clinch resolvera que mais tarde, quando voltasse do lago, diria a Clarisse que os faróis tinham salvado a vida dele na rodovia 222 — um motorista estrábico, dirigindo um caminhão carregado de laranjas Valencia, atravessara a pista e desviara um segundo antes porque vira os modernos faróis para neblina da Blazer. Robert Clinch tinha lá suas dúvidas se Clarisse engoliria a história; para falar a verdade, não estranharia se ficasse bem satisfeita caso o caminhão passasse por cima dele, exterminando num explosivo centésimo de segundo aqueles dispendiosos faróis, o cintilante barco de pesca e o próprio Robert Clinch. Clarisse não era grande admiradora do hobby do marido.

Robert Clinch calçou um par de botas Gore-Tex de sola macia e vestiu um colete salva-vidas vermelho-vivo, coberto por emblemas de vários torneios de pescaria. Foi até a garagem onde guardava o barco e o contemplou com orgulho, acariciando a reluzente amurada. Era um Ranger 390V de seis metros, com estofados e carpetes exclusivos (azul-real), bombas e tanques duplos contendo combustível suficiente para ir e voltar de Okeechobee. O motor de popa era um Mercury de duzentos cavalos de potência, um dos mais possantes já fabricados. Um amigo certa vez o cronometrara dirigindo o barco a cento e vinte quilômetros por hora. Não havia nenhuma razão concebível para correr tanto, fora o prazer diabólico de se mostrar para os outros.

Robert Clinch amava seu barco mais do que tudo. Mais do que a mulher. Mais do que os filhos. Mais do que a namorada. Mais do que sua casa duplamente hipotecada. Mais até do que o grande *bass* que vinha tentando apanhar. Quando pilotava no lago ao amanhecer, Robert Clinch muitas vezes sentia que o amava mais do que a própria vida.

Naquela manhã em especial ele decidira, por uma questão de aparência, levar junto uma vara de pescar. Foi até o raque preso à parede e escolheu um modelo ordinário já com fiação. Para que arriscar o equipamento melhor? Ao tentar passar o monofilamento de quatro libras pelas guias da vara, Clinch notou que suas mãos tremiam. Imaginou se o culpado seria o café, seu sistema nervoso ou os dois. Finalmente aprontou a vara e prendeu uma isca plástica miúda na ponta da linha. Foi buscar o farolete portátil Q-beam; fez um teste e o guardou sob a escotilha interna do barco. Depois atrelou o reboque à traseira da caminhonete.

Clinch deu partida no motor e o deixou esquentar. A cabine estava gelada e ele podia ver o ar que expelia dos próprios pulmões. Ligou o aquecimento no máximo. Pensou em tomar outra xícara de café mas achou melhor esquecer; não queria passar a manhã toda com a bexiga estourando e estava frio demais para abrir o zíper e esticar o pau para fora do barco.

Também pensou em levar uma arma, mas achou que era bobagem. Ninguém ia armado até o lago.

Robert Clinch estava prestes a ganhar a rua quando uma idéia lhe ocorreu, uma idéia que talvez tornasse mais tolerável o retorno ao lar. Voltou de mansinho e escreveu um bilhete para Clarisse. Deixou-o sobre a mesa de jantar, ao lado da torradeira: "Querida, volto lá pelo meio-dia. Talvez a gente possa ir à Sears e comprar aquela cortina para o banheiro que você estava querendo. Beijos, Bobby".

Robert Clinch nunca voltou.

No meio da tarde, sua mulher estava tão furiosa que foi de carro até a Sears e comprou não só uma cortina de banheiro como também *bobs* elétricos para o cabelo e um tapetinho cor-de-rosa. Na hora do jantar estava possessa e atirou por cima da cerca a porção de Kentucky Fried Chicken do marido para o perdigueiro do vizinho. À meia-noite telefonou para a mãe e anunciou que ia pegar as crianças e deixar o vagabundo para sempre.

Na manhã seguinte, enquanto Clarisse vasculhava a escrivaninha do marido em busca de pistas e dinheiro solto, o xerife do condado ligou. Tinha notícias desagradáveis.

O piloto de um avião pulverizador avistara uma nódoa arroxeada numa região remota do lago Jesup conhecida como brejo do Negro. Numa segunda passagem, o piloto avistara o casco cintilante de um barco de pesca, virado para baixo e quase totalmente submerso, a cerca de cinqüenta metros da margem. Alguma coisa grande e vermelha flutuava perto dele.

Clarisse Clinch perguntou ao xerife se a coisa grande e vermelha na água por acaso tinha cabelos loiros, e o xerife respondeu que não mais, porque um bando de patos selvagens havia passado a noite arrancando-os a bicadas. Clarisse perguntou se haviam encontrado algum documento de identificação com o corpo e o xerife disse que não. A carteira de Bobby devia ter caído do bolso durante o acidente e submergido no lago. A sra. Clinch agradeceu ao xerife, desligou e imediatamente telefonou para a central do cartão de crédito Visa, em Miami, para comunicar a perda.

"O que você sabe sobre pescaria?"

"Não muito", disse R. J. Decker. A entrevista ainda estava na fase em que Decker devia se mostrar calmo e taciturno, a fase em que o cliente em potencial o avaliava. Decker sabia que ia bem nesse departamento. Tinha o físico de um atacante de futebol americano: um metro e oitenta, noventa quilos, tórax amplo como um tambor e braços fortes como cabos de aço. Os cabelos escuros eram encaracolados e os penetrantes olhos castanhos nada revelavam. Quase sempre tinha uma expressão divertida, mas quase nunca sorria perto de estranhos. Às vezes sabia ouvir muito bem, ou fingir que sabia. Não era questão de timidez nem de excesso de paciência; ele apenas estava sempre alerta para a presença de cretinos. O tempo era curto demais para desperdiçá-lo com eles. A menos que fosse absolutamente necessário, como naquele momento.

"Gosta da vida ao ar livre?", perguntou Dennis Gault.

Decker encolheu os ombros.

"Você quer saber se eu sou capaz de fazer uma fogueira? Claro. Se eu sou capaz de matar um búfalo a unha? Provavelmente não."

Gault preparou um gim-tônica.

"Mas sabe se virar, imagino."

"Imaginou certo."

"Tamanho não quer dizer droga nenhuma", continuou Gault. "Você pode muito bem ser um frouxo."

Decker suspirou. Outro cretino metido a macho.

"Bem, que tipo de pescaria você conhece?", perguntou Gault.

"Só pesca amadora, nada de exótico: garoupa, caranha, dourado."

"Pesca de frouxo", disse Gault com desprezo. "Coisa de turista."

"Ah, então você deve ser o novo Zane Grey", rebateu Decker.

Gault lançou-lhe um olhar duro por cima do copo.

"Não gosto do seu jeito, colega."

Decker já ouvira aquilo antes. Mas o *colega* fora uma espécie de toque amigável.

"Parece que você está a fim de me acertar."

"Muito engraçado."

"Não sei, não", disse Gault, mexendo o drinque. "Parece que está louco para cair em cima de mim."

"Para quê?", perguntou Decker. "Quando eu quiser bater num imbecil, é só andar até o Boulevard Biscayne e escolher um."

Calculou que demoraria cinco ou seis segundos para que Gault encontrasse uma resposta esperta. Na verdade, demorou um pouco mais.

"Garanto que você nunca encontrou um imbecil como eu", disse ele.

Decker deu uma olhada no relógio e fez uma expressão de tédio profundo — um trejeito que vinha praticando.

Gault fez cara feia. Usava um pulôver azul-claro apertado e calças de linho folgadas. Parecia ter quarenta anos, talvez mais. Examinou Decker por trás dos óculos de aviador amarelo-âmbar.

"Você não vai com a minha cara, certo", disse ele.

"Eu não o conheço, senhor Gault."

"Você sabe que eu sou rico, sabe que estou com um problema. É o bastante."

"O que eu sei é que me deixou mofando duas horas na sua sala de espera neomoderna pintada de salmão, replicou Decker. "Sei que a sua secretária se chama Ruth e sei que na gaveta dela não tem analgésico porque perguntei. Sei que o seu pai é dono desse edifício e que o seu avô é dono de uma usina de açúcar, e sei que a sua blusa fica horrível com essas calças. E isso é tudo o que eu sei a seu *respeito*."

O que não era bem verdade. Decker também sabia dos dois bancos que a família possuía em Boca Raton, do shopping center em Daytona Beach e dos setenta e cinco mil acres de cana-de-açúcar a oeste do lago Okeechobee.

Dennis Gault estava sentado atrás de uma mesa de vidro baixa, que parecia pertencer a algum museu — um mostruário para peças de cerâmica maia, talvez. Gault disse:

"Então eu sou um magnata do açúcar. Acertou. Quer saber o que eu sei sobre você, senhor Detetive, senhor Passado Criminoso?"

Oh, não..., pensou R. J. Decker. Esta é a sua vida.

"Diga-me qual é o seu problema ou eu vou dar o fora."

"Torneios de pesca", disse Gault. "O que sabe sobre torneios de pesca?"

"Coisíssima nenhuma."

Gault se levantou e apontou com reverência um gordo peixe negro enquadrado na parede.

"Sabe o que é isso?", perguntou.

"Um tambor de petróleo", replicou Decker. "Com olhos."

Sabia que peixe era. Seria impossível nascer no sul e não saber.

"Um *largemouth bass*!", exclamou Gault.

Contemplou o peixe empalhado como se fosse um ícone sagrado. Estava na cara por que o peixe tinha aquele nome: pela goela dele poderia passar uma bola de futebol.

"Sete quilos e cem gramas", anunciou Gault. "Pesquei com uma isca de manivela no lago Toho. Tem idéia de quanto vale esse peixe?"

Decker se sentiu encurralado, como se estivesse preso no elevador com uma testemunha de Jeová.

"Setenta e cinco mil dólares", disse Gault.

"Nossa!"

"Agora eu consegui a sua atenção, certo?" — Gault abriu um largo sorriso. Deu um tapinha no flanco plástico do peixe como daria no cachorro da família.

"Esse peixe", prosseguiu, "venceu o Torneio de Pesca com Vara da Região Sudeste há dois anos. O prêmio para o primeiro colocado era de setenta e cinco mil dólares mais um Ford Thunderbird. Dei o carro para uns migrantes."

"Tudo isso por um peixe?" Decker estava pasmo. A civilização andava com sérios problemas.

"Em 1985", prosseguiu Gault, "eu participei de dezessete torneios e ganhei cento e sete mil dólares, senhor Decker. Não faça essa cara de espanto. O dinheiro dos prêmios vem de patrocinadores — fabricantes de barcos, fabricantes de equipamentos, companhias de iscas, a indústria de motores de popa. A pesca do *bass* é um negócio imensamente lucrativo, é o esporte ao ar livre que mais cresce na América. Mas é claro que o circuito de torneios não é um esporte. É um empreendimento selvagem."

"Mas você não precisa do dinheiro", disse Decker.

"Preciso da competição."

A síndrome de Ted Turner, pensou Decker.

"Então, qual é o problema?"

"O problema são os criminosos", respondeu Gault.

"Poderia ser mais específico?"

"Trapaceiros."

"Gente que exagera o tamanho do peixe que pescou..."

Gault deu uma risada cáustica.

"Não dá para mentir quanto ao tamanho. Morto ou vivo, o peixe é trazido ao cais para ser pesado."

"Então como é que conseguem trapacear?"

"Ah-ha", fez Gault, e contou sua história.

Um incidente ocorrera num torneio valendo muito dinheiro no norte do Texas. A competição fora patrocinada por uma famosa companhia de iscas de plástico, que oferecera a soma de um quarto de milhão de dólares. No final do último dia, Dennis Gault apresentou-se no cais com treze quilos e meio de *bass*, incluindo um de quatro quilos e meio. Normalmente um resultado como esse ganharia o torneio disparado. Gault já posava orgulhoso com sua enfiada de peixes quando o último barco chegou ruidosamente ao cais. Um homem chamado Dickie Lockhart saltou para fora carregando um *bass* monstruoso — seis quilos e setecentos gramas — e, naturalmente, levou o primeiro lugar.

"O peixe estava morto havia dois dias", lembrou Dennis Gault com raiva.

"Como sabe?"

"Porque eu sei reconhecer um cadáver. Aquele peixe estava frio, senhor Decker, saído da geladeira. Está me entendendo?"

"Era um participante desonesto?" Decker teve que se segurar para não rir.

"Sei o que você está pensando: quem se importa se um caipira ignorante trapaceia na pesca? Mas pense nisso: dos últimos sete torneios com grana alta realizados nos Estados Unidos, o Dickie Lockhart venceu cinco e pegou segundo lugar em dois. Ganhou duzentos e sessenta mil dólares, o que não faz dele um caipira tão ignorante, afinal. Faz dele uma pessoa de respeito. Tem até um raio de programa de televisão só para ele. Dá para acreditar?"

"Você falou na cara do sujeito que ele tinha roubado?"

"Não, ora. Uma acusação dessas é séria, e eu não tinha nenhuma prova concreta."

"Ninguém mais desconfiou?"

"*Todo mundo* desconfiou, mas ninguém teve colhão para abrir a boca. Entre uma cerveja e outra, naturalmente se comentou que era um peixe congelado. Mas não na frente do Dickie."

"Esse tal de Lockhart deve ser um cara durão de verdade", provocou Decker.

"Não, é só poderoso. A maioria dos grandes pescadores de *bass* prefere não mexer com ele. Se você quiser ser convidado para os torneios, precisa ser amigo do Dickie. Se quer conseguir patrocínio, pode se preparar para puxar o saco dele. A mesma coisa se quiser um novo motor de popa a preço de atacado. Faz sentido. Alguns caras acham o Lockhart um merda, mas com certeza gostam de aparecer na televisão."

"Só ele trapaceia?"

Gault assobiou.

"Então, onde está o problema?", perguntou Decker.

"O problema!", exclamou Gault com desdém. "O problema é que o Lockhart trapaceia nos grandes torneios. O problema é que ele trapaceia contra *mim*. É a diferença entre uma partida de *softball* jogada pelos kiwanis e a porra do Campeonato Mundial, entendeu?"

"Perfeitamente", disse Decker. Já ouvira o bastante. "Senhor Gault, sinceramente eu não creio que possa ajudá-lo."

"Sente-se."

"Olhe, esse não é o meu departamento..."

"Qual é o seu departamento? Divórcios? Reposição de carros? Queixas trabalhistas? Se está indo tão bem, pode me dizer por que faz bico naquela seguradora chicaneira onde eu acabei te achando?"

Decker se encaminhou para a porta.

"Pago cinqüenta mil dólares."

Decker girou sobre os calcanhares e o encarou. Finalmente disse:

"Você não precisa de um detetive particular. Precisa de um médico".

"O dinheiro é seu, se você pegar o safado trapaceando e conseguir provar."

"Provar?"

"Você já foi um fotógrafo de primeira", disse Gault. "Faturou grandes prêmios. Eu sei quem é você, Decker. Sei do seu gênio difícil e do seu esbarrão com a lei. Sei também que prefere dormir numa barraca do que no Hilton, e tudo bem. Dizem que é meio louco, mas é exatamente de um louco que eu preciso."

"Quer fotografias?", perguntou Decker. "De peixes?"

"Não há prova melhor." Gault exaltou-se com a idéia. "Me traga uma foto do Dickie Lockhart trapaceando e eu mando publicar em toda bendita revista de esportes ao ar livre do mundo. Mais uma vantagem para você, fora o pagamento."

A capa da revista *Field and Stream*, pensou Decker. Tudo que sempre sonhei.

"Já avisei", disse ele. "Não entendo nada de torneios de pesca."

"Se o faz se sentir melhor, você não foi minha primeira escolha."

Decker não se sentiu melhor.

"O primeiro cara que escolhi entendia muito de pesca", prosseguiu Gault. "Era um legítimo profissional."

"E?"

“Não deu certo. Agora preciso de outro.”

Dennis Gault parecia desconfortável. *Perturbado* era a palavra certa. Deixou o copo de lado e enfiou a mão sob a mesa. Retirou um talão de cheques com capa imitando pele de lagarto. Ou talvez fosse autêntica.

“Vinte e cinco mil no ato”, disse Gault, pegando uma caneta.

R. J. Decker pensou nas alternativas que tinha e encolheu os ombros.

“Escreva trinta”, disse ele.

2

Coube ao dr. Pembroke a tarefa de dissecar o corpo de Robert Clinch.

O peso dessa funesta missão era quase insuportável, pois o dr. Pembroke não se especializara em medicina legal mas em patologia clínica. Tratava de verrugas, cistos, tumores e pólipos com desenvoltura e precisão, mas cadáveres o aterrorizavam, assim como autópsias de modo geral.

A maioria dos condados da Flórida emprega um médico-legista em período integral, para dar conta do fluxo de corpos humanos. Como o condado rural de Harney não podia justificar tal luxo perante os contribuintes, a cada ano a câmara de vereadores decidia pela contratação, em regime de meio período, dos serviços de um patologista que servisse de legista quando necessário. Pela grandiosa soma de cinco mil dólares, o dr. Pembroke tinha agora a sua vez. O trabalho não tomava tempo excessivo, já que havia apenas quatro mil cidadãos no condado e estes não morriam com muita freqüência. A maioria dos que morriam tinha a delicadeza de fazê-lo no hospital ou sob circunstâncias rotineiras, que dispensavam autópsias e investigações. Os poucos moradores que expiravam por causas não naturais geralmente podiam ser classificados como vítimas de (a) brigas domésticas; (b) acidentes de automóvel; (c) acidentes em caçadas; (d) acidentes de barco; (e) raios. O condado de Harney tinha o maior número de mortes causadas por raios em todo o estado da Flórida — ninguém sabia o motivo. A igreja fundamentalista local fazia a festa com tal estatística.

Quando a notícia da morte de Robert Clinch chegou ao laboratório, o dr. Pembroke contemplava uma verruga comum (*verruca vulgaris*) proveniente do polegar de um plantador de melancia. O caroço marrom e escamoso não proporcionava uma visão agradável, mas era mil vezes preferível ao semblante inchado de um pescador morto. O médico tentou ganhar tempo fingindo-se muito entretido com o microscópio, mas o assistente do xerife esperou pacientemente, distraindo-se com alguns folhetos sobre dermatologia. O dr. Pembroke por fim desistiu e acabou entrando na traseira do carro-patrulha para fazer o curto percurso até o necrotério.

"Pode me dizer o que aconteceu?", perguntou o médico, inclinando-se para a frente.

"É o Bobby Clinch", disse o assistente por cima do ombro. "Deve ter virado o barco no lago."

O dr. Pembroke ficou aliviado. Já tinha uma teoria; em breve, teria a causa da morte. E logo poderia retornar à verruga. Quem sabe não seria tão terrível.

O carro-patrulha estacionou em frente a um prédio baixo, de tijolo vermelho, que servia de necrotério do condado. A construção já tinha sido usada pela rede Burger King de lanchonetes e sua decoração não fora modificada desde que o condado a comprara. A placa onde se lia "Burger King" fora retirada (e vendida para a sede de um grêmio acadêmico), mas os balcões, as mesas com divisórias e a janela para atendimento dos carros continuavam exatamente como nos tempos do Whooper, o principal sanduíche da rede. O dr. Pembroke chegara a escrever uma carta para a câmara de vereadores, sugerindo que um restaurante fast-food não era exatamente o lugar mais adequado para um necrotério, mas os vereadores se limitaram a observar que aquele era o único lugar na cidade com um freezer do tamanho de uma sala.

Espiando pela janela de vidro laminado o dr. Pembroke viu um homem gorducho, dono de um rosto vermelho e achatado. Era Culver Rundell, cujos ombros (o médico se lembrava bem) já tinham sido cobertos de manchas congênitas escuras; submetidas a uma exímia biópsia, constatou-se que eram benignas.

"Ei, doutor", chamou Culver quando Pembroke passou pela porta.

"Olá", disse o patologista. "Como vão as manchas?" Os patologistas quase nunca tratam do paciente como um todo e são sabidamente fracos em matéria de conversa corriqueira.

"Estão voltando", comunicou Culver Rundell. "Centenas de manchas. A minha mulher pega uma caneta hidrográfica e brinca de ligar os pontos do meu pescoço até o rabo."

"Apareça no consultório para eu dar uma olhada."

"Ah, doutor, o senhor já fez o que pôde. Eu estou acostumado com essa praga, e a Jennie também. A gente tenta contornar a situação, sabe como é."

Culver Rundell cuidava de um posto de pesca no lago Jesup. Não era lá essas coisas como pescador, mas adorava o negócio de iscas vivas, minhocas e, principalmente, carpas selvagens. Também era o pesador oficial de alguns dos mais prestigiados torneios de pesca de *bass*, e tal honra Culver Rundell devia à sua perene amizade com Dickie Lockhart, o campeão do *bass*.

"Foi você que encontrou o falecido?", perguntou o dr. Pembroke.

"Não, foram os filhos do Davidson."

"Quais?", perguntou o dr. Pembroke. Em Harney havia três grupos de rapazes com esse nome.

"Daniel e Desi. Eles encontraram o Bobby boiando no brejo e içaram o corpo de volta até o posto de pesca. Os meninos queriam sair de novo com o barco e eu disse que tomaria conta do corpo. Nós não temos carro fúnebre, por isso eu usei a minha caminhonete."

O dr. Pembroke escalou o balcão do que outrora fora a cozinha do Burger King. Com alguma dificuldade, Culver Rundell o seguiu.

O corpo de Robert Clinch jazia sobre uma longa mesa de aço inoxidável. O fedor era pavoroso — uma mistura de morte molhada com batatas fritas petrificadas.

"Deus do céu", disse o dr. Pembroke.

"Pois é", confirmou Rundell.

"Quanto tempo ficou na água?", perguntou o médico.

"É o que queremos que nos diga", disse o assistente do xerife, debruçado sobre o balcão como se aguardasse um milk shake de baunilha.

O dr. Pembroke odiava corpos encharcados, e aquele era uma beleza. Os olhos de Bobby Clinch estavam saltando das órbitas, como duas bolotas acionadas por uma mola. A língua inchada projetava-se da boca do morto como uma enguia gorda.

"O que aconteceu com a cabeça dele?", perguntou o dr. Pembroke. Parecia que vários chumaços do cabelo de Robert Clinch haviam sido arrancados do couro cabeludo; o crânio quadriculado lembrava o de um roqueiro punk pouco produzido.

"Foram os patos", disse Culver Rundell. "Um bando de patos."

"Acharam que era comida", explicou o assistente.

"Cabelo parece mato. Ainda mais cabelo que nem o do Bobby", prosseguiu Rundell. "Na água, parece mato."

"Nesta época do ano os patos comem qualquer coisa", acrescentou o policial.

O dr. Pembroke sentiu-se nauseado. Às vezes desejava ter estudado radiologia, como seu primo burro. Usando pesadas e impecáveis tesouras cirúrgicas, começou a cortar as roupas de Robert Clinch — tarefa tornada mais árdua pelo inchaço dos membros e do tronco. Assim que a calça encharcada de Clinch havia sido cortada, revelando mais carne arroxeada, Culver Rundell e o assistente do xerife resolveram esperar do outro lado do balcão. Ocuparam uma mesa e puseram-se a comentar o último escândalo envolvendo o time de futebol da Universidade da Flórida.

Quinze minutos depois o dr. Pembroke saiu, munido de uma prancheta com uma planilha. Rabiscava enquanto falava.

"O corpo ficou na água pelo menos vinte e quatro horas", anunciou. "A morte foi por afogamento."

"Ele estava bêbado?", perguntou Rundell.

"Creio que não, mas só vou receber o resultado do exame de sangue daqui a uma semana."

"Devo dizer ao xerife que foi acidente?", perguntou o policial.

"Sim, é o que parece", respondeu o dr. Pembroke. "Havia um ferimento na cabeça compatível com um impacto sofrido numa colisão em alta velocidade."

Era um machucado feio, disso não havia dúvida, compatível com diferentes tipos de causa, mas o dr. Pembroke preferiu ser peremptório. Boa parte do que sabia sobre medicina legal era resultado de assistir às reprises do seriado sobre Quincy, o médico-legista. A Quincy, o legista televisivo, bastava olhar um ferimento para anunciar qual fora exatamente a causa, e portanto o dr. Pembroke tentou imitá-lo. A verdade era que, tão logo os homens se afastaram da mesa de autópsia, o dr. Pembroke começou a trabalhar o mais depressa possível. Retirou amostras de sangue, registrou a presença de um ferimento do tamanho de uma bola de golfe no crânio de Bobby Clinch e — com o que não se podia chamar de destreza cirúrgica — abriu uma incisão em forma de Y do pescoço até a barriga. Meteu a mão no corte, retirou um punhado de pulmão e constatou num instante que estava cheio de água salobra do lago — exatamente o que queria ver. Isso significava que Bobby Clinch morrera afogado, como se suspeitava. Outra prova era a presença de uma lustrosa carpa morta no brônquio direito, sinal de que, ao afundar, Bobby Clinch inalara com toda a violência, mas inutilmente. Após essa conclusão o dr. Pembroke não passou mais nenhum segundo ao lado do corpo rançoso; nem sequer o virou de costas para dar uma rápida olhada antes de arrastá-lo para dentro do refrigerador de hambúrgueres.

O patologista assinou o atestado de óbito e o entregou ao assistente do xerife. Culver Rundell leu por cima do ombro do policial e balançou a cabeça afirmativamente.

"Vou avisar a Clarisse", disse ele. "Depois preciso passar uma água na caminhonete."

A pesca do *largemouth bass* é a modalidade mais popular na América do Norte, já que o peixe pode ser encontrado nas águas mais quentes de quase todos os estados. A atração que exerce aumentou de modo tão astronômico nos dez anos anteriores que surgiram milhares de clubes de pescadores de *bass*. E eles estão abarrotados de novos membros. Segundo a indústria de artigos esportivos, os milhões de dólares gastos na captura do *bass* superam os investimentos em qualquer outro esporte ao ar livre praticado nos Estados Unidos. Revistas de pesca promovem a espécie como o peixe do trabalhador, acessível a qualquer um que more perto de um lago, rio, aqueduto, represa, fosso ou vala de drenagem. O *bass* não faz muitas exigências: é resistente, prolífico e, em certos dias, come qualquer isca repugnante posta diante de sua goela. Luta com obstinação, mas se cansa com facilidade. Salta de modo admirável, embora não seja páreo para a graciosa truta arco-íris ou o tarpão. Como artigo de culinária é apenas aceitável; chega a ser saboroso, quando temperado de maneira adequada. Sua assombrosa popularidade advém de uma modesta combinação desses aspectos, aliados ao simples fato de que, existindo tantos *largemouth bass* nadando por aí, qualquer idiota é capaz de pescar um.

A natureza democrática do *bass* faz dele o peixe ideal para torneios. É um sonho em termos de vendas para a indústria de equipamentos de pesca. Já que um *bass* de Seattle é idêntico ao seu primo de Everglades, artigos de alto custo não requerem nem adaptação regional, nem propaganda diferenciada. É por isso que os pescadores de *bass* mais fanáticos se equipam de modo exatamente igual em todas as partes do país, desde a caminhonete até as roupas e o material. Em qualquer extensão de água, em condados rurais ou urbanos, o uniforme e o arsenal do clube do *bass* são inconfundíveis. A missão universal é pescar um daqueles temperamentais *bass* gigantes conhecidos como *lunkers* ou *hawgs*. Em várias regiões do país, qualquer peixe com mais de dois quilos e meio é considerado um troféu, e não raro o ardente pescador possui quatro ou cinco desses espécimes ornamentando as paredes do lar: um para a sala, um para o escritório e assim por diante. O hábitat dos exemplares realmente colossais, que pesam de cinco quilos a sete quilos e meio, está limitado à úmida região sul dos Estados Unidos, em especial a Geórgia e a Flórida. Nessas paragens a procura pelo maior *bass* do mundo é cruel e fanática. Para os participantes dos torneios, é como os jogos das grandes ligas, nos quais o prêmio para um evento com duração de dois dias pode chegar a setenta e cinco mil dólares. Se nessas ocasiões o tempo estiver feio ou a água fria demais, um diminuto *bass* de dois quilos pode vencer a disputa. Mas o mais provável é que seja necessário um peixe imenso para ganhar os torneios principais, e pouca gente é capaz de pescar um peixe assim todo dia.

Os pescadores de fim de semana gostam de lembrar que o maior *bass* jamais pescado não foi apanhado por um pescador de torneios. Foi fisgado por George W. Perry, um garoto de dezenove anos do interior da Geórgia, no brejo em braço de rio denominado lago Montgomery. Como era de esperar, o jovem Perry nunca tinha ouvido falar nos rastreadores de peixe da Lowrance, nem nos motores de giro da Thruster, nem nas varas de grafite da Fenwick. Perry saiu para pescar num simples barco a remo e levou a única isca para *bass* de que dispunha, uma velha Creek Chub. Foi pescar principalmente porque sua família estava com fome e voltou com um *largemouth bass* de onze quilos e doze gramas. O ano era 1932. Desde então, e apesar de todos os avanços siderais da tecnologia pesqueira, ninguém jamais colocou no barco um *bass* que se compare ao troféu de George Perry, troféu este que ele e seus entes queridos prontamente comeram no jantar. Hoje uma placa histórica celebrando esse monumental *bass* pode ser vista na rodovia 117, perto de Lumber City, Geórgia. Ergue-se como um insolente e irritante desafio aos modernos pescadores de *bass* e toda a sua infernal parafernália. Alguns ictiólogos tiveram a audácia de sugerir que o Monstro do Lago Montgomery era um peixe altamente mutante, um recorde eterno que jamais será batido por outro pescador. A reação de Dickie Lockhart, ao final de cada episódio da série *Febre do peixe*, era franzir os olhos, balançar o dedo para a câmera e declarar: “George Perry, semana que vem o seu recorde vai para o brejo!”.

Não havia torneio naquele fim de semana e, portanto, Dickie Lockhart estava gravando. A filmagem se realizava no lago Kissimmee, que ficava próximo a Disney World. O título do episódio em questão era "Pescando *hawgs*". Dickie precisava de um *bass* de mais de cinco quilos. Menos que isso não seria um *hawg*.

Como sempre, usou dois barcos — um para a pesca, outro para a equipe de filmagem. Assim como a maioria dos apresentadores de programas sobre pesca, Dickie Lockhart usava videoteipes, pois eram mais baratos do que as fitas de dezesseis milímetros e podiam ser reaproveitados. Usar filme era impensável para um programa de pesca: podia-se passar dois ou três dias filmando simplesmente homens lançando isca e cuspindo tabaco, mas nada de peixe. Com as fitas de vídeo, um dia ruim não implodia o orçamento, pois bastava rebobiná-las e gravar por cima.

Dickie Lockhart passara a manhã pescando *bass*, dos pequenos, de um quilo a um quilo e meio. Adivinhava o peso assim que sentia a fisgada. Furioso, puxava o pobre peixe e o atirava no barco. "Praga", gritava ele, "enrolem o fio e vamos tentar de novo."

Durante os períodos de calmaria, Dickie ficava tenso e desbocado. "Vamos, seus canalhas de boca de balde", resmungava enquanto fazia o arremesso, "mordam esse troço ou amanhã eu trago dinamite, ouviram?"

No meio da manhã o vento aumentou, desarrumando o cabelo negro e lustroso de Dickie Lockhart. "Droga", gritou, "parem a fita!" Depois de pegar um pente no estojo de equipamento e se arrumar, ordenou ao câmera que recomeçasse.

"Como estou?", perguntou Dickie.

"Com cara de campeão", disse o câmera sem muito entusiasmo. Ele sonhava com o dia em que Dickie Lockhart encheria a cara, baixaria as cuecas na cara de seus amiguinhos de pescaria de toda a América e em seguida cairia do barco, como costumava fazer quando se embebedava. Depois o câmera fingiria estar voltando a fita e apagando o desastrado episódio, mas é lógico que não o faria. Guardaria a fita e, quando chegasse a hora , ameaçaria mandá-la para a emissora de esportes e religião que financiava o programa de Dickie Lockhart. Dickie de repente se tornaria um sujeito generoso e o câmera finalmente teria dinheiro para levar a mulher às Ilhas Virgens.

Naquele momento, diante da câmera, Dickie Lockhart falava de homem para homem com o pescador que estava em casa. O sotaque televisivo de Dickie era muito mais gutural e pesado do que o verdadeiro — um exagero necessário para corresponder ao público do programa, a maioria composta de sulistas do sexo masculino de estilo cabra-macho. Enquanto lançava a linha e puxava, Dickie Lockhart informava exatamente que marca de isca usava, quantas polegadas tinha a linha que estava no molinete e que tipo de óculos escuros (amarelo-âmbar ou verde) protegiam melhor num dia ensolarado. A conversa tinha um tom de informalidade e simpatia, mas na verdade a meta era promover o maior número possível de produtos dos patrocinadores de Lockhart durante os vinte e quatro minutos que durava o programa. A isca era fabricada pela Bagley, a linha pela Du Pont, o molinete pela Shimano, os óculos escuros pela Polaroid e assim por diante. Por algum motivo, mesmo olhando para a câmera e fazendo propaganda deslavada Dickie não parecia interesseiro.

Por volta do meio-dia um terceiro barco passou em alta velocidade pelo local de pesca e Dickie começou a berrar como um louco: "Mas que droga! Pare a fita! Pare a fita!". Pulava para cima e para baixo na proa, brandindo o punho para o pescador do outro barco. "Ei, você não viu que nós estamos gravando um programa de televisão, caramba? Você tem o lago todo para você, precisa parar aqui e estragar a fita?" Quando viu que o outro pescador era Ozzie Rundell, irmão de Culver, Dickie parou de gritar. Não pediu desculpas, mas se acalmou um pouco.

"Eu não quis interromper", disse Ozzie. Era daqueles que murmuravam em vez de falar. Dickie Lockhart pediu que falasse mais alto.

"Eu não quis interromper!", repetiu Ozzie um pouco mais alto. Em toda a sua vida jamais pescara um *bass* de mais de dois quilos, de modo que a presença de Dickie Lockhart o enchia de respeito e temor.

"Fale, então", disse Dickie.

"Achei que você ia gostar de saber."

Dickie sacudiu a cabeça. Chutou um botão da proa e usou o motor de giro para aproximar seu barco do de Ozzie. Quando estavam lado a lado, Dickie disse com impaciência: "Agora comece de novo".

"Achei que você ia gostar de saber. Encontraram o Bobby Clinch."

"Onde?"

"Morto."

Ozzie acabava respondendo às perguntas, mas não na ordem em que eram feitas. Sua cabeça funcionava assim.

"Como?", perguntou Dickie.

"No lago Harney."

"Quando?"

"Virou o barco e se afogou", disse Ozzie.

"Droga", exclamou Dickie Lockhart. "Sinto muito."

"Ontem", concluiu Ozzie.

Dickie virou-se para o câmera e disse: "Bom, chega por hoje".

Ozzie parecia emocionar-se apenas em tocar a amurada do barco do campeão. Contemplava o equipamento de pesca de Dickie Lockhart como um jogador de várzea devia olhar para o bastão de Ted Williams. "Bom, desculpe por interromper", balbuciou.

"Não se preocupe", disse Dickie Lockhart. "Os peixes pararam de morder há duas horas."

"Que isca você está usando?", quis saber Ozzie.

"A minha preciosa", respondeu Dickie. "A Double Whammy."

A Double Whammy era a isca artificial mais conceituada no circuito de pesca amadora, em grande parte graças a Dickie Lockhart. Ele ganhara os oito torneios anteriores e declarara que fora a fantástica isca Double Whammy que tinha ludibriado o peixe vencedor. Seu sucesso fenomenal com a isca — uma isca giratória com aba de borracha e duas colheres de prata — não fora igualado por nenhum outro pescador amador, embora todos tivessem tentado, enchendo os estojos de pescaria com complexas variações e simulacros. A maioria dos pescadores de *bass* fisgava peixes grandes com a Double Whammy, mas nenhum pescava tantos, nem em ocasiões tão oportunas, como Dickie Lockhart.

"Ela é um estouro, não é?", disse Ozzie.

"Pode apostar." Dickie segurou a linha de pesca entre os dentes e a partiu, libertando a isca que balançava. "Quer?", perguntou.

O rosto de Ozzie Rundell iluminou-se como o de uma criança na manhã de Natal. "E como!"

Dickie Lockhart jogou a isca na direção do barco de Ozzie. Ozzie chegou a tentar pegá-la com as mãos nuas, tamanha a sua sofreguidão. Não conseguiu, é claro, e o anzol afiado da Double Whammy cravou firme no rosto do coitado. Ozzie não pareceu sentir nada; nem notou o sangue que escorria pelo maxilar.

"Obrigado!", gritou enquanto Dickie Lockhart dava partida no barco. "Muitíssimo obrigado!"

"Deixe pra lá", o campeão respondeu, inclinando-se sobre o acelerador de mão.

3

R. J. Decker nascera no Texas. Seu pai fora agente do FBI e a família vivera em Dallas até dezembro de 1963. Duas semanas após o assassinato de Kennedy, o pai de Decker foi transferido para Miami e alistado num esquadrão de elite cuja missão era garantir que nenhum camarada de Fidel Castro atirasse no novo presidente. Fora uma época tensa e empolgante, mas passara. No final o pai de Decker assumiu no FBI uma função burocrática tipicamente lobotomizante, ficou gordo e morreu de enfarte aos quarenta e nove anos de idade. Um irmão mais velho de Decker acabou se tornando tira em Minneapolis. O outro vendia Porsche para traficantes de cocaína em San Francisco.

Tendo sido bom atleta e aluno acima da média na faculdade, R. J. Decker surpreendeu todos os colegas quando se tornou fotógrafo profissional. As câmeras fotográficas eram a sua paixão — fascinava-o a arte de congelar o tempo diante do olhar. Embora nunca tivesse contado a ninguém, fora o filme de Zapruder o responsável. Quando a revista *Life* divulgou as imagens cinematográficas e indistintas do assassinato, R. J. Decker tinha apenas oito anos de idade. Não obstante, ficou petrificado ao ver as fotos do presidente ferido e sua mulher. O rosa do vestido, o preto borrado do Lincoln — imagens horripilantes e, contudo, magnéticas. O menino jamais pensara que tal momento pudesse ser congelado e guardado para a posteridade. Pouco tempo depois, ganhou sua primeira máquina fotográfica.

Para Decker, a fotografia não se limitava a um hobby — era um meio de contemplar o mundo. Como infelizmente fora dotado de gênio forte e de uma visão cética do mundo, a câmara escura era um lugar confortante e o ritual de revelar fotos, uma suave terapia.

Para sua profunda decepção, a rotina de um estúdio de fotografia revelou-se insuportavelmente maçante e lucrativa. Decker registrava casamentos, cerimônias de *bar mitzvah*, tirava retratos e fazia serviços comerciais, sobretudo propagandas. Uma vez recebeu nove mil dólares para tirar uma fotografia perfeita de uma garrafa de Midol. O anúncio apareceu em todas as revistas femininas, e Decker recortou várias cópias para enviar aos amigos como piada sobre si mesmo.

E, é claro, fez trabalhos de moda com modelos profissionais. No primeiro ano Decker se apaixonou dezessete vezes. No segundo, deixou que as meninas se apaixonassem. Tirava fotos muito boas, ganhava grandes somas de dinheiro e estava enlouquecendo de tédio.

Certa tarde, em Miami Beach, enquanto fazia fotos comerciais para um novo bronzeador com aroma de tequila, uma jovem turista rasgou subitamente as roupas e pulou no oceano Atlântico na tentativa de se afogar. Os salva-vidas a resgataram bem a tempo e Decker bateu algumas fotos de quando a retiraram das ondas. Mechas loiras e desordenadas cobriam o rosto da moça; os olhos estavam inchados e semi-abertos e os lábios tinham um tom azulado. Mas o que realmente *fez* a foto foi a expressão de um dos salva-vidas que haviam socorrido a moça. Ele passara cuidadosamente o braço ao redor do tronco nu da moça, protegendo-a dos olhares curiosos, e nos olhos dele as lentes de Decker captaram pânico e piedade.

Sem nenhum motivo especial, Decker deu o rolo de filme a um repórter fotográfico que seguira os paramédicos até o local. No dia seguinte, o jornal *The Sun*, de Miami, publicou a foto de Decker na primeira página e lhe pagou a grandiosa soma de trinta dólares. Um dia depois o editor-chefe ofereceu-lhe um emprego em período integral. Ele aceitou.

Em alguns aspectos fora o melhor passo que dera. Em outros, fora o pior. Decker só lamentava que não tivesse durado mais.

Pensava nisso enquanto dirigia para o condado de Harney e iniciava um novo caso, a serviço de um homem de quem não gostava nem um pouco.

Harney era a cidade natal de Dickie Lockhart e sede do seu império voltado para a pesca do *bass*.

Assim que chegou, Decker tentou encontrar Ott Pickney, o que foi fácil. Ott não era homem de se deslocar muito.

Escrevia os obituários para o jornal do condado, o *Sentinel*, que saía duas vezes por semana (três durante a temporada de caça ao javali). O ritmo preguiçoso do jornal se adequava perfeitamente a Ott Pickney, pois lhe deixava tempo de sobra para o golfe e a jardinagem. Antes de se mudar para o centro da Flórida, Pickney trabalhara durante dezessete anos para o *The Sun*, de Miami e fora lá que Decker o conhecera. A princípio, Decker concluiu da atitude apática de Ott Pickney que se tratava de um repórter outrora respeitável e que agora definhava no crepúsculo de sua carreira. Logo se tornou claro que a carreira de Ott Pickney já tinha começado no crepúsculo e que só fora se apagando ainda mais. Sobrevivera tanto tempo em Miami graças a uma obtusa burocracia jornalística que sempre arrumava um lugar para ele, por mais inútil que fosse. Ott era uma dessas figuras jornalísticas que são passadas de um departamento para outro até que, depois de muitos anos, tornam-se uma tristonha peça da mobília. Nenhum editor desejava ser lembrado como aquele que o despedira. Conseqüentemente, Ott não foi despedido. Aposentou-se no *Sun* recebendo aposentadoria integral e mudou-se para Harney com o fim de redigir obituários e cultivar orquídeas premiadas.

R. J. Decker encontrou Pickney na sala de redação do *Sentinel*, que não era grande coisa. Havia três máquinas de escrever, cinco mesas e quatro telefones. Ott matava o tempo perto da máquina de café; nada mudara.

Abriu um largo sorriso quando Decker entrou. "R. J.! Mas o que é que você veio fazer aqui, rapaz? Seu carro quebrou na estrada?"

Decker sorriu e apertou a mão de Ott. Notou que ele estava com uma calça marrom larga e uma blusa banlon azul. Provavelmente era a última blusa banlon da América. Como não gostar de um cara que não tinha vergonha de se vestir daquele modo?

"Está com uma aparência ótima", disse Decker.

"E eu estou me sentindo ótimo, R. J. Estou mesmo. Eu sei que aqui não é exatamente uma grande cidade, mas já tive a minha dose de metrópole, não é?" Ott falava em tom ligeiramente alto. "Nós dois saímos bem na hora, R. J. Aquele jornal teria nos matado, de um jeito ou de outro."

"Eles bem que tentaram."

"É mesmo, garoto", disse Ott. "Sandy, venha aqui! Eu quero te apresentar uma pessoa." Um homem com cara de pardal e usando óculos grossos aproximou-se e cumprimentou Decker com um cauteloso gesto de cabeça. "R. J., este é o Sandy Kilpatrick, meu editor. Sandy, este é o R. J. Decker. O R. J. e eu trabalhamos juntos na Cidade Mágica. Eu escrevia a prosa, ele batia as chapas. Fizemos a cobertura do famoso crime do vodu, lembra, R. J.?"

Decker se lembrava. Lembrava-se de que não era exatamente o "famoso" crime do vodu. Um mecânico caipira em Hialeah matara a mulher espetando-lhe alfinetes no corpo; alfinetes de segurança, centenas deles. O mecânico lera alguma coisa a respeito de vodu na revista *Argosy* e fez a maior confusão com os rituais. Embebedou a mulher com rum Barbancourt e começou a espetá-la até que se esvaísse em sangue. Depois fingiu que a encontrara morta ao chegar em casa do trabalho. Acusou um casal haitiano que morava na mesma rua de cometer o crime, afirmando que haviam jogado um feitiço sobre sua casa e seu carro. Os tiras não engoliram a história e o mecânico caipira terminou no Corredor da Morte.

Enquanto Ott reinventava o caso, Sandy Kilpatrick encarava R. J. Decker com o mesmo olhar com que os moradores de Miami costumavam ser recebidos naquela parte do país — como se significassem encrenca. Kilpatrick obviamente já ouvira Ott contar o crime do vodu umas quatrocentas vezes e foi logo saindo de fininho.

"Prazer em conhecê-lo", disse Decker.

Kilpatrick acenou de novo com a cabeça enquanto saía da sala.

"É um bom garoto", comentou Pickney com ares de tio. "Está aprendendo."

Decker se serviu de uma xícara de café. Suas pernas estavam duras depois da longa viagem.

"Que diabos o trazem aqui?", perguntou Ott, muito amável.

"Peixes", respondeu Decker.

"Não sabia que você pescava *bass*."

"Pensei em experimentar", disse Decker. "Dizem que Harney é o lugar certo para pescar os grandes."

"Aqui nós dizemos *lunkers*", esclareceu Ott.

Decker lançou-lhe um olhar interrogativo.

"Nessa região ninguém diz um *bass grande*. Diz *lunker*. O *bass* mais colossal do hemisfério."

"Ou *hawg*, disse Decker, lembrando-se de um dos termos usados por Dennis Gault."

"Isso mesmo!!"

"Onde é o melhor lugar para pescar nesta época do ano?"

Ott Pickney sentou-se atrás de sua mesa.

"Puxa, R. J., infelizmente eu não posso ajudar muito. A pessoa certa é o Jamie Belliroso, nosso editor de esportes."

"Onde posso encontrá-lo?"

"Em Maui", respondeu Ott.

Decker foi informado de que Jamie Belliroso era de uma estirpe de jornalistas esportivos em extinção, daqueles que aceitavam qualquer trabalho que aparecesse desde que o pacote incluísse comida de primeira e muitas viagens. Naquele mês, o programa era um festival de pesca da macaíra no Havaí, patrocinado por um fabricante de iscas de polietileno. A passagem aérea, o hotel e as refeições de Jamie Belliroso seriam pagos mediante acordo tácito segundo o qual o nome da empresa seria mencionado "apenas" oito ou dez vezes no artigo que ele assinava — e apareceria grafado corretamente, o que, no caso de Belliroso, nunca era coisa garantida. Naquele momento, as macaíras azuis fisgavam e Jamie se esbaldava em Maui.

"Quando ele volta?", perguntou Decker.

"Só Deus sabe", disse Ott. "Do Havaí ele vai para a Christmas Island, pescar peixe-espada."

"Será que outra pessoa poderia me ajudar? Alguém me falou de um guia chamado Dickie Lockhart."

Ott deu uma risada.

"Um *guia*? Meu amigo, o Dickie não é um guia, é um deus. Uma fera da pesca amadora. O maior."

"E daí?"

"E daí que ele não vai querer ser visto no mesmo barco com um novato como você. Além disso, o Dickie não emprega gente de fora."

Decker resolveu não mencionar as graves acusações feitas por Dennis Gault. Estava na cara que Ott era um grande fã de Dickie Lockhart. Decker se perguntou se a cidade toda sentiria o mesmo fascínio por ele.

"Alguns guias bons trabalham no lago", sugeriu Ott. "Acho que cobram até duzentos dólares por dia."

O mundo enlouqueceu, pensou Decker. "É dinheiro demais para o meu bolso", disse a Ott.

"É sim, é uma pedrada. Mas eles não deixam muitas opções aos turistas. Eles têm um sindicato."

"Um sindicato?" Aquilo já estava passando da conta.

"O Sindicato dos Guias do Lago Jesup. Lamento, mas acho que são eles que estabelecem as tarifas dos barcos."

"Minha nossa, Ott. Eu vim aqui pescar e você me diz que o lago está cercado por uma tropa de choque de caminhoneiros. Que cidadezinha bacana, esta."

"Não é bem assim", disse Ott Pickney, como se Decker não estivesse entendendo. "Além disso, há outras opções. Uma delas é alugar um barco e sair sozinho..."

"Eu não saberia por onde começar", disse Decker.

"Outra opção é contratar o sujeito que mora no lago."

"Não me diga que ele não faz parte do sindicato."

"É o único. Quando você conhecer o homem, vai entender por quê." Os olhos de Ott giraram nas órbitas de modo teatral.

"Parece que você está tentando me dizer que o cara é um lunático."

"Dizem que ele entende de *bass*", explicou Ott. "E dizem também que é perigoso."

Decker estava disposto a apostar no renegado. O homem misterioso parecia uma boa possibilidade.

"Quanto ele cobra?", quis saber, ainda bancando o novato.

"Não faço a menor idéia", disse Ott. "Depois de o conhecer você talvez faça outros planos. Nesse caso, pode sair com um dos pescadores que freqüentam o ancoradouro Rundell."

"Esses sujeitos parecem esquentados demais, Ott. Eu só quero relaxar."

Ott franziu a testa.

"Conheço os caras, R. J., e gosto deles. Mas também não vou chegar para você e dizer que os pescadores de *bass* são completamente normais, porque isso também não seria verdade. São ligeiramente malucos. Os barcos deles conseguem vencer um Corvette numa corrida, e eles são uns loucos na água. Outro dia mesmo, escrevi sobre um rapaz que virou o barco a cento e vinte por hora no lago. Bateu num tronco de cipreste e virou."

"Morreu?"

"Foi ao amanhecer, havia neblina. Acho que ele estava apostando corrida com os companheiros até o local de pesca." Ott deu uma risada estridente. "Barco não tem freio, companheiro."

"Não aconteceu a mesma coisa há alguns anos, num grande torneio de pesca?", perguntou Decker. "Li no jornal de Orlando. Dois barcos colidiram na saída."

"Exato, foi em Apopka. Oficialmente é uma partida de grande prêmio, mas o pessoal chama de 'lançamento', como de foguete. Cinqüenta barcos partindo de um lugar só." Usando as mãos, Ott imitou dois barcos em alta velocidade e fez uma demonstração. "Cabum! Nossa, esses torneios são um negócio de louco, R. J. Você devia fazer uma cobertura só com fotos coloridas algum dia."

"Ouvi dizer que acontece todo tipo de coisa. Trapaças e tudo mais."

"É, eu também já ouvi dizer, mas não acredito. Como daria para alguém trapacear? Ou o peixe está na fieira ou não está." Ott fez pouco-caso da idéia. "Conheço esse pessoal e não acredito, nem por um segundo. No Texas, talvez. Mas não aqui."

Ott Pickney reagiu como se tudo não passasse de fofoca da cidade. Como se a mesa do jornal fizesse dele uma autoridade — a sua mesa, a sua redação, a sua cidade. O ego de Ott se adaptava muito bem à vida rural, pensou Decker. O sábio veterano de Miami...

Pickney se animou.

"Está tendo ajuda de custo?"

"E muito boa", respondeu Decker.

"Que tal me convidar para almoçar?"

"Claro, Ott."

"O cara do lago chama Skink. Como eu disse, parece que ele tem um parafuso a menos, portanto vá com calma. Uma vez nós mandamos um garoto escrever um pequeno artigo sobre ele e o sujeito pegou um machado e arrebentou as janelas do carro do repórter. Ele mora numa cabana perto da antiga trilha do Mórmon. Não tem erro, R. J. Fica bem no lago e parece um sanitário melhorado."

"Skink do quê?", perguntou Decker.

"É o nome inteiro", disse Ott Pickney. "Ele só precisa disso, aqui na região." Empurrou a cadeira para trás e apoiou os pés sobre a mesa vazia. "Como vê, colega, você não está mais em Miami."

O homem chamado Skink disse:

"Vá embora."

"Preciso falar com você."

"Tem trinta segundos." O homem chamado Skink segurava um Remington, notou Decker. O rifle estava atravessado no colo dele.

E era um colo grande. Skink parecia ter quase cinqüenta anos, talvez um pouco mais. Estava na varanda da cabana, sentado numa uma cadeira de lona dobrável. Calçava botas de pescaria e um impermeável laranja que reluzia mesmo à luz do crepúsculo. Era difícil ver os contornos de seu rosto, mas o cabelo grisalho estava preso numa longa trança que caía sobre as costas. Decker imaginou que cabelo comprido devia ser perigoso naquela região do interior, mas Skink era robusto o bastante para defender um estilo próprio.

"Meu nome é Decker."

"Trabalha para o imposto de renda?" A voz do homem era grave e molhada, como lama escorrendo por um cano.

"Não", disse Decker.

"Eu não pago imposto", declarou Skink. Usava chapéu de chuva, embora não chovesse. Usava também óculos escuros, e o sol já se escondera. "Não dou a mínima para imposto", prosseguiu. "Desde que a praga daquele ladrão foi presidente. O Nixon."

"Eu não trabalho para o governo", disse Decker com cuidado. "Sou detetive particular."

Skink resmungou.

"Como o Barnaby Jones", arriscou Decker.

Skink levantou o rifle e apontou para o coração de Decker. "Não dou a mínima para televisão", disse ele.

"Esqueça que eu falei isso, por favor."

Skink segurava a arma com firmeza. Decker sentiu a nuca molhada de suor. "Abaixe a arma", pediu.

"Não sei, não", disse Skink. "Estou com vontade de atirar esta noite."

Que sorte a minha, pensou Decker. "Ouvi dizer que às vezes você trabalha como guia", disse.

Skink baixou a arma alguns milímetros. "É verdade."

"Eu quero pescar uns *bass*", esclareceu Decker.

"Cem dólares por dia, aconteça o que acontecer."

"Tudo bem", disse Decker.

"Aceita me chamar de capitão?"

"Se quiser..."

Skink baixou totalmente o rifle. Decker meteu a mão no bolso e tirou uma nota de cem dólares que desdobrou, alisou e ofereceu a Skink.

"Guarde isso. Pague quando embarcar os peixes." Skink parecia contrariado. "Está com jeito de quem ainda quer falar."

Por algum motivo, o banjo da canção "Deliverance" não saía da cabeça de Decker. Aumentava de volume toda vez que olhava para o rosto de Skink.

"Fale", ordenou Skink. "Depressa." Abaixou-se e deixou o rifle a um canto, com o cano para cima. Em seguida tirou os óculos escuros. Seus olhos eram verdes; não esverdeados, mas de um verde intenso, como as sempre-verdes que brotam nas Montanhas Rochosas. A inclinação das sobrancelhas, cabeludas e emaranhadas, conferia-lhe ao rosto bronzeado uma expressão de ira perpétua. Decker se perguntou quantos clientes voltavam a contratar os serviços de um sujeito daqueles.

"Você pesca em torneios?"

"Deixei de pescar", respondeu Skink. "Se você está atrás de peixe de torneio, pode guardar o seu maldito dinheiro."

"Estou atrás de trapaceiros", disse Decker.

Skink aprumou as costas tão bruscamente que seu impermeável de plástico rangeu. Os olhos verde-floresta trespassaram R. J. Decker, enquanto a boca mastigava as pontas do bigode. Skink respirou fundo e, quando seu peito se encheu, pareceu dobrar de tamanho. Foi só quando ficou de pé que Decker viu que jamanta ele era.

"Eu estou com fome", disse Skink. Deu alguns passos em direção à sua caminhonete, parou e disse: "Bom, Miami, vamos lá".

Enquanto a caminhonete sacolejava pela antiga trilha do Mórmon, Decker perguntou:

"Capitão, como sabe de onde eu sou?"

"Pelo corte de cabelo."

"É tão ruim assim?"

"É característico."

Característico não era uma palavra que Decker esperava ouvir da boca do capitão. Obviamente não era o tipo de sujeito que dava para classificar em um dia. Talvez nem em dois.

Skink entrou na rodovia 222 e rumou para o sul. Dirigia devagar, bem mais devagar do que na estrada de terra. Decker notou que ele se debruçava sobre a direção e que olhava para a estrada como uma águia.

"Qual é o problema?", perguntou Decker.

"A pressa."

Carros e caminhões passavam voando, a cento e vinte por hora. Skink não ia nem a quarenta. Decker estava vendo a hora em que um trator que vinha atrás se chocaria com a traseira deles.

"Você está bem?"

“Não ligo a mínima para o trânsito”, disse Skink. Deu uma guinada para a direita e saiu da estrada, fazendo a caminhonete derrapar no cascalho. Antes que Decker pudesse reagir, o grandalhão saltou da cabine e voltou correndo para a estrada. Decker o viu apanhar alguma coisa no meio da pista e jogar sobre o ombro.

“Que diabo está fazendo?”, gritou Decker, mas sua voz sumiu atrás do rugido de um caminhão-tanque. Olhou para os dois lados antes de atravessar a estrada correndo e encontrar Skink do outro lado.

Skink estava ajoelhado ao lado de um amontoado disforme de pêlo cinzento.

Decker viu que era um gambá morto. Skink passou a mão pelo ventre peludo do animal. “Ainda está quente”, comentou.

Decker não disse nada.

“Foi morto na estrada”, explicou Skink. Tirou uma faca do cinto. “Está com fome, Miami?”

Decker retrucou, inquieto: “Vamos a algum restaurante e eu lhe pago o jantar”.

“Não é preciso”, disse Skink, e cortou fora a cabeça do gambá. Levantou a carcaça segurando o rabo rosado e caminhou tranqüilamente de volta à caminhonete. Agora Decker entendia por que ele usava o impermeável fosforescente: um motorista em alta velocidade era capaz de ver Skink a dois quilômetros de distância. Parecia um abominável homem das neves de néon.

“Você vai gostar do sabor”, observou Skink quando Decker se acomodou na cabine a seu lado.

“Fica para a próxima.”

“Negativo.”

“Como?”

“Nós dois vamos comer, é esse o trato. Depois você se manda. Outro dia nós falamos sobre peixes.”

Skink enfiou o chapéu de chuva com força na cabeça.

“E depois disso”, disse ele dando partida, “pode ser até que a gente converse sobre trapaceiros.”

“Então você sabe de alguma coisa?”, perguntou Decker.

Skink deu uma risada amarga. “Sei, sim senhor, mas gostaria de não saber.”

Nuvens de insetos revoavam sob os faróis altos enquanto a caminhonete seguia pela estrada de terra. De repente, Skink apagou os faróis e desligou o motor, parando no acostamento.

"Ouça!", disse Skink.

Decker ouviu um motor. Parecia um cortador de grama.

Skink pulou da caminhonete e correu para dentro do arvoredo. Desta vez Decker foi na cola.

"Já avisei os canalhas", disse Skink, ofegante.

"Quem?", perguntou Decker. Parecia que estavam correndo em direção ao barulho, e não para longe dele.

"Já avisei", repetiu Skink. Quando saíram do pinheiral e alcançaram uma ribanceira, Skink imediatamente se encolheu próximo ao chão. Abaixo deles corria um pequeno regato, com uma trilha de terra acompanhando a margem mais elevada. Um único farol balançava ao longo da trilha.

Dava para ver nitidamente — um motorista solitário dirigindo uma motocross. De perto o motor tinha o som de uma serra elétrica, o ruído subindo e descendo junto com os acidentes do solo. Logo o homem passaria bem debaixo deles.

Decker viu que Skink segurava uma pistola com a mão direita.

"Mas o que droga está fazendo?", perguntou em tom de espanto.

"Quieto, Miami."

Skink esticou o braço direito, mirando. Decker tentou impedir, mas era tarde demais. O estampido do tiro foi como um golpe em suas costas.

A moto caiu de lado como um cavalo sacrificado. O piloto gritou ao ser lançado por cima da direção.

Com a roda traseira esguichando terra para todo lado, a moto despencou margem abaixo e caiu no riacho, onde o motor afogou e morreu em meio a bolhas.

Na trilha, o piloto gemia e tentava se levantar de cima de um pé de repolho.

"Meu Deus", disse Decker, respirando forte.

Skink meteu a pistola na cintura da calça. "Acertei o pneu da frente", relatou, quase sorrindo. "Eu não disse que estava com vontade de atirar?"

De volta à cabana, Skink assou o gambá no espeto e o serviu com milho fresco, couve e morangos. Decker se concentrou nos vegetais, pois o animal tinha um gosto forte intragável; só a palavra de Skink garantia que estava fresco e não ficara na rodovia, morto, durante dias.

Enquanto comiam ao lado do fogo, Decker se perguntava por que os vorazes pernilongos se dedicavam a picá-lo, enquanto Skink parecia imune a eles. Talvez o sangue do capitão fosse letal.

"Quem contratou você?", perguntou Skink com a boca cheia de carne.

Decker lhe disse quem e por que motivo.

Skink parou de mastigar e olhou fixo à sua frente.

"Conhece o Dennis Gault?", perguntou Decker.

"Conheço muita gente."

"Dickie Lockhart?"

Skink esmagou um osso com os dentes. "Claro."

"Lockhart é o trapaceiro", disse Decker.

"Está chegando perto."

"Há mais gente?", perguntou Decker.

"E como!" Skink atirou o osso no lago, assustando um pato selvagem.

"Mais", murmurou Skink. "Muito mais."

"Que tal contar a história, capitão?", sugeriu Decker.

"Outra noite." Skink cuspiu algo marrom no fogo e fez uma careta por nenhum motivo aparente. "Quanto ele está pagando?"

Decker sentiu-se quase constrangido ao contar. "Cinqüenta mil."

Skink nem sequer piscou. "É pouco", disse ele. "Vamos, Miami, termine logo esse jantar."

4

Ott Pickney passou no hotel antes das oito horas da manhã seguinte. Bateu com força na porta de R. J. Decker.

Tonto de sono, Decker deixou-o entrar. "Como foi?", perguntou Ott.

"Uma noite movimentada."

"Ele é tão maluco quanto dizem?"

"Difícil saber", respondeu Decker. Quem vivia em Miami tinha um conceito relativo sobre a sanidade das pessoas.

Ott disse que estava a caminho de um enterro. "O pobre coitado de quem lhe falei."

"O pescador?"

"Bobby Clinch", disse Ott. "O Sandy quer um artigo choroso para a edição do fim de semana. É o mínimo que nós podemos fazer por alguém da cidade. Você vai sair com o Skink para pescar?"

"De manhã, não." Skink deixara o encontro no ar. Decker pretendia encontrá-lo mais tarde.

"Por que não vem comigo?", propôs Ott.

"A um enterro?"

"A cidade inteira está de portas fechadas por causa dele. Além disso, achei que você gostaria de ver de perto alguns craques em matéria de *bass*. O Bobby tinha muitos amigos."

"Espere um pouco, vou tomar um banho."

Decker odiava enterros. Quando trabalhava para o jornal, teve que registrar muitas cerimônias macabras ao lado da cova, desde um tira assassinado por um imbecil movido a cocaína até uma criança de colo que fora estuprada e morta pela babá. Assassinatos de crianças ganhavam muito destaque na imprensa, e uma foto dos pais em lágrimas certamente seria publicada em quatro colunas, no mínimo. Enterros desse tipo eram a tarefa mais detestada do jornalismo. Decker não sabia bem o que esperar em Harney. Para ele era estritamente uma missão de negócios, uma investigação de rotina. Talvez até Dickie Lockhart comparecesse, pensou Decker enquanto se enxugava. Estava ansioso para dar uma olhada no astro da cidade.

Foram até o cemitério na caminhonete de Ott Pickney. Quase todos os moradores de Harney tinham um Ford ou um Chevy, mas Ott dirigia uma caminhonete Toyota novinha. "Orquídea não ocupa muito espaço", explicou, quase na defensiva.

"É uma ótima caminhonete", observou Decker.

Ott acendeu um Camel e Decker baixou o vidro. A manhã estava fria e soprava uma brisa vinda do norte.

"Posso fazer uma pergunta?", disse Ott. "É pessoal."

"Vá falando."

"Ouvi dizer que você se divorciou."

"Isso mesmo", confirmou Decker.

"É uma pena, R. J. Ela parecia uma menina formidável."

"O problema foi dinheiro. O outro tinha algum e eu não tinha nada."

Sua mulher tinha ido embora com um vendedor que se tornara quiroprático. A vida não podia ter sido mais bandida.

"Puxa vida, R. J., sinto muito." Mas não era do divórcio que Ott realmente queria falar. "Ouvi dizer uma outra coisa."

"É verdade", disse Decker. "Cumpri dez meses na prisão de Apalachee, se é isso o que ouviu falar."

Pickney tragava o cigarro com tanta força que a brasa estava com três centímetros de comprimento. Decker temia que caísse no colo de Ott e incendiasse a calça dele, como acontecera uma vez na redação do *Sun*, em Miami. Nenhum extintor de incêndio estava funcionando e Ott fora obrigado a entornar um bebedouro sobre si para extinguir as chamas.

"Você se importa de falar no assunto?", perguntou Ott. "Se não quiser, eu entendo."

"Foi depois de um jogo dos Dophins. Eu tinha estacionado a quatro quarteirões do estádio. Quando estava voltando para o carro, vi um cretino arrombando o porta-malas para roubar as máquinas fotográficas. Gritei para o cara parar e ele correu. Ia levando duas Nikon e uma Leica novinha. Você acha que eu ia deixar o sujeito escapar?"

"E conseguiu pegar?"

"Consegui. Ele caiu e eu fui em cima. E acho que aí eu me deixei levar pela raiva."

Pickney balançou a cabeça e cuspiu o toco apagado do Camel pela janela.

"Dez meses! É inacreditável, você ter recebido uma pena dessas por bater num ladrão."

"Não era um ladrão qualquer, era uma estrela do time do Colégio Palmetto", esclareceu Decker. "As três irmãs dele testemunharam que viram a cena toda. Disseram que o Grande Irmão delas não tinha roubado máquina nenhuma. Disseram que ele estava lá cuidando da própria vida, parado na esquina, quando cheguei eu de carro e perguntei onde podia descolar um fumo. Disseram que o Grande Irmão tinha me mandado passear e que eu desci do carro e moí o cara de pancada. Ou seja, um monte de mentiras."

"E então?"

"Então a promotoria estadual retirou a queixa de roubo contra o herói do futebol e eu fui para o xadrez por agressão. Ele conseguiu uma bolsa para estudar na Universidade da Carolina do Sul e eu fui fazer artesanato na prisão. E essa foi a grande história."

Pickney suspirou. "E você perdeu o emprego."

"O jornal não teve escolha, Ott." Isso porque o pai do garoto tinha posto a boca no mundo. E o pai do garoto era Levon Bennett, grande cartola do Comitê do Estádio Orange, diretor de cerca de cem bancos. Decker sempre achou que o jornal teria voltado a contratá-lo depois da prisão se Levon Bennett não participasse do mesmo grupo de golfe dominical do editor-chefe.

"Você sempre teve um gênio terrível."

"E sorte também. Entre todos os ladrões que merecem ser chutados em Miami, eu fui escolher justamente o futuro ganhador do troféu Heisman." Decker deu uma risada amarga.

"E então você agora..."

"Eu sou detetive particular", completou Decker. E parecia que Ott estava tendo dificuldade em entender a questão.

A questão era: por que diabos Decker resolvera ser detetive particular?

"Fiquei queimado nos jornais", explicou.

"Com o seu portfólio você poderia ter arranjado trabalho em qualquer lugar. Em revistas, como freelance em agência de publicidade... Podia ter escolhido o que quisesse."

"Não com ficha na polícia."

Era uma mentira conveniente. Um amigo advogado conseguira que a ficha de Decker fosse legalmente eliminada, apagada do computador. Portanto, não tinha sido esse o problema.

A verdade era que Decker precisava ficar longe do jornalismo. Precisava se divorciar da fotografia porque começara a ver a vida e a morte como uma seqüência de fotogramas. A mente de Decker começara a funcionar como suas câmeras fotográficas, e isso o apavorava. Tomara tal decisão na noite em que a editoria local o mandara para a cena do que se pensava ser um crime ligado às drogas. Um líquido fedorento pingava da traseira de um Seville novo estacionado no último andar da garagem número 5 do Aeroporto Internacional de Miami. Decker chegou no exato momento em que a polícia perfurava as trancas. Verificou o motor da Leica. Apoiou-se sobre um joelho. Sentiu a umidade fria penetrar o tecido da calça. *Chove pra cacete.* As trancas do porta-malas se abrem. *Uma moça, ou o que restou dela.* Salto alto, meia de náilon, um bonito vestido de seda, apesar das manchas escuras. *Fedor de intoxicar verme.* Decker pensa que veria o familiar tipo latino: sexo masculino, vinte e poucos anos, coberto de correntes de ouro, sem documento de identidade e cheio de cicatrizes de bala. *Não uma garota com um cabide de arame apertado ao redor da garganta.* Não Leslie. Decker ajustou o foco. Leslie. Não era possível, ele conhecia a garota, trabalhara com ela no jornal. Decker colocou outro filme na máquina. Era uma repórter de moda. Que filho da puta teria motivo para matar uma repórter de moda? *O marido dela, disse um detetive de homicídios.* Decker enquadrava as fotos, mudando de ângulo para captar o cabelo mas não o rosto. O jornal não imprimia rosto de gente morta, essa era a norma. Continuava batendo as chapas e pensando: conheço essa garota; então, por que não consigo parar? *Leica sussurrando na chuva, clique-clique-clique.* É uma amiga minha, porra, e então por que é que eu não consigo parar? *O marido combinou com ela que iriam a Disney World passar um lindo e romântico fim de semana, disse o detetive.* Decker recarregou a câmera, não podia evitar. *Ele a estrangulou aqui mesmo, meteu o corpo no porta-malas, passou a mão na valise e pegou um avião para Key West com uma garçonete de North Miami Beach.* Há quanto tempo mesmo estava casada? Três meses? *Quatro, disse o detetive. Bem-vindo ao Reino Mágico. Você já não cansou de tirar foto, cara?* Claro, disse Decker, mas, como só conseguia olhar para o corpo de Leslie através das lentes, correu até o carro e colocou as tripas para fora, formando uma poça.

Três dias depois, o filho de Levon Bennett tentara roubar as câmeras fotográficas de R. J. Decker perto do estádio e Decker o seguira e o espancara até deixá-lo sem sentidos. Você tentou roubar os meus olhos, dizia ele enquanto esmurrava o marginal. Sem eles eu sou cego, porra. Entendeu?

Na prisão Decker conheceu um médico muito simpático; cumpria pena de quatro anos por fraude na assistência médica e lhe indicou o nome de uma companhia de seguros que precisava de um investigador. Às vezes um investigador precisava tirar fotos — às vezes era o máximo que Decker se achava capaz de suportar. Além disso, estava sem um tostão e nunca mais queria ver uma redação de jornal. Sendo assim, fez um trabalho experimental para a companhia de seguros — fotografou um barco de oito metros que supostamente afundara próximo à Cat Island — e ganhou dois mil dólares. Decker achou o trabalho totalmente indolor e lucrativo. Logo que conseguiu limpar sua ficha, tirou licença de detetive e comprou duas câmeras usadas, uma Nikon e uma Canon. O trabalho não lhe renderia nenhum prêmio Pulitzer, mas era inofensivo. E, mais importante, ele fora descobrindo, à medida que aceitava mais casos, que ainda amava as máquinas fotográficas, mas enxergava perfeitamente sem elas. Não revelava mais aquelas fotos de cenas sangrentas na câmara escura — apenas fotos de criminosos, instantâneos de carros e chapas granuladas, tiradas com telescópio, de caras casados saindo sorrateiramente de motéis.

Não disse nada disso a Ott Pickney. Ser detetive particular não é tão mau, foi o que disse, e eles pagam bem. "É só temporário", mentiu Decker, "até eu decidir o que fazer."

Ott conseguiu esboçar um sorriso de simpatia. Estava tentando ser amigo. "Você era um ótimo fotógrafo, R. J."

"E continuo sendo", disse Decker piscando um olho. "Saí daquele jornal com o porta-malas cheios de filme Ektachrome, de graça."

O enterro foi algo inédito para R. J. Decker, e ele já assistira a alguns memoráveis. Em Jonestown. Beirute. Benghazi.

Mas aquele era digno de figurar nos anais da história. No catálogo da loja L. L. Bean, para ser exato.

Bobby Clinch estava sendo enterrado dentro do seu barco de pesca.

Na verdade, parte do barco. O casco de lâmina de metal azul fora serrado e talhado em forma de caixão. O trabalho havia sido bem-feito, considerando-se a pressa.

Clarisse Clinch achou a idéia horripilante até que o Clube dos Pescadores de *Bass* do condado ofereceu-se para pagar as despesas. O diretor do cemitério era um pescador fanático, o que ajudou a burlar certas normas estaduais relativas a caixões.

R. J. Decker resistiu ao impulso de pegar uma F-1 e tirar algumas fotos. A última coisa que queria no seu visor era uma viúva em prantos.

O cemitério de trinta acres era conhecido na região como Nossa Senhora de Tropicana, pois fora construído sobre um laranjal condenado. O sol banhava os participantes, reunidos num gramado levemente inclinado. O padre já terminara a oração e estava se preparando para encomendar a alma de Bobby Clinch.

"Sei que alguns de vocês foram ao lago Jesup esta manhã e faltaram à cerimônia na igreja", disse ele. "Clarisse teve a bondade de permitir que o caixão fosse aberto novamente para que vocês, os companheiros de pescaria do Bobby, pudessem prestar-lhe uma derradeira homenagem."

Decker inclinou-se para Ott Pickney. "Qual deles é o Lockhart?"

"Nenhum", disse Ott.

Uma fila de homens, muitos de roupa cáqui ou coletes salva-vidas de cores berrantes, alguns ainda chapinhando nas botas impermeáveis, passou em procissão pelo cintilante caixão azul. O agente funerário fizera um trabalho milagroso, dada a situação. O inchaço do corpo fora minimizado por uma pesada maquiagem rosada e pela sombra nos olhos, habilmente aplicada. Embora o homem no caixão não se parecesse muito com o Bobby Clinch que seus amigos haviam conhecido, poderia sem dúvida passar por um irmão mais velho e rechonchudo. Num gesto afetuoso, alguns pescadores puxavam a aba do boné de Bobby (que escondia o que os patos haviam feito no cabelo dele), enquanto outros depositavam lembranças sentimentais no caixão ao lado do companheiro morto. Eram iscas artificiais, em sua maioria: Rapalas, Bombers, Jitterbugs, Snagless Sallies, Gollywompers, Hula Poppers, River Runts. Algumas estavam rachadas ou desbotadas, os anzóis tortos ou enferrujados, mas todas representavam uma recordação especial de alguma pescaria com Bobby Clinch. Clarisse fez força para parecer comovida com aquela cerimônia fraternal, mas seus pensamentos estavam longe. Um comprador para os faróis da Blazer de seu marido já mordera a isca.

Ott Pickney e R. J. Decker foram dos últimos a passar pelo caixão, cujo interior já estava parecendo um mostruário de loja de artigos para pesca. Uma vara de pescar jazia tal qual espada ao lado do morto.

Ott observou: "Os irmãos Pearl fizeram um trabalho fantástico, não acha?".

Decker fez uma careta.

"Bom, você não conheceu o Bobby em vida."

"Ninguém fica bonito morto", disse Decker. E muito menos um afogado.

Finalmente baixaram a tampa. Todas as flores foram removidas do ataúde, inclusive a notável coroa mandada pelo Sindicato dos Pescadores de *Bass* do Lago Jesup — um *bass* saltitante, todo feito de petúnias. Concluída a cerimônia, os participantes afastaram-se em grupos pequenos e voltaram para suas caminhonetes.

"Preciso de algumas frases da patroa", Ott sussurrou a Decker.

"Claro, eu não estou com pressa."

Ott aproximou-se de Clarisse Clinch e ocupou cautelosamente a cadeira dobrável a seu lado. Quando tirou o bloco de anotações do bolso, a viúva se encolheu como se tivesse visto uma tarântula. R. J. Decker deu risada.

"Estou vendo que você gosta de enterros."

Era uma voz feminina. Decker se voltou.

"Ouvi quando você riu", disse ela.

"Cada um tem um jeito de lidar com a morte", explicou-se Decker, mantendo a expressão séria.

"Papo furado." O tom de voz dela não era exatamente amigável.

Tinha trinta e poucos anos, olhos de um azul profundo e cachos castanhos-claros que batiam nos ombros. Decker tinha certeza de já tê-la visto em algum lugar. Estava com um bronzeado caro, de quem acabara de voltar de Curaçao ou talvez das ilhas Cayman. Usava um vestido preto com um decote excessivamente cavado para enterros convencionais. Era um vestido para uma noite na Sinfônica.

"Meu nome é Decker."

"O meu é Lanie."

"Elaine?"

"Antigamente era. Hoje é Lanie." Deu uma olhada para Ott Pickney. Ou teria sido para Clarisse? "Você não conhecia o Bobby, não é?", perguntou.

"Não."

"Então por que veio aqui?"

"Sou amigo do Ott."

"Você com certeza não parece amigo do Ott. E eu gostaria que parasse de olhar os meus peitos."

Decker ficou vermelho. Como não lhe ocorresse nada para dizer, continuou quieto e olhou para a ponta do sapato.

"O que achou do funeral?", perguntou Lanie.

"Impressionante."

"*Nauseante* é a palavra certa", disse ela.

Um estrondo de arrebentar os tímpanos partiu de dentro da cova. O caixão-barco exclusivo de Bobby Clinch escapara das correias e se soltara do guindaste enquanto era baixado para a cova. Agora estava de pé, em posição perpendicular dentro do buraco. Parecia um sorvete gigante.

"Minha nossa!", disse Lanie, virando-se.

Vestidos em seus macacões, funcionários do cemitério correram para restabelecer o decoro da ocasião. Decker viu Clarisse Clinch sacudir a cabeça com desagrado. Ott estava ocupado em rabiscar, a cabeça inclinada como a de uma garça.

"Você conhecia bem o Bobby Clinch?", perguntou Decker.

"Melhor do que qualquer pessoa", disse Lanie. "Está vendo aquele Corvette laranja? Foi um presente que o Bobby me deu logo depois de conseguir o segundo lugar em Atlanta. Só chupei alguém duas vezes na vida, senhor Decker, e aquele carro é resultado de uma delas."

Decker resistiu à vontade de perguntar da outra. Tentava se lembrar do que era educado dizer quando uma linda estranha iniciava uma conversa sobre sexo oral. Nenhuma das respostas óbvias parecia apropriada a um enterro.

"Você olhou dentro do caixão", perguntou a mulher chamada Lanie.

"É, incrível", disse Decker.

"Aquela era a vara favorita do Bobby. Uma vara Fenwick de grafite de um metro e meio, com molinete da Bantam Maglite."

Oh, não, ela também?, pensou Decker.

"Fui eu que dei de presente a ele no Natal", disse Lanie, acrescentando rapidamente: "Não foi idéia minha enterrá-lo junto com ela".

"Eu nunca pensaria isso", disse Decker.

Observaram os funcionários do cemitério inclinar o caixão de Bobby Clinch dentro da cova, onde tombou com um baque constrangedor. Os coveiros apressaram-se em pegar as pás e fazer o trabalho. Lanie colocou um par de óculos escuros e ajeitou o cabelo. Seus gestos eram elegantes, praticados diante de um tipo de espelho que jamais seria visto em Harney. A moça definitivamente não era de lá.

"Não era como você está pensando. Entre o Bobby e eu, quero dizer."

"Não estou pensando nada", retrucou Decker. Por que elas sempre tinham a compulsão de confessar? Será que ele se parecia com Pat O'Brien? Será que parecia estar ligando?

"Ele me amava de verdade", Lanie insistiu.

"Claro que sim", disse Decker. O Corvette era a prova. Não havia sinal maior de amor do que um carro esporte com teto solar e rodas de magnésio.

"Espero que você descubra o que realmente aconteceu", disse ela. "É por isso que você está aqui, não é? Bom, vai ter que dar duro pelo dinheiro desta vez."

Em seguida Lanie se afastou. Sem querer Decker reparou no modo como caminhava. Era um andar deslumbrante, lascivo, e o gingado dos quadris sugeria talvez um drinque no café da manhã. Decker fizera coisas piores do que admirar as pernas de uma mulher durante um enterro, mas sabia que devia estar pensando em outros assuntos. Por que, por exemplo, a amante saudosa sabia mais a respeito dele do que ele a respeito dela? Levantou-se e foi atrás de Lanie. Ao chamá-la, ela se virou e sorriu, mas não parou de andar. Quando Decker a alcançou ela já estava trancada no Corvette. Acenou uma vez por trás do vidro reluzente e partiu cantando os pneus, quase lançando raspas de borracha nos pés dele.

Quando Decker voltou ao túmulo Ott Pickney estava terminando a entrevista.

Acenou com a cabeça despedindo-se. "Que mulher fria", disse a Decker. "Alguma coisa me diz que o Bobby passava tempo demais no lago."

Enquanto voltavam para a caminhonete, Decker perguntou sobre a vara de pescar dentro do caixão.

"Estava uma beleza", concordou Ott.

"Estava sim, mas pense bem", disse Decker, "o sujeito sai para pescar de manhã, vira o barco, cai dentro do lago..."

"E daí?"

"Como conseguiram achar a vara?"

Ott deu de ombros. "Caramba, R. J., como eu vou saber? Talvez tenham arrancado do fundo do lago."

"Debaixo de dez metros de água lamacenta? Não creio."

"Certo, talvez ele não tenha levado a vara. Pode ter deixado em casa."

"Mas era a vara preferida dele."

"O que você está insinuando?"

"Eu só acho estranho."

"Um pescador fanático como o Bobby tem milhares de varas de pescar, R. J., uma nova favorita a cada dia. Desde que fisguem um belo *bass*...".

"Talvez você tenha razão."

"Precisa relaxar", disse Ott. "Precisa mesmo."

Entraram na Toyota e, obedecendo a um ritmo regular, Pickney acendeu um Camel. Não podia ter fumado ao ar livre?, pensou Decker. Tinha que ser ali, na cabine abafada? Teve vontade de descer e voltar de carona para o hotel. Assim teria tempo para pensar na conversa com Lanie.

"Não consegui tirar bulhufas da Clarisse", disse Ott. "Que mulher amarga. Eu gostaria muito mais de ter entrevistado a fogosa amiga que o Bobby arranjou."

"Quem é ela, por falar nisso?", perguntou Decker.

"Um caso sério. Não me diga que ela já deu um nó no seu pau."

"Ela parecia saber quem eu sou. Ou pelo menos o que eu faço."

"Não me surpreende."

"Disse que o nome dela é Lanie."

"Adorável Lanie...", cantarolou Ott.

"Então você a conhece."

"R. J., todo mundo conhece a Lanie Gault. O irmão dela é um dos maiores pescadores de *bass* do país."

Dickie Lockhart não compareceu ao grandioso enterro porque precisou viajar a Nova Orleans e conversar com seu patrão.

O patrão era o reverendo Charles Weeb, diretor-geral e líder espiritual da Emissora Cristã de Esportes Externos, que financiava o programa de Dickie Lockhart.

Lockhart estava longe de ser um homem religioso — todos os domingos ficava ocupado com a pesca. Por isso nem se preocupou em averiguar a que seita exatamente pertencia o reverendo Charles Weeb. Quando se encontravam, Weeb nunca falava de pecado, Deus, Jesus Cristo, Virgem Maria ou qualquer apóstolo do primeiro time. Durante essas discussões, o reverendo Charles Weeb muitas vezes se exaltava e distribuía termos como "caralho" e "porra" com mais naturalidade do que qualquer pregador que Dickie Lockhart já conhecera.

Duas ou três vezes por ano, Dickie Lockhart era convocado a Nova Orleans para fazer uma revisão detalhada do *Febre do peixe*, o programa de imenso sucesso comandado por Lockhart. O reverendo Charles Weeb, que naturalmente também tinha seu programa evangélico na emissora, parecia nutrir um interesse incomum pelo barato documentário sobre pescaria de Lockhart.

No dia do enterro de Bobby Clinch, os dois se reuniram numa suíte rosada de um grande hotel na Chartres Street. O quarto estava repleto de cestas de frutas e garrafas de bebida oferecidas como cortesia. Sobre um móvel ao lado da porta havia uma coleção de pequenas estatuetas — santos de plástico para pendurar no pára-brisa, deixados ali por vários funcionários do hotel para que o reverendo Weeb os abençoasse, caso tivesse tempo.

"Católicos malucos", resmungou Weeb. "Só sabem fazer duas coisas: trepar e implorar perdão."

"Posso comer uma maçã?", perguntou Dickie Lockhart.

"Não", disse Weeb. Usava um conjunto marrom para corrida, comprado à vista e por um bom dinheiro em Rodeo Drive, em Beverly Hills. Como sempre, seu cabelo loiro-claro parecia impecável. As sobrancelhas de Weeb também eram loiras, e Dickie Lockhart imaginava que ele as escovava com a mesma atenção dedicada ao cabelo.

Weeb apoiou os tênis Reebok sobre a mesinha de café, colocou óculos para leitura e passou os olhos pelos últimos números da audiência televisiva.

"Não está muito ruim", disse ele.

"Obrigado", retrucou Lockhart. Reuniões não eram o seu forte; já estava pensando na Bourbon Street e no que faria mais tarde.

"Quer me explicar o que houve com Macon?", perguntou Charlie Weeb olhando por cima dos óculos.

Lockhart encolheu no sofá. Não tinha idéia do que o patrão estava falando. Será que perdera um torneio de pesca? Talvez algum evento promocional de um dos principais patrocinadores? Não era em Macon que se fabricava a essência de peixes Happy Gland?

"Macon", suspirou Weeb, com o tom de voz de um pai desapontado. "Perdemos Macon para aquele desgraçado filho de uma puta."

"Spurling?"

"Quem mais?" Weeb amassou os papéis com os índices de audiência.

Ed Spurling apresentava um programa chamado *Pescando com Eddie Ligeiro*, que era transmitido via satélite para cento e dezessete canais de televisão. E agora mais um, contando o de Macon.

Na feroz batalha pelo primeiro lugar na pesca televisiva do *bass*, Ed Spurling era o inimigo de morte de Dickie Lockhart.

"Macon", repetiu Dickie com mau humor. E a Geórgia era uma região boa toda vida para quem gostava de *bass*.

"Portanto, são cento e vinte e cinco canais contra cento e dezoito", salientou o reverendo Charles Weeb. "Margem muito pequena para podermos relaxar."

"Mas nós temos os canais simultâneos", observou Lockhart. "Mobile, Gulfport e Fort Worth."

Weeb assentiu com um gesto de cabeça. "E Little Rock também."

Eram sistemas a cabo que transmitiam os dois programas de pesca; algumas audiências comportavam facilmente mais de um.

"Creio que esqueci de lhe contar", disse Weeb. "Você perdeu o horário do jantar em Little Rock. Passou para o domingo de manhã, depois do *Boliche de Ozark*."

Lockhart resmungou. Quem entrava antes de Spurling era o time de beisebol Kansas City Royal — um arraso. Não parecia justo.

"Percebe a situação?", disse o reverendo em tom sombrio.

"Mas o programa vai bem. Viu aquele no lago Jackson?"

"A câmera estava tremendo", zombou Weeb. "Parecia que o seu operador estava com *delirium tremens*."

"Nós fazemos o melhor possível", murmurou o pescador, "com míseros mil dólares por episódio." Era essa a verba destinada ao *Febre do peixe*, excluindo o salário de Dickie Lockhart. O dinheiro para as viagens era tão curto que Lockhart viajava de furgão Winnebago entre as locações, para não gastar com hotéis.

"O programa precisa de uma boa sacudida", disse Weeb.

"Eu pesquei três *bass* de cinco quilos no lago Jackson!"

"O programa do Spurling tem uma nova canção-tema", continuou Weeb. "Com banjos e o Mac Davis no vocal. Já ouviu?"

Lockhart sacudiu a cabeça. Não era homem de discutir com o patrão, mas às vezes o orgulho falava mais alto.

"Já viu as últimas CPBs?", perguntou.

A Classificação dos Pescadores de *Bass* (CPB), publicada por uma revista de pesca, listava os melhores pescadores do país. A CPB estava para a pesca assim como os índices de audiência para as emissoras de televisão.

"Notou quem era o número um?", continuou Dickie Lockhart. "*De novo*?"

"Notei." Weeb tirou os tênis de cima da mesinha de café e endireitou-se na poltrona. "E ainda bem, porque agora tudo o que nós temos é a sua fama, Dickie. Você é um vencedor, e os telespectadores gostam de vencedores. Claro, eu também vi que o Spurling ganhou um torneio no Tennessee..."

"Nas ligas menores, reverendo Weeb. Acabei com ele no Atlanta Classic. Ficou em oitavo lugar."

Weeb levantou e alisou as rugas do seu caro abrigo de corrida. Depois voltou a se sentar. "Como eu disse, estamos muito satisfeitos por você ser o primeiro. Mas é que eu não quero ver você decair, só isso. É o que vai acontecer, se não tomar cuidado. Acontece nos negócios, e na pesca também. É a mesma coisa."

Weeb abriu uma cesta de frutas e atirou uma maçã a Lockhart, que estava louco para lhe dizer o quanto aquele abrigo de corrida parecia um pijama.

"Estamos nas grandes ligas, Dickie. Se você não ganhar, vai para o banco." O reverendo Charles Weeb tirou os óculos. "Espero sinceramente que você continue ganhando. De fato, é o que lhe recomendo com toda a sinceridade."

Nesse aspecto, é claro, Dickie Lockhart estava muito à frente dele.

5

Decker buzinou duas vezes ao se aproximar da cabana de Skink. Foram buzinadas curtas e educadas. A última coisa que queria era surpreender um homem com vontade de atirar.

A cabana tinha uma inclinação permanente, dando a impressão de que uma boa brisa seria capaz de derrubá-la. Exceto pelo zumbido das mutucas, o local estava silencioso. Decker meteu as mãos no bolso e andou até o lago. A centenas de metros, um barco reluzente, com dois pescadores, recortava-se contra o horizonte. Sempre que um deles lançava a linha, o brilhante monofilamento formava um arco diáfano sobre a água antes de pousar na superfície. O pontudo casco framboesa do barco pesqueiro cintilava sob o sol do meio-dia. Decker nem se deu ao trabalho de gritar. Se fosse Skink, estaria pescando sozinho. E nunca em um barco daquele tipo.

Decker voltou à cabana e sentou-se na varanda. Segundos depois, ouviu um estalido vindo de cima. Era Skink, descendo dos galhos de um velho pinheiro.

Ergueu-se do chão e disse: "Estou começando a não sentir desprezo por você".

"É bom ouvir isso", retrucou Decker.

"Você não entrou."

"Não é a minha casa", disse Decker.

"Exatamente", resmungou Skink, entrando na varanda com passos pesados. "Mas certas pessoas teriam entrado assim mesmo."

Nem a luz do sol ajudava a definir ou precisar a aparência de Skink. Naquele dia ele usava roupas de camuflagem, óculos escuros e um chapéu de chuva florido, de onde brotava a longa trança de cabelos prateados.

Serviu café a Decker, mas ele mesmo não tomou.

“Tenho coelho fresco para o almoço”, disse Skink.

“Não, obrigado.”

“Eu disse *fresco.*”

“Acabei de comer”, mentiu Decker, sem muita convicção.

“Como foi o enterro?”

Decker deu de ombros. “Você conhecia esse Robert Clinch?”

“Conheço todos eles”, respondeu Skink.

“Lanie Gault?”

“É irmã do grande magnata que contratou você.”

“Isso mesmo.” Decker ficou aliviado quando Ott lhe disse que Dennis Gault era irmão de Lanie. Teria sido desconcertante saber que era o marido dela.

“A senhorita Gault acha que o Bobby Clinch morreu de um modo estranho”, prosseguiu.

Skink estava de cócoras, mexendo na fogueira. Demorou para responder. Quando o pavio acendeu, disse: “É difícil encontrar um coelho bom. Eles costumam ficar esmagados e não sobra coisa nenhuma de carne. Os melhores são aqueles que os carros pegam de raspão e jogam para o acostamento. Nem dá para perceber que este aqui foi atropelado. A carne está perfeita. Parece que morreu de ataque cardíaco”. Skink arrumava os pedaços de coelho numa frigideira.

“Acho que vou provar um pouco”, disse Decker, rendendo-se.

Skink sorriu pela primeira vez. Foi um dos sorrisos menos previsíveis que Decker já vira, pois Skink tinha dentes perfeitos — uniformes e sem uma falha, com a brancura deslumbrante do marfim. Dentes que ninguém já nasce tendo, dentes do tipo “apresentador de TV”. Eram bonitos mesmo.

Decker não sabia se devia se sentir aliviado ou inquieto. Ainda pensava nos dentes quando Skink lhe disse: “Eu estava no brejo do Negro no sábado de manhã”.

“Quando aconteceu?”

“Um pouco antes.”

“Dizem que ele devia estar a sessenta nós por hora quando o barco virou.”

Skink regou com manteiga o coelho que fritava sobre a brasa. Levantou os olhos e disse: "Quando eu vi o barco, estava parado".

"Clinch estava vivo?"

"Ora, se estava."

"Então o acidente deve ter acontecido depois que você foi embora", disse Decker.

Skink bufou e não disse nada.

"Ele viu você?", perguntou Decker.

"Não, eu estava ajoelhado no meio das árvores, pelando uma cascavel. Ninguém me viu." Ofereceu a Decker um naco de carne frita.

Decker soprou-a até que esfriasse e deu uma pequena mordida. Estava realmente muito boa. "Por que você reparou no Clinch?", perguntou.

"Porque ele não estava pescando."

Depois de engolir a carne, Decker murmurou em tom de dúvida.

"Não estava pescando", repetiu Skink, "e eu achei aquilo muito estranho. O sujeito acorda de madrugada, corre feito um louco até um local de pesca e depois fica cutucando os nenúfares com um remo. Fiquei olhando para ver se ele encontrava o que estava procurando."

"E encontrou?"

"Não sei, eu fui embora para colocar a cobra no gelo."

"No gelo...", disse Decker. Inclinou-se sobre a frigideira e com toda a cautela apanhou outro pedaço de coelho. Skink aprovou com um gesto de cabeça.

"O que você conclui disso?", perguntou.

"Estou trabalhando para você, certo?"

"Se quiser trabalhar, eu preciso de ajuda. Sem dúvida."

"Sério?" A frigideira estava vazia. Skink jogou a gordura viscosa dentro de uma embalagem de leite velha.

"Os *bass* estavam saltando fora d'água naquela manhã", disse ele. "E o filho da mãe não pegou a vara e o anzol nem uma vez. Não é estranho?"

"Creio que sim", respondeu Decker.

"Acho que você está precisando de uma aula", resmungou Skink. "Sujeitos como o Clinch gostam mais de pescar um *bass* do que de trepar. Essa é a verdade, Miami. Quando eles vêem um belo lago cheio de *bass* de manhã cedinho, eles ficam de pau duro. Logo, a pergunta é: por que o Clinch não estava pescando no brejo do Negro sábado passado?"

Decker não tinha contribuições a dar.

"Quer ouvir uma coisa mais estranha ainda?", prosseguiu Skink. "Havia outro barco lá também, e não muito distante. Com dois sujeitos."

"E também não estavam pescando, certo, capitão?", perguntou Decker.

"Ha, ha!", fez Skink. "Está vendo? As glândulas do coelho já subiram para o seu cérebro."

O café de Decker esfriara, mas não tinha importância. Ele engoliu o que restava.

Skink estava mais animado e veemente; as veias de seu pescoço saltavam. Decker não sabia se estava irado ou em estado de graça. Usando uma faca de bolso para remover os fiapos de carne dos dentes perfeitos, o pescador disse: "Bom, Miami, você não vai me perguntar o que significa isso?".

"Estava na minha lista de perguntas."

"Você vai ouvir a minha teoria hoje à noite, no lago."

"No lago?"

"Vai ser a sua primeira comunhão", disse Skink, e voltou a escalar ruidosamente o tronco do grande pinheiro.

Ott Pickney deixara Miami e o jornalismo das metrópoles em busca de um retiro sossegado. Sabia que poderia ter ficado no *Sun* o resto da vida, mas sentia que já havia dado o seu recado. Mesmo não tendo escrito praticamente nada de importante em pelo menos uma década, deixou o jornal com uma sensação de triunfo. Sobrevivera à passagem para o tipo frio, ao advento dos sindicatos, à invasão dos focas intelectuais, à ascensão dos grandes diretores. Ott assistira à chegada de astros e de destruidores de astros e, com um mínimo de ambição, perdurou mais que a maioria deles. Sentia-se a prova viva de que o jornalismo bem-sucedido não precisava ser intrinsecamente ardiloso ou agressivo, nem mesmo no sul da Flórida.

Para Ott, o jogo em Harney era igual, só que mais lento.

Justamente por isso, incomodava-o o infernal ceticismo de R. J. Decker no que dizia respeito à morte de Bobby Clinch. Um pescador imprudente arrebentou o barco e se afogou... e daí? Em Miami isso daria um mísero parágrafo na página 12-D; ninguém se preocuparia em ler. Ott Pickney ficou irritado quando Decker insinuara veladamente que algo sinistro estava sendo armado bem debaixo de seu nariz. Eles ali não estavam no condado de Dade e nem lidavam com os moradores do condado de Dade. A idéia de que uma rede organizava trapaças nos torneios de pesca parecia-lhe no máximo remota, mas sugerir que a morte de Robert Clinch fora criminosa era ofender seriamente a comunidade. Ott deciciu mostrar a R. J. Decker o quanto ele se enganava.

Depois do enterro, Ott voltou à redação e fez um pouco de hora. Os prazos do jornal eram tão folgados que lhe permitiam mais dois dias para elaborar a matéria sobre Clinch. Folheando o bloco de anotações, Ott calculou que o material que recolhera daria para escrever quinze ou vinte linhas. No máximo.

Movido por uma atípica obstinação, Ott decidiu ver se conseguia mais informações com Clarisse Clinch.

A casa da viúva estava uma balbúrdia. Uma perua amarela de mudança estacionara na frente; uma equipe de homens corpulentos esvaziava os cômodos. Clarisse fixara um posto de comando na cozinha e de lá supervisionava severamente o trabalho dos homens.

"Perdoe a intromissão", disse Ott ao entrar, "mas esqueci de lhe fazer algumas perguntas."

"Não tenho respostas", retrucou Clarisse asperamente. "Estamos de mudança para Valdosta."

Ott tentou imaginar Clarisse com um vestido insinuante e transparente, entrando com longas pernas em num carro esporte laranja. Era algo impossível de visualizar. Aquela mulher não pertencia à espécie de Lanie Gault.

“Fale um pouco mais sobre o hobby do seu marido”, pediu Ott. “Conte alguns episódios pitorescos.”

“Episódios pitorescos? O que você está escrevendo, um livro?”

“Apenas uma matéria”, explicou Ott. “Os amigos do Bobby dizem que ele era um excelente pescador.”

“Você viu o caixão”, disse Clarisse. “E viu os amigos dele.” Bateu palmas duas vezes, com força. “Ei, cuidado com o canapé, Pablo. Vai querer comprar outro para mim?”

O homem chamado Pablo murmurou uma palavra obscena.

Clarisse voltou-se de novo para Ott. “Você pesca?”

Ele balançou a cabeça negativamente.

“Graças a Deus existe uma exceção”, disse ela.

O olhar de Clarisse desviou para uma estante de livros na sala. Ott notou que não havia livros nas prateleiras, apenas troféus. Cada troféu era coroado por uma réplica ordinária, banhada a ouro, de um peixe saltando. Um *bass*, imaginou Ott. Contou os troféus e escreveu o número “18” no bloco de anotações. Um dos trabalhadores abriu uma grande caixa de papelão e começou a embalar e guardar os troféus.

“Não!”, disse Clarisse. “Isso vai para o lixo.”

O trabalhador deu de ombros.

Ott seguiu a viúva até a garagem. “Preciso vender toda essa tralha”, disse ela.

Era o equipamento de pesca de Bobby Clinch. Caniços, vários tipos de sofisticadas varas, iscas. Ott Pickney contou-as e escreveu “22” no bloco. Todas as peças pareciam impecáveis.

“Esse material vale muito dinheiro”, observou Ott.

“E se eu pusesse um anúncio no seu jornal?”

“Boa idéia.” Todos os repórteres do *Sentinel* eram treinados para lidar com os anúncios classificados, para o caso de surgir uma ocasião. Ott voltou à caminhonete e tirou um maço de formulários do porta-luvas.

“Vinte e duas varas de pescar”, começou ele.

“Três pares de botas impermeáveis de cano longo”, disse Clarisse, remexendo nos tesouros pesqueiros do marido.

“Duas redes pequenas”, anotou Ott.

"Quatro coletes", disse ela. "Um com bolso de velcro".

"O que é aquilo? Um afiador elétrico de anzol?"

"Novo em folha", confirmou ela. "Não se esqueça de escrever que é novo."

"Entendi."

"Não sei o que fazer com esse negócio." Sob uma mesa de ferramentas havia uma mala de plástico com a palavra PLANO estampada no alto; Clarisse a tirou dali, arrastando-a. "Não consigo nem levantar essa porcaria, e me dá medo de olhar o que tem dentro."

"O que é isso?", perguntou Ott.

"A mina de ouro", disse Clarisse. "O estojo de equipamento do Bobby."

Ott ergueu a mala pela alça e levou-a até o balcão da cozinha. Devia pesar uns vinte e cinco quilos.

"Ele guardava essas porcarias aí desde que tinha dez anos. Iscas artificiais e coisas assim." A voz de Clarisse estava estrangulada; ela piscava os olhos como se estivesse prestes a chorar ou pelo menos resistindo ao impulso.

Ott desafivelou o estojo e abriu a tampa. Nunca em sua vida ele havia deparado com uma coleção tão eclética de acessórios: minhocas com as tonalidades do arco-íris, rãs artificiais, carpas de plástico e até pequenas cobras de borracha, todas ostentando anzóis afiados como diamante. As iscas estavam caprichosamente organizadas dentro de oito repartições dobráveis. Facas, pinças, saca-anzóis de aço inox, chumbadas, tornéis e carretéis de linha de pesca cobriam o fundo do estojo.

Dentro de uma bolsinha de veludo, Ott encontrou uma pequena balança de bronze, própria para a pesagem de *bass*. Os números iam até a otimista marca de quinze quilos, embora nenhum *bass* jamais tivesse alcançado tal peso.

Quanto à balança, Clarisse observou: "Essa bobagem custou quarenta pratas. O Bobby disse que era a balança oficial dos torneios, seja lá o que signifique isso. Todo mundo tinha o mesmo modelo, e assim ninguém podia roubar no peso. Foi o que ele me disse".

Ott Pickney guardou a balança na bolsa de veludo com cuidado. Devolveu-a ao estojo de material pesqueiro de Bobby Clinch e fechou as fivelas.

Clarisse sentou-se nos degraus de concreto da garagem e olhou com tristeza para o lote de varas órfãs.

"Essa era a vida do Bobby, senhor Pickney", confidenciou ela. "Não era eu, nem as crianças, nem o emprego dele na companhia telefônica. Era só a pesca. Ele só se sentia feliz pescando no lago."

Enfim uma observação decente, pensou Ott, e anotou febrilmente no bloco: "Só se sentia feliz pescando no lago".

Apenas mais tarde, quando dirigia de volta para o jornal, foi que Ott Pickney atinou com algo que teve o efeito de um soco no estômago. R. J. Decker tinha razão. Alguma coisa estranha estava acontecendo.

Se Bobby Clinch tivesse levado o estojo de equipamento naquele passeio fatal, o objeto certamente teria desaparecido quando o barco virara.

E, se não o levou, qual teria sido o motivo?

O barco de Skink media quatro metros; tinha remos descascados e assentos de madeira lascados.

"Suba", disse a R. J. Decker.

Decker sentou-se na proa e Skink empurrou o barco para dentro da água. Fazia um pouco de frio naquela noite. O céu estava coberto por um tapete inteiriço de nuvens cinzentas e altas que uma brisa fria empurrava para o sul. Skink pousou uma lanterna Coleman no meio do barco, perto da sacola à prova d'água onde Decker levava a câmera.

"Os insetos sumiram", comentou Skink. "É por causa do vento."

Trouxera duas varas de pescar que pareciam ter sido compradas numa loja de segunda mão. A fibra de vidro estava escura e descascada; os carretéis, manchados e sem brilho. As peças não eram em nada semelhantes à reluzente obra-prima que Decker vira exibida de modo tão reverente no caixão de Bobby Clinch.

Skink remava sem esforço. Pequenas ondas lambiam a proa enquanto o barquinho atravessava o lago Jesup. Decker apreciava o tranqüilo passeio na noite fresca. Ainda ficava um tanto inquieto na companhia de Skink, màs estava começando a gostar dele, mesmo que o homem não batesse muito bem. Decker já conhecera tipos como Skink, solitários excêntricos e veneráveis. Alguns estavam escondidos, outros foragidos, outros apenas esperando que algo, ou alguém, viesse ao seu encontro. E lá estava Skink, esperando. A intenção de Decker era deixá-lo à vontade.

"Parece que ninguém saiu para pescar hoje", disse ele.

"Ora, eles estão por toda parte", retrucou Skink. Remava de costas para Decker, que queria vê-lo tirar aquele abominável chapéu de chuva mas não sabia como abordar o assunto.

"Como você sabe para que lado ir?", perguntou Decker.

"Existe uma área para trailer exatamente a nordeste daqui. As luzes brilham através das árvores", explicou Skink. "Elas ficam acesas a noite toda. Os velhos que moram lá têm medo quando as luzes se apagam. Os barulhos da mata ficam mais altos no escuro. Já reparou nisso, Miami? Preste atenção agora: o barco é a face de um relógio e nós estamos sentados na posição da meia-noite. As luzes da área de trailer estão na posição das dez horas..."

"Estou entendendo."

"Ótimo. Agora olhe em volta na direção das duas e meia. Está vendo lá? Mais luzes. São de um mercado na rodovia 222." Skink descrevia tudo isso sem levantar os olhos nem uma vez. "Para que direção estamos indo em relação ao acampamento?"

"Parece que vamos para o norte."

"Isso mesmo", disse Skink. "Acho que eu trouxe um escoteiro muito sabido comigo."

Decker não sabia o que aquele lunático tamanho família estava tramando, mas um passeio de barco era bem melhor do que ficar vigiando um marido adúltero até o raiar do dia.

Skink parou de remar depois de vinte minutos. Colocou a lanterna no banco de madeira e apanhou uma vara de pescar. Da proa, Decker ficou olhando enquanto ele lidava com a linha e xingava baixinho.

Finalmente Skink virou-se para Decker e lhe entregou a varava com fiação. Prendera na ponta da linha uma longa isca roxa de borracha. Devia ser uma enguia, uma cobra ou uma minhoca com tireóide, imaginou Decker. O nó de Skink estava longe de ser o mais apertado que ele já vira.

"Vejamos o seu arremesso", disse Skink.

Decker segurou a vara com a mão direita, levou-a acima dos ombros e fez o movimento de quem atira uma bola de beisebol. A isca de borracha bateu na água a um metro e meio do barco.

"Lamentável", criticou Skink. "Tente abrir o carretel."

Em seguida, mostrou a Decker como abrir a frente da bobina e controlar a linha com a ponta do dedo indicador. Demonstrou como o punho, e não o braço, fornecia impulso ao arremesso. Após meia dúzia de tentativas, Decker finalmente lançou a isca roxa a vinte metros de distância.

"Muito bem", disse Skink, e desligou a lanterna Coleman.

O barco flutuava na embocadura de uma pequena enseada, onde a água era plana como a superfície de um espelho opaco. Mesmo numa noite sem estrelas como aquela, o lago emitia sua própria luz cinzenta. Decker discernia uma fileira de pinheiros ao longo da margem. O barco estava rodeado de nenúfares de hastes grossas, galhos de ciprestes e trechos de bambus altos.

"Vamos, arremesse", disse Skink.

"Onde? A linha não vai enroscar nessa vegetação?"

"A isca na ponta da sua linha foi feita para não prender no mato. Arremesse como fez antes e pense como um réptil noturno. Faça a isca dançar como uma minhoca que sabe que vai ser devorada daqui a pouquinho."

Decker fez um bom lançamento. A isca mergulhou entre os nenúfares. Ao puxar a linha, sacudiu a vara tentando em vão fazer a isca de plástico deslizar.

"Ora essa, mas o que é isso? Faça de conta que é uma cobra." Skink arrancou a vara das mãos de Decker e fez um lançamento colossal. A isca produziu um ruído distante ao cair perto da margem. "Agora, observe a ponta da vara", instruiu Skink. "Observe o meu pulso."

A cobra-enguia-minhoca saltitou entre os nenúfares e contorceu-se na superfície da água. Decker teve de reconhecer que parecia viva.

A dois metros do barco, a isca deu a impressão de explodir. Ou algo explodiu sob ela. Skink puxou a vara com força, mas a isca voou para fora da água e chocou-se contra o chapéu de chuva.

Decker sentiu o peito latejar num ponto bem abaixo da garganta. Apenas espuma e bolhas emergiam da água no local onde a coisa tinha se manifestado.

"Que diabo era aquilo?", balbuciou.

"Um *hawg*", respondeu Skink. "E dos bons." Desprendeu a falsa enguia do chapéu e devolveu a vara de pescar a Decker. "Tente você. E rápido, enquanto ela ainda está com a barriga quente."

Decker lançou a isca na mesma direção. Seus dedos tremiam enquanto ele fazia a criatura de borracha ziguezaguear na superfície da enseada.

"A água está nervosa", disse Skink, secando a barba. "Vá um pouco mais devagar."

"Assim?", sussurrou Decker.

"Isso."

Decker então ouviu, antes mesmo de sentir: um abalo dissonante, como se alguém tivesse jogado um bloco de concreto na água ao redor do barco. No mesmo instante alguma coisa quase arrancou a vara de suas mãos. Decker puxou-a para trás instintivamente. A linha escapava do velho carretel em curtas arrancadas, fazendo a vara dobrar-se em forma de "U" invertido. O peixe deu a volta e rompeu a superfície da água a estibordo, perto da popa. O dorso tinha faixas de um negro esverdeado, o quarto dianteiro era cor de bronze e o ventre, gordo, parecia esbranquiçado como gelo. As brânquias chacoalhavam como dados quando o *bass* sacudia a bocarra.

"Merda", grunhiu Decker.

"É um bitelão", disse Skink, só olhando.

O peixe mergulhou fundo, puxou um pouco, parou um pouco e abriu caminho rumo às raízes dos nenúfares. Pego de surpresa, Decker tentou garantir o terreno. Skink sabia o que aconteceria — e de fato aconteceu. O peixe, astuto, enrolou a linha na vegetação e arrebentou-a com um estalido. A briga não durara mais de três minutos.

"Merda", disse Decker. Ligou a lanterna e examinou a ponta partida do monofilamento.

"Tinha uns cinco quilos", calculou Skink. "No mínimo." Passou as pernas por cima do banco, apoiou as botas sobre o gio e começou a remar.

"Tem outra isca daquela?", pediu Decker.

"Estamos voltando", disse Skink.

"Só mais uma vez, capitão. Eu vou melhorar na próxima."

"Você foi bem, Miami. Teve o que precisava — uma iniciação à febre da pesca. Assim vai me economizar um bocado de perguntas idiotas daqui para a frente." Skink acelerou o ritmo das remadas.

"Eu tenho que reconhecer: foi divertido."

"É o que dizem."

Durante o percurso de volta à margem, Decker não conseguiu parar de pensar no grande *bass*, na tensão elástica de sua força contra os músculos do pescador. Talvez a obsessão de Bobby Clinch tivesse algo de místico. Decker admitiu para si mesmo que a experiência havia sido inebriante e pura; o isolamento e a escuridão do lago estilhaçados por um ser das profundezas. Não era tão simples como a pesca em barcos comuns, nem como lançar camarões das pontes de Key West. Era diferente. Decker se sentiu um menino, todo empolgado.

"Quero experimentar de novo", disse a Skink.

"Talvez algum dia, quando acabar o trabalho sujo. Quer ouvir a minha teoria?"

"Claro." Era por aquela bendita teoria que Decker esperara a noite toda.

"Robert Clinch ficou sabendo das trapaças", disse Skink. "Sabia quem trapaceava e como. Acho que estava procurando uma prova quando o pegaram no brejo."

"Quem pegou? O Lockhart?"

"O Dickie não estava no outro barco que eu vi. Ele não é tão idiota assim."

"Mas mandou alguém para matar o Clinch."

"Não tenho certeza, Miami. Talvez fosse uma armadilha, ou então o Clinch apareceu no lugar errado na hora errada."

"O que o Bobby estava procurando?", quis saber Decker.

Skink deu três remadas antes de responder.

"Um peixe. Um peixe especial."

Era essa a teoria de Skink, ou a parte que pretendia divulgar. Decker lhe perguntou duas vezes o que queria dizer, que peixe especial era aquele, mas Skink não respondeu. Remava de modo mecânico. Os únicos sons audíveis no lago eram da sua respiração áspera e o rangido rítmico dos remos enferrujados. Aos poucos os detalhes da margem sul, inclusive a silhueta recurva da cabana de Skink, entraram no campo de visão de Decker. O passeio estava prestes a terminar.

"Você sai para pescar toda noite?", perguntou Decker.

"Só quando eu estou com vontade de comer peixe no jantar", replicou o outro.

"E você sempre usa aquela isca roxa grande?"

"Nada disso." Skink encostou o barco com uma última remada. "Geralmente eu uso uma de doze calibres."

Quando R. J. Decker retornou ao hotel, encontrou um bilhete do gerente noturno pregado na porta. Dizia que Ott Pickney havia ligado, mas não dizia o motivo.

Decker já tinha posto a chave na fechadura quando ouviu um carro entrar no estacionamento. Olhou por cima do ombro, quase certo de que veria a reluzente Toyota de Ott.

Mas o que viu foi um Corvette laranja.

6

Decker não tinha boa memória para nomes. Seus olhos eram ótimos para captar rostos, mas a mente não guardava nome nenhum.

"Foi na filmagem de um desfile de moda", insistiu Lanie Gault. "Você dava a impressão de que preferia estar em El Salvador."

"Acho que estou me lembrando", disse Decker. "Em Sanibel Beach, certo?"

Lanie assentiu com um gesto de cabeça. Estava sentada na beira da cama, parecendo à vontade. Num quarto de hotel estranho, com um homem estranho, mas assim mesmo à vontade. Decker estava longe de se sentir tão descontraído.

"Deve fazer uns cinco ou seis anos", prosseguiu ele, tentando ser profissional, tentando não olhar para as pernas dela.

"Você engordou um pouco", disse Lanie. "Mas melhorou, não se preocupe."

Decker ligou a televisão, procurando pelo talk-show de David Letterman. Parou de passear pelos canais quando encontrou um horroroso programa de jogos independentes.

"Eu estou diferente?", perguntou Lanie. Não parecia estar dando deixa para elogios.

"Você está ótima", disse Decker, afastando os olhos da televisão.

"Acredite ou não, acho que ainda tenho o maiô que eu usei para a sessão de fotos."

Quanto a esse detalhe, a memória de Decker não falhava. Era um maiô amarelo cavado, do tipo que exige uma depilação mais ousada.

"Você trepou com uma das modelos, não foi?"

Decker suspirou.

"Ela ficou falando sobre isso na viagem de volta para Boca Raton."

"Espero que ela tenha sido generosa", disse Decker. O nome dela era Diane, uma moça muito simpática. Não parecia do tipo tagarela, mas agora ele via que se enganara. Guardara o telefone dela, mas soube que havia se casado com um poderoso capitão de polícia porto-riquenho. O telefone constava na letra "S", de "suicídio".

Lanie Gault chutou as sandálias e sentou-se de pernas cruzadas sobre a colcha da cama. Usava uma blusa colorida sem mangas e um short branco. Os braços, as pernas e mesmo o peito do pé tinham um bronzeado dourado — assim como o pescoço e o colo, até onde Decker podia ver. Ficou imaginando o resto, e se valia a pena tentar. Não era o momento, decidiu.

"Será que dá para abaixar essa coisa?", pediu ela. Na televisão, um jovem casal de Napa Valley acabara de ganhar um Oldsmobile Cutlass e a platéia estava entrando em delírio.

Decker girou o botão de volume.

"Olhe, desculpe pelo meu jeito hoje de manhã", disse ela. "Tomei uns martínis para segurar."

"Fez bem."

"Eu devo ter parecido uma piranha sem coração, o que não é verdade."

Decker foi dando corda. "Não foi um enterro fácil. Ainda mais com a esposa presente."

"Você disse tudo."

"Antes de me falar do Bobby", prosseguiu Decker, "eu queria perguntar como você soube a meu respeito. Como soube o motivo da minha vinda?" Imaginava que o irmão havia contado, mas queria ter certeza.

"O Dennis me telefonou", disse ela.

"Por quê?"

"Ele sabe que eu tenho um interesse pessoal no caso. Ou talvez ele se sinta culpado por causa do Bobby; quer mostrar que não vai virar as costas."

Ou talvez ele queira que você me teste, pensou Decker.

"Eu conheci o Bobby num torneio de pesca em Dallas, há dois anos", disse Lanie. "Eu estava fazendo propaganda para o catálogo da NeimanMarcus — com roupa de praia, de piquenique, coisas assim. O Dennis por acaso também estava na cidade para esse torneio, um torneio grande. Uma tarde eu fui até a represa só para dizer um 'oi'. Acho que tinha uns sessenta barcos, uns cem homens, e todos exatamente com a mesma cara. Vestiam igual, andavam igual, conversavam igual, mascavam tabaco igual. Todos carregando peixe para ser pesado. Mais tarde eles se reuniram em volta de um grande placar para ver quem estava ganhando na contagem. Credo! Achei que eu tinha morrido e que tinha ido parar no inferno dos caipiras."

"Então o Bobby se aproximou."

"Isso mesmo", disse Lanie. "Ele me cumprimentou e se apresentou. Pode parecer cafona, mas eu senti que ele era diferente dos outros."

Cafona não parecia a palavra mais adequada ao caso. Decker continuou ouvindo com toda a educação. Calculou que a seguir viria uma cena de amor.

"Naquela noite, enquanto os outros jogavam pôquer e enchiam a cara, ele me levou até o barco dele, que estava na represa. Só nós dois. Eu nunca vou esquecer — lua crescente, não tinha uma nuvem no céu." Lanie riu suavemente e baixou os olhos. "Nós acabamos transando na água. Na proa do barco tinha uma cadeira giratória... E foi lá que aconteceu. Sorte que nós não viramos."

Essa garota tem uma imaginação espantosa, pensou Decker.

"O Bobby não era desses fanáticos por torneio em período integral", prosseguiu Lanie. "Tinha um bom emprego, instalava cabos para a companhia telefônica. Participava de uns quatro ou cinco eventos por ano e portanto não era ameaça séria para ninguém. Ele não tinha inimigos, Decker. Todos gostavam do Bobby."

"Então por que ele era diferente?", perguntou Decker.

"Ele curtia mais a experiência", disse Lanie. "Ficava feliz só de estar na água... e as nossas melhores noites foram depois que ele voltava do lago. Mesmo que não tivesse pescado nada, ele ficava feliz. E como ria, cara, como ria de todo aquele ritual. O

Bobby adorava pescar, sem dúvida, mas pelo menos conseguia ver como tudo aquilo parecia loucura para quem estava de fora. E eu não posso dizer o mesmo do meu irmão."

R. J. Decker levantou-se e desligou a televisão. Era por essa parte que estivera esperando.

"O Dennis lhe disse exatamente por que me contratou?"

"Não, mas só pode ter sido por um motivo: as trapaças."

Como se não fosse nenhum segredo.

"O Dennis sabe que o Dickie anda roubando nos torneios", continuou ela. "Não fala de outra coisa. No começo ele tentou até contratar uns matadores. Dizia que o Hemingway teria feito o mesmo."

"Não, o Hemingway teria se virado sozinho."

"Há uns seis meses o Dennis tratou com dois mafiosos de Queens. Ofereceu a eles oitenta e cinco mil dólares para apagar o Dickie e moer o corpo dele até virar comida de cachorro. Meu irmão não sabia que um dos pilantras trabalhava para a polícia federal — Sal não-sei-do-quê. O cara delatou toda essa história maluca. Por sorte ninguém do FBI acreditou, mas por um tempo o Dennis ficou morrendo de medo. Pelo menos sarou da obsessão de matar o Lockhart. Agora ele diz que se satisfaz com uma condenação."

"E o passo seguinte do seu irmão foi me contratar."

Lanie sacudiu a cabeça. "Não, foi contratar o Bobby."

Era o que Decker torcera para não ouvir.

"O Dennis conheceu o Bobby no circuito profissional, e os dois se deram bem logo de cara. Chegaram até a pescar juntos em alguns torneios profissionais e sempre acabaram roubados. O Dennis falou com o Bobby das suspeitas que ele tinha sobre o Lockhart e ofereceu a ele uma montanha de dinheiro para obter a prova."

"O que o Bobby podia fazer que o seu irmão não podia?"

"Investigar discretamente", disse Lanie. "Todo mundo sabe que o Dennis tem uma rixa com o Dickie Lockhart. O Dickie também sabe, e toma o máximo de cuidado quando o Dennis está por perto. O plano do meu irmão era não participar dos próximos torneios — ia dar como desculpa os negócios da família — e torcer para que o Dickie fosse menos cuidadoso."

"Com o Bobby Clinch observando cada passo que ele dava."

"Exatamente."

"Quanto dinheiro o Dennis ofereceu?", perguntou Decker.

"Muito. O Bobby não era ganancioso, mas precisava de uma certa quantia para se libertar do casamento. Ele queria que a Clarisse ficasse com a casa, entende? Não simplesmente abandonar a mulher e as crianças."

R. J. Decker não ficou com os olhos cheios de lágrimas. A história de Lanie cheirava mal, e ele estava pronto a se despedir dela.

"Seu irmão sabia que você tinha um caso com o Bobby?", perguntou.

"Claro que sabia. O Dennis nunca disse uma palavra, mas eu tenho certeza de que sabia." Lanie Gault apoiou o queixo na mão. "Pensei que ele tocaria no assunto depois do assassinato. Esperei um bilhete ou um telefonema, para mostrar que ele estava sabendo da minha dor. Mas o Dennis não é disso. O filho da mãe é uma pedra de gelo, estou avisando. Meu irmão quer pegar o Lockhart, e se você morrer tentando fazer isso, ele não vai mandar uma coroa de flores para o seu enterro. Vai mandar apenas um outro substituto. Como você."

A possibilidade de ser assassinado por causa de um peixe morto não estimulava o espírito de aventura de R. J. Decker. Ele já fotografara homens que haviam morrido por menos e muitos que haviam morrido por mais. Ao longo dos anos, desenvolvera uma visão da morte pouco romântica, típica de moscas de carniça: não fazia diferença o modo de morrer; o fedor era o mesmo.

"Você acha que o Lockhart matou seu namorado?", perguntou Decker.

"Quem mais pode ter sido?"

"Tem certeza de que não foi acidente?"

"Absoluta. O Bobby conhecia cada galho daquele lugar. Podia atravessar o lago de olhos fechados."

Decker estava disposto a acreditar. "Quem é o dono do programa de Dickie?", perguntou.

"O Canal Cristão de Esportes Externos. Já ouviu falar?"

"Agitadores bíblicos na TV."

Lanie alongou a espinha, como se resolvendo um mau-jeito. "É mais do que religião antiquada", disse ela. "A emissora é um perfeito conglomerado moderno. Ele mexem com seguros de saúde, consórcios, títulos de petróleo, projetos imobiliários..."

"Vou verificar", prometeu Decker. "E eu preciso descansar, Lanie. Tenho uma viagem longa amanhã."

Ela assentiu com um gesto de cabeça, levantou-se e calçou as sandálias. Foi até o espelho e escovou o cabelo com gestos rápidos e seguros.

"Mais uma coisa", disse Decker. "Lá no cemitério, como você sabia quem era eu? Aquele desfile foi há muito tempo."

Lanie deu risada. "Está brincando?"

"Não me diga que eu me destaco na multidão."

"É, é isso mesmo. Mas o Dennis me mandou uma foto, no caso de eu ficar na dúvida."

"Uma foto?"

Lanie abriu a bolsa. "Cortesia do funcionário da recepção da penitenciária do condado de Dade."

Decker reconheceu os antigos instantâneos da prisão. Bem pensado, Dennis. Uma leve agulhada do passado.

"Já vi sorriso mais simpático", disse Lanie, examinando as fotos da polícia. "Você ainda fotografa, Decker?"

"De vez em quando."

"Talvez você queira me fotografar um dia desses. Estou pensando em voltar a trabalhar como modelo." Lanie colocou a bolsa debaixo do braço e abriu a porta. "Já faz tanto tempo que eu devo ter esquecido como é que se posa."

Está se saindo muito bem, pensou Decker. "Boa noite", disse ele.

Decker precisou voltar a Miami para revelar um filme que seria usado no julgamento de um caso de fraude no seguro, marcado para a semana seguinte. Decidiu tomar o caminho mais longo para pensar no que fazer a respeito de Dennis Gault e da intriga pesqueira. Seu instinto em relação ao elenco de personagens dizia-lhe para abandonar o caso — mas e a morte de Bobby Clinch?

Enquanto arrumava a mala, Decker ouviu-se a si mesmo dizendo: e daí? Odiou essa expressão porque ela o fez parecer-se com todos os tiras e detetives particulares — preguiçosos e imbecis — que já conhecera. Casos difíceis, problemas difíceis. Corra atrás da grana fácil, era o conselho.

Mas Decker sabia que não podia desistir agora. Bobby Clinch fora assassinado porque saíra em busca de um peixe secreto; um crime tão impressionante não podia ser facilmente ignorado. A idéia de que alguém se tornara homicida devido a um *largemouth bass* exercia uma atração perversa sobre Decker, despertando nele uma imensa vontade de ver a cara dos sujeitos que haviam cometido a barbaridade.

Primeiro precisava se encontrar com Gault outra vez — uma perspectiva desagradável. Podia visitá-lo de noite, quando chegasse em Miami. Não levaria muito tempo. Do quarto do hotel, Decker reservou por telefone um lugar num vôo da United Air para Nova Orleans, às sete da noite. O Torneio Clássico de Pesca Cajun era a próxima etapa no circuito da pesca esportiva, uma boa ocasião para Decker observar pela primeira vez Dickie Lockhart em ação. Já vira o rosto do famoso pescador televisivo num outdoor em frente a uma loja de iscas na rodovia 222: "Dickie Lockhart adora a essência de peixe Happy Gland! Os *bass* grandes também". Decker ficara tão fascinado pelo outdoor que perguntara ao vendedor da loja se a companhia Happy Gland havia criado uma fórmula para seres humanos. O homem da loja de iscas, muito prestativo, verificou atrás do balcão e respondeu que não.

Antes de sair de Harney, Decker tentou ligar para Ott Pickney no jornal. Sandy Kilpatrick, o editor com cara de pássaro, disse que Ott saíra cedo para fazer algumas entrevistas. O tom de preocupação na voz de Kilpatrick sugeria que empreitadas antes do almoço não eram típicas de Ott. Decker deixou um recado pedindo que Ott lhe telefonasse à noite em Miami.

Naquele momento, Ott Pickney estava tomando café na loja de iscas de Culver Rundell, na margem sul do lago Jesup. Culver Rundell atendia atrás do balcão e Ozzie, irmão dele, estava nos fundos fazendo compressas em seu olho roxo. Ott tentava estabelecer uma conversa sobre Bobby Clinch. Colocara o bloco de repórter no balcão havia vinte minutos e as páginas continuavam em branco.

"Sinto muito não poder ajudar", disse Culver Rundell. "O Bobby era um bom sujeito, um ótimo pescador. É tudo o que posso lhe dizer. Além disso, ele preferia iscas giratórias."

"Como?"

"Em vez de minhocas de plástico", explicou Culver Rundell.

Ott Pickney não teve coragem de anotar tal detalhe.

"Parece que você estava aqui quando trouxeram o corpo", disse Ott.

"Estava, sim. Foram os filhos do Davidson que encontraram. O Daniel e o Desi."

"Que horror", disse Ott.

"Levei o corpo para o necrotério na minha caminhonete."

Ott não perguntou nada sobre a autópsia. O dr. Pembroke era o terceiro na lista de pessoas a entrevistar.

"Eu queria muito ter ido ao enterro", continuou Rundell. "Mas nós tivemos uma manhã muito agitada."

"O caixão foi feito com o barco do Bobby."

"Ouvi falar! Que idéia bacana. Pena que eu não pude ver."

Ott tamborilou com sua caneta Bic no balcão. "Fiquei impressionado com o requinte do trabalho", disse com cortesia.

"Ouvi dizer que pegaram um caixão de carvalho comum feito pelos Irmãos Pearl", disse Culver Rundell, "lixaram por fora e revestiram com umas faixas compridas tiradas do casco do barco. Custou dois mil dólares, isso eu sei. O clube de pesca pagou."

"E quem será que fez o trabalho? A funerária?"

"Não, foi a oficina do Larkin."

Larkin era carpinteiro. Fizera todos os bancos do tribunal do condado de Harney, assim como as portas da frente do novo correio.

"É o melhor da cidade", observou Culver Rundell, querendo fazer um favor a Larkin e conseguir um pouco de propaganda gratuita para o negócio dele.

"Bom, aquele caixão foi mesmo um excelente trabalho", disse Ott. Deixou duas notas de um dólar sobre o balcão, despediu-se e foi imediatamente para a oficina de Larkin. Esperava que tivesse restado algo para ver, embora não fizesse a menor idéia do que procurava.

A oficina na verdade era um antigo celeiro de estrutura alta, com uma moderna porta de garagem eletrônica, do tipo usado nos grandes armazéns de importação e exportação no oeste do contado de Dade. A porta da oficina estava levantada. Ott viu muita mobília inacabada, mas nenhum carpinteiro. Descobriu que Larkin tinha saído. O movimento estava baixo e ele fora pescar. Naturalmente.

Um jovem aprendiz negro chamado Miller perguntou o que o repórter desejava.

"Eu estou fazendo uma reportagem sobre o Bobby Clinch, o cara que morreu naquele acidente de barco no brejo. Uma coisa terrível."

"Tô sabendo", disse Miller. Sua camisa de trabalho estava encharcada. Serragem e raspas de pinheiro grudavam nos braços dele, negros como carvão. Parecia que estava no meio de um projeto e queria voltar ao trabalho.

Atropelando a conversa, Ott perguntou: "Essa oficina modelou o caixão, não foi?".

"Foi, o serviço com o barco."

"Estava mesmo uma coisa. Como vocês fizeram aquilo? Importa-se se eu tomar nota..."

"O senhor Larkin fez tudo sozinho", disse Miller. "Acho que ele conhecia o falecido."

Essa última palavra confundiu Ott, que levantou os olhos do bloco de anotações e encontrou o olhar penetrante de Miller. O olhar dizia: não me trate com esse ar superior, meu chapa, eu tenho mais o que fazer.

"Um caixão de lâmina de metal azul, cara", disse Miller. "Parecia uma puta pastilha gigante pra tosse."

Ott limpou a garganta. "Tenho certeza de que a intenção foi boa. Quero dizer, era uma coisa simbólica, um gesto de adeus."

"Eu vou te mostrar um gesto de adeus...", disse Miller, mas o telefone tocou em um canto do galpão. O aprendiz se apressou em atender e Ott foi bisbilhotar silenciosamente pela oficina. Perguntava-se por que nunca aprendera o jeito de falar com gente negra, por que sempre o olhavam como se fosse uma barata.

Miller estava falando alto no telefone. Algo sobre uma mesa de jantar de nogueira e uma conta que não fora paga.

Ott Pickney saiu de fininho pela porta da frente e deu a volta até os fundos da oficina, onde Miller não podia vê-lo. Encostadas a uma parede havia duas grandes latas de lixo cheias de restos de madeira recém-cortada. Eram as latas de lixo mais cheirosas que Ott já encontrara. Ficou nas pontas dos pés e olhou dentro delas. Na primeira viu uma pilha de lascas de madeira, blocos, triângulos e retângulos irregulares, um cavalete de serra quebrado, um barril, latas vazias de resina e verniz. O lixo previsível do senhor Larkin.

Na segunda, Ott encontrou um amontoado semelhante de massa polme, madeira compensada e dois-por-quatro, mas também algo diferente: pedaços moldados de fibra de vidro azul cintilante. Eram os restos mortais do barco Ranger de Bobby Clinch, serrado em pedaços para confeccionar o caixão do pescador.

Ott escalou um galão vazio de Formsby's virado de cabeça para baixo. Meteu o bloco de anotações no bolso traseiro da calça e se debruçou na beirada da lata de lixo, de modo a alcançar os destroços. Enquanto remexia na sucata de fibra de vidro, percebeu que era impossível entender como um dia aqueles pedaços serrados haviam formado um barco de seis metros.

O único fragmento que reconheceu foi o console; estava no fundo da lata.

Todo barco caro usado na pesca de *bass* possui um console, uma cabine em recesso destinada a dar aos pescadores a mesma sensação de quem está correndo na Daytona 500, e não simplesmente destruindo a paz de um lago.

Para Ott Pickney, a cabine do barco de pesca de Bobby

Clinch mais parecia o painel do piloto de um 747. Entre os botões côncavos havia uma bússola, um sonar para medir a profundidade, um tacômetro digital, um medidor LED indicando a temperatura da água em cinco níveis de profundidade diferentes, reguladores de potência, prancheta para compassar, um rádio marítimo e um aparelho de som com AM-FM e toca-fitas. Todos esses instrumentos eletrônicos haviam estragado depois do mergulho no lago, mas mesmo assim Ott ficou fascinado. Tirou o console de dentro da lata para olhar mais de perto.

Colocou a pesada peça no colo e se imaginou no controle de um barco veloz de duzentos cavalos-vapor. Fingiu que se curvava atrás do pára-brisa Plexiglas e dirigia o barco por um riacho sinuoso. O único problema é que a direção não se mexia em suas mãos.

Ott virou o console ao contrário, pensando que o eixo tivesse ficado preso no meio de tantos fios soltos. Mas o problema era apenas um curto fio de náilon preto. O fio tinha sido enrolado firmemente ao redor da base da coluna da direção, sob o console, onde não podia ser visto. Ott lutou em vão com as voltas do fio, que havia sido amarrado com perícia. A direção estava totalmente emperrada.

O que significava, é claro, que o rumo do barco de Bobby Clinch fora predefinido. Significava que o próprio Clinch não precisava estar na direção no momento do acidente. Significava que o pescador provavelmente já estava morrendo ou ferido quando o barco pesqueiro, dirigido por ninguém, virou e afundou com a proa dentro da água fria.

Ott Pickney não apreendeu esse quadro com tanta rapidez como poderia ter feito. Foi percebendo aos poucos, mas ficou tão absorto nessa reflexão que perdeu contato com o mundo ao redor. Ouviu passos e levantou a cabeça, esperando ver Miller, o aprendiz de carpinteiro negro. Em vez dele viu três homens usando o uniforme da região: boné, jeans, camisa de flanela. Um dos visitantes trazia um pedaço pequeno de madeira, o outro um arco de arame pesado; o terceiro apenas olhava com apatia, os braços soltos ao longo do corpo. Ott abriu a boca para falar, mas sua saudação foi abafada pelo lamento de uma serra de carpinteiro —

Miller voltara ao trabalho dentro do galpão. Os três homens chegaram mais perto. Só um deles era da cidade, mas este reconheceu Ott Pickney e sabia que o repórter poderia identificá-lo. Infelizmente para Ott, nenhum deles queria ver seu nome no jornal.

7

Dennis Gault segurava uma pilha de fitas de vídeo quando abriu a porta. Usava um short salmão e uma blusa solta, de um tipo de malha de rede que daria uma excelente traineira. Gault conduziu R. J. Decker até a sala de estar, decorada com mobília baixa e achatada. O tom predominante era o cereja.

Gault colocou uma fita no videocassete e pediu a Decker que se sentasse. "Quer uma bebida?", perguntou. Pelo odor que exalava, devia estar na décima dose de Smirnoff.

Decker aceitou uma cerveja gelada.

Um programa de pesca apareceu na tela da televisão. Gault usou o controle remoto para acelerar a fita. Dois sujeitos em um barco, notou Decker, lançando a linha e puxando, lançando e puxando, de vez em quando pescando um peixe pequeno. Acelerar a fita era o único modo de suportar aquilo, concluiu Decker.

Entrou um comercial, e Gault bruscamente congelou a imagem.

"Com vocês, Dickie", disse com sarcasmo.

A tela mostrava Dickie Lockhart ao lado de um lago, franzindo os olhos na direção do sol. Usava um macacão de pescador impecavelmente passado, cor de palha. Estava sem boné e o cabelo fora penteado com todo o cuidado. Segurava um frasco grande de essência de peixe Happy Gland e sorria de uma orelha à outra.

"Esse negócio funciona mesmo?", perguntou Decker. Fugia um pouco do assunto, mas estava curioso.

"É difícil dizer", retrucou Gault. "Mas pode ter certeza de que fede como um saco cheio de gato morto."

Acelerou a fita para a frente até encontrar o trecho que procurava. Congelou a imagem quando o pescador, que estava na proa do barco, içou um gordo *black bass* e o mostrou para a câmera.

"Olhe. Preste atenção agora", disse Gault. Excitado, rastejou com os joelhos nus até a tela da televisão — um desses monstrengos de um metro e meio de altura que engolem toda a parede. "Olhe, Decker. Esse peixe é uma trapaça."

"Como você sabe?"

"Veja, os olhos estão opacos. Não estão vidrados. Estão opacos, parecem de plástico. E os flancos desbotaram. Ele não tem uma única faixa vertical. O peixe está com cor de estrume."

"Não parece muito saudável", concordou Decker.

"Saudável? Cara, esse peixe é um cadáver. Veja o dorso. O sujeito está abrindo as barbatanas para a câmera, como um leque. Por quê? Porque senão elas dobrariam. Essa porra de peixe é um defunto."

"Mas eles acabaram de mostrar o pescador tirando o peixe da água", disse Decker.

"Engano seu. Veja." Gault voltou a fita e passou de novo a luta com o peixe. A vara se curvava, a água em torno do barco se movia e borbulhava, mas os ângulos e a edição do vídeo não permitiam ver o tamanho real do peixe. Só quando o pescador o mostrava para a câmera.

"O recruta pescou um peixe", disse Gault. "Mas não *esse* peixe." Apertou um botão e rebobinou a fita. "Quer ver outro vídeo?"

"Não precisa", respondeu Decker.

"Viu como é fácil trapacear?"

"Para um programa de televisão, sem dúvida."

"E é mais fácil ainda num torneio", disse Gault, "principalmente quando o seu parceiro está sabendo. E o pesador também. Sem falar nos malditos patrocinadores." Gault foi até a cozinha e voltou com uma cerveja para Decker e outra vodca-tônica para ele.

"Me conte o que aconteceu em Harney."

"Eu conheci um cara chamado Skink", relatou Decker.

Gault assobiou e levantou as sobrancelhas. "Um autêntico pirado. Pesquei com ele uma vez no lago St. John."

"Ele vai me ajudar a pegar o Lockhart."

"Não às minhas custas!", protestou Gault.

"Eu preciso dele."

"É um lunático."

"Não acho."

"Ele come bicho atropelado na estrada!"

"Cada um se vira como pode", disse Decker. "Ele é o único cara em quem eu confio naquela cidade. Sem ele eu abandono o caso."

Gault cruzou as mãos. Decker tomou um gole da cerveja.

"Tudo bem, mas tome cuidado", disse Gault. "Está na cara que aquele sujeito procura encrenca, e nenhum de nós vai querer estar por perto quando ele encontrar."

O que Gault queria dizer era o seguinte: se houver problema, deixe o meu nome fora disso.

"O que mais você fez?", perguntou.

"Fui a um enterro."

Gault lambeu o lábio inferior com nervosismo.

"Do Robert Clinch, que você tinha contratado", prosseguiu Decker. "Obrigado por me contar."

Gault remexeu na pilha de fitas de pescaria, fingindo organizá-las. Sem olhar para cima, perguntou: "Sabem o que aconteceu, exatamente?".

"O legista disse que foi um acidente."

Gault abriu um ligeiro sorriso. "Nós sabemos que isso é conversa fiada, certo? A minha única pergunta é: como foi que o mataram?"

"E a minha é: quem?"

"Quem? O Lockhart, é claro! Não seja imbecil, cara. O Dickie sabia que eu estava chegando perto e sabia que o Bobby trabalhava para mim. E você ainda pergunta quem foi?"

"Você deve ter razão", disse Decker. "Mas eu gostaria de ter certeza."

"Não ouviu o que eu disse? Meu Deus, será que eu contratei um retardado?"

"Conheci a sua irmã", disse Decker. Gostava de deixar o melhor por último.

"Elaine?" Gault parecia extremamente desconfortável, como Decker previra. Valera a pena esperar.

"Tivemos um papo agradável", disse Decker. Queria que Gault terminasse a conversa. Não queria ser ele a avançar mais, porém precisava. Tinha que saber se Gault estava informado de tudo.

"Você não me contou algumas coisinhas importantes. Não me falou do Clinch e não contou que a sua irmã estava em Harney." A voz de Decker tinha um leve toque de irritação.

"A minha irmã está sempre andando por aí." Gault secou o copo. Seu rosto estava ficando vermelho.

Canalha teimoso, pensou Decker, faça como quiser.

"Você sabia que ela tinha um caso com o Clinch?", prosseguiu tranqüilamente.

"Quem disse?", perguntou Gault. O vermelho ficou mais intenso.

"Lanie."

"*Lanie*?"

"É assim que todo mundo diz."

"Então, é assim agora?"

"Pessoalmente eu não me importo se ela trepar com todo o Exército americano. Mas preciso saber o que você sabe."

"É melhor calar a boca, parceiro!" Agora o rosto de Gault estava efetivamente roxo.

Toquei num ponto fraco, pensou Decker. Mas, devido aos olhares assassinos que estava recebendo, decidiu que não era hora de prosseguir. Levantou-se e caminhou para a porta, mas Gault o agarrou pelo braço e resmungou: "Espere um pouco". Decker se libertou e — com bastante delicadeza, supôs — conduziu Gault para trás até que o traseiro dele encostasse no sofá.

"Até a próxima", disse Decker.

Mas Gault perdeu a cabeça. Lançou-se para a frente e agarrou o pescoço de Decker. Sufocando, Decker sentiu na carne as unhas bem tratadas de Gault. Olhou para os braços morenos dele e viu que todas as veias e tendões estavam saltados. O rosto vermelho contrastava com os lábios, crispados como minhocas sem cor.

Os dois caíram sobre o sofá baixo. Gault ficou por cima, com os óculos amarelo-âmbar fora de lugar. Cuspia e gritava que marginal filho da mãe era Decker, enquanto Decker tentava escapar das mãos dele antes de desmaiar. Sua vista explodiu num caleidoscópio e seu crânio rugia. O sangue que estava na cabeça tentava fugir para o sul, mas Dennis Gault não deixava.

Uma regra fundamental para ser um detetive particular de sucesso é esta: não esmurre os clientes. Mas às vezes era preciso abrir exceções, e foi o que Decker fez. Relaxou a pressão inútil sobre os pulsos de Gault e, com um golpe desajeitado mas eficaz, acertou as costelas dele com os dois punhos. Enquanto o ar explodia para fora dos pulmões de Gault, Decker virou-o de costas e pulou em cima.

Dennis Gault imaginara que R. J. Decker era forte, mas não estava preparado para a pressão exercida sobre o seu esterno. Enquanto a tola fúria que sentia ia diminuindo, ele se perguntava, apavorado, se Decker estaria apenas começando.

Gault sentiu, mas não chegou a ver, os dois socos precisos que amassaram seu nariz, arrebentaram-lhe os óculos finos e fecharam um de seus olhos. Mais tarde, quando acordou e se arrastou até o banheiro, espantou-se diante do espelho ao constatar como apenas dois socos podiam ser capazes de tamanho estrago. Um balde com cubos de gelo e um frasco de aspirina esperavam por ele sobre a mesa-de-cabeceira.

Junto com um bilhete de R. J. Decker: "Os honorários agora subiram para cem mil, seu babaca".

Harney era um condado tão pequeno que tornava difícil montar um programa esportivo sério em nível de segundo grau. Afinal de contas, havia apenas um colégio. O número de matriculados oscilava de cento e setenta e cinco a duzentos e dez, e portanto o acervo de talentos esportivos era relativamente limitado. Naqueles raros e preciosos anos em que o Colégio Harney punha em campo um time vencedor, os astros eram incentivados a repetir uma série ou duas, para retardar a formatura e prolongar a onda de vitórias da escola. Alguns poucos professores idealistas se pronunciaram contra essa filosofia de ensino pouco ortodoxa, mas a verdade era que muitos dos melhores jogadores eram alunos de nível D e, de todo modo, tinham planos concretos de passar seis ou sete anos no colégio.

O futebol americano era o esporte que a cidade mais adorava; infelizmente, o time de futebol do Colégio Harney nunca alcançara um placar vencedor. Levados pelo desespero, em uma das temporadas chegaram a marcar três jogos contra a mais capenga escola paroquial do condado de Duval. Harney perdeu todos os jogos. O treinador foi despedido e mudou de cidade.

Conseqüentemente o departamento esportivo do Colégio Harney decidiu concentrar-se em outro esporte: o basquete. O primeiro passo era construir um ginásio com uma quadra adequada e algumas arquibancadas portáteis. O segundo era enviar uma cautelosa delegação de treinadores e professores ao bairro negro para recrutar bons jogadores de basquete. Alguns brancos caipiras bufaram e esbravejaram por ter que assistir a um punhado de negros magricelas correndo para cima e para baixo na quadra, o que era uma injustiça com os bons meninos brancos e cristãos. Mas então argumentaram com eles que quase todos os bons meninos brancos cristãos eram gordos e lerdos e que não conseguiriam fazer uma cesta nem saltando numa cama elástica.

Depois de iniciado o programa de basquete, o time se saiu melhor do que a encomenda. No primeiro ano chegaram às finais regionais e no ano seguinte às finais estaduais, na divisão Classe Quatro-A. É verdade que o astro de Harney tinha vinte e sete anos, mas parecia bem mais jovem. Ninguém deu um pio. Com as sucessivas vitórias do time, o basquete acabou conquistando o coração dos moradores de Harney.

O time de basquete do Colégio Harney tinha o apelido de Os Tatus. Essa não havia sido a primeira opção. Originalmente a escola pretendera batizar o time com o nome de Cascavéis, mas um time Classe AA em Orlando já se apossara da alcunha. Linces teria sido a segunda opção, se um colégio católico em Leesburg já não tivesse reservado o nome. E o impasse prosseguiu durante vários meses — os Tigres, os Águias, os Panteras; todos os bons nomes já tinham dono —, até que só restou os Corujas ou os Tatus. A diretoria da escola votou por chamar o time de Corujas, já que a palavra tinha menos letras e os uniformes sairiam mais baratos, mas os alunos se rebelaram e recolheram centenas de assinaturas para um abaixo-assinado que declarava: "Corujas de Harney é um nome maricas e ninguém vai assistir a nenhum jogo de um time com esse nome". Sem comentários, a diretoria da escola reverteu a votação.

Logo que os Tatus de Harney começaram a arrasar nas quadras de basquete, o grupo de ex-alunos da escola resolveu que o time precisava de um mascote, algo parecido com a famosa Galinha de San Diego, só que mais barato. Um concurso local patrocinado pelo *Sentinel* selecionou idéias e a vencedora foi escolhida entre dezesseis propostas. Uma veterana do Clube de Costura recebeu a incumbência de fabricar uma espantosa fantasia, emendando coberturas de assento de carro e panos de chão.

Era um tatu de dois metros, equipado com um lustroso dorso encouraçado, um comprido nariz de tamanduá (feito com uma lata a vácuo Hoover) e cauda de escamas.

O mascote passou a ser conhecido como Davey Dillo e se apresentava em todos os jogos domésticos. O costume era que entrasse antes do primeiro aviso, dançando break ao som de Michael Jackson cantando "Billie Jean". Depois, no meio tempo, Davey Dillo executava uma série de trapalhadas sobre uma prancha de skate, enquanto a banda tocava a música que aprendera aquela semana.

O número de Davey Dillo não era muito sofisticado, mas os jovens (no mínimo os que tinham menos de quatro anos) achavam que era a coisa mais divertida que já aparecera no ginásio de Harney. Para os adultos, o homem da roupa de tatu tinha um bocado de coragem.

Na noite de 12 de janeiro, os Tatus de Harney estavam prontos para disputar com os Pulverizadores de Valencia o primeiro lugar na divisão Quatro-A do estado. Duzentos fãs esperavam no ginásio, mais do que os treinadores e as garotas da torcida jamais tinham visto. Havia tantos fãs que, quando eles cantaram o hino nacional, pareceu até que estavam afinados.

As últimas palavras — "*home of the brave*" — eram a deixa para Davey Dillo saltar sobre a quadra de basquete e ficar abanando a luva bordada de lantejoulas que fazia as vezes de pata de tatu. E depois começava a dançar.

Mas naquela noite o popular mascote não apareceu.

Depois de alguns momentos constrangidos, alguém tirou a fita de Michael Jackson e colocou outra de Ricky Scaggs, enquanto os técnicos ordenavam aos jogadores que revistassem o ginásio. Durante todos os seus dois anos de existência, Davey Dillo jamais faltara a nenhum evento esportivo do Colégio Harney (nem mesmo os de atletismo), e portanto ninguém sabia o que pensar. A multidão, incluindo os torcedores do Colégio Valencia, logo começou a cantarolar: "Queremos o Dillo! Queremos o Dillo!".

Mas Davey Dillo não estava no vestiário se aprontando. Não estava lubrificando as rodas do skate. Não estava remendando a língua feita de toalha rosa da sua fantasia de tatu.

Davey Dillo — ou melhor, o homem que criara e encarnava Davey Dillo — desaparecera.

Sua identidade era o segredo mais fajuto do condado de Harney. Todos sabiam que era Ott Pickney, claro.

8

R. J. Decker morava numa área para trailer a cerca de três quilômetros da via expressa Palmetto. O trailer tinha doze metros de comprimento por três e meio de largura e era feito de lâminas de alumínio da melhor qualidade. O material barato que revestia o interior empenara devido à umidade tropical; o carpete puído era cor de fígado. Como utilidades domésticas, o trailer contava com um fogareiro malconectado, um chuveiro conta-gotas e um ar-condicionado decrépito que vazava um fluido cinzento por toda parte. Decker transformara o banheiro principal em câmara escura. O espaço era mais do que suficiente; só em semanas muito movimentadas ele o usava mais de uma ou duas vezes.

Decker não morava na área para trailer porque queria. Chegava a odiar a idéia, mas foi tudo que conseguiu pagar depois do divórcio. Sua mulher não o esfolara vivo. Nada disso. Apenas levara o que era dela, ou seja, praticamente tudo que havia de valor no casamento. Com exceção das máquinas fotográficas. No total, o equipamento fotográfico de Decker valia o dobro do trailer onde ele morava. Não tomou nenhuma medida especial para proteger ou esconder as câmeras porque quase todos os seus vizinhos do parque possuíam buldogues que viviam soltos — psicopatas caninos que nenhum ladrão ousaria desafiar.

Por algum motivo, os cães dos vizinhos nunca incomodaram Catherine. Decker estava revelando um filme quando ela passou por lá. Logo que a deixou entrar, ela franziu o nariz. "Argh! Hypo." Conhecia o cheiro do fixador.

"Já estou terminando", disse ele, e voltou para a câmara escura. Pensava no que teria acontecido. Imaginava onde estaria James. James era o quiroprático com quem ela se casara menos de duas semanas após o divórcio.

Catherine se casara com o dr. James no mesmo dia em que Decker espancara o ladrão. Ela sempre se sentira culpada, como se tivesse acendido o rastilho. Costumava lhe escrever duas ou três vezes por mês enquanto ele esteve preso; uma vez chegara a mandar um instantâneo dela própria vestindo um conjunto preto de sutiã e calcinha. De alguma forma aquilo passara pela censura da prisão. "Em nome dos velhos tempos", escreveu ela no verso da fotografia, como piada. Decker tinha certeza de que o dr. James nem desconfiava da coisa. Anos após o casamento, Catherine continuava telefonando ou visitando Decker, mas somente à noite e nunca nos fins de semana. A sensação boa desses encontros sempre durava algum tempo.

Lavou algumas fotos 20×25 e pendurou-as num varal que atravessava a câmara escura. Poderia ter acendido as lâmpadas de cima sem prejuízo para as fotografias, mas preferia trabalhar sob a luminosidade vermelha da luz de segurança. Catherine bateu duas vezes e entrou, fechando a porta rapidamente. Conhecia o procedimento.

"Onde está o maridão?", perguntou Decker.

"Em Tampa", disse Catherine. "Numa convenção importante. Quase todo fim de semana ele tem uma convenção importante. O que é isso?" Ela ficou na ponta dos pés e examinou as fotos. "Quem é o levantador de peso?"

"Um bombeiro com noventa por cento de invalidez."

"Então por que é que ele está malhando nessa academia?"

"É o que a companhia de seguro quer saber", respondeu Decker.

"Que negócio monótono, Rage." Às vezes ela o chamava de Rage em vez de R. J. O apelido tinha alguma relação com o gênio dele. Decker não se importava, vindo de Catherine.

"Estou cuidando de um caso melhor."

"Sério? Como é?"

Ela estava linda sob a luminosidade vermelha. Catherine era uma beleza. Era e sempre seria. Uma beleza cara.

"Eu estou investigando um pescador amador", disse Decker, "que trapaceia nos torneios. Supostamente."

"Não brinque, Rage."

"Estou falando sério."

Catherine cruzou os braços e lançou-lhe um olhar maternal. "Por que você não pede o seu emprego de volta no jornal?"

"Porque o jornal não me paga cem mil dólares para pescar."

"Isso tudo?"

Ela estava com um aroma delicioso. Sabia que Decker gostava de um certo perfume e sempre o usava para ele. Qual era mesmo o nome? Ele não se lembrava. Algo neurótico, mas sofisticado. Compulsão, era isso. Um aroma que não devia agradar ao dr. James, ou pelo menos era o que Decker esperava. Imaginou se Catherine ainda tinha o mesmo frasco que ele lhe dera de aniversário havia três anos.

Com uma pinça, Decker tirou do fixador outra foto preto-e-branco do bombeiro vigarista e a enxaguou.

"Nenhuma foto de peixe?"

"Ainda não."

"Eles vão mesmo pagar cem mil?"

"Bom, pelo menos cinqüenta. Isso se eu conseguir o que ele quer."

"O que você vai fazer com tanto dinheiro?"

"Vou tentar comprar você de volta."

O riso de Catherine morreu na garganta. Ela parecia magoada. "Não achei graça, R. J."

"Nem eu."

"Você não falou sério, não é?"

"Não, não falei não."

"Você tem um lado maldoso."

"É que bateram em mim quando eu era criança", disse Decker.

"Vamos sair daqui? Eu já estou ficando ligada, cheirando essa sua química."

Decker levou-a a um restaurante de grelhados na rodovia South Dixie. Catherine pediu meio frango e chá gelado. Ele comeu costeletas e bebeu cerveja. Falaram de milhares de assuntos, e Decker percebeu como era divertido estar com ela. Ainda. Não era uma sensação triste, apenas saudosa. Sabia que passaria logo. As melhores sensações sempre passavam.

"Você pensou em Nova York?", perguntou Catherine.

O sermão do free lance. Decker sabia de cor.

"Veja o caso do Foley. Ele fez uma foto de capa para a *Sports Illustrated* no verão passado."

Foley era outro fotógrafo que deixara o jornal para trabalhar como free lance.

"Hale Irwin", disse Decker com desprezo.

"Como?"

"Foi dele a maravilhosa foto do Foley. Um jogador de golfe. Uma merda de jogador de golfe, Catherine. É exatamente isso o que eu quero fazer: seguir um bando de almofadinhas num campo de golfe, debaixo do sol, só para tirar uma foto idiota."

"Foi só um exemplo, Rage", retrucou Catherine. "O Foley não ficou sem trabalho desde que mudou para Nova York. E não fotografou só jogador de golfe. Portanto, não me olhe desse jeito irritado."

"É um bom fotógrafo."

"Mas você é melhor, de longe." Ela estendeu a mão e beliscou o braço dele delicadamente. "Olha, você não precisa pegar trabalho barra pesada. Nada de El Salvador, assassinatos, garotas mortas dentro de um Cadillac. Fique só com o serviço mais ameno. Você merece, Rage."

Decker percebeu que lá vinha a conversa sobre "todo-esse-talento-desperdiçado".

Catherine não o desapontou. "Detesto ver você desperdiçar todo o seu talento. Você fica espreitando como um ladrão, tirando foto de..."

"Sujeitos que enganam companhias de seguro."

"Isso mesmo."

"Pode ser que você tenha razão", disse Decker.

"Vai pensar sobre Nova York?"

"Pegue uma costeleta, eu não consigo comer tudo."

"Não, obrigada. Não agüento mais nada."

"Então me fale do charlatão."

"Pare com isso", protestou Catherine. "Os pacientes adoram o James. Ele é muito generoso com o tempo dele."

"Então o negócio de estalar espinhas vai indo bem."

"Vai, mas podia ir melhor. O James anda falando em mudar."

Decker abriu um largo sorriso. "Deixe que eu adivinho para onde."

Catherine ficou vermelha. "O irmão dele tem consultório em Long Island. O James disse que está indo às mil maravilhas."

"Sério mesmo?"

"Não fique tão convencido, R. J. Isso não tem nada a ver com você."

"Então você não iria me visitar?", perguntou Decker. "Se eu mudasse para Nova York e você acabasse indo para Long Island, você não daria uma passada para me ver e conversar?"

Catherine limpou as mãos com um guardanapo. "Bom... sei lá." Sua voz estava diferente e a autoconfiança afetada se fora. "Eu não sei bem o que eu fiz, R. J. Às vezes eu fico em dúvida. O James é especial e eu percebo que tive sorte, mas assim mesmo... Ele passa as meias dele a ferro, já te contei?"

"Você me ligou na sua lua-de-mel para me contar." Ela telefonara de Honolulu.

"Liguei?"

"Tudo bem", disse Decker. "Eu não me importei." Era melhor do que perdê-la completamente. Ele teria saudade se o médico passador de meias a levasse para Nova York.

"E sabe o que é pior?", disse Catherine. "As minhas costas continuam me matando."

O telefone de Decker tocava quando ele voltou ao trailer. O homem do outro lado da linha não precisou se identificar.

"Olá, Miami."

"Oi, capitão!" Decker estava surpreso. Skink fazia tudo para não usar o telefone.

"O Tatu está morto."

Decker pensou que Skink estivesse falando do jantar.

"Está me ouvindo?"

"O Tatu..."

"É. O seu amiguinho do jornal."

"Ott?"

"Oficialmente está só desaparecido. Extra-oficialmente está morto. É melhor voltar logo. É hora de trabalhar."

Decker sentou-se no balcão da cozinha. "Comece do princípio."

Skink resumiu rispidamente os fatos do desaparecimento, encerrando com uma explicação neutra sobre o alter ego de Ott Pickney, Davey Dillo.

"Dizem que ele era muito convincente", disse Skink, à guisa de pêsames.

Decker penou para imaginar Ott dentro de uma fantasia de tatu e se equilibrando num skate. Penou mais ainda para imaginá-lo morto.

"Vai ver que o levaram a algum lugar só para assustá-lo", especulou.

"Nem pensar", disse Skink. "Até breve. Ah, quando você chegar a Harney, não se hospede no hotel. Não é seguro. É melhor ficar comigo."

"Prefiro não fazer isso."

"Ah, vai ser muito divertido", resmungou Skink. "A gente pode assar um malvavisco na fogueira."

Decker dirigiu a noite toda. Foi direto pela interestadual 95 e entrou na rodovia 222, a oeste de Wabasso. Depois de noventa minutos estava no condado de Harney. Quando chegou à cabana de Skink no lago, eram quatro e meia da manhã. Um ou dois barcos de pesca já estavam na água; Decker ouviu os motores possantes tragando a escuridão.

Ao som do carro de Decker, Skink surgiu na varanda. Estava totalmente vestido: botas, óculos escuros, impermeável laranja. Decker imaginou se ele dormia de uniforme.

"Dirigiu um bocado", disse ele. "Pegue as suas tralhas e entre."

Decker levou a mochila para dentro da cabana. Era a primeira vez que se aventurava além da varanda e não sabia bem o que esperar. Peles, talvez. Papel de parede feito de pele de coelho.

Ao passar pela porta de tela, Decker espantou-se com o que viu: livros. Todas as paredes estavam cobertas até o teto por prateleiras de pinho, todas elas repletas de livros. A parede da esquerda guardava a ficção clássica: Poe, Hemingway, Dostoievsky, Mark Twain, Jack London, Faulkner, Fitzgerald e até Boris Pasternak. A parede da direita era dedicada a biografias de políticos: a de Churchill, a de Lincoln escrita por Sandburg, Hitler, Huey Long, Eisenhower, McCarthy, John F. Kennedy e mesmo a de Lyndon Johnson feita por Robert Caro, mas em edição popular, ao que parecia. A parede dos fundos sustentava exclusivamente livros de consulta: a Enciclopédia Britânica, uma enciclopédia de biografias, a Constituição da Flórida e ainda um guia dos períodos literários. Era a parede da cabana que se curvava de modo tão perigoso e agora Decker sabia por quê: era a que sustentava os livros mais pesados.

As prateleiras da frente dividiam-se em duas seções. No alto ficavam os livros de filosofia e ciências humanas. Embaixo estavam os livros infantis: *The Hardy boys, Tom Swift, Dr. Seuss, Charlotte's Web* e os irmãos Grimm.

"O que você está olhando?", perguntou Skink.

"São livros ótimos", disse Decker.

"Não me diga."

No centro do cômodo havia um colchão sem lençol e um cobertor de exército, mas nenhum travesseiro. A espingarda Remington estava encostada a um canto. O lampião Coleman pendia de uma ripa no teto, oferecendo uma luminosidade fraca que aumentava e diminuía com a combustão da camisa. Decker imaginou que Skink lia durante o dia, caso contrário estaria cego.

Outro carro parou na frente da cabana. Decker olhou para Skink, que dava a impressão de estar esperando alguém. Abriu a porta de tela e um policial entrou — um guarda rodoviário estadual. Chapéu de caubói engomado, uniforme cinza bem passado (de manga comprida, é claro). Na altura do ombro havia um emblema com o formato de uma laranja da Flórida. O policial era quase tão alto e forte quanto Skink, só que mais jovem. Um triângulo de músculos da cintura para cima.

Decker notou que esse guarda era diferente da maioria. Quase todos eram altos, jovens, esguios e brancos. Aquele era negro. Decker não conseguia imaginar um lugar mais infeliz para um policial negro trabalhar do que o condado de Harney.

"Esse é o Jim Tile", disse Skink. "Jim, esse é o cara de quem lhe falei."

"Miami", disse Tile, e apertou a mão de Decker. Skink trouxe da varanda uma cadeira de balanço e uma dobrável. Tile tirou o chapéu e sentou na de balanço. Decker ocupou a outra e Skink sentou no chão de pinho.

"O que aconteceu com o Ott?", perguntou Decker.

"Morreu", respondeu Skink.

"Mas que diabo aconteceu?"

Skink suspirou e fez um sinal indicando Jim Tile.

"Ontem de manhã", disse o guarda, numa voz tão grave que parecia sacudir o lampião, "eu estava patrulhando a estrada de manhã bem cedo. Lá na rodovia Gilchrist, onde ela cruza com o brejo Morgan."

"Tem gente que pesca ali quando o brejo está cheio", interrompeu Skink. "É preciso um barco sem popa. A dez minutos da estrada você entra no território dos *bass*."

"Então eu vi um farol brilhando no cerrado. Deu para ver que era uma caminhonete. Encostei e parei o carro. Passaram dez minutos e a caminhonete não se mexeu, mas o farol continuava aceso. Se fossem dois adolescentes transando eles não teriam deixado o farol aceso, e então eu fui ver o que era."

"Você estava sozinho?", perguntou Decker.

Tile deu risada. "O reforço mais próximo estava em Orlando. Eu estava sozinho sim, pode ter certeza. Então eu peguei a pistola e minha lanterna Kevlar e fui me aproximando da caminhonete pela mata, colando nos ciprestes grandes para não ser visto. De repente eu ouvi uma porta bater e a caminhonete saiu em disparada do meio do mato. Eu me agachei e disparei uma saraivada no ar, mas eles não diminuíram a velocidade. Alcançaram a estrada e desapareceram."

"Três caras", disse Skink.

"Numa caminhonete verde-escura", disse Tile. "Eu tenho certeza de que era Ford, mas não era daqui. Não consegui ler a placa."

"Os caras viram você?", perguntou Decker.

"O que estava no lado do passageiro viu, com certeza."

"Você o reconheceu?"

"Deixe ele terminar a história, Miami", disse Skink.

"Depois eu fui até o local onde a caminhonete tinha ficado parada", prosseguiu Tiler, "bem na margem do brejo. Pela marca do pneu, deu para ver que eles tinham dado ré até a água. Achei que eram caçadores de jacaré ou que eles estavam perseguindo uma corça que tinha ido beber água. Perseguindo com um candeio. Fazia sentido, só que o chão estava totalmente seco e limpo. Não vi sangue, pele, balas, nada."

"Mas encontrou isto", disse Skink, tirando um bloco de anotações do bolso do impermeável. Entregou-o a R. J. Decker. Era do tipo usado pelos repórteres, de bolso e com espiral. Na frente, escritas com tinta azul, estavam as palavras: PICKNEY/ÓBITO DE CLINCH. Decker percebeu, pela finura do bloco, que algumas páginas haviam sido arrancadas. As remanescentes estavam em branco.

"Achei debaixo de uma palmeira", disse Jim Tile. "A uns trinta metros de onde a caminhonete estava parada."

"Não encontrou mais nada?", perguntou Decker.

"Não, senhor."

"Você comunicou o fato?"

"Comunicar o quê?", disse Tile. "Uma caminhonete parada no meio do mato? Me diga que lei que proíbe isso."

"Mas você encontrou esse bloco e ele pertence a uma pessoa desaparecida."

Skink sacudiu a cabeça. "O time de basquete diz que ele desapareceu, mas ninguém ainda deu queixa. O xerife pode ou não investigar o caso."

"Como assim?", perguntou Decker.

"O nome do xerife é Earley Lockhart", disse Skink. "Como o Dickie. É o tio dele. E, se quer saber, ele tem um *bass* de seis quilos pendurado atrás da mesa. Jim, fale ao senhor Decker sobre as suas ilustres relações com o departamento de polícia de Harney."

"Não tenho relação nenhuma", disse Jim Tile. "No que lhes diz respeito, eu não existo. Eu tenho a cor errada e uso o uniforme errado."

"O Jim e eu nos conhecemos há muito tempo", disse Skink. "Contamos um com o outro, principalmente quando há encrenca. Foi por isso que o Jim me trouxe o bloco de anotação do tatu."

"Mas como você sabe que ele está morto?", perguntou Decker.

Skink ficou de pé e desligou o lampião. Na varanda, pegou uma de suas varas de pescar. "Quer dirigir?", perguntou a Jim Tile.

"Claro", disse o guarda. "Eu vou levar o senhor Decker para passear num autêntico carro de polícia."

"Já tive o privilégio", disse Decker.

"Quem era o cara na caminhonete que reconheceu você?", perguntou Decker.

Ele estava sentado no banco traseiro do carro-patrulha, atrás da grade de aço. Tile estava ao volante. Olhou para Skink, que parecia uma montanha laranja amarfanhada no banco do passageiro. Skink assentiu com um gesto de cabeça.

"Foi o Ozzie Rundell", disse Jim Tile.

"Um imbecil", resmungou Skink.

"Ele tem um irmão?" R. J. Decker ouvira falar de Culver Rundell. Ott mencionara o nome no enterro de Bobby Clinch. Dissera que estava surpreso por Culver não ter comparecido.

"Tem sim. Culver", disse Jim Tile. "Ele tem uma loja de iscas no lago Jesup."

Decker pensou que provavelmente era a mesma que ele visitara alguns dias antes. Culver podia ser o balconista que o atendera.

"É mais esperto que o Ozzie", comentou Skink. "Mas até uma porteira é mais esperta que o Ozzie."

Rodavam por uma estrada de betume, sem faixas e sem placas. Decker não a conhecia. Jim Tile dirigia rápido, segurando o volante com uma só mão. Através da grade, Decker via que o ponteiro do velocímetro encostava na marca de cento e vinte. Ficou feliz por não haver neblina.

"Como você conheceu o capitão?", perguntou a Jim Tiler.

"Eu trabalhava para ele", disse o guarda.

"Em Tallahassee", acrescentou Skink. "Há muito tempo."

"Que tipo de trabalho?"

"Cauda de coelho", disse Skink.

Decker estava cansado demais para insistir. Deitou-se no banco de trás e começou a cochilar. Não parava de pensar em Ott Pickney, imaginando o que estaria prestes a ver. Skink e Jim Tile seguiam em silêncio na frente. Depois de aproximadamente quinze minutos, Decker sentiu o carro-patrulha frear e sair do asfalto. Depois começou a sacolejar, com som de galhos e folhas raspando no chassi.

Decker abriu os olhos e sentou-se. Estavam no brejo Morgan.

Jim Tile saiu primeiro e deu uma olhada ao redor. A escuridão fria se afastava do pântano. Em meia hora o dia amanheceria. Skink tirou a vara de pescar do carro e aproximou-se da água, cuja cor lembrava chá preto. O brejo era um emaranhado de nenúfares e plantas aquáticas, galhos mortos e troncos vivos de cipreste. Das altas copas pendiam ramos entrelaçados de trepadeiras. O cenário parecia pré-histórico.

Jim Tile esperou, com as mãos no quadril. Skink lançou a linha, puxou-a, lançou-a novamente.

"O que está havendo?", perguntou Decker, espantando a moleza. O ar frio do inverno tinha um leve odor de fumaça.

"O *plug* que eu estou usando é um Bayou Boogie", disse Skink. "Chumbada de velocidade média, dois conjuntos de anzóis pontudos — afiei antes de você chegar. Você deve ter notado que eu troquei a linha da vara depois daquele dia em que nós saímos para pescar."

"Não notei", murmurou Decker. Haviam feito aquela viagem toda por uma bendita aula de pescaria? Será que aquela gente não conseguia simplesmente abrir a boca e dizer alguma coisa sem mais rodeios?

"Linha de teste de quinze libras", prosseguiu Skink. "Sabe quanto peso esse negócio é capaz de levantar?"

"Não faço idéia", disse Decker.

"Bem... Aí vamos nós." A vara de pescar de Skink se dobrou em duas. Em vez de ajeitar o anzol, ele puxou devagar, usando a força considerável de seus músculos. Mas o que estava na ponta da linha mal se mexia.

"Enroscou em algum toco", disse Decker.

"Acho que não."

Lentamente a coisa vinha à tona. De um jeito ou de outro Skink estava conseguindo pescá-la. Puxava com tanta força que Decker tinha certeza de que a vara quebraria. Mas então Skink afrouxava, enrolava de novo e recomeçava a puxar. A linha estava tão esticada que chegava a zunir.

"Está quase conseguindo", disse Jim Tile.

"Preparem-se!" O esforço sufocava a voz de Skink.

Deu um puxão vigoroso e algo irrompeu na superfície. Era uma corrente de ferro. A isca artificial de Skink enroscara em um dos elos. Jim Tile ajoelhou-se e pegou-a antes que afundasse de novo no brejo. Desprendeu a isca artificial e Skink voltou a enrolar a linha.

Decker então já sabia o que estava por vir.

Agarrando a corrente com as duas mãos, Jim Tile foi puxando a corrente para fora. A extremidade que apareceu primeiro vinha com uma âncora. E era uma âncora novinha, feita de ferro fundido. Um punhado de plantas aquáticas prendia-se como uma peruca verde e encharcada na ponta da âncora.

Jim Tile içou-a até a margem. Sem dizer palavra, começou a puxar a extremidade da corrente que continuava submersa.

Instintivamente R. J. Decker pensou em suas câmeras. Estavam trancadas no carro, na cabana de Skink. Sentia-se exposto sem elas, como antigamente. Certas coisas eram mais fáceis de enfrentar por trás de uma câmera. Às vezes era a única proteção existente — as lentes criavam uma distância essencial entre o olho e o horror. O horror de ver uma amiga morta no porta-malas de um carro, por exemplo. É claro que a distância só existia na mente, mas às vezes o interior das lentes era um bom lugar para se esconder. Fazia muito tempo que Decker não sentia vontade de se refugiar dentro delas, mas agora era isso o que queria. Queria suas câmeras, ansiava por aquele peso familiar ao redor do pescoço. Sem as câmeras ele não tinha certeza se conseguiria olhar, mas era preciso. Afinal, não tinha sido por isso que saíra do jornal? Para ser capaz de olhar de novo e sentir alguma coisa.

Jim Tile puxava a corrente com dificuldade. Skink se ajoelhou ao seu lado e somou forças com ele.

"Aí vem", disse Skink, com a respiração ofegante. A outra ponta da corrente saiu da água em sua mão direita.

"Vá até o fim", disse Jim Tile.

Uma fina linha de náilon estava presa à extremidade da corrente. Com as mãos enormes, Skink acompanhou o fio dentro da água até ficar com os cotovelos submersos. Seus dedos tatearam cegamente sob a superfície. Parecia um enorme quati caçando um lagostim.

"Ah!", exclamou.

Jim Tile levantou, enxugou as mãos no uniforme e se afastou. Com um grunhido primitivo, Skink tirou sua pesca mórbida do fundo do brejo Morgan.

"Meu Deus...", gemeu R. J. Decker.

O corpo de Ott Pickney emergiu na ponta de uma linha de pesca. Como um gigantesco *bass*, um anzol rústico prendia-o firmemente pelos lábios.

9

Retornaram a Harney pela rodovia Gilchrist.

"Não podemos deixar lá desse jeito", disse R. J. Decker.

"Não temos escolha", retrucou Skink, sentado no banco de trás do carro-patrulha.

"Como assim? Foi um assassinato! Da última vez que eu verifiquei, isso ainda era contra a lei. Mesmo num fim de mundo como este."

"Você não entende", disse Jim Tile.

Skink inclinou-se para a frente e pressionou o rosto contra a grade.

"Como explicar o que nós estávamos fazendo lá no brejo? Um tira negro e um maluco de carteirinha como eu?" E um ex-prisioneiro, pensou Decker. Skink dirigiu-lhe uma piscadela por baixo do chapéu de chuva florido. "É com o Jim que eu estou preocupado, Miami. Eles iam adorar pôr as mãos no guarda rodoviário estadual Jim Tile, não estou certo?"

"Então que se danem as pessoas daqui. Vamos procurar o secretário de justiça do estado e conseguir a convocação de um grande júri. Dois homens foram mortos, primeiro o Clinch e agora o Ott. Nós não podemos simplesmente deixar por isso mesmo."

"Não vamos deixar", disse Jim Tile.

Maravilha, pensou Decker, os três mosqueteiros.

"Do que é que você tem tanto medo?", perguntou ao guarda. "Você acha realmente que eles poriam a culpa em nós?"

"Pior", disse Jim Tile. "Eles nos ignorariam. Já decretaram que a morte do Clinch foi acidental."

"Mas o Ott está boiando na ponta de uma linha de pescar", disse Decker. "Acho muito legítimo suspeitar que houve sujeira."

Jim Tile jogou o carro para o acostamento e parou. Estavam a três quilômetros da entrada da cidade. Um par de faróis se aproximava em sentido oposto.

"Abaixem-se", disse Tile.

Skink e Decker ficaram abaixados até que o outro carro passasse. Depois Skink desceu com a vara de pescar na mão. "Venha, vamos andando a partir daqui", disse a Decker. "É melhor que ninguém nos veja com o Jim."

Decker saiu do carro. O céu ao leste se tingia de um rosa metálico.

"Explique a ele", pediu Jim Tile a Skink antes de partir com o carro.

Decker começou a caminhar com passos pesados. Tinha a sensação de ter cem anos de idade. Estava tão arrasado que chegava a desejar que estivesse em Miami. Tentava lembrar se Ott Pickney tinha filhos ou ex-mulher em algum lugar. Era perfeitamente possível que não tivesse ninguém, somente as orquídeas.

"Sinto muito pelo seu amigo", disse Skink, "mas você precisa entender."

"Estou ouvindo."

"O corpo vai ter sumido por volta do meio-dia, se é que já não sumiu. Eles vão voltar para pegá-lo. Viram o Jim perto do brejo e isso basta."

"Nós devíamos ter ficado lá", disse Decker. "O Jim poderia ter pedido ajuda pelo rádio."

Skink ultrapassou Decker e começou a andar virado de costas, para poder olhá-lo. "O departamento do xerife filtra todas as freqüências policiais. Eles teriam interceptado a ligação e mandariam alguns carros marcados. Num abrir e fechar de olhos os cidadãos se colocariam no papel de autoridade e começariam o interrogatório. Eles telefonariam para Tallahassee para falar do coitado do Jim Tile — sobre as irregularidades do relatório dele, sobre como ele teve uma atitude arrogante e pouco cooperativa etc. Iam inventar todo tipo de lorota. Sabe quantos guardas negros existem em todo o estado? Não daria para formar nem um mísero time de basquete. O Jim é um bom homem e eu não vou deixar que ele seja enforcado por um bando de caipiras. E muito menos por causa de um peixe, ora essa."

Decker nunca ouvira Skink falar tanto de um fôlego só. "Qual é o plano?", perguntou.

Skink parou de andar ao contrário. "No momento o plano é sair da estrada."

Decker virou para trás e viu uma caminhonete vindo lentamente pela estrada. Raios do sol novo refletiam-se no pára-brisa, impedindo-o de ver quem dirigia ou quantas pessoas estavam sentadas na frente.

Skink puxou Decker pelo braço e disse: "Vamos passear pela floresta, que tal?".

Saíram da pista e andaram rapidamente até um bosque de pinheiros altos. Ouviram a caminhonete aumentar a velocidade. Quando alcançou o ponto em que estavam, parou. Uma porta bateu, depois outra.

Skink e Decker estavam a vinte e cinco metros da rodovia quando ouviram os primeiros tiros. Decker atirou-se no chão e puxou Skink com ele. Uma bala feriu o tronco de uma árvore próximo a seus pés.

"Ainda bem que você está com esse impermeável laranja, capitão", ironizou Decker. "Aposto que eles só conseguem nos ver a dois ou três quilômetros de distância."

"Uma semi-automática?", perguntou Skink entre os dentes cerrados.

Decker fez que sim. "Pelo som, é um Ruger Míni-14." Era uma arma popular entre os bacanas de Miami, mas não do tipo que se esperava encontrar num tiroteio no interior.

O rifle foi disparado outra vez, com tanta rapidez que tornava impossível distinguir os tiros recentes dos ecos. Os balaços atingiram as folhas numa saraivada letal. De onde estavam, encolhidos, Decker e Skink não conseguiam ver a caminhonete e a estrada, mas ouviam vozes masculinas entre os tiros.

"Será que eles vêm atrás da gente?", sussurrou Decker.

"Acho que sim." Skink encostou o rosto num tapete de folhas de pinheiro. Uma formiga vermelha passeava nos meandros de seu bigode. Ele não fez um gesto sequer para afastá-la. Continuava atento, com o ouvido colado ao chão.

"São só dois", informou.

"Só?" Um homem com uma Ruger já era demais.

Skink enfiou a mão no impermeável e sacou a pistola.

Decker ouviu passos pisando os gravetos na orla do bosque.

"Vamos correr", disse ele. Não teriam a menor chance num um tiroteio.

"Corra você", disse Skink.

E atraia os tiros, pensou Decker. Que ótima idéia. Em Beirute ele pelo menos teria alguma chance, graças ao vão das portas. Elas ofereciam excelente cobertura. Era só correr em ziguezague de uma para outra. Mas ali não havia nenhuma porta à vista. Até as árvores eram magras demais para servir de proteção.

Decker ouviu passos rompendo os pequenos arbustos poucos metros atrás dele. Skink gesticulou para que fugisse.

Decker encolheu-se de joelhos, fincou os pés na terra úmida e largou como um corredor profissional. Correu de modo errático, trançando pelos troncos de pinheiro e saltando sobre pequenas palmeiras. Um homem gritou e os tiros recomeçaram. Decker se encolhia quando as balas richoteavam nos troncos das árvores — abaixo, acima, sempre a poucos centímetros atrás dele. O atirador corria também. E tinha péssima pontaria.

Como não conhecia o terreno, Decker se aproveitava das brechas quando estas apareciam. Avistou um esconderijo promissor do outro lado de uma clareira e se precipitou para ele, mantendo a cabeça baixa. Havia quase conseguido chegar quando algo o atingiu nos olhos e o fez se encolher de dor.

Uma bala de rifle acertara um galho de pinheiro e o jogara direto no rosto de Decker. Ele permaneceu deitado no chão, ofegante, apertando os olhos com as mãos. Talvez pensassem que o haviam baleado. Talvez fossem atrás de Skink.

Subitamente os tiros pararam.

Decker ouviu o som de uma buzina. Alguém esmagava a buzina da caminhonete com toques longos e urgentes. Da estrada um homem gritou o nome de alguém. Decker não conseguiu entender as palavras. Tirou as mãos dos olhos e sentiu alívio ao perceber que não tinha ficado cego. Seu rosto estava molhado de lágrimas e os olhos ardiam, mas pareciam funcionar.

Foi somente quando ouviu a caminhonete se afastar que Decker teve coragem de se mexer. Mas não sabia para que lado ir. A direção mais óbvia era para longe da estrada, mas ele não queria abandonar Skink, se é que ainda estava vivo.

Decker se arrastou até uma árvore e ficou de pé, nivelando cautelosamente o perfil do rosto com o tronco. Nada se mexia na clareira. A manhã estava envolta num silêncio mortal. Os passarinhos continuavam mudos de pavor.

Seja o que Deus quiser, pensou Decker. A plenos pulmões, gritou por Skink.

Um vulto grande e pálido surgiu na orla da mata do outro lado da clareira. Fazia um barulho tremendo. "Eu disse para me chamar de capitão", berrou.

Skink estava bem. Vinha completamente nu, exceto pelas botas militares. "Olhe o que o imbecil fez com a minha blusa!" Levantou o impermeável de plástico. Havia três pequenos furos de bala entre as omoplatas. "Eu saí de dentro dele bem na hora", disse Skink. "Pendurei numa árvore. Quando mexi o galho, o cara apontou com perfeição e mandou ver. Mas errou ligeiramente o alvo."

Peludo e de bunda para fora, Skink levou Decker até o corpo. O morto tinha um círculo negro e grosseiro entre as sobrancelhas loiras. A boca formava um "O".

"Você tinha razão, era um Ruger", disse Skink. O rifle estava ao lado do homem. O pente de balas havia sido removido.

"Respondendo a sua pergunta: não, nunca vi esse cara antes", disse Skink. "É alguém contratado, talvez um primo de outra cidade. O amigo ficou vigiando na beira do bosque."

"Eles devem ter calculado que um atirador só dava conta", comentou Decker.

"Ele não deve ter nem trinta anos", cogitou Skink olhando para o morto. "Que cretino infeliz."

"Devo supor que nós não avisaremos as autoridades?"

"Você aprende rápido."

Em meados da década de 70, um homem chamado Clinton Tyree tornou-se governador da Flórida. Era tudo o que os eleitores desejavam: alto, de uma beleza máscula, ex-astro de futebol, veterano condecorado do Vietnã (atirador que ficara perdido dezesseis dias em território inimigo, sem comida nem munição), solteirão disponível, entusiasta dos esportes ao ar livre e — o melhor de tudo — nativo da Flórida, raridade na época. No início a ideologia política de Clinton Tyree era conservadora quando conveniente e liberal quando não fazia diferença. Com um metro e oitenta e cinco, fazia bonito na campanha. A mídia o adorava. Ganhou a eleição para governador pelos democratas, mas acabou se revelando diferente de qualquer democrata ou republicano que o estado da Flórida jamais conhecera. Para absoluta confusão de todos em Tallahassee, Clinton Tyree revelou-se um homem completamente honesto. Quando rejeitou uma propina pela primeira vez, os vigaristas naturalmente supuseram que o problema era a quantia. Os ricos construtores, de olho em certa reserva ecológica na costa, fizeram uma segunda oferta ao novo governador. O dinheiro era tanto que lhe garantiria uma aposentadoria confortável em qualquer lugar do mundo. Os construtores eram espertos. O dinheiro do suborno emanaria de uma corporação internacional com conta em um banco de Nassau. Os fundos seriam transferidos da Bay Street para uma companhia acionista em Grand Cayman e de lá para um truste fantasma especialmente montado para Clinton Tyree em um banco no Panamá. Dessa maneira, a recém-adquirida fortuna do recém-eleito governador da Flórida ficaria protegida pelas leis de sigilo de três governos estrangeiros.

Os construtores corruptos, que consideraram o plano engenhoso e infalível, ficaram atônitos quando Clinton Tyree os mandou para aquele lugar. Ingenuamente, haviam contribuído com grandes somas para a campanha governamental de Tyree e não podiam acreditar que se tratava do mesmo homem que agora — em papel timbrado oficial! — vinha desprezá-los chamando-os de “sublarvas, indignos de lamber o lodo de um tanque de esgoto”.

Os construtores ricos ficaram mais surpresos ainda ao saber que todas as suas conversas com o governador haviam sido gravadas em segredo pelo próprio. Descobriram tal fato quando taciturnos agentes do FBI estacionaram em frente a uma luxuosa torre empresarial da Brickwell Avenue e prenderam toda a gangue coberta de correntes de ouro. Não demorou para a Receita Federal juntar-se alegremente à investigação. No prazo de seis curtos meses, uma das maiores construtoras do sul dos Estados Unidos boiava de barriga para cima como um peixe morto.

Foi um momento empolgante e inesquecível na história da Flórida. Os editorialistas dos jornais exaltaram o governador Clinton Tyree por sua coragem e honestidade, enquanto os críticos das emissoras de televisão o promoviam a destemido arauto de um Novo Sul.

É claro que as pessoas que realmente contavam — ou seja, os ricos e poderosos — não consideravam o novo governador um herói. Viam-no como uma perigosa amolação. É verdade que todos os políticos hábeis da Flórida apressavam-se em defender governos honestos, mas poucos entendiam o conceito, ainda que vagamente, e um número ainda menor o praticava. Clinton Tyree era diferente. Significava problemas. Estava enviando a mensagem errada.

Não sendo mais a Flórida um território virgem, a competição era brutal entre os ávidos especuladores. A vantagem ficava com quem tinha os contatos certos. No Estado do Sol, desenvolvimento sempre dependera de suborno. Quem fosse contra a corrupção também estava contra o progresso. Algo precisava ser feito.

Os construtores tinham duas escolhas: podiam esperar que o mandato de Tyree acabasse e dar um jeito para que não fosse reeleito ou então passar a perna nele.

E foi o que fizeram. Dedicaram todos os recursos e cuidados à corrupção dos políticos mais necessários — tarefa cumprida sem grande resistência por parte destes. Como o governador representava somente um voto no conselho estadual, foi simples para seus inimigos políticos conseguir a lealdade de uma oposição majoritária. Bastou o dinheiro.

Da mesma forma, foi simples (embora um pouco mais caro) concretizar o apoio nas câmaras estaduais de modo que o veto, muitas vezes exercido por Clinton Tyree, fosse automaticamente vencido.

Não demorou para que o governador se visse como virtual perdedor de toda batalha política importante. Descobriu que ser entrevistado por David Brinkley ou ser capa da *Time* não significava nada enquanto seus colegas continuassem votando a favor de entregar cada centímetro da costa da Flórida a construtores magnatas com anéis no dedinho. A cada derrota Clinton Tyree se tornava mais melancólico, abatido e fechado em si mesmo. As cartas que ditava iam se tornando tão sombrias e profanas que seus assessores tinham pavor de mandá-las e reescreviam todas elas às escondidas. Cochichavam que o governador estava perdendo muito peso, que seus ternos nem sempre estavam perfeitamente passados e que o cabelo andava cada vez mais desgrenhado. Alguns republicanos chegaram a espalhar o boato de que Tyree estaria sofrendo de uma temida doença sexual.

Enquanto isso os construtores ricos que haviam tentado suborná-lo finalmente foram a julgamento. O governador serviu como principal testemunha de acusação. Foi um circo da mídia, como se diz. Os amigos de Clinton Tyree acharam que ele se portou da melhor maneira possível; os inimigos acharam que parecia perdido e descuidado, como um viciado em drogas no banco das testemunhas.

O julgamento terminou com uma vitória morna. Os construtores foram condenados por suborno e conspiração, mas a punição não passou de liberdade condicional. Eram chefes de família, explicou o juiz. E freqüentavam a igreja.

Por uma infeliz coincidência, no dia seguinte à sentença o conselho estadual da Flórida aprovou, por seis votos contra um, o fechamento da Reserva Ecológica de Sparrow Beach e a vendeu para a Construtora Sparrow Beach por doze milhões de dólares. A razão alegada para a venda fora a lamentável morte (por frustração sexual ou idade avançada) do único pardal Karp's Seagrape remanescente — a espécie para a qual a verdejante reserva fora criada. Com a morte do último daqueles raros pássaros, por que continuar a preservar um litoral de tão alta qualidade? O único voto contra o negócio fora o do governador, é claro, e só mais tarde ele descobriu que o principal diretor da Construtora Sparrow Beach era ninguém menos do que seu companheiro de governo, o vice-governador.

Na manhã após a votação, o governador Clinton Tyree fez o que nenhum outro governador da Flórida jamais fizera: renunciou.

Não disse uma palavra a ninguém em Tallahassee sobre seu plano. Simplesmente deixou a mansão governamental, entrou na limusine e mandou o motorista seguir em frente.

Seis horas depois mandou o motorista parar. A limusine estacionou em uma garagem de ônibus na parte baixa de Orlando. Lá ele se despediu do motorista e mandou que sumisse dali.

Durante dois dias, o governador Clinton Tyree foi alvo da maior caçada humana já vista no estado. O FBI, a patrulha rodoviária, a patrulha marinha, o Departamento Policial da Flórida e a Guarda Nacional enviaram agentes, tropas, médiuns, detetives e helicópteros. O motorista do governador foi submetido ao detector de mentiras sete vezes e, mesmo tendo passado, continuava sendo considerado o suspeito número um no desaparecimento.

A busca terminou quando o pedido de renúncia autenticado por Clinton Tyree foi entregue ao Capitólio. Em uma carta sucinta distribuída à imprensa, o ex-governador disse que renunciava devido a "perturbadores conflitos filosóficos e morais". Agradeceu gentilmente aos amigos e apoiadores e encerrou a mensagem citando um trecho comovente, mas aparentemente irrelevante, de uma canção dos Moody Blues.

Após a renúncia de Clinton Tyree, a repugnante atividade de vender a Flórida foi retomada na sede do governo. Os que haviam sido leais ao jovem governador passaram a dar entrevistas sugerindo que durante dois anos tinham estado convencidos de que ele era basicamente um maluco. Alguns intrépidos repórteres esgotaram preciosas contas de despesa tentando localizar Clinton Tyree e obter a verdadeira história, mas em vão. A última vez que fora comprovadamente visto tinha sido naquela tarde, quando o governador fugitivo desaparecera da garagem de ônibus que ficava na parte baixa de Orlando. Usando o nome de Black Leclere, comprou uma passagem só de ida para Fort Lauderdale mas jamais chegou lá. Durante o caminho, o ônibus turístico da Greyhound parara para abastecer num posto Esso. O motorista não reparou que o passageiro alto e vestindo terno azul de riscas finas que descera para usar o banheiro não havia retornado. O posto Esso ficava do outro lado de uma banca de frutas na rodovia 222, a cinco quilômetros dos limites de Harney.

Clinton Tyree escolhera Harney não só pela beleza natural — o lago e os pastos, os ciprestes e os pinheiros —, mas também devido ao profundo atraso político do local. Harney era o condado da Flórida que tinha o menor número de votantes per capita. Era um dos únicos lugares a entrar na lista negra das pesquisas do Gallup e do Lou Harris, graças ao fato de sessenta e três por cento dos entrevistados não saberem o nome correto de um único vice-presidente dos Estados Unidos, qualquer um. Quatro entre cinco cidadãos de Harney não haviam se dado ao trabalho de votar nas últimas eleições para governador, principalmente porque o leilão anual de sêmen bovino fora marcado para o mesmo dia.

Era uma cidade onde Clinton Tyree tinha certeza de que jamais seria reconhecido. Ali ele podia arranjar um lugar para morar, cuidar da própria vida e se chamar Rajneesh, Buzz ou mesmo Skink. Ninguém o incomodaria.

Skink esperou o dia todo para se livrar do corpo. Quando anoiteceu, partiu com a caminhonete e deixou R. J. Decker na cabana. Decker não perguntou nada, porque não queria saber.

Skink ficou fora durante uma hora. Quando voltou, estava novamente vestido com todo o esplendor. Entrou pela porta de tela e chutou para longe as botas da Marinha. Não usava meias. Trazia debaixo do braço dois esquilos sem vida que acabara de retirar da estrada.

"O Tatu continua lá", comunicou.

Decker logo adivinhou o que acontecera: Skink arrastara o outro corpo até o brejo Morgan. E provavelmente o prendera na mesma linha de pescar.

"Eu não posso ficar aqui", disse Decker.

"Como queira. Os carros da polícia estão por toda parte. Dois estão parados na trilha do Mórmon e eles odeiam aquele lugar, acredite. Deve haver alguma coisa no ar."

Decker estava sentado no chão de madeira, apoiando as costas nas ripas toscas de uma estante de livros. Precisava dormir, mas sempre que fechava os olhos via o cadáver de Ott Pickney. As imagens eram indeléveis. Seriam três fotos, se estivesse com a câmera.

Primeira: o alto da cabeça rompendo a superfície do brejo, o cabelo pingando e jogado para o lado, lembrando um mato marrom.

Depois uma imagem da testa pálida e dos olhos esbugalhados, fitando algum ponto da eternidade.

Por fim a máscara completa da morte, presa de modo grotesco na linha de pescar com um arco de arame grosso, suspensa da água pelos braços formidáveis de Skink, visíveis no canto inferior da imagem.

Era assim que R. J. Decker estava condenado a se lembrar de Ott Pickney. A maldição do olhar fotográfico era jamais esquecer.

"Parece que você está quase desistindo", disse Skink.

"Me dê uma opção."

"Continue como se nada tivesse acontecido. Não saia do pé do Dickie Lockhart. Há um torneio de pesca neste fim de semana..."

"Em Nova Orleans."

"Exato, e nós vamos lá."

"Eu e você?"

"E a dona Nikon. Eu espero que você tenha um tripé decente."

"Claro, está no carro", respondeu Decker.

"E uma lente de seiscentos milímetros, pelo menos."

"Claro." Suas lentes NFL de confiança. Eram capazes de espiar dentro das narinas de um zagueiro.

"Pois então", disse Skink.

"Pois então não vale a pena", concluiu Decker.

Skink tirou o chapéu de chuva e o jogou no canto. Depois puxou o elástico do rabo-de-cavalo e sacudiu os cabelos compridos.

"Trouxe o jantar", disse ele. "Vou comer tudo, se você não estiver com fome."

Decker esfregou as têmporas. Não estava com vontade de comer. "Não acredito que mataram alguém por causa de um maldito peixe."

Skink levantou, segurando os esquilos pelas patas de trás. "A questão não é a pesca."

"Bom, então é dinheiro."

"Dinheiro é só uma parte. Se nós desistirmos, não vamos saber o resto da história. Se desistirmos, perdemos o Lockhart, talvez para sempre. Ele não pode ser acusado pelos assassinatos. Pelo menos, não por enquanto."

"Eu sei", reconheceu Decker. Não haveria um fio de evidência. Ozzie Rundell escolheria a cadeira elétrica antes de entregar seu ídolo.

"Você acha que eles sabem que fomos nós?", perguntou Decker.

"Depende", disse Skink. "Depende de o outro sujeito na caminhonete ter visto a nossa cara hoje de manhã. Também depende se o Tatu falou de você antes de morrer. Se disse quem você é, então você vai ter problemas."

"Eu? E você? Foi a sua arma que apagou o cara."

"Que arma?", perguntou Skink, levantando as mãos. "De que arma está falando, policial?" Abriu o sorriso de lobo-do-mar. "Não se preocupe comigo, Miami. Se está com vontade de se preocupar, preocupe-se em tirar boas fotos de peixes."

Skink assou os esquilos no espeto, na fogueira. Decker bebeu uma cerveja gelada e sentiu a noite se fechar sobre o lago Jesup. Comeram em silêncio. Decker estava mais faminto do que pensara. Depois abriram uma cerveja cada um e contemplaram as brasas que morriam.

"O Jim Tile vai ficar do nosso lado até o fim", disse Skink.

"É seguro?", perguntou Decker. "Para ele, quero dizer."

"Nem para ele, nem para nós. Mas o Jim é um homem cuidadoso. E eu também. E você... está chegando lá." Skink equilibrou a lata de cerveja sobre o joelho. "Existe um vôo sem escalas da

Eastern Airlines para Nova Orleans. Sai por volta do meio-dia de Orlando."

Decker olhou para ele. "O que você acha?"

"Deve ser mais prudente se formos até o aeroporto separados", disse Skink.

Decker assentiu com um gesto de cabeça. Nunca o deixariam entrar no avião vestido daquele jeito, pensou. "Então nos encontramos lá."

Skink jogou uma lata de água sobre o resto das brasas. "Onde você vai hoje à noite?", perguntou.

"Preciso falar com uma pessoa", disse Decker. "Mas não sei onde é que ela está hospedada. Na verdade, nem sei se ainda está na cidade. É a irmã do Dennis Gault."

Skink fez um muxoxo de desprezo. "Ainda está na cidade", disse ele, tirando o impermeável. "Está no Day Inn. Pelo menos foi lá que eu vi um carrinho de brinquedo estacionado."

"Obrigado. Eu sei onde é. E quanto aos policiais na estrada?"

"Já foram embora. O turno acabou há meia hora."

Skink acompanhou Decker até o carro.

"Tome cuidado com a moça", disse ele. "Caso você sinta um impulso de contar a história da sua vida, eu vou entender. Mas deixe de fora o dia de hoje."

"Estou cansado demais", suspirou Decker.

"É o que todo mundo diz."

10

Ela continuava no Day Inn. Quarto 135. Quando atendeu a porta, estava de camisola. Era uma dessas blusas de seda caras. Mal cobria a calcinha amarela-clara. R. J. Decker notou a cor da calcinha quando ela levantou os braços para pegar um roupão que estava pendurado num gancho atrás da porta do armário. Foi penoso para Decker tirar os olhos dela.

"O que tem aí nessa bolsa?", perguntou Lanie.

"Uma muda de roupa."

"Você vai a algum lugar?"

"Vou, amanhã."

"Aonde?"

"Vou subir um pouco para o norte."

Lanie sentou no meio da cama e Decker puxou uma cadeira. Na televisão, um filme antigo de James Bond.

"Sean Connery era o melhor", observou Lanie. "Já vi esse bendito filme umas vinte vezes."

"Por que você ainda está na cidade?", perguntou Decker.

"Também vou embora amanhã."

"Você não respondeu à pergunta. Por que ainda está aqui? Por que não voltou para casa depois do enterro do Bobby?"

"Eu fui ao cemitério hoje", disse Lanie. "Ontem também. Ainda não tinha me dado vontade de ir embora. Cada um tem um jeito de lidar com a dor. Não foi o que você disse?"

Muito esperta, pensou Decker. Adorava quando as mulheres arquivavam o que ele dizia...

"Sabe o que eu acho?", disse ele. "Eu acho que a família Gault precisa ser testada. Cientificamente, quero dizer. Talvez haja uma deficiência genética que impede vocês de dizerem a verdade. A Clínica Mayo ficaria muito interessada."

Ela revirou os olhos, num trejeito típico de colegial. Sua intenção era parecer indiferente, mas acabou traindo o nervosismo.

"Não vou ficar muito tempo", disse Decker. "Mas nós temos que conversar."

"Eu não estou com vontade de conversar. Mas pode ficar quanto tempo quiser. Não estou cansada."

Ela cruzou as pernas sob o roupão e olhou para ele. Algo no quarto de hotel abafado tinha um aroma fresco e maravilhoso, e com certeza não era a fragrância do hotel. Era Lanie. Ela era o tipo de mulher que exalava naturalmente o aroma de um dia de primavera. Ou então foi a impressão que ele teve, ao vê-la tão bonita. Qualquer que fosse o fenômeno, Decker teve o bom senso de perceber que estava em apuros. Ao entrar no quarto dela e deixá-la acomodar-se na cama, ele perdera todo o poder, toda a esperança de obter qualquer resposta. Sabia que estava perdendo tempo, mas não tinha vontade de ir embora.

"Você está com uma cara horrível", disse Lanie.

"O dia foi longo."

"Muito trabalho?"

"Isso mesmo."

"Alguma novidade sobre a morte do Bobby?"

"Pensei que você não estivesse com vontade de conversar", disse Decker.

"Eu estou curiosa, é só isso. Mais do que curiosa: eu amava o Bobby, lembra?"

"Você fica repetindo isso como se você mesma tivesse que lembrar."

"Por que você não acredita em mim?"

Material para um filme de Lee Strasberg: Lanie, a amante ferida. O tom de voz era primoroso — magoado sem ser defensivo. E nem uma ponta de dúvida pairava naqueles lindos olhos. Na verdade, ela parecia prestes a chorar. Era uma performance tão esplêndida que Decker reconsiderou a pergunta: por que não acreditava nela?

"Porque o Bobby Clinch não era o seu tipo", disse ele.

"Como é que sabe?"

"Aquele Corvette parado aí na frente é a sua cara, Lanie. Mas a cara do Bobby era uma simples caminhonete. Você pode ter gostado dele, pode ter transado com ele e pode até ter chupado, como você se orgulha tanto de ter feito. Mas não amava."

"Você sabe de tudo isso só olhando um maldito carro!"

"Sou um especialista", retrucou Decker. "É a minha profissão." E era verdade: os carros eram os melhores indicadores da personalidade. Qualquer bom policial sabia disso. Decker nunca pensara sobre a psicologia dos automóveis até se tornar detetive particular e ser obrigado a passar metade do tempo localizando, seguindo e fotografando todos os tipos. Em longos períodos de vigia em estacionamentos movimentados, brincava de adivinhar a quem pertenciam os carros e acabou ficando bom no jogo. A marca, o modelo, a cor — tudo, até o polimento das calotas — eram pistas para resolver o enigma. O carro de Decker era um Plymouth Volaré cinza de 1970, modelo simples. Em termos de estilo, era o automóvel mais fácil de esquecer que Detroit já fabricara. Decker sabia que era perfeitamente adequado a quem precisava ser invisível.

"Então você acha que o meu lugar é em Miami", dizia Lanie com sarcasmo. "Quem você imagina ao meu lado, Decker? Já sei: um jovem garanhão colombiano! De Rolex, corrente de ouro e Ferrari preta. Ou talvez você me ache velha demais para ser piranha de traficante. Vai ver que você me imagina de braços dados com um sujeito de cabelo grisalho apostando nos pôneis em Hialeah."

"Qualquer um, menos o Bobby Clinch", disse Decker. "Com certeza, não alguém de classe média."

É claro que então as lágrimas brotaram. Quando Decker deu por si, estava sentado na cama, abraçando-a e pedindo que parasse de chorar. Por favor. Mentalmente viu-se como o protagonista de uma cena ordinária num filme barato — agindo como o grosseirão mal-humorado, consolando meio sem jeito a bela e chorosa mulher de pernas longas, sabendo no fundo que devia ser durão, mas sentindo-se coagido a mostrar seu lado terno e sensível. Decker sabia que estava sendo tolo, mas não tinha a menor vontade de soltar Lanie Gault. Havia algo magnético, confortante e inteiramente natural em abraçar uma mulher cheirosa e de camisola de seda na cama estranha de um quarto de hotel estranho, numa cidade estranha a que nenhum dos dois pertencia.

Um helicóptero da Bell Jet-Ranger esperava o reverendo Charles Weeb no aeroporto executivo de Fort Lauderdale. Weeb usava um terno azul-marinho riscado, óculos escuros sofisticados e botas de couro de lagarto. Viajava com um vice-presidente do Canal Cristão de Esportes Externos e uma jovem morena que se dizia secretária e que deu um jeito de passar seu número de telefone para o piloto do helicóptero durante o rápido vôo.

O helicóptero levava o reverendo Charles Weeb a um estreito dique pegado aos pântanos da Flórida. Olhando a leste da barragem, Weeb e o sócio tinham o panorama nítido de uma imensa rodovia em construção. A terra fora aplainada, o leito da estrada já estava assentado e as estacarias haviam sido armadas para receber as pontes. Caminhões de entulho levantavam a terra solta de lá para cá, enquanto as niveladoras se arrastavam entre nuvens de poeira pelas medianas.

"Mostre-me de novo", disse Weeb ao vice-presidente.

"A nossa propriedade começa bem ali", disse o vice-presidente, apontando. "E faz fronteira com a via expressa ao longo de sete quilômetros e meio ao sul. O conselho rodoviário estadual foi muito generoso e nos doou três trevos."

Generoso uma ova, pensou Weeb. Vinte mil em ações para cada um daqueles cretinos gananciosos.

"Me passe o binóculo."

"Sinto muito, senhor, mas deixei no aeroporto."

"Eu vou sentar no helicóptero", choramingou a morena.

"Fique aqui", resmungou Weeb. "Como é que eu vou ver o sistema do lago sem o binóculo?"

"Podemos sobrevoá-lo na volta", sugeriu o vice-presidente. "Os canais estão quase prontos."

Weeb sacudiu a cabeça energicamente. "Mais uma, Billy, você conseguiu de novo. Ninguém compra casa no *canal*. *Canal* é uma palavra suja. É por um canal que passa o esgoto. É nos canais que os patos trepam e que o gado mija. Quem ia querer morar na beira de um maldito canal? Você pagaria cento e cinqüenta mil por isso? Não, você ia preferir morar na beira de um *lago*, um lago refrescante e pitoresco, e o que nós estamos vendendo aqui são lagos."

"Entendo", disse o vice-presidente. Então eram lagos. Lagos retos e estreitos. Tão estreitos que era possível acertar a margem oposta com uma pedra. Lagos de dimensões idênticas e retilíneas.

A emissora contratara uma firma de dragagem marinha para o serviço. Os capatazes tinham uma mentalidade basicamente linear. Já haviam dragado o estuário de Port Everglades e de Government Cut, assim como um longo trecho da rota dos cargueiros em Tampa Bay. Trabalharam com rapidez e eficiência impressionantes — e em linha perfeitamente reta, o que é desejável quando se trata de canais para navios, mas inconveniente quando o objetivo é abrir lagos. Tal problema havia sido apontado várias vezes ao reverendo Charles Weeb, que se limitara a mostrar que tolice seria, do ponto de vista fiscal, criar grandes lagos redondos. Quanto maior o lago, mais água seria necessário. Quanto mais água, menos terra haveria para vender. E quanto menos terra houvesse para vender, menos casas poderiam ser construídas.

"Um lago não precisa ser redondo", disse o reverendo Weeb. "Não vou repetir."

"Sim, senhor."

Weeb voltou-se para o oeste e contemplou os pântanos. "Eles me lembram a porra do Saara. Mas só que com esterco."

"A água sobe no final da primavera e no início do verão", relatou o vice-presidente.

"O Dickie prometeu que haveria *bass*."

"Sim, senhor. Um dos melhores locais de pesca da região sul."

"É bom que você tenha razão." Weeb caminhou ao longo do dique, admirando o contorno da nova estrada. O vice-presidente acompanhou-o a poucos passos de distância e a secretária permaneceu onde estava, lançando olhares em direção à cabine azul do Jet-Ranger.

"Vinte e nove mil unidades", dizia Weeb. "Vinte e nove mil famílias. Uma cidade cristã todinha nossa!"

"Sim", disse o vice-presidente. Era o nome do empreendimento que o atormentava: "Lago do Lunker". O vice-presidente achava que o nome oferecia um considerável problema de marketing: era coloquial demais, caipira demais. O reverendo Charles Weeb discordava. Era o seu público, e ele sabia muito bem o que eles comprariam ou não. "Lago do Lunker" era perfeito, insistia. Não ia ter erro.

Charlie Weeb caminhou de volta para o helicóptero. "Billy, nós temos que começar a rodar alguns comerciais", disse ele. "A futura Capital Americana do *Bass* ou algo do gênero. Traga o Dickie até aqui e rodem alguns filmes. Ele pode usar a equipe dele mesmo, mas eu gostaria que você ou o diácono Johnson supervisionassem."

"Ainda não tem peixe nos lagos", observou o vice-presidente.

Weeb subiu no helicóptero e o vice-presidente se espremeu a seu lado. A secretária sentou na frente, ao lado do piloto. Weeb não pareceu se importar.

"Eu sei que não tem peixe nos lagos, merda. Fale para o Dickie atravessar a comporta e filmar do outro lado. Ele sabe o que fazer."

O Jet-Ranger decolou e voou baixo, rumo ao leste.

"Vá para aquela direção, onde estão cavando os lagos", disse o vice-presidente ao piloto.

"Que lagos?", perguntou o piloto.

Skink chegou atrasado ao aeroporto. Decker não ficou nem um pouco surpreso. Entrou numa cabine telefônica e ligou para o jornal de Harney para ver se já sabiam algo sobre o tiroteio. Diria que havia marcado um encontro com Ott na casa de panquecas mas que ele não aparecera.

Sandy Kilpatrick atendeu o telefone. "Tenho péssimas notícias, senhor Decker", disse ele.

Decker respirou fundo.

"É sobre o Ott", continuou Kilpatrick. A voz dele era um sussurro forçado, como a de um padre no confessionário.

"O que aconteceu?", indagou Decker.

"Um acidente de carro horrível hoje de manhã, na rodovia Gilchrist. O Ott deve ter dormido no volante. A caminhonete saiu da estrada e bateu num cipreste grande."

"Meu Deus", disse Decker. Haviam simulado uma colisão para encobrir o crime.

"Ele ficou queimando durante duas horas e acabou provocando um incêndio na mata. Quando terminou, não tinha sobrado muita coisa. Agora os restos mortais estão no necrotério, mas... Bem, estão tentando extrair uma quantidade de sangue que dê para descobrir se ele tinha bebido. As leis são duras quanto a isso, aqui na região."

O corpo de Ott devia estar carbonizado. Ninguém jamais desconfiaria que estivera dentro d'água, assim como ninguém nem sonharia de que modo ele realmente morrera. Era o truque mais ordinário do mundo, mas em Harney funcionava. Decker podia imaginar a placa de alerta da rodovia 222 recebendo novos dizeres: DIRIJA COM CUIDADO. NÃO SEJA A VÍTIMA Nº 5.

Decker não sabia o que dizer em seguida. Conversar sobre o defunto o deixava pouco à vontade, mas não queria dar impressão de que não se importava.

"Eu não sabia que o Ott bebia muito", observou, sem grande convicção.

"Nem eu", disse Kilpatrick. "Mas imaginei que alguma coisa tinha acontecido quando ele não apareceu no jogo de basquete anteontem. Ele era o mascote do time, você deve saber."

"Davey Dillo."

"Isso mesmo." Houve uma pausa do outro lado da linha. Kilpatrick devia estar ponderando como explicar a fantasia de tatu de Ott. "Nós temos uma espécie de regra tácita aqui no jornal. Todo mundo deve dar à United Way uma pequena porcentagem do pagamento. Sabe como é, o jornal preza muito a caridade cívica."

"Entendo", disse Decker.

"Bom, o Ott se recusava, não doava nem um tostão. Dizia que não tinha confiança na entidade. Eu nunca vi nele uma posição tão irredutível."

"Ele nunca foi mão-aberta", comentou Decker. Ott Pickney era o homem mais avarento que já conhecera. Quando cobria o tribunal do condado de Dade, chegou a perder o veredicto do julgamento de um incrível homicídio porque não encontrara um parquímetro quebrado para estacionar ao lado.

Sandy Kilpatrick prosseguiu: "O nosso editor tem uma política rígida em relação à United Way. Quando soube que o Ott se negava a contribuir, mandou que eu o despedisse. E para salvar o emprego do Ott eu propus esse acordo".

"Davey Dillo?"

"O time da escola estava precisando de um mascote."

"Não parecia mesmo coisa do Ott", observou Decker.

"Ele resistiu no início, mas depois chegou ao ponto de gostar de verdade. O próprio Ott me disse. Ele fazia miséria no skate, mesmo com aquela fantasia enorme. E na idade dele... Os garotos diziam que ele devia ter sido surfista."

"Devia ser um show e tanto", disse Decker, tentando imaginar a cena.

"Ele nunca perdia um jogo, e foi por isso que eu fiquei preocupado na noite em que ele não apareceu. A única coisa que passou pela minha cabeça foi que ele tinha saído no sábado à noite e podia ter caído na farra. Eu pensei: vai ver que ele foi até Cocoa Beach, conheceu uma garota e resolveu ficar o fim de semana todo."

Ott escondido com uma gatinha de praia. Provavelmente Harney inteira estava comentando a história.

"Talvez tenha sido isso. Ele devia estar voltando para casa quando o acidente aconteceu." Ali estava o velho amigo de Ott em Miami, mentindo entre os dentes. Se Kilpatrick soubesse a verdade, pensou Decker. "Eu estou chocado, Sandy. Não consigo acreditar que ele esteja morto." Essa parte era quase verdade. E a tristeza era genuína.

"O enterro é amanhã", informou Kilpatrick. "Acharam melhor cremá-lo, dadas as circunstâncias."

Decker se despediu e desligou. Depois telefonou para uma floricultura em Miami e pediu que mandassem uma orquídea para o funeral de Ott Pickney. A mais bonita que tivessem.

11

Jim Tile nasceu na cidade de Wilamette, Flórida, um lugarejo corrupto e árido, intocado pelas noções exóticas de integração racial, moradia para todos e direitos iguais. Jim Tile era um dos poucos negros que haviam conseguido escapar de seu bairro miserável sem o benefício de uma viagem de ônibus até a prisão de Raiford ou de uma bolsa esportiva. Ele atribuía o sucesso aos pais firmes e bondosos, que o haviam obrigado a continuar na escola, e às suas espantosas habilidades físicas. A maioria dos meninos de rua achava que dar socos era o jeito mais bacana de brigar, mas Jim Tile preferia o estilo boxeador, por ser mais pessoal. Isso lhe causou muitos dissabores junto aos amigos, até a primeira vez em que os garotos brancos o derrubaram e tentaram empurrar o rosto dele para um monte de merda de vaca. Eram três, e naturalmente esperaram até que Jim Tile estivesse sozinho. Chegaram a dominá-lo no chão por um momento, mas o garoto encarregado de prender os braços de Jim não agarrou bem. Foi a conta. Um dos garotos brancos acabou com a clavícula quebrada, outro com os dois cotovelos hiperestendidos de modo grotesco e o terceiro com as costelas fraturadas na região onde Jim Tile o prendera com uma chave de perna. E todos foram para o hospital com o nariz coberto de merda.

Depois do colegial, Jim Tile se matriculou na Universidade da Flórida, em Tallahassee. Estudou direito criminal, formou-se e entrou para a patrulha rodoviária. Seus amigos e colegas de classe disseram-lhe que estava louco, que um jovem negro com aquele histórico escolar e um diploma universitário poderia se dar bem no Departamento para Assuntos Externos ou Alfandegários, talvez até no FBI. Jim Tile poderia ter escolhido o que quisesse. Além disso, todos sabiam como era a polícia rodoviária. Oferecia o menor salário e os maiores riscos dentre todos os empregos policiais do estado, sem falar da reputação de ser um enclave de racistas da pesada que, se não excluíam recrutas oriundos de grupos minoritários, tampouco os recebiam com rojões e champanhe.

Na década de 70, a sina costumeira de um guarda negro era ser mandado para as piores estradas, nos condados mais atrasados. Lá eles passavam a maior parte do dia multando desbocados agricultores da Ku Klux Klan, que insistiam em dirigir os tratores bem no meio da rodovia, infringindo assim mais de quinze leis de trânsito. Dois ou três anos nesse estimulante emprego bastavam para inspirar a maioria dos guardas negros a buscar sustento em outra parte. Mas Jim Tile continuou firme. Quando os outros guardas lhe perguntavam a razão, ele respondia que no futuro pretendia ser comandante de toda a patrulha rodoviária. Seus amigos achavam que era brincadeira; porém, quando alguns coronéis e tenentes em Tallahassee ficaram sabendo da ambição de Tile, assumida de modo tão audacioso, designaram-no imediatamente para patrulhar as estradas remotas de Harney e proteger fielmente os iluminados cidadãos do condado, a maioria dos quais insistia em chamá-lo de Filho, Moleque ou Policial Zulu.

Um dia o guarda Jim Tile foi designado para acompanhar um obscuro candidato a governador durante um passeio político por Harney. O dia começou com um café da manhã na casa de panquecas e terminou com um churrasco de leitão às margens do lago Jesup. O candidato, Clinton Tyree, fez o mesmo discurso manhoso nada menos do que nove vezes — e Jim Tile acabou decorando, por puro tédio. No fim do dia já murmurava inconscientemente as frases de efeito antes mesmo que saíssem da boca do candidato. Julgando pela reação — e pelas magras contribuições — de vários financiadores políticos, ficou óbvio que estes haviam posto na cabeça que Clinton Tyree deixava que um negrão lhe ditasse as palavras.

Ao cair da noite, quando todos os repórteres e políticos já tinham devorado o churrasco e ido para casa, Clinton Tyree puxou Jim Tile para um canto e disse:

"Eu sei que você não gostou muito do meu discurso, mas em novembro eu vou ser eleito governador".

"Não duvido", retrucou Jim Tile. "Mas vai ser por causa dos seus dentes, e não dos seus ideais."

Depois que Clinton Tyree ganhou as eleições, uma das primeiras coisas que fez foi mandar que o guarda Jim Tile fosse transferido do condado de Harney para o destacamento especial do governador em Tallahassee. A unidade equivalia ao Serviço Secreto do Estado, uma das funções de maior prestígio na patrulha rodoviária. Nunca antes um negro fora escolhido para guarda-costas de um governador, e muitos dos companheiros de Tyree lhe disseram que estava abrindo um precedente perigoso. O governador se limitou a rir. Disse-lhes que Jim Tile era o homem de maior capacidade de previsão que ele conhecera durante toda a campanha. Segundo uma pesquisa de boca de urna feita pela agência Pat Caddell, o ponto que mais agradara aos eleitores do candidato Clinton Tyree não haviam sido suas posições progressistas quanto a pena de morte, lixo nuclear ou imposto sobre empresas, mas sim o seu belo sorriso. Em especial, os dentes.

Durante o breve e turbulento mandato na mansão governamental, Clinton Tyree muitas vezes se abria com Jim Tile. O guarda passou a admirá-lo. Achava que o novo governador era corajoso, visionário, honesto e fadado ao fracasso. Jim Tile provavelmente foi a única pessoa na Flórida que não ficou surpresa quando Clinton Tyree renunciou e se afastou do olhar público.

Assim que Tyree sumiu, o guarda Jim Tile foi retirado do destacamento governamental e mandado de volta para Harney, na esperança de que caísse em si e abandonasse a patrulha.

Por algum motivo, não o fez.

Jim Tile permaneceu leal a Clinton Tyree, que passara a adotar o nome de Skink e a viver de peixe frito e dos animais mortos que recolhia na estrada. A lealdade de Jim Tile incluiu uma carona ao ex-governador até o aeroporto de Orlando, numa das raras vezes que saiu do estado.

"Eu podia tirar uma folga e ir com você", disse Jim.

Skink estava na traseira do carro-patrulha, para não chamar muita atenção. De qualquer forma, parecia mesmo um prisioneiro.

"Obrigado pela oferta", disse ele. "Mas nós vamos a um torneio de pesca em Louisiana."

Jim Tile assentiu com um gesto de cabeça. "Já entendi." Andando pela Bourbon Street, ninguém mexeria com ele. Outra coisa era pescar nos braços de rio adentro.

"Fique de olho aberto enquanto eu estiver fora", disse Skink. "Mas eu não chegaria perto do brejo Morgan."

"Não se preocupe."

Skink percebeu que Jim Tile estava preocupado. Notava nervosismo no modo como o guarda se sentava ao volante. Dirigir era a última coisa que tinha em mente. Não ia nem a noventa por hora.

"Está pensando em mim ou em você?", perguntou Skink.

"Eu estava pensando numa coisa que aconteceu ontem de manhã", confessou o guarda. "Mais ou menos uns vinte minutos depois de deixar vocês na estrada, eu parei uma caminhonete que quase tinha quebrado o meu radar."

"Hum", fez Skink, como quem não se importa.

"Multei o rapaz por dirigir a cento e quarenta por hora. Ele disse que estava atrasado para o trabalho. Perguntei onde trabalhava e ele disse que era na madeireira Miller. Eu comentei que ele devia ser novo, e ele disse que era mesmo. E eu disse que devia ser o primeiro dia dele, já que estava indo na direção errada. E depois ele não disse mais nada."

"Você já tinha visto o rapaz antes?"

"Não."

"E a caminhonete?"

"Não. A placa era de Louisiana. Jefferson Parish."

"Hum", fez Skink de novo.

"Mas sabe o que eu achei estranho?", prosseguiu Tile. "Tinha um pente de balas para rifle no banco da frente. Nada de rifle, só um pente de trinta tiros, novo. Acho que serviria numa Ruger. O rapaz disse que o rifle tinha sido roubado da caminhonete em West Palm. Roubado por uns escurinhos."

"Ele disse isso na sua cara?", espantou-se Skink. "Escurinhos? O que você fez quando ele disse isso, Jim? Espero que tenha partido em dois o crânio daquele ignorante."

"Nada disso. E sabe o que mais eu estranhei? Eu vi duas garrafas térmicas de café no banco da frente. Não uma. Duas."

"Talvez ele estivesse com muito sono", comentou Skink.

"Ou então a outra garrafa não era dele. Talvez fosse de um amigo." O guarda endireitou-se no banco, bocejou e espreguiçou os braços. "Talvez o amigo tenha ficado com o rifle. Pode ter havido uma encrenca na estrada e alguma coisa aconteceu com ele."

"Você tem uma imaginação e tanto", disse Skink. "Devia escrever roteiro de cinema." Não havia motivo para contar ao amigo sobre o ocorrido. Talvez algum dia fosse necessário, mas não naquele momento. O guarda já tinha muito com que se preocupar.

"Então você sabe o nome do sujeito. Do motorista."

Jim Tile fez que sim. "Thomas Curl."

"Não acredito que ele trabalhe na Miller", observou Skink.

"Nem eu."

"Posso tentar investigar em Nova Orleans."

"Pode mesmo?", disse Jim Tile. "Eu só estou curioso."

"E não é à toa. Ninguém mente para um policial sem motivo. Vou ver o que posso descobrir."

Percorreram os últimos dez quilômetros em silêncio. Jim Tile desejava que Skink se abrisse e lhe contasse o que tinha acontecido, mas sabia que havia bons motivos para que não o fizesse. O guarda tinha certeza de que o companheiro de Curl estava morto. Talvez os detalhes não fossem tão importantes assim.

Ao estacionar em frente ao aeroporto, Jim Tile disse: "Você deve achar que esse Decker é confiável".

"Parece uma pessoa firme."

"Mas não esqueça que ele tem outras prioridades. Não está trabalhando para você."

"Talvez esteja", disse Skink. "Só que ele não sabe disso."

"Por enquanto", retrucou Jim.

R. J. Decker andava de um lado para outro em frente ao balcão da Eastern Airlines quando Skink entrou com seu andar pesado, parecendo um motoqueiro que não tinha encontrado as anfetaminas. Mesmo assim, Decker foi obrigado admitir que a aparência geral estava um pouco melhor.

"Tomei um banho", declarou Skink. "Está orgulhoso?"

"Grato."

"Eu odeio avião."

"Vamos, já chamaram os passageiros do nosso vôo."

No portão de embarque, Skink entrou em discussão com uma aeromoça que não queria deixá-lo embarcar com o equipamento de mergulho.

"Não vai caber debaixo da poltrona", explicou ela.

"Eu lhe mostro onde cabe", resmungou Skink.

"Coloque os tanques junto com a bagagem", pediu Decker.

"Vão acabar com eles."

"Nesse caso eles dão um novo."

"Os nossos funcionários são muito cuidadosos", disse muito convicta a aeromoça.

"Trogloditas!", exclamou Skink, e foi entrando no avião.

"O seu amigo está meio rabugento esta manhã", comentou a aeromoça ao pegar o cupom que acompanhava a passagem de Decker.

"Ele fica um pouco nervoso quando anda de avião. Mas vai sossegar."

"Espero que sim. Talvez seja bom informá-lo de que nós temos a bordo um xerife do ar. E armado."

Ah, com certeza, pensou Decker. Que ótima idéia.

Encontrou Skink encolhido na última fileira do avião.

"Troquei de lugar com dois missionários católicos", explicou. "A última fileira é o lugar mais seguro, se o avião cair. Onde está o seu equipamento fotográfico?"

"Dentro de um baú, não se preocupe."

"Lembrou de trazer o tripé?"

"Sim, capitão."

Skink estava uma pilha de nervos. Praguejava, remexia-se e tamborilava com os dedos. Coçava nervosamente a barba. Decker nunca o vira daquela maneira.

"Você não gosta de voar?"

"Passei metade da vida em aviões. Eu odeio avião mas não tenho medo, se é o que está insinuando." Meteu a mão num bolso da jaqueta de brim negro e tirou os óculos escuros e o chapéu de chuva florido.

"Não coloque isso", pediu Decker. "Não agora."

"Por acaso você é da Força Aérea, porra?" Skink enfiou o chapéu de chuva na cabeça. "Quem se importa?"

Ele está com um aspecto horrível, pensou Decker. Um legítimo sociopata. E o problema não era o avião, mas as pessoas. Skink obviamente não suportava estar em público. Debaixo do chapéu ele pareceu se acalmar. Por trás da lente negra dos óculos, pressentiu Decker, seus olhos verdes estavam fechados.

"Não ligue para mim", disse ele suavemente.

"Tire um cochilo", sugeriu Decker. Os motores do jato, que pareciam instalados diretamente sobre a cabeça deles, abafaram as palavras. O avião começou a deslizar pela pista. Skink não disse nada até decolarem.

Em seguida, virou-se na poltrona e disse: "Más notícias, Miami. Os irmãos Rundell estão a bordo. Dando uma de bacanas, na primeira classe, acredita? Eu fico doente com isso".

Decker não tinha reparado neles durante o embarque. Estava entretido com Skink. "Eles viram você?"

"O que acha?", replicou Skink num tom cáustico.

"Lá se foi o nosso sigilo."

Skink deu risada. "Culver quase mijou nas calças."

"Vai telefonar para o Lockhart assim que o avião pousar."

"Isso não pode acontecer", disse Skink virando-se para a janela. E ficou virado até que os comissários de bordo começassem a percorrer o corredor com as bandejas do almoço. Depois abaixou a mesinha do seu assento e apoiou os braços de lenhador sobre ela.

"O Ozzie e o Culver não conhecem a sua cara."

"Acho que não, mas não tenho certeza", disse Decker. "Acho que entrei uma vez na loja de iscas deles."

"Droga." Skink ajeitou o chapéu de plástico na cabeça e passou os dedos pela longa trança. Decker percebeu que estava armando algum plano. “Para onde vai esse avião depois de Nova Orleans?”, perguntou.

“Para Tulsa.”

“Ótimo. Então é para lá que você vai. Assim que chegar, pegue outro avião e volte. Tem dinheiro vivo que chegue?”

“Tenho, e mais cartão de crédito.”

“Vai precisar só de dinheiro. Nesse caso a maioria dos fiadores não aceita Mastercard.”

Decker não sabia qual era o plano, mas já não estava gostando. “Quem vai precisar de fiança, você ou eu?”

“Ora, relaxe.”

Mas agora já não era possível.

Quando a aeromoça trouxe a comida, Skink fuzilou-a com os olhos e esbravejou: “Essa não! Que grude é esse?”.

“Bife Wellington, bolinhos, salada e bolo de cenoura.”

“Que tal me trazer um belo gambá?”

Os pequeninos olhos azuis da aeromoça vacilaram um pouco. “Acho que não temos, senhor, mas pode ter sobrado galinha Kiev do vôo para Atlanta.”

“E que tal um esquilo?”, insistiu Skink. “Esquilo Kiev seria ótimo.”

“Sinto muito, mas não está no cardápio.” A melodia alegre e rítmica sumiu de sua voz, assim como a paciência. “O que gostaria de beber hoje?”

“Só hormônios de gambá. E se você não trouxer eu arrebento esse avião.” Dito isto, arrancou tranqüilamente a mesinha das dobradiças e a entregou à aeromoça, que se apressou em desaparecer pelo corredor, aterrorizada.

Enquanto ela chamava o supervisor, Skink levantou-se da poltrona e gritou: “Vocês prometeram gambá. Liguei com antecedência e reservei gambá para o almoço. E gambá *kosher*”

R. J. Decker ficou paralisado. O plano de Skink já era evidente, e também irreversível.

“Tragam gambá fresco! Ou morreremos todos juntos!”, proclamou. A essa altura o pandemônio já tomava conta da parte traseira. Mulheres e crianças correram para a frente do avião, enquanto os homens confabulavam tentando decidir qual a melhor medida a tomar. O tamanho de Skink, bem como as roupas e a conduta ensandecida, não convidava para um confronto heróico a trinta mil metros de altura.

Pareceu a Decker que todos os passageiros do avião se viraram para olhar o lunático de chapéu de chuva florido.

O corredor se esvaziou quando um homem, com distintivo na camisa, saiu da primeira classe e seguiu rápido em direção à balbúrdia.

"Lembre-se, você não me conhece", Skink sussurrou para Decker.

"Não se preocupe."

O xerife do ar, um homem baixo e atarracado, dono de um espesso bigode, perguntou a R. J. Decker se ele se importava em sentar algumas fileiras para trás.

"Com prazer", disse Decker.

O xerife não estava armado, exceto por um pequeno cacetete e um par de algemas. Sentou-se na poltrona de Decker.

"É você que traz o gambá?", perguntou Skink.

"Comporte-se", disse o xerife em tom severo. "Ou então eu vou ser obrigado a usar isto." Sacudiu as algemas com ar sinistro.

"Por favor, eu sou um homem sob forte medicação", suplicou Skink.

O xerife assentiu com a cabeça. "Está tudo bem agora. Estamos apenas a meia hora de Nova Orleans."

Logo o avião estava calmo e os comissários voltaram a servir o almoço. Quando Decker olhou para a frente, viu Skink e o xerife conversando amigavelmente.

Depois da aterrissagem em Nova Orleans, o piloto pediu aos passageiros que permanecessem sentados durante alguns minutos. Assim que a porta do avião se abriu, três policiais da cidade e dois agentes federais de terno escuro entraram e levaram Skink com algemas nas mãos e grilhões nos tornozelos. Ao sair, ele fez questão de beijar uma aeromoça na orelha e de alertar o piloto para tomar cuidado com o vento sobre Little Rock.

Os irmãos Rundell assistiram à cena, fascinados.

“Para onde o estão levando?”, perguntou Ozzie.

“Para o hospício, espero”, disse Culver. “Vamos andando.”

R. J. Decker permaneceu no avião até Tulsa. Sem contar um turista bêbado com camiseta da Disney World e orelhas de Pluto, o vôo foi pacífico.

12

Na noite de 15 de janeiro, Dickie Lockhart encheu a cara na Bourbon Street e foi chutado de um bar onde umas moças faziam topless: tinha jogado insetos de borracha nas dançarinas. As minhocas eram amostras grátis de um fabricante nacional de iscas cujos representantes estavam na cidade para o grande torneio de pesca. Os vendedores haviam dado a Dickie Lockhart quatro sacos cheios de iscas e anzóis variados, além de mil dólares em dinheiro como incentivo para vencer o torneio usando o equipamento da firma. Dickie torrou todo o dinheiro no bairro francês, comprando crack e coquetéis com as cores do arco-íris para mulheres com maquiagem requintada. Mas a maioria delas se revelou um ardente travesti rodando as ruas em busca de homens. Nauseado, Dickie Lockhart se refugiou nos bares de strip-tease, onde ao menos os seios eram genuínos. A encrenca começou quando ficou sem notas de cinco dólares para dar de gorjeta às garotas. Como encontrasse nos bolsos apenas os escorregadios insetos de borracha, começou a atirá-los nas dançarinas nuas. Em seu estado de embriaguez, ele se deliciou ao ver as minhocas grudentas se colarem às coxas e mamilos das dançarinas, prendendo-se às vezes nos pêlos púbicos. Os insetos pareciam tão autênticos que as *strippers* começaram a gritar e a cravar as unhas na própria carne. Uma acrobata mais frágil chegou a desfalecer e rolar pelo palco, como se estivesse sendo consumida pelo fogo. Dickie achou a cena histérica. Estava na cara que aquelas garotas nunca haviam pescado. Ficou levemente chocado quando os seguranças o carregaram para fora do estabelecimento (afinal, não o conheciam da televisão?), mas consolou-se um pouco quando outros fregueses vaiaram o modo rude como fora expulso.

Em seguida, tomou mais alguns drinques e foi procurar o patrão, o reverendo Charles Weeb. Só mesmo bêbado Dickie Lockhart tomaria tal decisão. Normalmente ninguém aparecia para ver o reverendo Weeb, a não ser que fosse convidado.

Dickie subiu até a suíte de cobertura do luxuoso hotel na Chartres Street e esmurrou a porta. Era quase meia-noite.

"Quem é?", perguntou uma voz feminina.

"A polícia!", gritou Dickie Lockhart. "Abra esta merda!"

A porta se abriu e uma linda mulher de cabelos compridos surgiu por trás dela. Ou pelo menos pareceu linda aos olhos de Dickie Lockhart — uma autêntica aparição. Usava botas de pesca de cano alto, e nada mais. Seus adoráveis seios emergiam de modo convidativo por trás dos suspensórios. Por um momento, Dickie quase esqueceu que tinha se apresentado como agente da polícia.

"Eu tenho um mandado de prisão para Charles Weeb", rosnou.

"E o que é que você está fazendo com essa vara de pescar?", perguntou a pescadora nua.

Dickie Lockhart carregara uma vara de dois metros e meio a noite toda. Não lembrava o motivo. Alguém lhe dera em algum bar; um maldito vendedor, provavelmente.

"Isso não é uma vara de pescar, portanto cale a boca."

"É, sim."

"É um detector de heroína. E agora dá licença." Passou por ela e invadiu a sala de estar da suíte, mas o reverendo não estava ali. Dickie se dirigiu ao quarto principal e a mulher o seguiu, meio desajeitada nas botas pesadas.

"Trouxe mandado de busca?", quis saber ela.

Dickie encontrou o reverendo Charles Weeb deitado de costas na cama. Outra jovem estava em cima dele, sacudindo-se alegremente. Esta usava uma camisa de futebol, número 12.

Atrás de Dickie Lockhart, a pescadora de seios de fora anunciou:

"Charlie, esse homem aqui veio prender você."

Weeb virou a cabeça com irritação, fixou os olhos irados em Lockhart e disse: "Afaste-se, pecador".

Ocorreu a Dickie que talvez não tivesse sido uma idéia tão genial aparecer sem avisar. Voltou para a sala, ligou a televisão e despencou no sofá. A mulher de botas de pesca serviu-lhe um conhaque. Disse que se chamava Ellen de Tal e que recentemente fora promovida a secretária-executiva da Primeira Igreja Pentecostal da Redenção Libertadora, da qual o reverendo Charles Weeb era o fundador e líder espiritual. Pediu desculpas por atender a porta seminua e explicou que as botas de pesca não eram idéia sua. Dickie Lockhart disse que compreendia e que na sua opinião ela ficava um estouro com aquelas botas. Recomendou-lhe cuidado para não se queimar, e falava por experiência própria.

"Bonita a sua vara."

"Não é boa para os *bass*", disse Dickie Lockhart. "A ação é muito rápida para peixe saltador."

A mulher fez que sim com a cabeça. "Eu estava pensando em peixe de ribeirão", disse ela. "Uma vara Muddler Minnow, por exemplo, tamanho quatro ou seis."

"Claro", disse Lockhart, perplexo, tonto, loucamente apaixonado. "É... com uma vara de boro é possível usar tamanho quatro, sem dúvida. Você pesca?"

Naquele momento o reverendo Charles Weeb irrompeu na sala com uma toalha malva amarrada na cintura. A aparição pediu licença e foi para um quarto. O coração de Dickie Lockhart ficou apertado. Tinha certeza de que jamais voltaria a vê-la. Charles Weeb não permitiria.

"Filho, em nome da sagrada foda, o que deu em você?", começou o clérigo. "Que demônio o possuiu? Que serpente venenosa, que maldito germe insidioso invadiu a sua mente e o privou de todo bom senso? O que tinha na cabeça, em nome de Nosso Salvador Jesus, quando bateu à minha porta esta noite?"

"Estou razoavelmente bêbado", disse Lockhart.

"Está mesmo. Mas veja só o que fez. Aquela mocinha lá dentro..."

"A zagueira?"

"Silêncio. Aquela mocinha lá dentro estava prestes a ter uma profunda revelação quando você foi entrando e interrompeu a nossa concentração coletiva. Não gostei, Dickie, e ela também não."

"A noite é uma criança. Vocês podem tentar de novo."

O reverendo Weeb o olhou com fúria. "Por que veio aqui?"

Dickie encolheu os ombros. "Eu queria conversar."

"Sobre o quê?" Weeb levantou a toalha para esconder a camada de gordura que envolvia sua barriga rosada. "O que pode ser tão importante assim para você invadir a minha privacidade a esta hora?"

"O programa", disse Dickie, encorajado pelo drinque oferecido por Ellen. "Acho que você não dá o devido valor ao programa. Acho que não reconhece o meu esforço."

"Será mesmo?"

Dickie Lockhart levantou-se. Não foi fácil. Apontou a vara de boro de dois metros diretamente para a barriga do reverendo Weeb, encostando a ponta nos pêlos grisalhos.

"Pescar um *bass* não é fácil", disse ele enquanto a raiva crescia, alimentada pela imagem da sua amada Ellen de Tal se sacudindo em cima daquele porco rico e flácido. "Pescar *bass* não é uma coisa garantida."

"Estou entendendo, Dickie", disse Weeb. Ele já lidara com bêbados zangados, e sabia que cautela era a melhor estratégia. Não gostava da vara de pescar cutucando-lhe a barriga, mas sabia que só o seu orgulho corria perigo. "De modo geral, acho que você faz um trabalho formidável no *Febre do peixe*. Acho mesmo."

"Então por que me trata como lixo?"

"Ora, eu te pago muito bem."

Dickie Lockhart começou a brandir a vara de um lado para o outro, provocando um ruído sibilante. Weeb teve o pressentimento de que doeria um bocado se a ponta o atingisse na carne nua e recuou um passo.

"Ouvi dizer que você andou conversando com o Ed Spurling."

"Onde ouviu isso?" Uma nova expressão surgiu nos olhos do ministro. Uma expressão de nervosismo.

"Uns caras que pescam com o Ed disseram que o Canal Cristão de Esportes Externos quer comprar o programa dele."

"Isso é ridículo, Dickie", protestou Weeb. "Nós temos o melhor programa de pesca de toda a América. O seu. Não precisamos de outro."

"Foi o que eu disse, mas esses caras que pescam com o Ed me contaram outra coisa. Eles disseram que o Ed se gabou de você ter prometido que em dois anos vai fazer dele o número um. E que em dois anos o *Febre do peixe* sairia da programação."

Esses caipiras imbecis, pensava Weeb. Que bando de matracas. Era uma pena que Ed Spurling não tivesse fechado o bico.

"Dickie, ninguém está passando a perna em você. Eu nunca vi o Spurling na minha vida. Não o censuro por você estar aborrecido, amigão, mas eu juro que você não tem com que se preocupar. Veja, dentre todos os pescadores de *bass* profissionais que há no mundo, quem foi que eu escolhi para fazer o comercial do Lago do Lunker? Quem? Você, Dickie. Porque você é o melhor. Todos nós na emissora achamos o mesmo: você é o número um."

Lockhart abaixou a vara de pescar. Seus olhos estavam turvos, os braços pesavam como chumbo. Se não desmaiasse logo, precisaria de outro conhaque.

"Não se preocupe, filho. Nada do que ouviu é verdade", disse o reverendo em tom apaziguador.

"É muito bom ouvir isso", replicou Dickie. "Porque não sei o que eu faria se fosse verdade. Não sei mesmo. Lembra do cara da Secretaria do Planejamento de Lauderdale que você me mandou levar para uma pescaria? Rapaz, ele me contou umas histórias incríveis sobre essa Lagoa do Lunker."

"Lago do Lunker", corrigiu Weeb secamente.

"Ele me contou que construiu uma piscina novinha em folha, graças a você. E com uma sauna no lado raso!"

"Não sei de nada disso."

Dickie abriu um sorriso insano. "E eu fico imaginando o que o seu fiel rebanho faria se descobrisse que o bom pastor estava de sacanagem com duas inocentes mocinhas da igreja. Fico só imaginando, reverendo Weeb."

"Entendi a mensagem."

"Entendeu mesmo?" Dickie Lockhart empunhou a vara de pescar como se fosse uma espada e, com um gesto habilidoso, abriu o nó da toalha de Charles Weeb, derrubando-a no chão.

"Ah, que coisinha linda", disse ele piscando um olho. "Linda como uma joaninha."

Weeb ficou vermelho. Era inacreditável como a situação havia se invertido tão rapidamente, como ele fora descuidado ao subestimar aquele caipira canalha e miserável. "O que você quer?"

"Um novo contrato. De cinco anos, sem cancelamento. Mais dez por cento dos direitos do grupo. Não faça essa cara triste, reverendo Weeb. Eu vou facilitar para você: não precisa anunciar até que eu ganhe o torneio esta semana. Vou aparecer na entrevista coletiva com o troféu e fazer uma bela média."

"Muito bem", disse Weeb, escondendo as intimidades com a mão. "O que mais?"

"Quero dobrar o orçamento para dois mil por programa."

"Mil e quinhentos no máximo."

"Feito. Não sou ganancioso."

"Mais alguma coisa?"

"Sim: vá buscar a Ellen. Diga que eu vou dar uma carona a ela até em casa."

O lago Maurepas, onde ocorreria o Torneio Clássico Cajun de Pesca do *Bass*, era uma miniatura em forma de bexiga humana do imenso lago Pontchartrain. Localizado na rodovia interestadual 55, a noroeste de Nova Orleans, o pantanoso Maurepas, abundante em *bass*, unia-se à sua matriz lamacenta no desfiladeiro Manchac, poucos quilômetros ao sul da cidade de Hammond. Foi lá que R. J. Decker e Skink alugaram um quarto num motel Quality Court. Na marina Refúgio do Esportista, alugaram um pequeno barco de alumínio com motor de popa de quinze cavalos-vapor. Disseram para a mulher da caixa registradora que partiriam ao anoitecer. A funcionária ficou desconfiada até Skink se apresentar como o famoso explorador Philippe Cousteau e explicar que estava fazendo um documentário sobre a desova da famosa enguia da Louisiana, desova que só se dava na calada da noite. Sim, disse a mulher da caixa registradora. Já ouvi falar. Depois, pediu o autógrafo de Philippe e Skink replicou, com toda a seriedade e esplêndido sotaque francês, que para uma mulher tão bonita um mero autógrafo seria muito pouco. Em vez disso, prometeu batizar uma nova espécie de molusco em homenagem a ela.

Quase toda a manhã fora perdida com a autuação e o pagamento da fiança de Skink. Já era a tarde de um dia não muito quente, mas de uma luminosidade ofuscante, como costuma ser o mês de janeiro no sul dos Estados Unidos. Skink disse que não adiantava sair para pescar àquela hora, pois os *bass* estariam escondidos. Encolheu-se no chão do quarto do hotel e adormeceu, enquanto Decker lia o *Times-Picayune*, de Nova Orleans. Na última página da seção local havia uma pequena notícia sobre um homem da região que desaparecera durante uma pescaria na Flórida e que possivelmente se afogara em algum ponto da vastidão obscura do lago Okeechobee. O nome do rapaz era Lemus Curl e, descontando a ausência de um buraco de bala enegrecido em sua testa, a foto no jornal correspondia ao rosto do homem que Skink matara perto do brejo Morgan — o homem que tentara assassiná-los com um rifle. Obviamente fora o irmão de Lemus Curl que Jim Tile pouco depois havia parado por excesso de velocidade. O interessante era que o mesmo Thomas Curl dizia no jornal que seu irmão despencara da barragem e caíra na água no lado oeste do grande lago. O artigo informava que Lemus Curl brigava com um *bass* no momento do trágico acidente. Decker achou que tal detalhe, embora inverídico, dava um toque de fina ironia à história.

Skink roncava e Decker se sentiu solitário. Teve vontade de falar com Catherine. Encontrou um telefone público no saguão do hotel. Ela atendeu na quinta chamada, com voz sonolenta.

"Acordei você?"

"Rage, onde você está?"

"Num hotel perto de Nova Orleans."

"Hum... parece romântico."

"Muito. Meu companheiro de quarto é um eremita homicida que pesa cento e vinte quilos. No jantar ele vai preparar uma raposa morta que ele mesmo desgrudou do asfalto numa rodovia perto de Ponchatoula. Depois nós vamos entrar num barco de zinco esburacado e ficar espionando uns pescadores semi-retardados num lago onde venta sem parar. Você não gostaria de estar aqui?"

"Eu podia pegar um avião amanhã e me hospedar no bairro francês."

"Não me provoque, Catherine."

"Ah, Decker..." Ela espreguiçava, acordando, provavelmente chutando as cobertas. Ele percebia tudo isso pelo telefone. "Tive que acordar cedo hoje para levar o James ao aeroporto."

"Para onde ele foi agora?"

"San Francisco."

"E naturalmente ele não quis que você fosse junto."

"Não é verdade", protestou Catherine. "Essas convenções são um tédio. Além disso, eu tenho os meus próprios planos. O que você está fazendo aí no brejo?"

"Revisando as teses do Darwin. Certas pessoas aqui ainda não saíram do estágio de macaco. Foi o contrário."

"Você devia ter ficado num bom hotel no centro da cidade."

"Não me referi ao povo daqui; o problema são os pescadores."

"Vá anotando", sugeriu Catherine. "Parece que daria um filme maravilhoso. *O ataque dos pescadores.* Mas seja sincero, Rage: não seria melhor tirar foto de jogador de golfe?"

"É melhor eu desligar", disse Decker.

"Só isso?"

"Eu tenho muita coisa para contar, mas não pelo telefone."

"Tudo bem, eu estou sempre disposta a conversar", disse Catherine.

Decker desejou que ela tivesse falado a sério quanto à ida a Nova Orleans, embora fosse uma idéia maluca. Ela estaria mais segura em San Francisco, com o médico. "Ligo quando eu voltar", prometeu ele.

"Cuide-se. Coma uma ostra por mim."

Ao anoitecer, Skink estava pronto para entrar em ação. Chapéu de chuva, impermeável laranja, mosquiteiro, lampiões, barbatanas, regulador, tanque de mergulho, facão, lança-arpão e, por uma questão de aparência, duas varas de pescar baratas. R. J. Decker temia que o barquinho afundasse com o peso. Resolveu que não era o caso de levar as máquinas fotográficas à noite; uma luz estroboscópica seria inútil a longa distância. De qualquer maneira, se sua teoria estivesse correta, Dickie Lockhart não estaria nem sequer perto do lago.

Certificaram-se de que não havia mais ninguém no cais antes de carregar o barco e empurrá-lo para a água. A noite estava um pouco fria; uma brisa vinda do norte gelava o nariz e as faces de Decker. Segurando o acelerador de mão, Skink parecia perfeitamente aquecido e sereno com seus óculos escuros. Parecia saber aonde ia. Seguia a faixa de concreto da rodovia 55, cujas enormes pilastras cobriam a terra pantanosa. As pilastras eram arredondadas e lisas como grandes sequóias deslocadas do seu lugar. Os carros que corriam sobre elas rompiam bruscamente a paz nebulosa dos pântanos. Depois de vinte minutos, Skink desligou o motor.

"Prefiro o remo", disse ele, mas não havia nenhum no barco. "Remando nós ouvimos mais."

R. J. Decker percebeu o que ele queria dizer. Do outro lado, repercutindo nas pilastras, vinha o som de vozes masculinas, fragmentos de conversa, risadas explosivas carregadas pelo vento.

"Vamos vagar um pouco", sugeriu Skink. Pegou uma vara e lançou a linha a esmo. A escuridão se fechara sobre o lago e as águas estavam cinzentas. Skink inclinava a cabeça, prestando atenção no outro barco.

"Acho que estou vendo", disse Decker. Era um ponto que oscilava, emitindo uma luz branca e difusa.

"Acenderam um lampião. Devem estar pelo menos a duzentos metros."

"Pelo som, parecem bem mais próximos."

"Um truque da noite."

Depois de alguns minutos a luz se apagou. Skink e Decker ouviram o ruído de partida de um motor possante. Com certeza era um barco pesqueiro. Rapidamente Skink girou a manivela do motor de popa e apontou o barquinho na direção que o outro tomara. Levantou-se enquanto manobrava o barco, mantendo as pernas bem abertas. Decker era incapaz de imaginar como ele conseguia navegar com segurança ao redor das altas pilastras, sem falar dos galhos e troncos submersos que minavam a borda do lago. De vez em quando Skink desligava o motor e prestava atenção para ver se o outro barco continuava em movimento. Enquanto o motor deles estivesse ligado, jamais saberiam que estavam sendo seguidos. Com o rugido de um motor de duzentos cavalos não se ouve nem o próprio pensamento.

Após alguns minutos o outro barco parou e o lampião Coleman voltou a ser aceso. As vozes dos homens estavam mais fracas e distantes do que antes.

"Nós nunca vamos conseguir chegar perto", murmurou Skink. "A não ser andando."

Acidentalmente o vento empurrara o barquinho para um aglomerado de nenúfares. Agarrando as raízes, Skink arrastou o barco até a margem, onde Decker o prendeu a um galho resistente. Pegou uma lanterna e saltou do barco para seguir Skink. Percorreram uma trilha de cerca de quatrocentos metros, recortada ao longo da margem, pisando às vezes em terreno molhado e evitando usar a lanterna. Passaram em frente a um campo de trailers com cautela especial, não querendo ser confundidos com ursos e receber algum tiro fulminante. Longe de seu território nativo, os instintos noturnos de Skink continuavam afiados. O trajeto que seguiu os fez emergir do brejo a trinta metros de onde o barco pesqueiro flutuava.

A lanterna iluminava dois homens que não eram os irmãos Rundell.

"Gente da região", sussurrou Skink. "Faz sentido. É preciso conhecer as águas." Os pescadores não faziam arremessos. Pareciam observar a água. O tombadilho do barco estava repleto de varas de pescar, todas com a linha dentro d'água. Na penumbra, podia-se ver meia dúzia de bóias vermelhas saltitando ao redor da embarcação. "São iscas vivas", explicou Skink. "Minhocas, acho."

“Podem ser pescadores comuns”, disse Decker.

“Não”, replicou Skink. “Esses caras estão carregando o barco.”

E estavam mesmo. De vez em quando uma vara dobrava e tremia — e um *bass* se agitava sobre os nenúfares. Sem perder tempo um dos homens puxava a vara e embarcava o peixe o mais rápido possível. Os *bass* eram tirados rapidamente do anzol e colocados num viveiro sob uma escotilha na galeria de popa.

A metódica coleta de peixes prosseguiu por duas horas; durante esse tempo Skink falou pouco e praticamente não mexeu um músculo. As pernas de Decker estavam doloridas devido à posição de cócoras, mas era impossível levantar e esticá-las sem ser visto. Felizmente, quando o vento apertou e a temperatura diminuiu os dois pescadores enfim decidiram parar. Puxaram as iscas, guardaram as varas, giraram a manivela do possante motor e foram subindo em ritmo lento — o que era curioso — ao longo da margem sudeste do lago. O barco permanecia estranhamente perto da via elevada, manobrando em meio às estacas. De vez em quando a luz do lampião iluminava o rosto dos homens debruçados sobre a amurada, espiando algo que Decker e Skink não conseguiam ver.

Foi Skink, é lógico, quem mostrou o caminho de volta para o barco. Ao chegar, encontraram o pântano vazio e silencioso. Os dois sujeitos haviam terminado o serviço e partido com o motor a toda a velocidade.

Skink ficou só de cuecas e se pôs a entrar com seu considerável físico dentro de um macacão de borracha.

“Era o que eu temia”, disse Decker. Estava um breu, fazia treze graus e aquele louco ia mergulhar. Decker mal podia esperar para ver a cara do guarda-florestal.

“Sabe dirigir o barco?”, perguntou Skink.

“Acho que sim.”

“Vá acompanhando as estacas, pelo mesmo caminho que os nossos amigos fizeram.”

“Eu não mergulharia nessa sopa”, disse Decker.

“E quem te pediu para mergulhar? Vamos andando.”

Atravessaram o lago até o local de pesca dos trapaceiros. Skink afivelou um tanque de mergulho alaranjado, acertou a lâmpada de cabeça e deslizou para a água. Passou uma corda de náilon pela cintura e amarrou-a ao gio do barco. Um puxão brusco era sinal para parar, dois significavam voltar e três indicavam encrenca. "Nesse caso faça o que puder para me puxar de volta", orientou Skink. "Se não conseguir, dê o fora. Eu já vou ter virado comida de jacaré."

Decker conduziu o barco com ansiedade, controlando a posição de Skink graças às bolhas que subiam à superfície espumosa. Imaginava o que deviam pensar os peixes e tartarugas ao deparar, em seu elemento escuro, com aquela criatura branquela soltando bolhas. O motor estava acelerado na velocidade mínima e o barquinho se arrastava pelo lago. Skink era uma carga pesada para rebocar.

Quando ele encontrou o que estava procurando, deu um puxão tão forte que quase virou o barco. Decker no mesmo instante desligou o motor, para que a hélice não estivesse girando perigosamente quando Skink emergisse.

Ele rompeu a superfície como um boto feliz. Trazia uma gaiola de arame, de um metro e meio por um metro e meio. Dentro da armadilha estavam quatro saudáveis *largemouth bass*, debatendo-se em vão contra a rede. Skink depositou no barco a cela fabricada pelo homem. Desligou o acelerador, cuspiu o bocal e arrancou a máscara.

"Acertamos em cheio!", exclamou ofegante. "Olhe isso."

Um pesado monofilamento de dois metros e meio, transparente para quem estava a metros de distância, fora preso à gaiola. Skink cortou uma ponta com o facão. "Prenderam esse fio num galho de salgueiro. Ninguém encontraria, se não soubesse onde procurar. Pegue o alicate, Miami."

Decker cortou as dobradiças da jaula. Skink meteu o braço e tirou os *bass* um a um, devolvendo-os com toda a delicadeza à liberdade do lago. Foi um momento estranhamente terno. O sorriso de Skink era tão caloroso quanto a luz do lampião. Depois de libertar os *bass*, recolocou a gaiola dentro da água e prendeu a linha ao mesmo galho seco.

Decker precisava admitir que era uma trapaça engenhosa — encher o lago com peixes pescados com antecedência e retirá-los no dia do torneio. Dennis Gault tinha razão: aquele pessoal faria qualquer coisa para vencer. Quanto mais pensava no assunto, mais enojado se sentia. Os trapaceiros haviam corrompido aquele belo lugar, haviam poluído sua nebulosa beleza. Mal podia esperar para ver a cara deles quando descobrissem o que acontecera. Não via a hora de fotografá-los.

Investigando as águas ao redor da estacaria da estrada, Decker e Skink descobriram mais três gaiolas submersas, todas contendo os *bass* que haviam acabado de ser pescados. Contaram onze peixes ao todo, quatro na última armadilha. Levantando o maior pela boca, Skink avaliou que pesava por volta de cinco quilos. "Este boneco teria dado o primeiro lugar àquele canalha do Dickie", felicitou-se Skink. "*Adios, muchacho.*" E libertou o peixe.

Haviam restado apenas dois *bass* menores debatendo-se na rede, suas mandíbulas pendentes movendo-se em mudo protesto, enquanto as famintas brânquias vermelho-escuras agitavam-se em fúria.

"Desculpe, amigos", disse Skink. "Vocês são a isca." Com um par de alicates de ponta arredondada, cortou cuidadosamente as primeiras duas espinhas da barbatana dorsal dos *bass*.

"O que está fazendo?", quis saber Decker.

"Marcando os dois", disse Skink. "Só isso."

Com os peixes ainda presos, ele voltou a fechar com arame a porta da gaiola e a mergulhou na água. Certificou-se de que estava bem presa à viga de concreto onde Dickie Lockhart iria procurá-la. É claro que, a essa altura, o campeão da pesca já estaria em estado de pânico e desespero, perguntando-se quem teria sabotado suas gaiolas secretas e como faria para vencer o torneio.

13

No dia em que começou o Torneio Clássico Cajun de Pesca do *Bass* Dennis Gault estava em Miami, a centenas de quilômetros de distância. Embora o exasperasse perder a competição, a estratégia mandava que ficasse fora daquele torneio. Queria que Dickie Lockhart se sentisse seguro e tranqüilo, sabendo que seu arquiinimigo não estaria lá para espioná-lo. Queria que Dickie e sua turma baixassem a guarda.

Gault passou quase toda a manhã irritadiço, berrando com secretárias e batendo o telefone na cara de corretores de commodities atrás de dicas sobre a nova colheita de cana. Verificara no jornal matutino o tempo em Nova Orleans e ficou exultante ao ver que estava ventando e fazia frio, o que significava pesca turbulenta. R. J. Decker dera um breve telefonema dizendo que tudo estava indo bem, mas não forneceu nenhum detalhe. Tampouco pediu desculpas por ter arrebentado o nariz de Dennis Gault, que ficou aborrecido com a atitude gélida de Decker mas se empolgou com a idéia de que o drama finalmente começara. Dennis Gault era consumido pelo ódio a Dickie Lockhart e não descansaria enquanto não derrubasse o homem. Mais ainda: enquanto não o jogasse no centro de um escândalo.

A trapaça era apenas parte da questão. Gault também teria roubado em alguns torneios de pesca caso tivesse encontrado cúmplices confiáveis. O germe mais virulento de seu ódio era saber que um caipira ignorante como Dickie Lockhart era membro da irmandade do *bass* — o Velho Garotão que o próprio Gault jamais poderia ser. Dickie era o campeão, a personalidade da TV, o pescador mundialmente famoso. Mal conseguia gerir seu talão de cheques ou dar o nó na gravata Windsor, mas conhecia Curt

Gowdy pessoalmente. Em um mundo de homens, aquilo significava muito.

Perder para Dickie Lockhart num torneio de pesca já era bastante ruim, mas assistir de braços cruzados enquanto o cretino enganava todo mundo era intolerável. O veneno que Dennis Gault destilava contra Dickie e seu grupo vinha de uma fonte profunda. Era o modo como o olhavam quando aparecia nos torneios. Para eles, lá vinha o forasteiro, o diletante endinheirado. Seus olhos diziam: este lago não é o seu lugar, companheiro. Por que não está num campo de golfe? Costumavam referir-se a ele como "o ricaço de Miami". Coral Gables teria sido aceitável, mas *Miami*... No que dependia dos outros pescadores, era como se Gault tivesse caído de pára-quedas da Bolívia. Eram homens do interior do sul, com nomes como Jerry e Larry, Chet e Greg, Jeb e Jimmy. Sua fala era um amontoado de compadre-isso e compadre-aquilo, entre cuspidas de fumo. Quando Dennis Gault abria a boca e despejava toda aquela conversa sobre "onde está o meu corretor", os pescadores o olhavam como se ele fosse um leproso soltando escamas.

Ingenuamente, Gault pensara que todo esse antagonismo desapareceria à medida que se aprimorasse como pescador e começasse a vencer alguns torneios. Mas a situação apenas piorou, é claro, em grande parte devido à sua própria decisão insondável. Por exemplo: Gault insistia em ir com seu Rolls Corniche vermelho-escuro a todos os torneios de pesca. A visão púrpura de tal carro rebocando um barco pesqueiro por uma auto-estrada da Flórida já bastava para parar o trânsito e, positivamente, arruinava a atmosfera bucólica de qualquer evento à beira de um cais. Muitas vezes, ao retornar de um dia duro de pescaria, Gault encontrava os pneus murchos ou via que algum espertalhão estacionara seu orgulho rubro sob uma árvore cheia de corvos com diarréia. Mas Gault era um homem singular quando se tratava de gostos pessoais. Seu pai andara de Rolls Royce e, tenham paciência, era de Rolls Royce que ele andaria. Não gostava de caminhonetes, mas uma caminhonete o teria ajudado a entrar na panelinha dos pescadores. Com o Corniche, não tinha a menor chance.

O incidente com os helicópteros foi o que selou sua excomunhão.

Muito antes de ter recolhido qualquer evidência contra Dickie Lockhart, Dennis Gault havia proposto um programa de controle para desencorajar as trapaças nos torneios de prêmios de alto valor. Boatos sobre o ocultamento flagrante de *bass* haviam surgido até mesmo nas revistas de esportes ao ar livre, em geral tão otimistas e tão generosas no incentivo; alguns escândalos vergonhosos foram revelados. Como conseqüência, os organizadores dos torneios estavam determinados a limpar sua imagem enlameada. Sobretudo por uma questão de relações públicas, consentiram em testar o experimento incomum de Gault.

O plano era o seguinte: mandar observadores neutros seguirem os pescadores de helicóptero e vigiá-los durante a competição. Gault chegou a se oferecer para pagar o aluguel dos helicópteros, oferta que foi imediatamente aceita.

O problema do plano era que o *largemouth bass* não gosta muito de barulho, enquanto os helicópteros adoram fazer barulho. Os peixes não apreciaram o penetrante estrondo das grandes máquinas, nem das ondas que as naves levantavam na água. A desvantagem logo se tornou evidente no torneio de Tuscaloosa, ocasião em que o plano aéreo de Gault foi praticado pela primeira e última vez. Sempre que os helicópteros apareciam e pairavam sobre os barcos, os peixes mergulhavam fundo e paravam de morder. O vento dos rotores tornou impossível lançar as iscas e arrancou os bonés e os óculos escuros Polaroid no valor de quarenta dólares de vários e irritados competidores. A idéia era sem dúvida nenhuma desastrosa e, no segundo dia da experiência, dois helicópteros chegaram a ser expulsos a tiros por pescadores zangados. Como ninguém ficou seriamente ferido, os agressores foram punidos com apenas um desconto de cinco quilos do volume final de sua pesca. Dennis Gault terminou em décimo quarto lugar e foi banido para sempre do Comitê de Competição nacional.

O que provavelmente deu na mesma. Logo depois Gault começou a suspeitar das trapaças de Dickie Lockhart e uma obsessão se enraizou nele como uma erva daninha selvagem e irracional. Envolvera de modo tão feroz a alma de Gault que até o fato de ele saber do progresso de R. J. Decker na Louisiana servia apenas para deixá-lo agitado. Gault ansiava por estar lá e participar da caçada, mas sabia que isso teria sido um grave erro. No telefone, Decker falara com ele no mesmo tom frio que os pescadores sempre usavam, como se ele fosse um idiota mimado, e isso também começou a incomodá-lo. Às vezes Decker parecia esquecer que não passava de mão-de-obra contratada.

Do jeito que as coisas vão, pensou Gault, eu vou ser o último a saber se alguma coisa acontecer.

Telefonou então para Lanie e lhe pediu mais um favor.

Decker acordou antes do amanhecer, meteu o jeans de qualquer jeito e vestiu um jaquetão azul com cheiro de bolor. A voz do locutor no rádio-relógio anunciou que fazia dez graus no centro de Hammond. Decker tremeu e colocou dois pares de meia. Viver no calor do sul da Flórida afinava o sangue das pessoas.

Skink estava sentado no chão do quarto, limpando os dentes com uma linha. Usava apenas uma cueca do tipo short, os óculos escuros e o chapéu de chuva. Decker perguntou se ele queria acompanhá-lo, mas Skink fez que não com um gesto de cabeça. O som cortante do fio entre os dentes brilhantes lembrava uma guitarra havaiana.

"Quer que eu traga café?", ofereceu Decker.

"Um coelho cairia bem", retrucou Skink.

Decker suspirou e disse que voltaria antes das dez. Entrou no carro alugado e partiu para o cais do desfiladeiro Manchac. Na antiga rodovia 51, deparou com um fluxo contínuo de caminhonetes Jeep, Bronco e Blazer, todas reforçadas e rebocando barcos de pesca para o lago Maurepas. Várias delas tinham pneu de tala larga, vidro fumê e um possante farol para neblina que lançava fachos amarelo-âmbar sobre os pântanos sombrios e enevoados. Esse veículo era a carruagem real dos melhores profissionais da pesca, que o conquistavam nos vários torneios. Só valia a pena participar de um torneio se um veículo de quatro rodas estivesse entre os prêmios. Muitos pescadores de *bass* ganhavam três a quatro torneios por ano.

Na concentração dos pescadores a atmosfera era solene e disciplinada. Os luzidios barcos estavam sendo postos na água verde e leitosa, depois de separados dos trailers galvanizados. Todos os participantes usavam bonés, coletes e macacões cheios de emblemas coloridos que anunciavam os produtos dos patrocinadores. Tudo — desde inseticidas a tabaco para mascar e iscas — era alardeado dessa maneira. A maioria deles usava óculos grandes da Lucite para proteger o rosto durante a perigosa corrida ao reino dos *bass.* Essa inovação fora recentemente introduzida no mundo da pesca, depois que um azarado pescador morreu ao dar de encontro com um enxame de besouros a cinqüenta nós; um desses inocentes insetos entrou como uma bala pelo globo ocular dele e abriu um túnel no cérebro.

R. J. Decker bebia café numa xícara térmica e esperava que o torneio começasse em meio a uma multidão de esposas, namoradas e mecânicos. Um placar colocado em frente da marina exibia a relação dos quarenta participantes, que incluía alguns dos pescadores de *bass* mais famosos de todos os tempos. Jimmy Houston, de Oklahoma; Larry Nixon, do Texas; Orlando Wilson, da Geórgia; e, é claro, o lendário Roland Martin, da Flórida. Reverenciados no mundo da pesca, tais nomes não significavam absolutamente nada para R. J. Decker, que reconheceu somente um personagem no quadro-negro do torneio: Dickie Lockhart.

Mas onde estava o filho da puta? Enquanto os faróis das caminhonetes cruzavam de quando em quando as águas, Decker examinava o rosto dos pescadores, inclinados sobre os consoles de seus barcos. Pareciam virtualmente idênticos, com seus óculos de proteção, bonés e rostos cheios e corados. Decker sabia que o barco de Dickie estava por ali, em algum lugar, mas teria que esperar até a pesagem dos peixes para ver o homem.

Precisamente às cinco e trinta, um homem de barba vestindo calças cáqui, camisa de flanela e gravata de laço foi até a ponta do cais e anunciou através de um megafone: "Pescadores de *bass,* preparem-se para a largada". Em uníssono, os participantes ligaram os motores. O lago Maurepas ferveu, rugiu e avolumou-se. A fumaça azul dos grandes motores de popa foi se enrolando em direção ao céu, formando uma nuvem estranha e cáustica sobre o pântano. Os barcos se afastaram da rampa repleta de gente e avançaram lentamente para o ponto onde o desfiladeiro se abria para o lago. A procissão se deteve diante de uma bóia iluminada.

"Agora começa a farra", disse uma moça perto de R. J. Decker. Dois bebês dormiam nos braços dela.

O juiz esportivo levantou uma pistola e disparou no ar. No mesmo instante um clamor estrondoso elevou-se do Maurepas: a corrida começara. Os barcos de pesca davam soluços, rugiam e urravam em busca de maior velocidade. Os aceleradores estavam empurrados para baixo, as popas ferozmente rebaixadas e as proas elevadas em um ângulo tão alarmante que Decker teve certeza de que alguns barcos dariam uma cambalhota para trás em pleno ar. Mas, espantosamente, eles se equilibraram com perfeição, deslizando em linha reta, quase sem crispar a superfície cristalina do lago. O rumor dos grandes motores era como o de um milhão de abelhas furiosas. Rasgou a aurora, transformando-a num inferno.

Os espectadores aplaudiram com entusiasmo.

"Será que ninguém nunca se machuca?", perguntou Decker à mulher com os dois bebês, que agora berravam.

"Machucar?", disse ela. "Não, senhor. Nessa velocidade só dá para morrer."

Skink esperava em frente ao hotel quando Decker voltou. "Está com as máquinas fotográficas?", perguntou.

"Tudo pronto", disse Decker.

Voltaram para o Refúgio do Esportista e alugaram o mesmo barquinho da noite anterior. Dessa vez Decker pediu um remo. A caixa indagou a Skink, muito animada: "Está encontrando bastante enguias, senhor Cousteau?".

"*Sí*", disse Skink.

"*Oui*", sussurrou Decker.

"*Oui*", corrigiu-se Skink. "Muitas. Muitas enguias."

"Fico tão contente...", disse a caixa.

Carregaram o barco rapidamente. O equipamento fotográfico de Decker estava em caixas de alumínio à prova d'água. Skink teve especial cuidado em distribuir o peso por igual, para que o barco não adernasse. Depois do desfile matutino de barcos pesqueiros supervelozes, o franzino motor de popa de quinze cavalos parecia lento e anêmico aos olhos de Decker. Quando chegaram ao local secreto, o sol já estava alto havia uma hora.

Skink guiou o barquinho para o meio dos juncos. O motor afogou quando a hélice ficou presa na espessa vegetação. Skink tirou-a do caminho com as próprias mãos. Logo se viram como que emparedados por espadanas, mato alto e jacintos. Diretamente acima passava a rampa elevada da rodovia 55. Decker e Skink estavam ocultos no frescor de sua sombra. Em silêncio, Skink despiu o impermeável alaranjado e vestiu um uniforme de camuflagem completo, do tipo que usam os caçadores de veados. Atirou um para R. J. Decker e disse-lhe que vestisse. A roupa de caça mosqueada era nova; ainda tinha as marcas da dobradura com que viera na embalagem.

"Onde conseguiu isso?", perguntou Decker.

"Peguei emprestado. Ponha o tripé na frente." Com o remo plástico, Skink abriu um campo de visão através dos juncos. Apontando com o dedo, disse: "Foi de lá que nós tiramos a última gaiola".

Decker montou o tripé na proa, firmando as pernas com cautela. Sobre ele instalou uma câmera Nikon com lente de seiscentos milímetros. Parecia uma bazuca de nariz levantado. Decidira usar filme preto-e-branco. Como evidência, tinha muito mais impacto do que um pequeno slide Kodachromo. Fotos coloridas eram coisa para férias; as preto-e-branco eram para a realidade crua. A lente de longo alcance daria à chapa aquela textura granulada que parecia exprimir culpa e indicar que alguém estava sendo apanhado em flagrante.

Decker fechou um olho e com perícia focalizou a corda de monofilamento presa à viga de concreto.

"Quanto tempo nós vamos esperar?", perguntou.

"O tempo que for preciso", resmungou Skink. "Eles vão chegar logo."

"Como você tem certeza?"

"Por causa dos peixes." Ele se referia aos dois *bass* que deixara na gaiola — os que marcara com o alicate. "Quanto mais tempo eles ficarem presos, pior será o estado deles. Eles batem com a cabeça no arame, ficam estropiados. Não iam fazer bonito na hora da pesagem. O truque é buscar os *bass* ainda frescos."

"Faz sentido", murmurou Decker.

"Bom, esse pessoal não é burro."

Nesse ponto Decker e Skink discordavam.

Quinze minutos depois ouviram o barulho de outro barco. Skink ajoelhou-se e Decker assumiu seu posto atrás do tripé. Um barco com um cintilante casco verde de metal laminado invadiu o campo de visão da Nikon. O homem que vinha na frente segurava uma vara de pescar e controlava um pequeno motor elétrico com um pedal. O motor tinha um ronco suave; sua finalidade era impulsionar o barco silenciosamente, para não assustar os *bass*. O pescador sentado na popa lançava uma isca de borracha roxa e a balançava imitando uma cobra, como Skink mostrara a Decker no lago Jesup.

Infelizmente nenhum dos homens que estavam no barco verde era Dickie Lockhart procurando suas gaiolas. Não passavam de pescadores comuns. Depois de algum tempo se afastaram, ainda observando a margem com atenção e sem falar quase nada um com o outro. Decker não sabia se participavam do grande torneio, mas provavelmente sim, a julgar pela tensão do maxilar deles.

Uma hora se passou e nenhum outro barco apareceu. Skink deitou, apoiando as costas contra a capota plástica do motor de popa. Parecia totalmente relaxado, muito mais feliz do que no quarto do hotel. Uma garça azul juntou-se a eles à sombra da pista elevada. Com a cabeça pendendo para o lado, vadeava o pântano em câmera lenta até finalmente arpoar um peixinho. Skink riu alto e bateu palmas com gosto: "Isso sim é que é pescar!", exclamou, mas o barulho assustou o pássaro desengonçado, que grasnou e fugiu batendo as asas e derrubando o peixinho — não maior que uma moeda. O peixe ferido nadou em círculos aturdidos, reluzindo na água lamacenta. Skink se inclinou e o agarrou com um golpe certeiro.

"Por favor...", protestou Decker.

Skink encolheu os ombros. "Vai morrer mesmo."

"Prometo que nós vamos pedir um belo almoço no Middendorf's..."

Tarde demais. Skink papou o peixe cru.

"Deus me livre." Decker desviou os olhos. Torcia para que não avistassem nenhuma cobra.

"Proteínas", explicou Skink, abafando um arroto.

"Eu vou continuar com os meus cereais."

Sentindo os músculos duros, Decker levantou para esticar as pernas. Começava a suspeitar que Dickie Lockhart não apareceria. E se tivesse desconfiado de alguma coisa ao encontrar as outras armadilhas vazias? E se tivesse optado pela segurança e decidido pescar honestamente? Skink lhe garantira que tal mudança de planos era impossível. Havia muito em jogo — não apenas o dinheiro do primeiro prêmio, mas pontos cruciais na classificação nacional da categoria. Sem falar no prestígio. Ego do infernos, dissera Skink, esse pessoal faz o Reggie Jackson parecer humilde.

"Algum sinal dos irmãos Rundell hoje de manhã?", indagou Skink.

"Não que eu tenha visto."

"Pode apostar o pescoço que na hora da pesagem eles vão aparecer. Nós precisamos ter cuidado. Você parece preocupado, Miami."

"Só inquieto."

Skink se sentou. "Está pensando no sujeito que foi assassinado em Harney, acertei?"

"Não foi só um, você esqueceu o plural."

"Entende por que o Bobby Clinch foi morto no brejo do Negro?", disse Skink. "Ele estava atrás de gaiolas escondidas, assim como nós ontem à noite. Só que o Bobby não foi muito cuidadoso. Provavelmente é no brejo que o Dickie esconde os grandes *bass* mães."

"Não é só o Clinch que me incomoda; os outros dois também."

Skink apoiou o queixo nas mãos. Fazia o possível para parecer compreensivo. "Veja por esse ângulo: o verme que eu matei deve ser o mesmo que matou o seu amigo, o Tatu."

"Você acha?"

"Eu não *acho*", retrucou Skink. "E ponto final."

"Ele atirou em nós primeiro", disse Decker, quase para si mesmo.

"Exato."

"Mas nós devíamos ter procurado a polícia."

"Não seja cretino. Quer ver o seu nome no jornal? Eu não. Eu não tenho o menor desejo de fama."

"O que você fazia antes, exatamente?" Decker andava morrendo de vontade de fazer a pergunta.

"Antes?" Skink tirou os óculos escuros. "Eu cometia erros."

"Alguma coisa em você me parece familiar", disse Decker. "Acho que é a boca."

"Ela costumava abrir bastante."

"Acho que são os dentes."

Os olhos verde-escuros de Skink brilharam. "Ah, os dentes..." Abriu um sorriso largo e descontraído.

Mas R. J. Decker não conseguiu estabelecer o elo. O curto governo de Clinton Tyree se dera antes da temporada que Decker passara no jornal, quando ele não prestava muita atenção na política estadual. Além disso, o rosto que sorria para ele debaixo do chapéu florido estava tão cheio de marcas e vincos que mesmo os amigos mais íntimos do governador teriam dificuldade em reconhecê-lo.

"Qual é a sua história?", perguntou Decker, seriamente. "Você está sendo procurado em algum lugar?"

"Procurado, não", disse Skink. "Perdido."

Mas, antes que Decker pudesse insistir, Skink levou aos lábios o dedo sujo e cheirando a peixe. Outro barco se aproximava.

E vinha rápido, da direção oposta. Skink fez um sinal para Decker e os dois se encolheram na popa do estreito barquinho. O barulho do outro motor parou abruptamente e Decker ouviu vozes masculinas atrás deles. As vozes pareciam muito próximas, mas ele não se atrevia a levantar e olhar.

"Converse com aquele merda hoje à noite", disse um homem.

"Já disse que vou conversar, não disse?"

"Descubra se ele foi seguido ou não."

"Ele teria falado alguma coisa."

"Talvez. Ou talvez ele queira dar uma de esperto. Já pensou nisso?"

"Eu vou conversar com ele. Saco, era a terceira ou a quarta estaca?"

"A quarta", respondeu a primeira voz. "Está vendo? Olha só a linha."

Os pescadores haviam localizado a armadilha submersa. Decker se ergueu com cautela do fundo do barquinho e moveu-se lentamente em direção à câmera que estava na proa. Skink fez um gesto de cabeça indicando que era seguro. A voz dos trapaceiros repercutia no concreto da rodovia 55.

"Pelo menos os filhos da puta não encontraram esta."

"Puxe depressa."

Decker observou os dois homens através das lentes da câmera. Estavam de costas para ele. Apesar dos bonés, dava para ver que um era meio loiro e o outro tinha cabelo preto e espesso, como Dickie Lockhart. Ambos pareciam corpulentos, embora fosse difícil saber quanto da massa corporal era na verdade a roupa de inverno. O barco pesqueiro era prateado e azul, com um nome ilegível escrito em arabescos na lateral. Decker manteve a câmera focalizada nos dois homens. Com o indicador apertava o obturador, enquanto com o polegar controlava o botão de retrocesso. Já batera seis fotos e os homens ainda não tinham se virado.

Era enlouquecedor. Decker viu que já haviam tirado a gaiola da água. "Eles não vão se virar", sussurrou para Skink. "E eu ainda não consegui a foto."

Do fundo do barco veio um resmungo de Skink. Empurrando os óculos escuros para baixo, ele disse: "Prepare-se".

E em seguida gritou, um cortante urro de fera que fez Decker estremecer. O eco trêmulo e inumano sobressaltou os dois pescadores e fez com que largassem a gaiola. Segurando os preciosos *bass* cativos, viraram-se esperando ver um lince ou talvez até uma pantera. Mas, em vez disso, a mata vazia zombou do espanto deles. Ágil, Decker disparou o filme. A câmera capturou cada detalhe do rosto perplexo dos dois homens, incluindo o lampejo de medo em seus olhos.

Mas definitivamente nenhum dos dois era Dickie Lockhart.

14

"E agora?"

"Coma", disse Skink com a boca cheia de peixe frito. Ocupavam uma mesa de canto no Middendorf's. Ninguém parecia reparar nas roupas de camuflagem que usavam.

"Espere até o Gault saber que nós seguimos os caras errados", disse Decker.

Skink voltou a atenção brevemente para uma travessa de salada de repolho encharcada. "Talvez não. Talvez eles trabalhem para o Lockhart."

Decker considerara aquela possibilidade. Talvez Dickie fosse cauteloso demais para recolher pessoalmente as gaiolas com os peixes. Bastava contratar alguns camaradas para a tarefa, encontrar com eles mais tarde no lago e apanhar os peixes furtados. Alguns caras fariam tudo o que Dickie Lockhart pedisse, se Lockhart lhes prometesse que apareceriam na televisão.

A outra explicação possível para o que acontecera naquela manhã também fazia sentido: R. J. Decker simplesmente fotografara a gangue errada de trapaceiros.

De qualquer maneira, os rostos que o filme registrara não eram os que Dennis Gault desejava ver.

"Você sabe muito bem que o Dickie está roubando no torneio."

"É claro", concordou Skink. "Mas há milhões de lugares para esconder peixe por aqui. Os pântanos vão longe, até perder de vista. Ele pode ter mergulhado as gaiolas no Portchartrain, porra. Nós ficaríamos até o fim da vida procurando naquele lodo."

"Quer dizer então que nós vigiamos o lugar mais óbvio", disse Decker melancolicamente.

"E está na cara que topamos com uma dupla de imbecis." Skink fez sinal para que a garçonete trouxesse mais peixe. "Tudo vai dar certo, Miami. Acompanhe a pesagem e veja o que acontece. E coma os seus malditos filhotes de peixe. Na pior das hipóteses, eu vou e mato o filho da mãe."

"O que disse?"

"Lockhart", explicou Skink.

"Ora, vamos." Decker examinou o rosto de Skink, buscando indícios de que estava brincando.

"O Gault ia adorar", disse Skink. "Droga, estou com a boca cheia de espinhas. Será que é muito difícil limpar um peixe direito? Não precisa contratar um cirurgião, certo?" Uma garçonete aproximou-se discreta mas Decker afastou-a com um gesto.

"Não vamos matar o Dickie", sussurrou.

"Eu tenho pensado a respeito", disse Skink, sem baixar nem um pouco a voz. "Quem se importa se o Lockhart morrer? Os patrocinadores? A emissora? Grande coisa." Skink fez uma pausa para mastigar.

"Eu vou conseguir essa foto, você vai ver."

"Seria bem mais fácil meter um tiro na fuça dele. Conheço um cara em Thibodaux que me emprestaria um rifle de caça."

"Não!", exclamou Decker, mas viu que a idéia já estava grudada como carrapato em algum lugar por trás daqueles infernais óculos escuros. "É uma loucura. Se tocar nesse assunto de novo eu estou fora, capitão."

"Ora, relaxe", disse Skink.

"Estou falando sério!"

Skink esticou o braço e pescou um peixe no prato de Decker. "Eu te avisei para comer", brincou ele. "Agora é tarde."

A volta dos barcos pesqueiros foi de uma desorganização proporcional à disciplina militar da partida. A passagem estava marcada para as quatro e meia, e os pescadores abriram loucos atalhos através do lago Maurepas para chegar no prazo. Vinham de todas as direções. Aparentemente, a única velocidade que conheciam era a máxima. A rampa no desfiladeiro Manchac estava transbordando de gente: espectadores, patrocinadores e até uma emissora de televisão local. Um aquário de vidro gigantesco — concessão feita a contragosto aos ecologistas — fora montado perto do marcador, com o fim ostensivo de manter vivos os peixes capturados e soltá-los mais tarde. Os peixes trazidos pelos pescadores eram pesados, medidos e fotografados por um biólogo da Louisiana. Depois eram jogados no tanque esverdeado, onde a maioria imediatamente virava de barriga para cima e morria de choque profundo.

Os resultados, tão importantes, eram assinalados no grande painel. Quem trouxesse o maior peixe receberia dez mil dólares. A maior enfiada conquistava vinte mil dólares, além de um barco novo, um trailer para férias e um Dodge Ram quatro portas, que muito provavelmente seria devolvido em troca do dinheiro.

Decker aguardava sozinho porque Skink voltara ao hotel. Resmungara algo sobre não querer dar de cara com os irmãos Rundell — que estavam lá, engolindo cerveja perto das bombas a gás. Ozzie era um bobalhão lamentável, e no entanto fora ele quem dirigira a caminhonete durante a fuga, depois do assassinato de Ott Pickney. Decker considerou a idéia de chegar por trás de Ozzie e cochichar algo aterrorizador no ouvido dele, só para ver a reação. Um ataque fatal de angina, talvez.

Mas Decker resolveu ficar a uma distância segura, dada a remota possibilidade de Culver se lembrar do dia em que ele entrara na loja de iscas.

O ritual da pesagem — os apertos de mão, a reunião silenciosa ao redor da balança, a marcação dos resultados — prendeu a atenção de Decker no início; mas, depois de algum tempo, seus pensamentos se voltaram para Skink. Ele estava começando a se revelar, pensou, ou talvez estivesse no fim do processo. Apesar da sabedoria selvagem, o homem podia se tornar um sério risco. Decker desejou que Jim Tile estivesse por ali para sossegar Skink, ou pelo menos para lhe dizer como lidar com ele.

Uma explosão de aplausos ressoou no palco e a multidão ficou na ponta dos pés, tentando enxergar. Um pescador magro, bronzeado e aparentemente famoso desfilava uma enfiada com três *bass* imensos, do mesmo modo como um boxeador ergue triunfante o cinturão do campeonato. O encarregado da marcação subiu numa escada e escreveu "10,2 kg" com giz ao lado do nome de Ed Spurling. Por uma diferença de dois quilos, ele era agora o novo líder do Torneio Clássico Cajun.

Sorrindo com charme, Ed "Ligeiro" Spurling jogou seus peixes gordos dentro do enorme aquário e enlaçou as mãos acima da cabeça. Por reflexo, e sem propósito, Decker bateu algumas fotos.

Os trapaceiros do barco verde chegaram dez minutos antes do prazo final. Não exibiram nenhum sorriso para os fãs. Apenas quatro *bass* pendiam da enfiada que traziam, incluindo os dois esquálidos espécimes que Skink marcara na noite anterior dentro da gaiola. Decker bateu quatro fotos antes de os trapaceiros jogarem a pesca na balança e se afastarem com mau humor. "Quatro quilos e quatrocentos gramas", anunciou o pesador pelo megafone. Décimo lugar. Não era Lockhart quem perdia, mas assim mesmo Decker se sentiu satisfeito.

O barco de Dickie foi o último a atracar no cais. A multidão se alvoroçou e chegou mais perto. Alguns dos pescadores esticaram o pescoço e murmuraram com nervosismo, mas outros fingiram não notar a chegada do campeão. Ed Spurling abriu uma Budweiser e deu as costas para a cena. Conversava com um mandachuva da fábrica de linhas Stren.

Dickie Lockhart tirou os óculos de proteção, alisou o macacão e passou um pente pelos cabelos artificialmente brilhantes. Tudo isso antes de saltar para fora do barco. "Oi, como vai", disse ele quando um fã o chamou. "Ei, você. Prazer em vê-lo", dizia enquanto ia abrindo caminho entre os espectadores. Uma equipe do *Febre do peixe* filmou a marcha triunfal.

O piloto de Dickie, um rapaz da região, permanecia de joelhos no fundo do barco, tentando tirar os peixes do tanque. Parecia demorar demais. Até Ed Spurling acabou se virando para olhar.

Havia cinco *bass* ao todo, e dos grandes. Decker calculou que o menor devia pesar dois quilos e meio; o maior era simplesmente grotesco. Tinha a cor de musgo queimado e o formato de um tronco velho. Os olhos saltavam para fora. A boca parecia uma tina de leite, de tão ampla.

O ajudante de Dickie Lockhart carregou a enfiada de peixes por entre a multidão murmurante. Entregou-a ao pesador, que jogou os peixes dentro de um saco plástico de lavanderia. O *bass* grande foi pesado em primeiro lugar: seis quilos e duzentos gramas. Quando o número apareceu no visor digital oficial, alguns espectadores assobiaram e bateram palmas.

Dez mil dólares assim, sem fazer nada, pensou Decker. Tirou uma foto de Dickie limpando os óculos com uma bandana.

A enfiada inteira foi pesada em seguida. "Quinze quilos", berrou o homem da pesagem. "Temos um vencedor!"

Decker notou que o aplauso não foi unânime nem efusivo, exceto pelos embriagados irmãos Rundell, os mais leais adoradores de Dickie.

"Marmelada!", gritou um enfurecido pescador de Reserve.

"Põe na cadeia", berrou outro, da turma de Ed Spurling.

Dickie Lockhart os ignorou. Segurou as duas pontas da enfiada e exibiu os *bass* para os fotógrafos. Fotos da vida real, sabia ele, eram essenciais para dar credibilidade aos produtos nas propagandas das revistas esportivas. Cada um dos muitos patrocinadores de Dickie quis uma foto especial do astro com o *bass* vencedor, e Lockhart as concedeu com todo o prazer. Quando terminou de posar e depositou os peixes no tanque, estavam tão mortos que afundaram como pedras. O marcador registrou "15,25 kg" ao lado do nome de Dickie no grande placar.

A câmera de R. J. Decker ficou sem filme, mas ele não se deu ao trabalho de trocar. Era pura perda de tempo.

O pesador entregou a Lockhart dois cheques e três conjuntos de chaves.

"Justamente o que eu precisava", brincou o astro da TV. "Outro barco, outro barco..."

R. J. Decker não via a hora de sair de lá. Obrigou o carro alugado, um anêmico compacto de quatro cilindros, a correr o mais que podia. Na rodovia 51, um fulgurante Jeep Wagoneer passou por ele no mínimo a noventa por hora. O motorista parecia Ed Spurling. O passageiro chamava a atenção pelo cabelo cor de palha e usava um abrigo esportivo salmão. Ambos pareciam preocupados.

No hotel, a jovem recepcionista magricela abriu a porta do saguão para Decker.

"Dei a chave para a sua amiga", disse ela, piscando. "Achei que não se importaria.

"Claro que não." Catherine — ela tinha vindo, afinal. Decker quase correu até o quarto.

No momento em que abriu a porta, compreendeu que Skink não podia mais ser incluído entre os sãos. Saltara a fronteira que separa o excêntrico do sociopata.

Lanie Gault estava amarrada no chão.

Não só amarrada mas firmemente embrulhada como uma múmia, dos ombros ao tornozelo, por uma linha de pescar de monofilamento de oito libras.

Estava viva, pelo menos. Os olhos mantinham-se bem abertos, mas de cabeça para baixo era difícil ler as emoções que exprimiam. Decker notou que estava nua, exceto por uma calcinha em formato de biquíni e um tênis Reebok cinza. A boca estava lacrada. Skink passara várias voltas de fita adesiva pela cabeça de Lanie, grudando o cabelo castanho encaracolado. Decker resolveu tirar a fita adesiva por último.

"Não se mexa", disse ele. Como se ela fosse sair para comprar cigarro.

Decker tirou uma faca da bolsa onde guardava o equipamento fotográfico. Ajoelhou-se ao lado de Lanie e começou a cortar os resistentes filamentos. Skink dera cerca de quatrocentas voltas ao redor do corpo dela, virando-a no chão como um pião, evidentemente. Decker levou quase meia hora para libertá-la. Tomou cuidado especial com a fita adesiva grudada na boca.

"Meu Deus", ela arfou, examinando os sulcos roxos em sua pele. Decker ajudou-a a sentar na cama e deu-lhe uma blusa que achou na maleta que ela trouxera.

"Sabia que o seu amigo é louco de pedra?", disse Lanie, controlada como sempre.

"O que ele fez com você?"

"Você não acabou de ver?"

"Só isso?"

"Você acha pouco? Ele me amarrou como um peru de Natal. E o mais estranho é que não disse uma palavra."

Decker estava quase com medo de perguntar: "Por que ele tirou a sua roupa?".

Lanie sacudiu a cabeça. "Não foi ele, fui eu. Queria fazer uma surpresa quando você voltasse. "Eu estava quase só com o essencial quando aquele troglodita apareceu."

"Estamos dividindo o quarto", disse Decker, sem muita convicção.

"Que gracinha."

"Ele dorme no chão."

"Sorte sua."

"Ele foi bruto?"

"Na verdade, não. Acho que só estava meio enfezado. Ele me amarrou, pegou a tralha dele e foi embora. Olhe para mim, Decker. Eu estou com vergões nos seios, no corpo todo."

"Vão sumir quando a circulação voltar."

"A linha enterrou na parte de trás das minhas pernas", informou ela, examinando-se no espelho."

"Sinto muito", disse Decker. Era impressionante a calma com que Lanie reagia à situação. "Ele não disse para onde ia?"

"Eu já disse, Decker, ele não disse uma palavra. Só cantou; ficou cantando uma música sem parar."

Decker já não conseguia se sentir surpreso. "Uma música", repetiu. "Skink cantando uma música."

"É. *Knights in white satin.*"

"Há." Moody Blues. Skink era cria dos anos 60.

"Não é lá essas coisas como cantor", resmungou Lanie.

"Mas ele não machucou você, machucou?"

Lanie dirigiu-lhe um olhar zangado.

"Quer dizer, além de amarrar."

"Ele não tentou abusar de mim. Nem enfiou um eletrodo no meu globo ocular, se é o que você está querendo saber. Mas mesmo assim ele é totalmente louco."

"Estou sabendo."

"Eu podia chamar a polícia, você sabe."

"Para quê? Faz tempo que ele foi embora."

Nem tanto, pensou Lanie. Talvez quinze minutos. "Posso tomar um banho?"

"Vá em frente." Decker despencou na cama e fechou os olhos. Logo ouviu o som de água corrente no banheiro. Desejou que fosse chuva.

Lanie saiu, ainda pingando. As faixas roxas das amarras já estavam começando a sumir.

"Bem, aqui estamos nós", disse ela, com excesso de entusiasmo. "Outra noite, outro motel. Já está virando rotina."

"Digamos que sim."

"Lembra da última vez?"

"Claro."

"Bem, não precisa ficar tão excitado", disse ela, franzindo a testa. Enrolou-se na toalha.

Decker sempre fora louco por mulheres quando acabam de sair do banho. Foi com esforço considerável que encaminhou a conversa para assuntos sérios. "O Dennis disse que eu estava aqui."

"É, ele comentou."

"O que mais ele comentou?"

"Sobre o Dickie e o torneio, só isso." Lanie sentou na cama e cruzou as pernas. "O que você tem? Eu fiz toda essa viagem para você me tratar como se eu tivesse alguma doença?"

"Eu tive um dia duro."

Ela segurou a mão dele. "Não se preocupe com o seu amigo esquisito. Ele vai encontrar o caminho de volta para Harney."

"Esqueceu a passagem de avião", disse Decker. Sem falar no insistente fiador de Nova Orleans. E distúrbio aéreo era assunto federal.

"Ele vai ficar bem", garantiu Lanie. "É só achar uma estrada que ele chega em casa logo, logo."

Decker se sobressaltou. "Então você conhece o Skink?"

"Ele é uma lenda", disse Lanie. Começou a desabotoar a camisa de Decker. "Dizem que é um psicopata franco-atirador que veio do Oregon. Ou que é um ex-agente da CIA que ajudou a matar o Trujillo. Ou então que está se escondendo da Comissão Warren."

"Essas são de primeira", disse Decker, mas não tinha nada mais plausível a oferecer em termos de teorias sobre Skink. Um bombardeador do Weather Underground. O químico secreto de Owsley. Vocalista do Grass Roots. Era só escolher.

"Venha debaixo da coberta", convidou Lanie. Quando Decker deu por si, ela já tinha deixado a toalha cair e entrara debaixo dos lençóis de musselina. "Venha, me conte como foi o seu dia duro."

Quem fazia o convite era uma mulher que acabara de ser amarrada nua por um louco. A velha Lanie Gault, pensou Decker. Sempre impecável.

Depois ela ficou com fome. Decker disse que havia uma boa lanchonete na rua, mas Lanie insistiu em que fossem até Nova Orleans. Jogou a maleta no banco de trás e anunciou que ficaria num quarto só para ela no bairro francês; não queria estar no Quality Court caso Skink voltasse. Decker não podia censurá-la.

Foram ao Acme para comer ostras cruas e beber cerveja. Lanie não parava de fazer observações sugestivas sobre ostras enquanto Decker sorria educadamente, desejando do fundo do coração estar em Miami, sozinho em seu trailer. Rolar na cama com ela tinha sido bom — pelo menos pareceu-lhe, na hora — mas ele estava tendo dificuldade em lembrar os detalhes lascivos.

Pouco depois da meia-noite Decker pediu licença, foi até um telefone público e ligou para Jim Tile na Flórida. Contou-lhe o que acontecera com Skink e Lanie e comentou o torneio de pesca.

"Rapaz, ele amarrou a moça?", assustou-se o guarda.

"E foi embora."

"Volte para casa", disse Tile.

"E o Skink?"

"Ele está bem. Fica desse jeito de vez em quando."

Decker descreveu a cena de Skink no avião. "A intimação dele é para amanhã", disse Decker. "No prédio do governo federal de Poydras. Se o Skink telefonar, por favor, lembre a ele."

"Eu não contaria com isso", disse Tile.

Lanie pedira mais uma dúzia de ostras quando Decker estava no telefone.

"Estou satisfeito", disse ele, mas assim mesmo comeu uma.

"O Dennis disse que você está cercando o Lockhart."

Ela tentou a noite toda saber o que acontecera no torneio. Decker não revelou muito.

"Ouvi pelo rádio que o Dickie ganhou", prosseguiu.

"É verdade." Rádio? Que tipo de emissora cobriria um torneio de pesca, perguntou-se Decker?

"Ele trapaceou de novo?"

"Não sei. Provavelmente. Vou mandar um relatório completo para o seu irmão."

"Ele vai ficar furioso."

Grande merda, foi o que Decker teve vontade de dizer. Mas em vez disso: "Não vamos desistir".

"Você e o troglodita?"

"Ele tem um talento especial."

"Não com as mulheres", disse Lanie.

Decker a deixou na Bienville House. Não ficou nem um pouco magoado por ela não o convidar para passarem a noite juntos.

Não se apressou em retornar a Hammond. Passava das duas da manhã, mas a interestadual 10 estava cheia de caminhões grandes e médios indo no sentido da cidade. Os faróis faziam os olhos de Decker lacrimejarem.

No cruzamento perto de Laplace, Decker decidiu seguir pela rodovia 51, e não pela nova interestadual. O trecho de duas vias, com buracos e pouco iluminado, era do tipo que agradava a Skink. Decker ligou os faróis e dirigiu devagar, esperando, por mais improvável que fosse, avistar o impermeável laranja movendo-se furtivamente pelo acostamento da estrada. Até o desfiladeiro Manchac tinha visto apenas uma raposa cinzenta, dois filhotes de tatu e uma cobra que acabara de ser atropelada.

Meteu o pé no freio quando passou pelo Retiro do Esportista. Alguém deixara os holofotes ligados no cais. Não fazia sentido. O torneio havia terminado, os pescadores já estavam em casa. Decker contornou uma sonífera curva em U e voltou.

Ao sair do carro, notou que a atmosfera do lago estava bem menos fria do que na noite anterior. Tarde demais para os pescadores, o vento finalmente mudara de norte para sul. Era uma balsâmica brisa do golfo que fazia as luzes tremerem nos postes.

Um dos holofotes iluminava o placar do torneio; outro, parte do aquário gigantesco.

Decker ficou curioso para saber se alguém havia se lembrado de libertar os *bass*. Caminhou até o cais para verificar.

A bomba do aquário estava em funcionamento e produzia bolhas barulhentas. A água ganhara um tom de lodo marrom. Com as costas da mão, Decker abriu uma janela no vapor que cobria o vidro e espiou dentro do tanque. Avistou imediatamente três peixes mortos, de boca aberta e olhos vidrados, girando em câmera lenta, levados pela corrente no fundo do aquário. Decker se sentiu um turista num cartum de Charles Addams sobre a rendição de Marineland.

A sombra de algo maior boiava acima dos *bass* mortos. Decker olhou para o topo do tanque de três metros, mas desviou os olhos quando o farol os acertou em cheio.

Para escapar do clarão subiu os degraus de madeira até a plataforma de pesagem, que dava tanto para o placar como para o tanque. Daquela perspectiva, Decker avistou outros *bass* mortos flutuando na superfície. E algo mais, algo girando lentamente com a espiral da bomba. A forma era volumosa e escura — a princípio Decker pensou que fosse uma vaca-marinha, uma brincadeira perversa de alguém.

Quando a coisa passou por ele, deu para ver melhor.

Era um homem flutuando de bruços; um homem atarracado, vestindo macacão marrom.

Decker esperou o corpo dar a volta pelo tanque outra vez. Quando voltou a passar por ele, agarrou-o pelo ombro rígido e frio e o virou para cima.

Os olhos de Dickie Lockhart estavam bem abertos, mas não enxergavam mais. Tinha na têmpora direita um ferimento do tamanho de uma ameixa. Se o golpe não o matara na hora, certamente o deixara incapaz de nadar à meia-noite.

O toque final do assassino fora diabólico e não isento de ironia: uma isca artificial, a formidável Double Whammy, presa ao lábio inferior de Dickie Lockhart. Pendia do rosto dele como um estranho enfeite de Natal. Infelizmente, por estarem tão mortos quanto Dickie, os *bass* que boiavam no aquário não puderam apreciar o maldoso gesto do criminoso.

R. J. Decker soltou o corpo na água e voltou depressa para o carro. A cena clamava por uma fotografia, mas também dizia algo mais. Decker ouviu a mensagem durante todo o trajeto de volta ao hotel; e ouviu mesmo depois, imerso em sonhos inquietos.

15

Segundo a biografia oficial veiculada por sua igreja, Charles Weeb encontrara Deus depois de uma dolorosa infância marcada por pobreza, maus-tratos e abandono. A bebida havia matado seu pai e as drogas haviam matado sua mãe, mas não antes de terem vendido as duas irmãs de Charlie à máfia da escravidão chinesa, ao preço de sessenta e cinco dólares e três gramas de ópio puro.

O hipotético destino das irmãs desaparecidas era tema recorrente dos sermões televisivos de Charlie no Canal Cristão de Esportes Externos. Nada atraía dinheiro com mais rapidez do que um demorado close mostrando as fotos das duas garotinhas, June-Lee e Melissa, sob a comovente legenda: O QUE FEZ SATÃ COM ESSES ANJOS?

O reverendo Charles Weeb sabia, é lógico. Os anjos em questão estavam vivos e saudáveis — e provavelmente ainda trabalhavam para o senhor Hugh Hefner, na mesma função que chamara a atenção do reverendo Weeb. Ele recortara pessoalmente as fotografias de quando elas eram crianças das páginas da *Playboy*, naquela seção barata que publica fotos de família mostrando a estrela do mês quando garotinha. Charlie Weeb havia muito esquecera não só o nome verdadeiro das modelos, mas até em que mês e ano tinham aparecido na publicação. No entanto não tinha o menor temor de que as fotos fossem reconhecidas nem de que desmascarassem a trama, já que nenhum devoto da emissora jamais admitiria ter folheado tal revista. O reverendo Charles Weeb fazia questão de alertar regularmente seu rebanho de que a *Playboy* era um passaporte para o inferno.

Na verdade, Charlie Weeb não tinha irmã nenhuma. Tinha apenas um irmão mais velho chamado Bernie, que fora preso vendendo falsas concessões de petróleo de uma refinaria no norte de Miami e que cumpria pena de sete anos por fraude. O pai de Weeb fora vendedor de sapatos e uma úlcera o impedira de beber. A mãe não era viciada em drogas, e sim uma bem-sucedida corretora imobiliária; ela é quem tinha fornecido inspiração para o projeto dos sonhos de Weeb, o Lago do Lunker, na Flórida.

Como a família Weeb nunca havia sido particularmente religiosa, os vizinhos ficaram surpresos e até um pouco céticos ao saber que o pequeno Charlie se tornara pregador fundamentalista. Afinal de contas, os Weeb eram judeus. Os conhecidos ficaram ainda mais perplexos ao ligar a televisão e ouvir Charlie discorrer sobre seus pais miseráveis e suas irmãs seqüestradas. Bernie, o Vagabundo, era o único de quem os vizinhos se lembravam.

O caminho de Charles Weeb até a eminência religiosa fora curioso e vacilante. Depois de ter sido expulso da Cidadela por torpeza moral, ele passara dez anos perseguindo negócios da moda e torcendo para se dar bem. "Gente viva de dezoito a vinte e cinco anos", era o slogan de Charlie, pois esse constituía sempre o público-alvo. Seus projetos estavam sempre dois anos atrasados e cinqüenta por cento descapitalizados. Durante algum tempo gerenciou uma loja de produtos naturais em Tallahassee, depois uma discoteca em Gulf Shores, depois uma fábrica de piscinas de água quente em Orlando. Embora sua trajetória desse a impressão de que fosse um fracassado, Charlie Weeb era basicamente um homem inteligente. Por mais catastrófica que fosse a falência de suas empresas, a conta bancária de Weeb sempre prosperava. No final da década de 70, a receita federal manifestou um ávido interesse pela fortuna de Charlie Weeb, que interpretou isso como um sinal para ir ao encontro de Deus, e rápido. Assim nasceu a Primeira Igreja Pentecostal da Redenção Libertadora.

Charlie Weeb não tinha uma igreja de verdade, mas era dono de algo melhor ainda: uma emissora de TV.

Ele havia comprado, por dois milhões de dólares, uma pequena operadora de UHF cuja programação consistia inteiramente em programas esportivos, o beisebol do Atlanta Braves e *The best of hee-haw*. Nada mudou durante quatro meses, até que, numa manhã de domingo, um homem de cabelos loiros e sobrancelhas messiânicas apareceu atrás de um púlpito de papelão e anunciou-se como o Santíssimo Reverendo Charles Weeb. Dali por diante, disse ele, a Weeb-TV seria a voz de Jesus Cristo.

Em seguida, ao vivo e em cores, Charlie Weeb curou um gato aleijado.

Centenas de espectadores viram a cena. O gatinho malhado mancou até o palco e — depois que o trêmulo reverendo Weeb rezou por sua alma e passou a mão sobre seu pêlo — saiu em disparada, curado.

No domingo seguinte Charlie Weeb realizou o mesmo milagre com um cãozinho *beagle*. No domingo seguinte, com um leitãozinho. Duas semanas depois, foi a vez de um filhote de lhama, emprestado de um circo itinerante.

Weeb reservou o golpe de mestre para o domingo de Natal, início de uma semana com índices assustadores de audiência. Diante do maior número de telespectadores que tivera até então, curou um cordeiro.

Foi uma performance magnífica, cheia de simbolismo bíblico. Poucos espectadores que viram a sonolenta criatura de olhos opacos levantar-se do chão deixaram de ficar profundamente comovidos. Ninguém no rebanho de Charlie Weeb se importou com o fato de o milagre ter levado uma hora a mais do que o esperado. Concluíram que, sendo aquele um Natal muito agitado, Deus se atrasara um pouco. Mas o verdadeiro motivo para a demora da alardeada cura do cordeiro foi que antes do programa o assistente de Charlie Weeb injetou lidocaína demais nas patas traseiras do animal, o que exigiu um tempo extra para que os efeitos da droga se dissipassem.

O reverendo Weeb quase ficou rouco de tanto rezar por aquele cordeiro e, depois do milagre de Natal, desistiu para sempre das curas. Mas já não importava: sua reputação estava estabelecida. Não demorou para que houvesse canais em toda a região sul transmitindo o programa de Weeb, *Jesus em sua sala*. E os donativos semanais já estavam alcançando a casa dos seis algarismos. Na pregação televisiva, Charlie Weeb finalmente encontrara uma fonte popular que ainda não secara.

Daquela vez ele decidiu arriscar. Canalizou os lucros para a expansão, e não para contas bancárias nas Bahamas. Tendo o programa religioso de Weeb como carro-chefe, foi inaugurado o Canal Cristão de Esportes Externos, tendo como assinantes sessenta e quatro canais que pagaram antecipadamente. O formato da emissora era simples: religião, caçadas, pescarias, reportagens sobre criação em fazendas e shows de música country. E mesmo quando estendeu o império da emissora para a construção, para investimentos bancários e outras iniciativas, Charlie Weeb ainda não podia acreditar no retumbante sucesso de sua fórmula televisiva. Confirmava-se ali tudo o que ele sempre tinha dito sobre a condição da raça humana.

No início Weeb se recusou a crer que homens-feitos ficassem horas assistindo a programas de pesca pela TV a cabo. Pessoalmente o ato de pescar já era maçante. Ver outra pessoa pescando, então, parecia uma forma de autoflagelo. Mas os pesquisadores de mercado o convenceram do contrário. Homens com "H" maiúsculo sintonizavam as pescarias televisivas, e esse era um público perfeito para comerciais de cerveja, cigarro e carros, sem falar da indústria de pesca.

Weeb examinou as projeções e imediatamente encomendou um programa de uma hora sobre a pesca do *bass*. Entrevistou pessoalmente três conhecidos pescadores. O primeiro, Ben Geer, foi rejeitado devido ao peso (cento e cinqüenta quilos) e ao hábito incontrolável de tossir e expelir porções de escarro no microfone. O segundo pescador, Art Pinkler, era manhoso, experiente e de uma beleza máscula, mas prejudicava-o um incômodo sotaque da Nova Inglaterra, sinônimo de morte nos medidores de audiência. O orçamento era muito baixo para aulas de dicção ou para dublagem, de modo que Pinkler estava fora. Charlie Weeb precisava de um verdadeiro caipira do sul.

Sendo assim, restou Dickie Lockhart.

Weeb achou o primeiro episódio de *Febre do peixe* o pior programa de televisão que já vira na vida. Dickie estava incoerente, a câmera parecia paralítica e os editores do filme obviamente tinham se drogado antes de trabalhar. Apesar disso, Dickie conseguiu pescar três imensos *largemouth bass*, e os anunciantes adoraram cada minuto ordinário do que viram. Pasmo, Weeb manteve o programa no ar. Em três anos o *Febre do peixe* tornou-se uma das principais fontes de renda da emissora, embora nos meses anteriores tivesse perdido terreno em vários mercados importantes para o programa rival de pesca do *bass* apresentado por Ed Spurling. O programa de Spurling tinha uma edição sucinta e uma apresentação atraente, o que agradava Charlie Weeb, assim como tudo que resultava em montes de dinheiro sem causar incômodo imediato. Intuindo que Dickie Lockhart na qualidade de Rei do *Bass* podia estar com os dias contados, o reverendo Weeb discretamente fez contato com Ed "Ligeiro" Spurling para ver se ele se vendia. Os dois ainda estavam na fase de negociação dos salários por ocasião do Torneio de Pesca Cajun, quando Dickie flagrou o pastor com duas mulheres quase nuas.

A exigência feita por Lockhart de um contrato novo e lucrativo era uma extorsão que o reverendo Weeb não podia se dar ao luxo de ignorar. A competição se tornara mortal entre os evangélicos da TV — a mais leve mancha moral o tiraria do ar.

Como prometera, Dickie Lockhart venceu facilmente o torneio de Nova Orleans. Charlie Weeb não se deu ao trabalho de comparecer à festa da vitória. Marcou uma entrevista coletiva na manhã seguinte para anunciar o novo contrato de Dickie Lockhart e telefonou para avisar o redator de notícias sobre televisão do *Times-Picayune*. Em seguida, chamou duas prostitutas.

Às cinco e meia da manhã seguinte, um policial municipal bateu na porta dupla que levava à suíte de Charlie Weeb. O policial reconheceu uma das prostitutas, mas não disse nada. "Tenho más notícias, reverendo", disse ele. "O Dickie Lockhart foi assassinado."

"Deus nos ajude!", exclamou Charlie Weeb.

O policial assentiu com a cabeça. "Levou um golpe tremendo na cabeça. Roubaram a caminhonete, o barco e todo o equipamento de pesca. E mais o dinheiro que ele ganhou no torneio."

"Que terrível", disse o reverendo. "Então foi um roubo."

"Amanhã nós vamos saber mais, depois que os técnicos do laboratório terminarem o trabalho", disse o policial ao sair. "Descanse um pouco."

"Obrigado", disse Charlie Weeb.

Mas ele já estava completamente desperto. Pagou as prostitutas e sentou-se para redigir o sermão de domingo.

R. J. Decker não ficou exatamente surpreso ao acordar no dia seguinte e ver que Skink não voltara ao hotel. Decker tinha bons motivos para desconfiar que fora ele quem matara Dickie Lockhart. Primeiro, porque falara com tanta desenvoltura sobre essa possibilidade. Segundo, porque os detalhes perversos do crime pareciam ter a marca dele.

Decker tomou banho ainda atordoado e barbeou-se furiosamente, como se a dor pudesse afastar as nuvens de sua mente. O caso se tornara não só mais letal como também mais insano. A imprensa faria a festa com aquela notícia. Provavelmente sairia até no noticiário nacional. Era uma matéria da qual Decker desejava ardentemente escapar.

Depois de sair do motel, arrumou o equipamento no carro alugado e foi até o desfiladeiro Manchac. Eram nove da manhã — sem dúvida, àquela altura alguém já havia descoberto a cena medonha.

Quando Decker atravessava a ponte, seu coração disparou. Viu luzes azuis piscando perto da rampa dos barcos. Estacionou no Refúgio do Esportista, saiu do carro e misturou-se à multidão que cercava o enorme aquário. Havia cinco carros da polícia, duas ambulâncias e um caminhão dos bombeiros, tudo por causa de um único cadáver. Já fazia três horas que o corpo de Dickie havia sido pescado do tanque; fora amarrado à maca e envolvido num cobertor de lã verde, mas ninguém parecia estar com pressa de seguir para o necrotério.

A multidão era composta principalmente por homens, alguns dos quais Decker reconheceu como participantes do torneio de pesca, mesmo sem os bonés. Dois detetives locais, com lápis e bloco de anotações na mão, interrogavam os presentes na esperança de encontrar uma testemunha. Uma moça bonita estava encostada a um carro-patrulha. Soluçava enquanto falava com um policial uniformizado, que preenchia um formulário cor-de-rosa. Decker ouviu a moça dizer que seu nome era Ellen. Ellen O'Leary. Tinha sotaque de Nova Orleans.

Ficou imaginando o que ela sabia, o que poderia ter visto.

No fundo Decker temera que Skink pudesse ter voltado ao cais para admirar a própria obra, mas não viu sinal dele. Entrou numa cabine telefônica e ligou para a casa de Dennis Gault, em Miami. Gault atendeu com voz de sono.

"O que você quer?"

O que você quer? O sujeito era mesmo uma graça.

"O seu amigo Dickie nunca mais vai pescar um *bass*", disse Decker.

"Como assim?"

"Está morto."

"Merda", disse Gault. "O que aconteceu?"

"Eu conto mais tarde."

"Não saia de Nova Orleans", ordenou Gault. "Fique onde está."

"De jeito nenhum." A última coisa que Decker queria era esperar Gault pegar um avião até lá para comerem um lanche no Brennan's. Provavelmente já estava colocando um champanhe Dom Perignon no gelo.

Em tom estranhamente tenso, Gault perguntou: "Você tirou aquelas fotos?" Como se isso tivesse importância àquela altura.

Decker não respondeu. Através do vidro da cabine telefônica, observava Thomas Curl e os irmãos Rundell no estacionamento da marina. Um policial interrogava os três ao mesmo tempo. Quando Ozzie falava, balançava a cabeça para cima e para baixo como um enfeite de pára-brisa. O policial escrevia freneticamente no bloco.

"Em que número você está?", perguntou Dennis Gault.

"Noventa", retrucou Decker. "Quilômetros por hora."

O pneu furou na interestadual 10, perto de Kenner. O estepe era tão pequeno que parecia de brinquedo, o que se tornara padrão nos carros novos. Para alcançá-lo, Decker precisou tirar do porta-malas a mochila e o equipamento fotográfico. Arrumou-os cuidadosamente no acostamento da estrada. Havia quase acabado de levantar o carro com o macaco quando ouviu outro carro parar atrás dele na faixa de emergência. Pelo som asmático do motor, Decker percebeu que não era um carro-patrulha.

Longe disso. Era um Cordoba 1974 marrom com teto de vinil franzido, como uma bolha causada pelo sol. Calotas dois por quatro. Três homens saíram do velho carro enferrujado. A julgar pelas camisetas e tatuagens, não eram Anjos do Asfalto. Decker tirou a barra do macaco e a segurou atrás do corpo.

"Cavalheiros", disse ele.

"Qual é o problema por aqui?", perguntou o maior dos três.

"Pneu furado. Está tudo bem."

"É?"

"É, muito obrigado."

Os homens não perceberam a indireta. Dois deles andaram furtivamente até o local onde Decker deixara a câmera fotográfica, o tripé e os estojos das lentes galvanizadas. Um dos cretinos empurrou a câmera com a ponta da bota.

"O que será isso?", perguntou.

"Dinheiro pra cerveja", respondeu o outro.

Decker não conseguia acreditar. Em plena luz do dia, carros, caminhões e caminhonetes cruzando a rodovia, e aqueles miseráveis querendo roubá-lo. Malditas Nikon, pensou. Às vezes elas pareciam ser a fonte de todos os seus problemas.

"Eu sou fotógrafo profissional", disse Decker. "Querem que eu tire uma foto de vocês?"

Os dois homens magros olharam cheios de esperança para o maior. Decker sabia que a idéia agradaria, embora o líder precisasse de um pouco de persuasão. "Uma bela foto 20×25", insistiu Decker, muito gentil. "Só de brincadeira." Ele sabia o que o grandão estava pensando: bom, por que não? Nós vamos roubar tudo mesmo.

"Fiquem na frente do carro para eu tirar uma foto dos três juntos. Vamos, fiquem juntos."

Decker foi até a bolsa com as câmeras e discretamente escondeu dentro dela a barra do macaco. Apanhou uma câmera F-3 desmontada, sem sequer se preocupar em encaixar a lente.

Aqueles retardados não notariam a diferença. Encolhendo os ombros, murmurando, alisando o cabelo com as mãos ossudas e sujas, os ladrões de estrada faziam uma pose de idiotice impagável em frente do Cordoba amassado. Ao pressionar o botão, Decker quase desejou que tivesse filme na câmera.

"Formidável, pessoal", disse ele. "Agora, uma de perfil."

O grandão fez cara feia.

"Foi só brincadeira." Os dois homens magros não tinham entendido, de qualquer jeito.

"Chega dessa merda", disse o líder do trio. "A gente quer o seu carro."

"Para quê?"

"Para ir para a Flórida."

Claro, Flórida, pensou Decker. Como não adivinhou? Na América, todo fugitivo cabeça-de-minhoca terminava indo para a Flórida. O Fator Lodo Humano acaba sempre indo dar no sul.

"Mais uma foto", sugeriu Decker. Tinha que se apressar. Não queria ser roubado, mas também não queria perder o avião.

"Não", disse o líder.

"Mais uma foto e depois vocês levam o carro, as câmeras, tudo."

Decker estava de olho na estrada, pensando: será que não há patrulha rodoviária na Louisiana?

"Vocês não fumam? Dá uma bela foto, vocês três com cigarro na boca."

Um deles acendeu um Camel e prendeu-o entre os lábios formando um ângulo arrojado.

"Isso mesmo", disse Decker. "Era isso que eu tinha imaginado. Vou buscar a grande-angular."

Voltou até a bolsa com as câmeras e tirou uma lente normal de cinqüenta milímetros. Pegou a barra e meteu-a na frente do jeans. Sentiu a frieza do ferro negro contra a perna esquerda.

Quando se virou, Decker viu que os três homens faziam pose com os cigarros. "As garotas da Flórida vão adorar essa foto", disse ele.

Um dos caras magros sorriu. "Tem umas donas gostosas na Flórida, não tem?"

“As melhores”, disse Decker. Foi se aproximando deles, apertando o botão várias vezes. Os homens fediam a fumo e cerveja velha. Através da lente, Decker via rostos ossudos e sem idade; podiam ter vinte anos ou quarenta e cinco. Típicos condenados. Pareciam fascinados pela câmera, ou então pela coreografia exagerada de Decker. O líder do trio ia ficando visivelmente inquieto. Não via a hora de chutar a bunda de Decker, ou até matá-lo, e continuar em frente.

“Está quase acabando”, disse Decker finalmente. “Fiquem um pouco mais juntos... muito bom... agora olhem para a minha direita e soprem a fumaça... ótimo!... fiquem olhando para a água... está perfeito!”

Contemplando obedientemente o lago Pontchartrain, os três nem viram quando Decker sacou a barra, que segurou com as duas mãos, e golpeou o mais forte que pôde, como um batedor de beisebol. O bastão de ferro atingiu os crânios um por um, como se Decker estivesse tocando um xilofone humano. Os assaltantes caíram um sobre o outro, urrando e virando os olhos.

Decker contara com menos barulho e mais sangue. Enquanto a adrenalina refluía, olhou para os homens tentando lembrar se batera neles mais de uma vez. Achava que não.

Precisava sair dali sem demora. O pneu furado era problema da Hertz. Arrumou a bagagem rapidamente dentro do Cordoba. A chave estava na ignição. Uma pistola azul engordurada fora deixada no banco da frente. Jogou-a pela janela a caminho do aeroporto.

16

A primeira pessoa para quem R. J. Decker ligou ao chegar em Miami foi Lou Zicutto. Lou era o supervisor do departamento de reclamações da gigantesca seguradora para a qual Decker trabalhava meio período como investigador. Lou era um palito ambulante. Devia pesar uns sessenta quilos, mas tinha uma cabeça grande e vistosa que ele raspava todo dia. O resultado é que ficava parecendo um pirulito com boca. Apesar da aparência, Lou Zicutto era tratado com respeito pelos empregados e colegas de trabalho, pois todos acreditavam firmemente que ele pertencia à máfia e que podia mandá-los matar com um simples telefonema. O próprio Lou não fazia nada para contrariar tal idéia equivocada. Seja como for, e exceto pela papelada pomposa, Decker não via muita diferença entre a máfia e uma companhia de seguro.

"Onde você esteve?", perguntou Lou Zicutto. "Deixei um zilhão de recados." Lou tinha uma voz áspera de motorista de táxi e estava sempre chupando pastilhas mentoladas para tosse.

"Estive fora da cidade, cuidando de um caso", disse Decker. Dava para ouvir o outro chupando a pastilha, passando-a pelos dentes.

"Nós temos o julgamento do Núñez esta semana, está lembrado?"

Tratava-se de um importante processo de fraude movido pela companhia. Núñez era um corretor da Bolsa que havia roubado o próprio iate e tentado afundá-lo no estreito da Flórida para receber o seguro. Decker batera algumas fotos e ficara vigiando; fora convocado para testemunhar em favor da companhia.

"Você é a minha testemunha número um", disse Lou.

"Não posso, Lou. Esta semana não dá."

"Mas que raio está dizendo?"

"Eu estou enrolado."

"Está enrolado, é? Pois vai ficar enrolado é comigo se não aparecer, porra." As pastilhas para tosse estalavam furiosamente. "Esse verme está tentando nos roubar dois milhões de dólares!"

"Você tem as minhas fotos, as fitas, os relatórios..."

"É o seu rosto sorridente que os advogados querem", disse Lou Zicutto. "Esteja lá, senhor Fotógrafo." E desligou.

A segunda pessoa para quem Decker tentou telefonar foi Catherine. Na primeira tentativa a linha estava ocupada. Tentou de novo dois minutos depois e um homem atendeu. Parecia James, o quiroprático. Atendia o telefone como fazem os médicos, não com um educado "alô" mas dizendo: "Sim?". Como se fosse um saco ter que falar com outro ser humano.

Decker desligou o telefone, abriu uma cerveja e colocou um disco de Bob Seger no aparelho de som. Ficou imaginando como seria a casa nova de Catherine, se ela tinha a banheira de mármore embutida no chão com que sempre sonhara. A visão de Catherine dentro de uma banheira cheia de bolhas o dominou e seu peito começou a latejar.

Estava meio adormecido no sofá quando o telefone tocou. A secretária eletrônica atendeu na terceira chamada. Decker sentou quando ouviu a voz de Al García.

"Ligue para mim assim que chegar."

García era detetive da polícia e um velho amigo, mas seu tom não parecia muito amigável na secretária. Falara de um modo horrivelmente profissional. Decker ficou um pouco preocupado. Bebeu duas xícaras de café solúvel antes de ligar de volta.

"Oi, sargento, o que houve?"

"Está no trailer?", perguntou García.

"Não, estou na cobertura do Coconut Grove Hotel. Estão fazendo um concurso para ver quem se parece mais com o Morgan Fairchild e eu sou o juiz na etapa com roupa de banho."

Normalmente García teria respondido com uma piadinha também maliciosa, mas naquele dia limitou-se a responder com um risinho breve e educado.

"Precisamos conversar", disse o detetive em tom de cortesia. "Eu chego aí em trinta minutos."

García estava sabendo de alguma coisa, isso era óbvio. Decker se barbeou e vestiu uma camisa limpa. Era fácil adivinhar o que havia acontecido. Algum policial da Louisiana devia ter encontrado os três marginais que Decker tinha nocauteado na estrada. Naturalmente eles tinham jurado que um patife de Miami os espancara e assaltara. Uma investigação sobre o carro da Hertz revelou o nome e o endereço de Decker e, daí por diante, foi apenas uma questão de cortesia profissional. Al García provavelmente trazia consigo um mandado de prisão de St. Charles Parish.

Decker não estava muito ansioso para retornar, ou "ser retornado", para a Louisiana. Achava que conseguiria se livrar da falsa acusação de agressão por parte dos assaltantes de estrada, mas e se o caso Dickie Lockhart viesse à tona nesse ínterim? Decker não queria estar por perto se Skink fosse preso.

Skink era o grande problema. Se Decker não tivesse recrutado aquele eremita louco para o caso, Dickie Lockhart ainda estaria vivo. Por outro lado, com certeza tinha sido Lockhart quem encomendara os assassinatos de Robert Clinch e Ott Pickney. Decker não sabia exatamente o que fazer em seguida. Tudo era confuso demais. Passara a gostar de Skink e odiava a idéia de vê-lo fritar na cadeira elétrica por causa de um verme ganancioso como Lockhart. Mas assassinato era assassinato. Enquanto arrumava o trailer — cheio de roupa suja de pelo menos uma semana — Decker cogitava a idéia de contar a história toda a García. Absurda e estranha como era, talvez até um tira de Miami pudesse se mostrar compreensivo. Mas Decker decidiu guardar segredo por algum tempo. Era bem possível que Skink jamais fosse descoberto ou sequer identificado como suspeito. Decker também compreendia que Skink talvez não visse absolutamente nada de errado no que fizera. Era capaz até de aparecer um dia para reclamar o mérito pelo que fizera — uma possibilidade sempre real em se tratando de pessoas com perturbações mentais crônicas.

As notícias do que ocorrera na Louisiana eram relativamente escassas. Nos dois dias seguintes à volta de Decker para a Flórida a imprensa local divulgou poucas matérias, de quatro parágrafos, sobre o assassinato de Dickie Lockhart no torneio de pesca. Acreditava-se que o motivo fosse assalto, mas não havia impressões digitais nem suspeitos. O enterro seria realizado no condado de Harney. Os fatos teriam recebido maior destaque não fosse pelo massacre em massa que a cada dois anos acontecia em Oklahoma. Daquela vez, doze motoristas haviam sido mortos a tiros por um tresloucado funcionário do pedágio, que não suportava mais os motoristas que não tinham o valor exato a ser recebido.

Depois de tentar falar com Catherine, Decker fizera mais três tentativas de entrar em contato com Dennis Gault. Várias secretárias indiferentes comunicaram que o magnata do açúcar estava fora de alcance, participando de uma conferência ou viajando. Decker não deixou nome nem recado. O que desejava dizer a Gault era que o caso terminara (obviamente) e que estava embolsando vinte mil dólares do adiantamento pelo tempo gasto e pelas despesas. Gault xingaria e reclamaria. Mas não muito, se tivesse um pouco de massa cinzenta.

Al García apareceu na hora combinada. Decker ouviu a porta do carro bater e esperou pelas batidas na porta. Depois ouviu outro carro parar na pista de cascalho e em seguida mais um. Quando olhou pela janela, não acreditou no que viu: o Chrysler à paisana de Al e ainda dois camburões — todo um esquadrão por causa de um simples e reles assalto. Mas então uma idéia horrível lhe ocorreu. E se fosse algo mais sério? E se um daqueles marginais sujos da Louisiana tivesse efetivamente morrido? Seria uma explicação para a comitiva.

Os tiras saíram dos carros e se reuniram em frente ao trailer de Decker. O cigarro de García balançava para cima e para baixo enquanto ele falava com os oficiais uniformizados.

"Merda", disse Decker. Os vizinhos deveriam estar absolutamente eletrizados. Aquilo daria para um ano de fofoca. Onde estavam os buldogues quando precisava deles?

Decker achou que a melhor maneira de enfrentar a situação era sair pela porta e cumprimentar os visitantes como se nada houvesse de anormal. Estava a um passo de abrir a porta quando algo de consistência semelhante a um bloco de granito o atingiu direto na nuca e ele desmoronou em meio a uma insana galáxia de ruídos indistintos e espirais ofuscantes.

Ao voltar a si, Decker teve a impressão de que seu crânio fora mal atarraxado no pescoço. Abriu os olhos e viu o mundo vermelho.

"Não se mexa."

Um homem agarrava o pescoço dele por trás. Era uma gravata militar, sem escapatória. Bastava um bom apertão para Decker desmaiar de novo. Uma grande mão calejada tapava-lhe a boca. Um queixo estava enterrado no ombro direito de Decker e uma respiração quente assobiava em seu ouvido.

Mesmo quando a mente de Decker se desanuviou, o tom vermelho não desapareceu. É que o invasor o arrastara para a câmara escura, acendera a luz vermelha e trancara a porta. De algum lugar muito remoto, Decker ouvia Al García chamar seu nome. Parecia que o detetive estava do lado de fora, gritando pela janela. Provavelmente não trouxera mandado de busca. Era típico de García — tudo conforme o figurino. Decker torcia para que Al não resolvesse arriscar e arrombar a porta da frente. Se isso acontecesse, Decker estava pronto para armar uma encrenca séria.

O agressor de Decker devia ter pressentido algo, pois fez um movimento bruto para segurá-lo com mais força. No mesmo instante Decker ficou tonto e com a vista embaçada. Seus braços começaram a formigar e ele emitiu um gemido involuntário.

"Sshh", fez o homem.

Obrigado a respirar pelo nariz, Decker acabou notando que o homem tinha um cheiro peculiar. Não era exatamente um fedor, mas um cheiro forte de almíscar, não de todo desagradável. Decker abstraiu os gritos abafados de García, fechou os olhos e se concentrou. O cheiro era de pântano profundo e de animais — pinho com um toque de carniça —, misturado com um rastro de barro preto de brejo, suor seco e fumaça. Não era fumaça de tabaco, mas vapores agrestes de fogueira. Subitamente Decker se sentiu um perfeito idiota. Abandonou qualquer tentativa de resistir e relaxou no abraço de urso do intruso.

A voz em seu ouvido sussurrou: "Agora, sim, Miami".

* * *

R. J. Decker estava certo: Al García não tinha mandado de busca. O que ele tinha, metido no bolso do paletó de um terno J. C. Penney, era um mandado de prisão que havia chegado de Nova Orleans via Federal Express naquela manhã. O mandado era claro e literal, como seria de esperar, mas não dava a Al García o direito de invadir o trailer de Decker.

"Por que não?", perguntou um oficial uniformizado.

"Não temos motivos", retrucou García, referindo-se à ausência de razões plausíveis para o crime.

"Aposto que ele está foragido."

"Decker não faria isso", disse García.

"Eu não quero ficar esperando", insistiu o tira.

"Ah, você tem grandes planos, Billy? Não quer se atrasar para a ópera?"

O tira se afastou.

"Eu também não quero esperar", resmungou García. Estava farto de berrar pela janela de Decker e sua paciência chegava ao limite. Fizera a Decker o favor de ir até lá pessoalmente e agora se arrependia. Detestava áreas para trailer — por causa delas é que Deus tinha inventado os furacões. Teria mandado somente os camburões, mas Decker era seu amigo e a coisa estava feia. García queria ouvir a versão de Decker, porque a da polícia da Louisiana era simplesmente inacreditável.

"Quer inutilizar o carro dele?", propôs o oficial uniformizado chamado Billy.

"Do que está falando?"

"De esvaziar os pneus para que ele não possa fugir."

García sacudiu a cabeça. "Não será necessário." Os pré-requisitos para entrar na academia de polícia tinham ido para o brejo, estava na cara: atualmente qualquer brutamontes imbecil conseguia um distintivo.

"Ele disse que estaria aqui, certo?", perguntou um outro tira.

"É, foi o que ele disse", resmungou García.

Mas, então, onde estava Decker? Por que não saíra com o próprio carro? García estava mais indignado do que curioso.

O tira chamado Billy voltou a intervir: "E se nós dissermos que a veneziana da porta dos fundos caiu? E que nós conseguimos entrar rastejando?".

"E que tal se você for sentar debaixo daquela palmeira e brincar com o seu passarinho?", disse García.

Deus, que dia! Tinha começado com outro ataque dos ladrões de túmulo; haviam roubado sete crânios humanos de um cemitério da cidade durante a madrugada. A princípio García se recusou a responder a chamada por não se tratar exatamente de um homicídio, visto que as vítimas do crime já estavam mortas. Uma delas, em especial, morrera antes de García nascer, e portanto ele não achou nem justificável nem útil fazer uma nova investigação. Todos no departamento concordaram que não era um caso de assassinato, e sim de furto menor. Quanto podia valer um crânio velho e desgastado nas ruas? Foi o que eles se perguntaram. Quinze, vinte pratas, no máximo. Infelizmente, descobriu-se que um dos cadáveres brutalmente violados pertencia ao tio de um vereador de Miami. De uma hora para outra o caso fora alçado ao patamar de prioridade e todos os detetives receberam ordem de não dar vazão ao humor negro.

Por volta do meio-dia, quando García precisava relatar o caso do crânio, um assassinato verdadeiro aconteceu. Um viciado em crack natural das Bahamas fatiou seu companheiro de quarto, limpou-o como se limpa um peixe e tentou vender os filés para uma feira de frutos do mar em Bird Road. Era um desses casos tão pervertidos que podiam ser prejudicados pelo próprio peso da burocracia policial — a cena do crime ficou lotada não só de policiais, mas de legistas, promotores-assistentes, agentes da imigração e até um inspetor do Departamento Federal de Agricultura. Quando a confusão enfim diminuiu, o ombro ruim de García latejava dolorosamente. Puro stress.

Foi ao voltar para o departamento que viu a correspondência urgente vinda de Nova Orleans. Um perfeito final de merda para um dia de merda. E lá estava ele, espreitando R. J. Decker como quem vigia um coelho, naquele antro de brancos racistas, tentando resolver se era o caso de ir embora e deixar aqueles patrulheiros retardados com o mandado na mão. Tinha absoluta certeza de que, se estivessem sem um supervisor, matariam Decker alegremente ou o espancariam só para compensar a chateação.

"Dane-se", disse García finalmente. "Vamos tomar um café e tentar mais tarde."

"Ele vai voltar", disse Decker quando ouviu os carros de polícia indo embora.

Skink libertara-o da gravata. Estavam imóveis na câmara escura, onde o impermeável fosforescente de Skink adquiria um tom quase branco sob a luz vermelha. Ele parecia mais abatido e desgrenhado do que antes. Galhinhos e folhas prendiam-se como confete ao seu comprido cabelo trançado. Sob o chapéu de chuva, os fios uniam-se em gomos.

"Onde você se meteu?", perguntou Decker. Sua nuca o torturava, como se tivesse sido atingida pela viga de um trilho de trem.

"Foi a garota", disse Skink. "Eu devia ter adivinhado."

"Lanie?"

"Voltei para o quarto e ela estava lá quase nua. Disse que você tinha convidado..."

"Mentira."

"Eu imaginei. Foi por isso que eu usei as cordinhas — para você decidir sozinho o que fazer. Presumo que soltou a moça."

"Claro."

"E traçou também?"

Decker franziu a testa.

"Foi o que pensei", disse Skink. "Temos que dar o fora daqui."

"Olhe, capitão, o tira é um amigo meu."

"Qual deles?" Com o dedo encardido, Skink coçou distraidamente a sobrancelha cerrada.

"O detetive cubano. O nome dele é García."

"E daí?"

"E daí que ele é um bom sujeito", disse Decker. "Vai tentar nos ajudar."

"Ajudar? A *mim* e a *você?*"

"É. Junto com a polícia de Nova Orleans. O Al pode tornar a situação o menos dolorosa possível."

Skink examinou o rosto de Decker e concluiu: "Droga. Acho que eu apertei forte demais".

Foram a um restaurante da rede Denny's, no Biscayne Boulevard, onde Skink logo se identificou com a clientela. Pediu seis ovos crus e um espeto de lingüiça de porco. Decker não conseguia mexer o pescoço e sofria a pior dor de cabeça de sua vida.

"Por que você não me deu um simples tapinha no ombro?", reclamou.

"Não havia tempo para delicadezas", disse Skink, sem o mínimo tom de desculpas. "Eu fiz aquilo pelo seu próprio bem."

"Por falar nisso, como foi que conseguiu entrar?"

"Arrombei a porta do fundo. Por pouco o seu amigo do peito, o Al García, não te leva de pulseira para a delegacia. Quer fazer o favor de comer um pouco? Tem muito chão pela frente."

Decker não tinha a menor intenção de "ter muito chão pela frente" com Skink e muito menos de ser preso como cúmplice de um assassinato. Resolvera não entregar Skink à polícia, mas ele teria que escapar sozinho. A parceria chegara ao fim.

"Os seus vizinhos vão fazer um escândalo por causa dos cachorros mortos."

"Como?!"

"Não havia outro jeito", explicou Skink, lambendo um pouco da clara de ovo presa ao bigode. "Questão de defesa pessoal."

"Você matou os buldogues?"

"Não *todos*. Só os que estavam correndo atrás de mim."

Antes que Decker perguntasse, Skink explicou: "Foi com uma faca. Ninguém viu nada".

"Minha nossa." A dor de cabeça de Decker badalava como os sinos de Notre-Dame. Percebeu que seus dedos crispavam-se quando tentava pegar um biscoito. Ocorreu-lhe que não era um ser humano saudável, que talvez precisasse consultar um médico.

Mas, antes de deixar Skink, queria perguntar sobre Dickie Lockhart, saber a versão dele, no caso de ela nunca vir à tona.

"Quando você saiu do hotel em Hammond, foi para onde?", começou Decker.

"Eu voltei para o lago. Peguei um barco emprestado e encontrei as gaiolas de peixe do Dickie."

"Não está falando sério."

Skink reluzia de felicidade. Um naco de lingüiça ficara preso entre os seus dentes da frente. "O barco que eu peguei era do Ozzie Rundell", disse ele. "O imbecil deixou as chaves na ignição e um mapa no console."

"Um mapa de profundidade do lago Maurepas", adivinhou Decker. "Com os locais das armadilhas marcados."

"E bem marcados. Com lápis de cera, só para o Ozzie."

Fazia sentido. Enquanto Dickie Lockhart comemorava a vitória, os Rundell deviam ter escapulido até o lago para remover as evidências. Dickie era tão mão-de-vaca que provavelmente usava as mesmas armadilhas várias vezes.

"Os *bass* que deram a vitória ao Dickie vieram da Flórida", prosseguiu Skink. "Provavelmente foram trazidos do lago Jackson ou talvez do Rodman. Aquele Maurepas barrento nunca tinha visto uns *bass* tão bonitos, pode apostar..."

"O que você fez depois de encontrar as gaiolas?", interrompeu Decker.

Skink baixou o garfo. "Afundei o barco do Ozzie e nadei até a margem."

"E depois?"

"Depois eu estiquei o dedão na estrada e aqui estou."

Dois tiras entraram, andando como caubóis, e ocuparam um reservado. Muitos tiras comiam no Denny's, mas ainda assim Decker ficou nervoso. Não paravam de lançar olhares duros a Skink e Decker percebeu que estavam imaginando uma desculpa para revistá-lo e pedir a identidade. Colocou uma nota de dez sobre a mesa e andou em direção ao carro. Skink seguiu-o preguiçosamente, enfiando biscoitos nos bolsos do impermeável. Bastou voltarem ao bulevar para que Decker avistasse outro carro-patrulha pelo retrovisor. Como os seguia de perto, só restou a Decker concluir que Al García mandara prendê-lo. Quando os faróis azuis se acenderam, Decker parou obedientemente.

"Droga", disse Skink.

Decker esperou até que os dois policiais saíssem do carro. Depois, enterrou o pé no acelerador e saiu a toda.

"Às vezes eu gosto do seu estilo", elogiou Skink.

Decker imaginou que tinha três minutos de vantagem. "Vou dobrar na rua 36", disse ele. "E quando eu pisar no freio, você pula fora."

"Por quê?", perguntou calmamente Skink.

Decker estava empurrando o velho Plymouth muito além dos limites normais de velocidade e controle do carro. Era uma noite típica do bulevar — quase todos os carros eram Cadillacs ou cacarecos de museu e ninguém passava dos cinqüenta por hora. Decker estava deixando quase toda a banda de rodagem no chão e ultrapassando todos os sinais fechados. Atrás estava tudo limpo, mas ele sabia que em pouco tempo os tiras chamariam reforço pelo rádio.

"Não é melhor pegar uma outra rua?", sugeriu Skink.

"Mas que grande ajuda", disse Decker vendo um ônibus assomar à sua frente. Virou à direita na rua 35 e freou com tanta força que sentiu cheiro de metal queimado. "Vá saindo."

"Ficou louco?"

"Saia!"

"Saia *você*", disse Skink. "É você o paspalho que eles querem."

Decker, impaciente, passou a marcha para o ponto morto. "Ouça, eles só estão me acusando de agressão e, agora, de resistência à prisão. Enquanto você eles vão indiciar por homicídio em primeiro grau, se somarem dois mais dois."

Skink virou-se para ele com um ruído plástico. "Mas que raio de história é essa?"

"Eu estou falando do Lockhart."

Skink deu uma gargalhada. "Você acha que fui eu?"

"É, passou pela minha cabeça."

Skink deu mais risada ainda e socou o painel do carro. Achava a situação hilária. Gritava, uivava e batia os pés no chão. Tudo o que Decker queria era empurrá-lo para fora do carro e seguir em frente.

"Você não sabe mesmo o que aconteceu, não é?", perguntou Skink depois de se acalmar.

Decker desligou os faróis e afundou no banco do motorista. Estava uma pilha de nervos, não conseguia tirar os olhos dos espelhos. "Não sei o quê?"

"Você nem sequer sabe o que diz o tal mandado. O Jim Tile recebeu uma cópia por via aérea. Leu para mim logo de manhã. Você não vai acreditar no que está escrito ali, Miami. Está escrito que você matou o Dickie Lockhart."

"Eu?"

"É o que está escrito."

Decker ouviu a primeira sirene e congelou.

"Armaram para você, amigão", continuou Skink. "Armaram tão bem que fizeram quase uma obra de arte. A garota foi a isca."

"Continue", disse Decker, com a voz apertada. Tentava se lembrar do que Lanie lhe contara, tentava se lembrar dos furos.

"Nem pense em se entregar", disse Skink. "O García pode ser seu amigo, mas não é mágico. E agora, por favor, vamos dar o fora enquanto ainda dá tempo. Eu conto o resto no caminho."

17

Deixaram o Plymouth na área de trailers e pegaram um ônibus até o aeroporto, onde Decker alugou um Thunderbird branco da Avis. Skink não aprovou. Disse que precisavam de uma perua quatro-por-quatro, algo no estilo de um Bronco, mas a Avis só tinha carros de passeio.

Mantendo-se sempre em áreas de trânsito intenso, rodaram por Little Havana durante duas horas, enquanto Decker interrogava Skink sobre o que ocorrera no lago Maurepas.

"Quem acertou o Lockhart?", perguntou.

"Isso eu não sei", respondeu Skink. "Vou lhe dizer o que eu fiquei sabendo, principalmente através do Jim Tile e de alguns telefonemas. Enquanto você traçava a irmã do Gault, alguém matou o Dickie com uma cacetada. Logo cedo, no dia seguinte, o próprio Gault pegou um avião até Nova Orleans e foi à polícia prestar uma declaração sob juramento. Contou aos tiras que um fotógrafo e ex-presidiário chamado Decker estava tentando chantagear o Dickie por causa das trapaças. Disse que antes o cara tinha ido procurá-lo com as fotografias e que pediu cem mil dólares. Tinha até um bilhete com a letra dele para provar."

"Meu Deus", gemeu Decker. Era o bilhete que escrevera na noite em que brigara com Gault — o bilhete em que dobrava os honorários.

Skink prosseguiu: "O Gault disse à polícia que mandou você passear e que então você procurou o Lockhart. No início o Dickie concordou e te pagou trinta mil ao todo, segundo o Gault".

"Beleza", murmurou Decker. Trinta mil fora o adiantamento que recebera pelo caso.

"Mas o Dickie enjoou de pagar e deu um basta. Você foi a Nova Orleans para pedir explicação e ameaçou desmascará-lo no torneio de pesca. Houve uma discussão, vocês brigaram... É fácil adivinhar o resto. Foi o que a polícia fez."

"E o meu álibi é a irmã do verdadeiro assassino."

"A Lanie não demorou para prestar uma declaração por escrito", disse Skink. "É uma moça muito prestativa. Afirmou que você a seduziu, que a levou de volta para Nova Orleans e que a deixou num hotel. E contou que você precisava encontrar com o Dickie para tratar de negócios."

"Não duvido", disse Decker com sarcasmo.

Skink não parava quieto no carro. Tinha uma expressão tensa. A agitação do trânsito e o barulho das ruas o incomodavam. "Quase que eu esqueço", disse. "Eles também estão com as fotos da sua suposta chantagem."

"Que fotos?"

"Do Dickie retirando as gaiolas com os peixes. Também não entendo como. Você, que é especialista, tente entender."

Decker estava atônito. "Eles têm fotos genuínas?"

"Segundo o promotor público, são fotos muito nítidas do Dickie apanhado em flagrante."

"Mas quem tirou?"

"O promotor diz que foi você. Eles investigaram uma caixa vazia de filme e descobriram que fazia parte de um carregamento da Kodak que foi para o laboratório fotográfico do jornal. O jornal disse que era parte do lote que você levou quando saiu de lá."

"Entendo." Skink tinha razão. O golpe era quase uma obra de arte.

"Algum filme seu sumiu?", quis saber Skink.

"Não sei."

"Aquele que nós tiramos na Louisiana, onde está?"

"Continua na bolsa das câmeras", disse Decker. "Acho."

"Você *acha*?" Skink deu uma risada amarga. "É melhor verificar, Miami. Você não é o único que sabe manipular fotos numa câmara escura."

Decker estava cansado. Queria fechar os olhos, tampar as lentes. Skink lhe disse que deveriam pegar a rodovia federal 27 até Alligator Alley e depois seguir para oeste.

"A cidade é mais segura para nós", disse Decker. Não tinha a menor disposição para dirigir de um canto a outro do estado. Uma dor insuportável parecia martelar sua cabeça. Além disso, a Alligator Alley estaria cheia de guardas estaduais, e eles desconfiavam de carros esporte alugados. "Para onde, exatamente, você quer ir?", perguntou.

"O Grande Cipreste é um bom lugar para alguém se esconder." Skink olhou para ele de soslaio.

"Hoje eu não estou com vontade de brincar de bicho-do-mato", retrucou Decker. "Pelo menos esta noite, vamos ficar na cidade."

"Sabe de algum lugar seguro?"

"Talvez."

"Nada de hotéis", lembrou Skink.

"Nada de hotéis."

Decker estacionou no meio-fio e em silêncio examinou a casa durante algum tempo. Pareceu-lhe excepcionalmente grande, mesmo para os padrões de Miami Shores. Dois carros, um Firebird e um Jaguar sedã, estavam estacionados na pista de cascalho em forma de meia-lua. As palmeiras e outras árvores do jardim eram banhadas por suaves lâmpadas douradas, que luziam discretamente ao redor do gramado. Um arco espanhol emoldurava a porta de entrada, feita de madeira cor de café. Nenhuma barra de ferro protegia as janelas da frente, mas Decker notou o emblema vermelho que anunciava o alarme contra ladrões.

"Vai ficar sentado aí, suspirando a noite toda?", perguntou Skink.

Saíram do carro e atravessaram a pista para carros, pisando o cascalho ruidosamente. Skink não fez comentários sobre a mansão. Já estivera em muitas, a maioria propriedade de ricos e respeitáveis ladrões.

Sem muita delicadeza, Decker lhe pediu que se afastasse um pouco da porta.

"Não quer que eles desmaiem de medo, não é?", disse Skink.

Catherine atendeu a campainha. "Rage!", exclamou ela, obviamente surpresa.

Usava um jeans justo e curto e uma blusa azul-lavanda sem mangas; dispensara o sutiã. Decker ficou irritado ao ver que o dr. James permitia que ela atendesse a porta no meio da noite. E se fosse a escória noturna do condado de Dade? Havia de tudo: assassinos, seqüestradores, feiticeiros em busca de uma vítima sacrificial. Só mesmo um cretino preguiçoso mandaria sua mulher atender a porta sozinha, sem sutiã, às onze e meia da noite.

"Desculpe por não avisar", disse Decker. "Mas é uma emergência."

Catherine deu uma olhada em Skink e compreendeu a gravidade da situação.

"Entrem, entrem", disse ela em tom acolhedor e maternal. Aproximou-se de Decker e cochichou-lhe no ouvido: "O James está em casa".

"Eu sei." O Jaguar lhe dera a dica.

Uma miniatura de *poodle*, branco como a neve, entrou a toda a velocidade no vestíbulo, derrapando com estardalhaço no ladrilho. Assim que viu Skink, pôs-se a rosnar e babar de modo frenético. Abocanhou a manga do impermeável laranja e começou a rasgar o plástico. Sem dizer palavra, Skink chutou o animal, com um gesto brusco, fazendo-o deslizar de volta pelo corredor de onde surgira.

"Sinto muito", desculpou-se Decker, pálido de vergonha.

"Tudo bem", disse Catherine, conduzindo-os até a cozinha. "Odeio esse pestinha. Ele faz xixi dentro dos meus sapatos, já te contei?"

Sem mais nem menos, Skink declarou: "Precisamos de um lugar para passar a noite".

Catherine concordou com um gesto de cabeça. "Lugar é o que não falta." Era uma emergência mesmo, pensou ela. Caso contrário, Decker jamais pensaria em se abrigar na casa dela.

"E o Decker está machucado", continuou Skink.

"Eu estou bem."

"O que houve?", perguntou Catherine.

"Eu quase quebrei o pescoço dele", explicou Skink. "Acidentalmente."

"Foi só uma distensão", disse Decker.

Nesse instante o médico, marido de Catherine, entrou na cozinha. Seu roupão de banho azul-marinho da Ralph Lauren batia nos joelhos, brancos e sem pêlos. Para combinar, chinelos azuis. Decker foi tomado por um impulso de encher de tapas o rosto daquele homem. Em vez disso, ficou imóvel.

James examinou os dois estranhos e disse: "Catherine?". Queria uma explicação.

Como Catherine e Decker não souberam o que falar, Skink deu um passo adiante e disse: "Este é o ex-marido da sua mulher e eu sou amigo dele".

"É mesmo?" James nunca tinha visto de perto ninguém parecido com Skink, mas fez o possível para manter a postura de chefe do lar. Estendeu a mão para Decker e disse: "Então você é o R. J. Não é engraçado nós nunca termos nos encontrado antes?".

"Hilariante", retrucou Decker, apertando a mão dele com excesso de firmeza.

"Eles vão passar a noite aqui", comunicou Catherine ao marido. "O trailer do R. J. foi inundado."

"Mas não tem chovido", observou James.

"Quebrou um cano", disse Catherine, impaciente.

Grande garota, pensou Decker. Sempre com uma resposta na ponta da língua.

"Eu vou preparar um chá para eles", disse ela. "Quero todo mundo na sala agora mesmo. Sumam daqui!"

A sala de estar fora projetada ao redor de uma televisão gigantesca, de um metro e meio de altura, igual à que Decker vira no palacete de Dennis Gault. A tela podia ser vista de qualquer cadeira, sofá ou banco de bar da sala. James, o quiroprático, estava assistindo a um dos filmes da série *Guerra nas estrelas.* "Eu tenho os três gravados", informou ele.

Decker se acalmou um pouco. Não tinha motivo nenhum para odiar o sujeito. A não ser, talvez, o roupão que usava. De qualquer maneira, a escolha fora de Catherine.

James era magro e razoavelmente alto — mais do que Decker imaginara. Tinha o queixo bem-feito, maçãs do rosto altas e olhos velozes e agressivos. O cabelo era castanho-avermelhado; a pele, clara. As mãos longas e delicadas sem dúvida eram comercialmente vantajosas na especialidade dele. De modo geral, era um pouco mais atraente do que Decker gostaria que fosse.

"Vi umas fotografias suas, antigas, e achei muito boas", disse James. E acrescentou: "A Catherine tem um álbum velho".

A palavra *velho* ganhou ênfase especial. De certo modo, Decker sentiu pena dele — dois homens estranhos e grosseiros invadiam sua casa e ainda por cima a esposa esperava que ele fosse cordial. Estava nervoso, mas quem não estaria?

Munindo-se de coragem, James sorriu para Skink, uma presença dominadora com aquele impermeável fosforescente. "E o senhor deve ser guarda de trânsito!", disse ele.

Catherine serviu chá de canela numa bandeja simples. Skink pegou uma xícara e engoliu todo o conteúdo ainda quente. Seus olhos verde-escuros reluziram.

Enquanto Catherine lhe servia outra xícara, Skink disse: "Você é uma moça muito bonita".

Decker ficou mudo de espanto. O orgulho do dr. James foi visivelmente abalado. Com um sorriso luminoso, Skink prosseguiu: "Meu amigo foi um idiota por deixar você escapar".

"Obrigada", disse Catherine. Ela não ficou nada constrangida e tampouco revelou o menor sinal de alarme. Sua expressão era de deleite e cumplicidade. Parecia que ela e Skink sabiam de um segredo, pensou Decker, irritado. E o segredo tinha a ver com ele.

"Catherine, você viu o Bambi?", perguntou James, com rispidez e mudando de assunto.

"Ele estava brincando no corredor agora há pouco."

"Parecia meio cansado", disse Decker.

"O Bambi?" Skink fez uma careta. "Está falando daquele maldito cachorrinho histérico?"

James se empertigou. "Ele tem *pedigree.*"

"O merdinha parece um rato", opinou Skink. "Um rato que fez permanente."

Catherine começou a rir mas se conteve. Mesmo enciumado, Decker tinha de reconhecer que eles formavam um grupo cômico. Felizmente o ataque de cortesia de Skink havia passado — ele era bem mais aceitável como selvagem.

James dirigiu-lhe um olhar indignado. "Não entendi o seu nome."

"Ichabod", disse Skink. "Icky para os íntimos."

Decker suspeitou — e desejou ardentemente — que Ichabod não fosse o nome verdadeiro de Skink. Rezou para que ele não tivesse escolhido justamente aquele momento, diante daquelas pessoas, para desvendar os segredos mais sombrios de sua alma. Catherine costumava provocar tal reação nos homens.

Como um tolo, Decker disse a James: "Sua casa é muito bonita. O consultório deve estar indo a pleno vapor".

"Na verdade, eu escolhi esta casa antes de me tornar médico", disse James. Parecia aliviado, agora que o assunto não era mais o *poodle* nem a beleza de sua esposa. "Quando eu trabalhava no ramo imobiliário, tive a sorte de adquirir este imóvel."

"Que tipo de negócio imobiliário?", indagou Skink.

"Unidades de aquisição provisória", respondeu James, sem olhar para ele.

"Propriedades temporárias", acrescentou Catherine, solícita.

No sofá, Skink mudou de posição com um ruído audível. "Propriedades temporárias", repetiu. "Onde?"

Catherine apontou várias placas pequenas penduradas na parede. "O James foi o principal vendedor três anos seguidos", disse ela. Não parecia estar se gabando; falava como se desse a informação para se livrar logo dela, sabendo que de qualquer maneira James teria dito o mesmo.

"E onde foi isso?", Skink insistiu.

"Na costa, ao norte de Smyrna", disse James. "Nós fomos muito bem-sucedidos durante algum tempo, nos anos 70. Depois

Tallahassee faliu, a imprensa nos atacou e o mercado de temporários secou. O mesmo filme de sempre. Percebi que era hora de mudar para outra área."

"Explosão e cinzas", Decker deu trela. "Essa é a história da Flórida." Fora exclusivamente o dinheiro, imaginou, que atraíra Catherine para aquele imbecil magricela. De certo modo, torcia para que fosse mesmo só aquilo, nada mais.

Skink levantou e andou ruidosamente até a parede para examinar as placas. Catherine e James não conseguiam tirar os olhos dele. Nunca uma pessoa de aparência tão selvagem andara antes pela casa deles.

"Qual era o nome do seu projeto?", perguntou Skink, brincando com a trança prateada.

"Sparrow Beach", disse James. "Sparrow Beach Club. Hoje parece que foi há séculos."

Skink não respondeu nada, mas emitiu um som suave e surpreendente. Aos ouvidos de R. J. Decker, pareceu um suspiro.

"O seu amigo está bem?", perguntou Catherine.

"Claro", disse Decker. "Na verdade, ele prefere dormir ao ar livre."

No meio do monólogo de James sobre os seus triunfos em Sparrow Beach, Skink virara-se para Catherine e perguntara se podia passar a noite no quintal. Decker percebeu que estava pensativo, mas não teve nenhum instante a sós com ele para perguntar qual era o problema. Catherine emprestou a Skink um cobertor velho e, em tom inexpressivo, ele agradeceu a hospitalidade, arrastando-se com movimentos pesados pela porta de trás e ignorando James completamente.

Skink se acomodou sob um alto abacateiro. Da janela Decker o via sentado ereto contra o tronco, contemplando o estreito canal que passava por trás da casa de Catherine. Sentiu um ímpeto de juntar-se a ele, lá, sob as estrelas.

"Deixe o James dar uma olhada na sua nuca", disse Catherine.

"Não, eu estou bem."

"Deite-se aqui", instruiu James, abrindo espaço no sofá. "De bruços."

Quando Decker percebeu, James estava debruçado sobre ele, com um joelho apoiado no sofá para equilibrar-se. Apalpou e investigou a nuca de Decker com muita atenção, enquanto Catherine observava de pernas cruzadas no divã.

"Dói?", perguntou James.

Decker soltou um grunhido. Doía mesmo, mas melhorou com a massagem. James parecia saber o que estava fazendo.

"Companheiro, você está totalmente fora de alinhamento", disse ele.

"O que é isso? Um termo médico?"

"Precisa de tração completa. Tipóias e pesos. Terapia térmica. Ultra-som. Você é muito novo para ter assistência médica gratuita, senão eu prescreveria um programa de doze semanas, só para começar." James pressionava a espinha de Decker com os dedos. Parecia à vontade agora, no papel de especialista. "Tem algum plano de saúde?"

"Negativo", respondeu Decker.

"Plano de trabalho? Talvez um programa de manutenção."

"Negativo." O homem era inacreditável. O jeito de mascate era provavelmente uma herança dos tempos de vendedor de condomínio.

"É bom que saiba", prosseguiu James, "que um machucado desse tipo nunca deve ficar sem tratamento. Você sofreu uma torção violenta no pescoço."

"Estou sabendo", disse Decker, contraindo o rosto enquanto o quiroprático examinava-lhe as costas. "Me diga uma coisa: qual é a diferença entre o que você está fazendo e uma massagem?"

"Eu sou médico, essa é a diferença. Não se mexa, acho que eu tenho um suporte a mais no porta-malas do carro."

Depois que James saiu da sala, Catherine aproximou-se de Decker, ajoelhando-se no chão. "O que aconteceu, Rage, me conte."

"Estão tentando me incriminar por assassinato."

"Quem? Os pescadores?"

"Parece que sim." Decker se preparou para ouvir uma crítica ferina — a especialidade de Catherine —, mas por algum motivo (provavelmente piedade) ela se absteve.

"O cara que está lá fora, da família Addams..."

"É um bom sujeito."

"O James está com medo dele."

"Eu também, mas é só com ele que eu conto."

Catherine o beijou de leve na orelha. "Posso fazer alguma coisa?"

Durante um intenso momento Decker sentiu o coração parar. Bateu forte e depois... imobilidade. Tudo por uma brisa do perfume dela, um beijo tolo na ponta da orelha. Foi tão maravilhoso que Decker quase esqueceu que ela o trocara por um sujeito que usava roupão de noventa dólares.

"Eu quero ajudar", insistiu Catherine.

"O James tem um corretor na Bolsa?", perguntou Decker.

"Tem. Hutton, Shearson, um nome pomposo desses. A conta é VIP, isso eu garanto. Eles mandaram meio garrafão de champanhe no Natal passado."

"Vou dizer do que eu preciso. Comente com o James que você ouviu uma dica no cabeleireiro..."

"Por favor, Decker..."

"Ou qualquer lugar. Mas diga que você ouviu uma dica para investir em ações. Acho que elas são negociadas como CCEE. Canal Cristão de Esportes Externos. Veja se o corretor do seu marido pode mandar um prospecto. Eu preciso de uma cópia o quanto antes."

"Ele vai achar estranho. Nós nunca conversamos sobre investimentos."

"Tente", pediu Decker. "Dê uma de esposa bobinha e doce, que só quer ajudar. Você consegue."

"E você continua um imbecil, Rage."

"E você continua deslumbrante, Catherine. Será que o seu marido ficaria muito chateado se a gente tirasse a roupa e entrasse no chuveiro? Nós podemos dizer que isso faz parte do meu tratamento médico. Chama-se tração na água quente."

Naquele momento James entrou, aflito demais para reparar que sua mulher corria de volta para o divã. Trazia um suporte forrado de espuma, do tipo que se prende ao redor do pescoço como um colar.

"Aquele homem acendeu uma fogueira no nosso quintal!", exclamou indignado.

Catherine foi olhar pela janela. "Pelo amor de Deus, James, não é uma *fogueira*. Ele está só fazendo um churrasco, querido. Igual a você, quando cozinha no fogareiro japonês."

"Mas o *hibachi* é a gás", protestou James.

R. J. Decker levantou do sofá e foi ver com os próprios olhos. Skink encontrava-se na pose familiar sob o abacateiro, acocorado e cuidando de uma pequena fogueira.

"Parece mais um mendigo", disse James.

"Chega", disse Catherine. "Ele não está incomodando ninguém."

Decker notou que Skink fabricara um espeto de restaurante usando galhos secos. Assava um pedaço de carne cinzenta sobre o fogo, rodando-o lentamente com a mão.

"O que será que ele está assando?", perguntou Catherine.

"Provavelmente um troço nojento que tirou do lixo", disse James. "Ou um pato que ele achou naquele canal imundo."

Nas sombras bruxuleantes, Decker não podia ter certeza, mas tinha uma boa intuição do que o seu amigo estava preparando para o jantar. Bambi, é claro. Serenamente, Skink assava o *poodle* de estimação do médico.

18

R. J. Decker ocupou um dos quartos de hóspedes mas não conseguiu dormir. Dançando nas paredes havia desenhos de carneirinhos vestindo smoking vermelho — o papel de parede de um quarto infantil, sem dúvida, mas Catherine nunca fora apaixonada por crianças. Nesse aspecto o quiroprático não conseguira fazê-la mudar de idéia. Ainda assim Decker sentiu admiração pelo gesto otimista de conservar o papel de parede no quarto de bebê.

Quando fechou os olhos, os carneirinhos de smoking foram substituídos pelo semblante agitado de Dennis Gault, que tentava enforcá-lo. Decker se perguntou se a briga na casa de Gault fora mesmo fortuita. Será que Gault era de fato tão esperto e ousado ou a cena simplesmente viera a calhar? Decker mal podia esperar para encontrá-lo e fazer a pergunta. Em seguida teria o prazer de estrangular o filho da puta com tanto entusiasmo que os olhos dele saltariam das órbitas e rolariam como bolinhas de gude sobre a sofisticada mesa de vidro.

Por volta das três horas, Decker desistiu de dormir e levantou da cama. Olhou pela janela e não viu sinal da fogueira de Skink nem do próprio. Decker imaginava — ou esperava, pelo menos — que ele tivesse entrado no mato para dormir.

Para Decker, estar com Catherine sob o mesmo teto era enervante. Embora a casa também fosse de James, o gosto dela predominava. Tudo era tão inteligente e elegante, além de caro, que Decker não entendia como um pé-rapado daquele tinha conseguido ficar casado com ela tanto tempo. Se ao menos fosse possível passar alguns momentos ao lado de Catherine... Mas como? Skink queria cair na estrada antes do amanhecer. Havia pouco tempo.

Descalço e só de calção, Decker atravessou os longos corredores. Por toda parte sentia o aroma dos cabelos e do perfume de Catherine. Algumas vezes, perto das portas, precisou passar cuidadosamente sobre os raios dos alarmes fotossensíveis, instalados no nível dos joelhos pela casa toda.

Os alarmes fotoeletrônicos contra roubo faziam furor entre os ricos de Miami, graças a um caso que recebera muita publicidade. Uma quadrilha inteira de célebres assaltantes fora capturada dentro de uma mansão em Star Island depois de tropeçar no alarme silencioso. A quadrilha era formada por audaciosos refugiados de Mariel, relativamente novos no país e pouco instruídos nas técnicas básicas e na tecnologia do assalto moderno. Enquanto saqueavam o escritório da mansão, um dos intrusos cubanos avistara uma unidade fotoeletrônica instalada na parede e, naturalmente, concluíra que se tratava de um raio laser e que eles seriam incinerados se tentassem cruzá-lo. Conseqüentemente, não cruzaram. Ficaram parados no lugar a noite toda e, na manhã seguinte, entregaram-se timidamente à polícia. O incidente apareceu em todos os noticiários da televisão. Os alarmes contra roubo fotoeletrônicos se tornaram tão procurados que logo os ladrões se especializaram em roubar os próprios alarmes. Em várias casas, tais aparelhos valiam mais do que qualquer outro. Durante algum tempo, todos os receptadores de Hialeah estavam pagando por um alarme roubado o dobro do que desembolsavam por um videocassete Sony. E, mesmo a quinhentos dólares cada, era impossível para os ladrões atender à demanda.

Desviando-se dos raios dos alarmes, Decker encontrou o quarto do casal no fim da ala oeste da casa. Encostou o ouvido na porta para ter certeza de que nada estava acontecendo e ficou imensamente aliviado ao ouvir o som de um ronco.

Decker entrou de mansinho no quarto. Ficou parado na porta até acostumar os olhos. As cortinas haviam sido fechadas e estava muito escuro. Aos poucos avançou em direção ao ronco até que seu pé direito bateu na madeira da cama. Decker sufocou um gemido, e uma das silhuetas na enorme cama se mexeu, virando-se um pouco sob as cobertas. Decker ajoelhou ao lado da cama e a silhueta ressonou diretamente contra o rosto dele.

"Catherine", sussurrou.

Ela ressonou de novo e Decker lembrou como era difícil acordá-la. Sacudiu-a no ombro delicadamente e repetiu seu nome. Dessa vez ela engoliu, suspirou e abriu os olhos sonolentos. Quando viu quem era, sentou-se no mesmo instante.

Colocou a mão atrás da cabeça de Decker e o puxou para perto. "O que você está fazendo aqui?"

"Ei, cuidado com a minha nuca", sussurrou ele.

Catherine olhou para o marido e viu que continuava dormindo. Decker imaginara que James devia ter sono pesado. Ao contrário dos cirurgiões e dos obstetras, os quiropráticos raramente precisavam sair correndo para o hospital no meio da noite. Espasmos da coluna podiam esperar. James com certeza estava acostumado a nove horas de sono por noite.

"O que foi, Rage?", perguntou Catherine muito baixinho. O cabelo dela estava emaranhado devido ao sono e os olhos ligeiramente inchados, mas Decker não se importou, nem um pouco. Beijou-a na boca e, com um gesto ousado, pôs a mão debaixo da camisola dela.

Catherine engoliu em seco durante o beijo, mas ainda assim fechou os olhos. Decker sabia disso porque espiou — não podia deixar de espiar. Algumas mulheres fecham os olhos durante o beijo por uma questão de educação, mas Catherine só os fechava quando estava realmente gostando. Decker ficou contente ao ver os olhos dela fechados. A atividade debaixo da camisola era outra questão. Usando o cotovelo com habilidade Catherine prendeu a mão dele sobre o seio esquerdo. Obviamente era só até ali que o sr. Mão-Boba poderia ir. Para Decker, tudo bem — o esquerdo sempre fora seu favorito mesmo.

Catherine o empurrou e disse: "Você é louco. Dê o fora daqui".

"Vamos para o meu quarto", propôs Decker.

Catherine sacudiu a cabeça e fez um gesto na direção do marido.

"Deixe o James aqui", disse Decker, brincando.

"Ele vai perceber se eu sair da cama."

"Só um minuto."

"Não..."

Ele então a beijou de novo. Dessa vez Catherine ronronou com timidez, o que Decker interpretou, corretamente, mais como sinal de tolerância do que de entrega total. O segundo beijo foi mais longo do que o primeiro, e Decker já estava ficando bastante empolgado quando James de repente rolou para o lado, fungou e disse: "Cath?".

Cautelosa, ela recostou a cabeça no travesseiro, mantendo a mão de Decker ainda sobre o seio. "Sim, querido."

Cath.

Querido.

Que comovente, pensou Decker. Um legítimo testemunho da felicidade matrimonial. Tentou tirar a mão mas Catherine não deixou. Decker sorriu na escuridão.

"Cath", disse James com a voz entorpecida, "o Bambi entrou em casa, afinal?"

"Não, querido", respondeu ela. "Deve estar na varanda. Durma, James."

Catherine permaneceu imóvel até que a respiração de James se tornasse pesada e regular. Depois deu as costas para ele e ficou cara a cara com Decker na beirada da cama.

"Volte para o seu quarto", disse ela. "Espere uns dez minutos."

"Essa é a minha menina", retrucou Decker, ajoelhando-se. "Outro beijo."

"Shshsh", fez Catherine, mas correspondeu ao beijo. Dessa vez, deixou que a língua entrasse na boca dele.

"Nós vamos precisar do seu barco."

Catherine e Decker abriram os olhos no meio do beijo e olharam um para o outro. Aquele sussurro não partira de James.

"O barco", repetiu Skink.

Catherine viu um rosto desgrenhado e impassível assomando por trás dos ombros de Decker.

"Não tive intenção de interromper, mas há uns tiras parados lá na frente."

Decker levantou e tentou reprimir o pânico. Só podia ser Al García. Ele sabia do divórcio, e Catherine devia estar entre os primeiros nomes da sua lista de interrogados. Mas era estranho que tivesse vindo em plena madrugada. A não ser, é lógico, que soubesse da presença de Decker na casa.

O que qualquer retardado teria concluído ao ver o carro alugado parado lá na frente. Decker imaginou se no fundo não estava querendo voltar para a cadeia — que outra explicação para tamanho descuido? Skink cuidava da sobrevivência na selva, mas a cidade era de responsabilidade de Decker. E ele não parava de cometer erros estúpidos.

"O seu barco está amarrado lá no fundo", disse Skink a Catherine.

"Eu não sei onde está a chave", sussurrou ela.

"Não preciso da chave", disse Skink, já não se preocupando em abaixar a voz. "Nós vamos deixá-lo em Haulover, mas não vá procurar logo."

A campainha tocou, seguida por três batidas secas na porta.

James sentou-se na cama e estendeu a mão para o abajur na mesinha-de-cabeceira. Com os olhos turvos, encarou Decker e Skink. "O que está acontecendo?"

Catherine saíra debaixo das cobertas e escovava o cabelo diante do espelho. "É melhor correr", disse ao reflexo de Decker. "Vou segurar os caras na porta."

"Nós precisamos de uma margem de vantagem."

"Pode deixar, Rage."

A campainha tocou de novo. As batidas viraram socos na porta.

Skink entregou a Decker o jeans e o sapato dele.

"O que está acontecendo?", perguntava o dr. James. "Onde está a praga daquele cachorro?"

Como a caminhonete em que tinham viajado estava no nome de Dickie Lockhart, e como ela tinha sido confiscada pela polícia de Nova Orleans, juntamente com tudo que pertencia a Dickie, os irmãos Rundell se viram obrigados a voltar de ônibus para a Flórida. Durante a viagem, conversaram principalmente sobre dois mistérios: como o seu herói havia morrido e o que acontecera com o precioso barco pesqueiro dos dois.

Por mais obtusos que fossem, os Rundell compreenderam que não podiam fazer muito por Dickie, mas já o barco era outra história. Tinha sido roubado e afundado no meio do lago Maurepas, onde aparecera como entulho marítimo no rastreador de peixes Vexilar LCD Vídeo do capitão Coot Hough. Depois que o barco perdido foi localizado, os Rundell recrutaram uma equipe amadora de busca, formada por companheiros de pesca que içaram a embarcação com um guincho a manivela instalado num rebocador de construção emprestado. A visão do seu tesouro coberto de lama irrompendo na superfície foi a segunda imagem mais triste que Ozzie Rundell já testemunhara — a primeira tinha sido o cadáver de lábios azulados de Dickie Lockhart no enorme tanque dos peixes.

Na longa viagem de ônibus para Harney, Ozzie e Rundell quebravam a cabeça para descobrir quem roubara o barco deles, e por quê. O principal suspeito parecia ser o violento eremita conhecido pelos Rundell somente como Skink. Um homem estranho, com roupas vistosas, de tipo físico semelhante ao dele, fora visto no lago por vários pescadores, mas ninguém havia testemunhado o afundamento em si. O que Skink tinha ido fazer na Louisiana era um mistério sobre o qual os Rundell não perderam muito tempo — ele tinha estado lá, e era isso que importava. Lembravam-se claramente dos xerifes do ar retirando-o do avião em Nova Orleans, assim como da expressão de demência latente em seus olhos. Sem dúvida alguma aquele homem era capaz de roubar um barco; o enigma era o motivo plausível para isso. Em se tratando de alguém como Skink, a maldade pura e crua podia ser suficiente, mas os Rundell permaneciam em dúvida. Culver, em particular, suspeitava de vingança ou de uma conspiração tramada por um dos concorrentes invejosos de Dickie Lockhart. No mundo da pesca profissional, todos sabiam que os irmãos Rundell eram os seguidores mais leais de Dickie e, para Culver, tal fato os transformava em alvos de ataque.

Se exteriormente Culver se mostrava zangado devido à destruição do seu querido barco pesqueiro, Ozzie parecia antes magoado e perplexo. Para ele, o mais difícil era acreditar que Skink cometeria tamanha atrocidade contra eles sem nenhum motivo aparente. Nos dez anos em que o desgrenhado lenhador vivia no lago Jesup, Ozzie provavelmente não trocara mais de dez palavras com ele. Nas raras ocasiões em que Skink ia à cidade, comprava madeira, miudezas e livros usados da Faith Farm — segundo mexerico da sra. Coot Hough —, mas nem sequer uma vez tinha entrado na loja dos Rundell para comprar equipamentos ou iscas artificiais (embora tivesse fama de exímio pescador). Os únicos momentos em que chegara mais perto de Skink fora ao desviar o carro de uma figura arqueada que recolhia carcaças de animais na rodovia Gilchrist ou na 222. Quase todos os habitantes de Harney deparavam-se de vez em quando com Skink e seus animais atropelados. Supunha-se que comia as criaturas mortas, embora ninguém pudesse afirmar com certeza. Como todos sabiam, a única pessoa que mantinha uma relação amigável com Skink era o guarda Jim Tile, da patrulha rodoviária estadual. De quando em quando, os pescadores do lago Jesup viam Jim Tile sentado junto à fogueira de Skink, mas ninguém conhecia bem o guarda a ponto de lhe fazer perguntas. Na verdade, ninguém em Harney conhecia Jim Tile muito mais do que conhecia Skink, nem mesmo os negros.

E foi por que isso Ozzie ficou tão surpreso quando seu irmão anunciou que visitariam o guarda assim que chegassem à cidade.

"Vamos arrancar umas respostas daquele negro", disse Culver.

"Não sei, não", balbuciou Ozzie. Não era muito amigo de confrontos. Em geral, Culver tampouco, mas o assassinato de Dickie o deixara nervoso. Falava de modo grandiloqüente e enfezado, como às vezes fazia quando estava bêbado.

Ozzie Rundell tinha uma razão perfeitamente compreensível para não querer se encontrar com Jim Tile. O guarda estivera no brejo Morgan no dia do assassinato de Ott Pickney, quando ele dirigia a caminhonete de Tom Curl. Ao sair de lá a toda a velocidade, Ozzie avistara Tile a pé. O que não sabia era se o guarda o tinha visto também. Concluíra que não, pois nada de terrível acontecera nos dias seguintes, mas não queria abusar de sua precária sorte. Achou que devia explicar ao irmão o risco de visitar Jim Tile, mas, como de costume, as palavras se recusaram a sair. No dia seguinte à morte do jornalista, Ozzie garantira a Culver que tudo tinha dado certo no brejo, sem mencionar o guarda negro. Se Ozzie revelasse a verdade agora, Culver ficaria furioso, e Ozzie não estava com a mínima vontade de aturar gritos. O máximo que conseguiu articular como protesto foi isto: "Um guarda representa a lei. Mesmo se for negro".

Culver lançou-lhe um olhar carrancudo e disse: "Isso é o que veremos".

Jim Tile vivia sozinho num apartamento de dois quartos na Washington Drive, no bairro negro de Harney. Tinha sido casado durante três anos, mas sua mulher partira para Atlanta com o fim de se tornar uma modelo de sucesso. Jim Tile poderia ter ido com ela, pois lhe ofereceram um excelente emprego no Serviço de Investigação da Geórgia, mas optou por permanecer na patrulha rodoviária da Flórida. Sua lealdade foi recompensada com um longo período patrulhando um dos condados de mentalidade mais atrasada e racista do estado. Parar um carro por excesso de velocidade em Harney implicava receber automaticamente uma torrente repulsiva de maus-tratos verbais. Os brancos odiavam Jim Tile porque era negro e os negros o odiavam por fazer um serviço de branco. Sua rotina era ouvir grosserias; de vez em quando alguém se aproximava de fininho e cortava os pneus do seu carro-patrulha na calada da noite, mas raramente passava disso. Em todos aqueles anos, uma única pessoa havia cometido a temeridade de procurar briga com o guarda Jim Tile. O nome do rapaz era Dekle. Tinha dezoito anos e era grande e branco como uma geladeira Frigidaire, além de tão inteligente quanto. Dekle dirigia a noventa por hora em zona escolar e atropelou um gatinho. Jim Tile foi atrás e o obrigou a parar no acostamento. Na época Jim ainda era novo na cidade e Dekle observou que era a primeira vez que via um guarda rodoviário negro. Foi você quem pediu, disse Jim. Mandou-o virar-se e colocar as mãos sobre o capô do carro. Dekle reagiu esmurrando Jim Tile com toda a força.

Para sua surpresa, o guarda se limitou a recuar ligeiramente o corpo, quando qualquer outro ser humano teria caído sem sentidos. A briga não durou muito, talvez trinta segundos. Anos depois o braço de Dekle ainda pendia como um saca-rolhas e ele continuava andando com o auxílio de uma bengala Lucite especial que sua mãe comprara pelo correio numa loja em Tampa. Em uma cidade onde não faltavam bebida e estupidez, nunca mais ninguém em Harney ficou bêbado o bastante ou foi cretino o suficiente para se meter com o guarda negro. A maioria dos moradores, incluindo Ozzie Rundell, nem pensaria em discutir com ele.

Os irmãos Rundell não tiveram dificuldade para encontrar o apartamento na Washington Drive: o carro-patrulha preto e bege de Jim Tile estava parado na frente do prédio.

Culver estacionou a caminhonete, que pertencia a sua mãe. Tirou uma pistola debaixo do banco e enfiou-a no cós da calça.

"Para que isso?", perguntou Ozzie, apreensivo.

"Este bairro é perigoso, Oz."

"Eu não vou entrar lá com uma arma", disse Ozzie com voz trêmula. "Não entro!"

"Ótimo", replicou Culver. "Então fique sentado aqui fora com toda essa crioulada por perto. Pode ter certeza de que eles vão adorar ver um meninão gordo e branquelo como você."

Ozzie olhou em volta e deu razão a Culver. As ruas estavam repletas de negros, incluindo alguns adolescentes de músculos amedrontadores que lançavam bolas num cesto enferrujado preso a um poste de telefone. Ozzie concluiu que, pensando bem, era melhor não ficar na caminhonete. Seguiu Culver até o apartamento de Jim Tile.

O guarda terminara de jantar e se preparava para fazer a patrulha noturna. Atendeu a porta usando a calça cinzenta e impecavelmente passada do uniforme, mas sem camisa. Os irmãos Rundell se espantaram com a dimensão do peito e dos braços dele.

Depois de gaguejar um pouco, Culver acabou dizendo: "Precisamos conversar sobre o sujeito que mora lá no lago".

"Afundaram o nosso barco", informou Ozzie, sem explicação.

Jim Tile deixou que entrassem e apontou duas cadeiras na sala de jantar. Os irmãos Rundell sentaram.

"O nome dele é Skink, certo?", disse Culver.

"Qual é a ligação entre o homem do lago e o barco de vocês?", perguntou Jim Tile serenamente.

Ozzie abriu a boca para falar, ficou perdido e olhou para o irmão pedindo ajuda. Culver disse: "Ouvimos dizer que foi o senhor Skink quem afundou".

"Bem, o senhor Skink não está na cidade", esclareceu Jim.

"Aconteceu em outra cidade", continuou Culver. "Durante um torneio na Louisiana."

"Vocês já procuraram a polícia?", perguntou o guarda.

"Ainda não", disse Culver. Ele tinha pensado em procurar, mas Thomas Curl havia lhe dito que não era boa idéia. Disse que a polícia estava ocupada com o assassinato de Dickie e não seria certo importuná-los por causa de um barco. Além do mais, o barco fora retirado da água e, na opinião de Curl, tinha conserto. Ozzie concordou, mas Culver não ficou satisfeito. Queria um barco novinho em folha, e quem devia pagá-lo era aquele tal de Skink.

"Bom, se ainda não falaram com a polícia da Louisiana, sugiro que façam isso", disse Jim Tile. "Quando for expedido um mandado, um dos auxiliares do xerife Lockhart poderá ir até o lago Jesup e prendê-lo."

Culver Rundell duvidava que o xerife Earley Lockhart ficasse muito interessado no roubo de um barco depois que seu famoso sobrinho aparecera morto na Louisiana. Earley pegara um avião para Nova Orleans dois dias após o crime e ainda não tinha voltado. Antes de partir, o xerife informou dramaticamente ao jornal da cidade que sua presença havia sido solicitada para auxiliar nas investigações do homicídio. Na verdade, as autoridades da Louisiana só queriam alguém que acompanhasse o corpo, já submetido à autópsia, de volta para a Flórida.

"O problema pertence a outra jurisdição", disse o guarda Jim Tile. "Eu realmente não posso ajudar."

"Mas pode nos levar para ver o senhor Skink", sugeriu Culver.

"Por quê? Vocês sabem onde ele mora, podem ir sozinhos."

Aos ouvidos de Ozzie, a recusa de Jim Tile não podia ser mais clara. Mas Culver não desistiu.

"De jeito nenhum", disse Culver. "Ouvi dizer que ele anda armado e atira nas pessoas só por diversão. Não conhece nem o meu irmão nem a mim, e pode simplesmente abrir fogo se nós chegarmos de surpresa. Você, ele conhece. Mesmo que seja louco, como dizem, não ia atirar num carro de polícia."

A voz de Jim Tile, baixa e firme, não se alterou. "Eu já disse: ele não está na cidade."

"Bom, então vamos lá conferir."

"Não", repetiu Jim, levantando-se. "Eu tenho que trabalhar."

"A caminhonete da mamãe", disse Ozzie, irrefletidamente. "Acho melhor a gente ir embora, Culver."

Irritado, Culver olhou para o irmão. "Do que está falando?"

"Eu estou preocupado com a caminhonete da mamãe lá fora. É melhor a gente ir andando."

"Não vai acontecer nada", disse Culver.

"Não sei...", disse Jim Tile abrindo a cortina. "O bairro é bem violento."

Ozzie pareceu abalado.

"Calma, Oz, calma!", esbravejou Culver. E então, para Jim Tile: "E por que você não nos ajuda? Eu perdi um barco de vinte mil dólares por causa daquele patife!".

Jim Tile ainda olhava pela janela. "Quer dizer que aquela caminhonete é da sua mãe?"

"A nossa foi apreendida em Nova Orleans", disse Ozzie.

"A vermelha?", perguntou Jim.

"É", resmungou Culver, no fundo impressionado por ver que o guarda se lembrava da cor.

Jim Tile virou-se para Ozzie: "E a caminhonete verde?".

O rosto de Ozzie ficou lívido. As pálpebras tremeram, como se ele estivesse prestes a desmaiar.

"Que caminhonete verde?", perguntou Culver, demorando para entender.

"A que o seu irmão estava dirigindo na semana retrasada, na rodovia Gilchrist. De manhã bem cedo."

"Quando?", soluçou Ozzie. "Não era eu. A nossa caminhonete é vermelha."

"Você e mais dois caras", prosseguiu Jim. "E a caminhonete era verde, com placa de outro estado."

Culver finalmente entendeu o rumo da conversa. Tentou ajudar Ozzie o melhor que pôde, mesmo com vontade de estrangulá-lo.

"Eu lembro desse dia", improvisou Culver, vendo os olhos do irmão se esbugalharem. "Você e outros caras foram pescar no brejo. Eu lembro porque você levou umas varas de pescar Shakespeare lá da loja, e mais umas colheres Johnson e umas barbelas roxas."

Os lábios de Ozzie pareciam giz branco. Seu maxilar inferior subiu e desceu até que por fim ele disse: "Ah, é".

"Eu lembro porque você não quis seguir o meu conselho e levar as carpas vivas. Você disse que a superfície era pesada demais e achou melhor carregar aquelas malditas colheres sem cabeleiras."

Jim Tile abotoava a camisa. "E como foi, Ozzie?", perguntou ele. "Pescaram algum peixe?"

"Claro", respondeu Ozzie, olhando para a porta como se estivesse a ponto de sair correndo.

"Pescaram o quê?"

"A nossa caminhonete é vermelha", disse Ozzie Rundell, passando a língua nos lábios. Seus ombros estavam repuxando. Os olhos viraram para cima e se fixaram no teto. As bochechas inflaram, como se estivessem tentando peidar.

"Como disse?", perguntou Jim Tile, abaixando-se para amarrar o sapato.

"Aquela caminhonete lá fora é da mamãe", repetiu Ozzie em voz muito alta. Estava perdido, descontrolado, imerso num pânico balbuciante e patético. Culver sacudia a cabeça com desgosto.

"Eu perguntei o que você pescou no brejo Morgan."

Ozzie sorriu e estalou os lábios. "Uma vez o Dickie me deu um estojo de equipamento para pesca."

"Muito bem, já chega", interrompeu Culver.

"Ozzie?", disse Jim Tile.

"Aquele dia na caminhonete?"

"É, a caminhonete verde."

"Eu estava dirigindo, só isso. Não afoguei ninguém."

"Claro que não", disse Jim.

"Chega!", exclamou Culver Rundell. "Cale essa maldita boca, Oz."

Culver sacou a arma. Segurava-a com as duas mãos, apontando-a para o coração de Jim Tile. O guarda olhou a pistola apenas uma vez, mas deu tanta atenção a ela quanto daria à braguilha aberta de Culver.

"Você vem junto", sussurrou Culver em tom áspero.

Mas Jim Tile limitou-se a entrar no quarto e, diante do espelho da cômoda, arrumou o revólver Stetson que usava na patrulha.

"Vamos já!", gritou Culver. Ozzie olhou a pistola e tapou o ouvido.

Jim Tile estendeu a mão para um frasco de colônia.

Culver explodiu. "Eu estou falando com você, negro!"

Só então Jim Tile se voltou para dar ao irmão de Ozzie Rundell atenção total e exclusiva.

19

O barco era um Aquasport de sete metros, com motor de popa Evinrude de duzentos cavalos-vapor; boa navegabilidade, muito veloz. Skink gostou bastante dele. Gostou tanto que resolveu não abandoná-lo nas docas de Haulover, conforme o combinado, mas usá-lo para subir o canal Intracosteiro até o píer 66, em Fort Lauderdale. Como a manhã estava gelada, Decker teria preferido viajar de carro, mas achou melhor não armar uma discussão. Skink estava se divertindo a valer, o rabo-de-cavalo agitando-se atrás dele como uma corda ao sabor da brisa. Quando chegaram à ponte de Dania Beach, ele baixou a aceleração até uma velocidade mínima, fazendo o Aquasport deslizar junto à costa lentamente.

"O que houve?", perguntou Decker.

"Estamos na zona da vaca-marinha", disse Skink.

Na época do inverno, vacas-marinhas gigantescas migram com seus filhotes e se congregam preguiçosamente nas águas mornas e protegidas do canal. Durante a temporada delas os barcos são obrigados por lei a navegar em baixa velocidade, mas todo ano dezenas desses pacíficos mamíferos são atropelados e mortos por turistas e adolescentes irresponsáveis. A multa por tal crime não custa ao infrator mais que o equivalente a um par de Top-Siders novo, o que não é lá um grande empecilho. Durante os últimos dias de seu governo, Clinton Tyree formara um lobby para fazer passar uma lei um pouco mais severa. Na sua versão, qualquer pessoa que matasse uma vaca-marinha teria o barco imediatamente confiscado (por mais luxuoso que fosse) e seria multada em dez mil dólares, ou então pegaria quarenta e cinco dias de cadeia. A emenda de Tyree também exigia que o assassino da vaca-marinha enterrasse pessoalmente o animal morto, em cerimônia pública.

Como era de esperar, a proposta do governador foi tranqüilamente rejeitada.

E não sabendo de nada disso, R. J. Decker ficou meio perplexo quando Skink lançou um olhar de águia para um outro barco que rumava a toda em direção ao sul do canal, à luz que antecede o alvorecer. Era um barco de esqui colorido e alegre, repleto de rapazes e moças que voltavam de uma noite animadinha na região das docas. Skink acenou furiosamente e gritou para que diminuíssem a velocidade e tomassem cuidado com as vacas-marinhas, mas a garotada se limitou a contemplá-lo com olhos vermelhos como rabanete — à exceção do piloto, que cometeu o terrível erro de mostrar a Skink o dedo em riste. Mais tarde as moças que estavam no barco contaram à patrulha marinha que seus namorados tinham subestimado totalmente a força e o temperamento do velho hippie, bem como a velocidade do Aquasport. Se o outro homem não tivesse arrastado o velho hippie de cima deles, disseram as moças, seus namorados poderiam ter morrido seriamente. Só as moças fizeram tal relato, pois os rapazes ainda estavam submetendo seus ossos quebrados aos raios X do Broward General Hospital. Os médicos ficaram pasmos por eles terem conseguido nadar toda aquela distância estando tão machucados.

Para convencer Skink a parar de espancar os apressadinhos, Decker foi obrigado a deixar que se afundasse o barco, o que foi feito com três buracos no casco abertos à bala. Feito isso, Skink dirigiu o Aquasport a uma velocidade escrupulosamente baixa até chegar à enseada de Port Everglades e só então pisou na tábua, até o píer 66. Depois de tudo, Decker estava ensopado e parecia uma pedra de gelo, e foi com enorme gratidão que saiu do barco. Tomaram um táxi até o hotel Marriott, em Harbor Beach, alugaram um quarto e dormiram, Decker estendido na cama de casal e Skink encolhido no chão como uma bola. Ao meio-dia acordaram e começaram a dar os telefonemas.

Jim Tile encerrou a patrulha às nove da manhã. Quando voltou ao apartamento, preparou quatro ovos poché, três fatias de bacon canadense e um copo de suco de laranja. Em seguida tirou a calça, foi até o banheiro e trocou o curativo do ferimento a bala na coxa direita. Vestiu uma calça de moleton cinza, preparou uma xícara de chá e sentou para ler os jornais. Fez tudo isso sem dizer uma só palavra aos irmãos Rundell, que continuavam amarrados e amordaçados no chão. A bem da verdade, Culver não achou esse silêncio uma desfeita (desmaiara de dor muitas horas antes), mas Ozzie estava louco para falar. Estava fora de si de medo.

"Hummm", fez ele.

Jim Tile largou o jornal, inclinou-se e arrancou a toalha da boca de Ozzie.

"O meu irmão está morto, seu guarda? Obrigado. Quer dizer, por tirar a toalha. Obrigado."

"O seu irmão não está morto."

"O que houve com ele? A cara dele está estranha."

"O maxilar quebrou", disse Jim Tile. "E todos os dedos também." Tinha acontecido quando Tile arrancara a pistola das mãos de Culver, depois que este atirara nele e estragara um uniforme em perfeito estado.

"Ele precisa de um médico. Precisa muito", disse Ozzie em tom de lamento.

"Sim, é verdade." Jim Tile não havia tido a intenção de quebrar o maxilar de Culver em tantos lugares e estava aborrecido consigo mesmo por ter esmurrado o homem com tanta força. Como Culver ficaria muito tempo sem poder tagarelar, todas as informações teriam de vir de Ozzie, um dos branquinhos mais tapados e confusos que Tile jamais conhecera.

Culver gemeu e forçou as cordas. Ozzie disse: "Oh, meu Deus, ele está muito machucado."

"Está sim", concordou Tile. "Você pode levá-lo ao médico depois da nossa conversinha."

"Promete?"

"Dou a minha palavra."

"O Culver vai para a cadeia?"

"Bom, não sei. Tentativa de homicídio de um policial dá prisão perpétua aqui na Flórida. Agressão, uso de arma de fogo no ato de uma infração e assim por diante... Não sei mesmo."

"E eu?", perguntou Ozzie.

"O mesmo se aplica a você. É parceiro dele, certo?"

Os olhos de Ozzie se encheram de lágrimas. "A mamãe está há um tempão esperando a caminhonete."

"Vai ficar preocupada", disse Jim Tile.

"Deixa a gente ir embora logo?"

Jim Tile dobrou o jornal e inclinou-se para a frente. "Antes responda a algumas perguntas."

"Certo, mas vá devagar."

"O Dickie Lockhart pediu para vocês dois matarem o Clinch?"

"Minha nossa, não! Eu juro que não foi a gente." O nariz de Ozzie escorria. "Eu gostava do Bobby, e o Culver também..."

"Então quem foi?", perguntou Tile.

"Eu não sei." Ozzie fungou ruidosamente, tentando aspirar o ranho que escorrera sobre o lábio superior. "Não faço idéia."

Jim Tile acreditou nele. "Me fale do Pickney."

"Quem? Me ajuda."

"O sujeito que fazia o Davey Dillo no colégio."

"Ah, o repórter", disse Ozzie. "Eu não afoguei ninguém, seu guarda."

"Então quem foi?"

Culver emitiu um som gorgolejante, abriu os olhos, que estavam revirados para cima, e depois voltou a fechá-los. Ozzie começou a chorar e disse: "Nós precisamos devolver a caminhonete da mamãe".

"Então me conte o que houve no brejo Morgan." Jim Tile levou uma xícara de chá aos lábios de Ozzie Rundell. Este bebeu fazendo barulho, engoliu duas vezes e começou a falar. Jim Tile tornou a sentar e escutou, guardando as perguntas para o fim. Achou que a menor interrupção confundiria Ozzie e colocaria tudo a perder.

"Lá vai. Uns dias depois que o Bobby morreu, o Tom e o Lemus passaram na nossa loja para tomar café. Começaram a contar que alguém estava tentando dar a impressão de que tinha sido o Dickie, mas acontece que tinha sido um acidente — até o doutor Pembroke disse que sim. Mas o Tom e o Lemus disseram que alguém inventou para o jornal uma história de que o Dickie matara o Bobby. Fora isso, um detetive de Miami andava fazendo umas perguntas por aí sobre o Bobby e o que tinha acontecido no brejo do Negro. O Culver perguntou quem tentaria incriminar o Dickie daquele jeito, mas o Tom disse que um milhão de caras tinham tanta inveja do Dickie que não pensariam nem duas vezes. Eles disseram que o plano era fazer de conta que o Bobby pegou o Dickie trapaceando num torneio.

"O Culver ouviu isso e ficou preocupado, porque quando os irmãos Curl apareceram, um pouco antes um repórter tinha ido lá para perguntar sobre o barco do Bobby, o enterro e coisa e tal. É que eles transformaram o Ranger dele no caixão. Como o seu "Rosinha" parecia muito interessado, o Culver contou que o serviço tinha sido feito pela marcenaria do Larkin. O homem agradeceu e foi embora.

"Caramba, quando o Tom e o Lemus ficaram sabendo, disseram que nós tínhamos que ir para a marcenaria naquele instante. O Culver estava atendendo uns clientes e me falou para ir junto com eles na caminhonete, e eu fui. No caminho o Tom e o Lemus disseram que se a gente não fizesse alguma coisa rápido, o jornal ia publicar uma grande matéria contando que o Dickie tinha matado o Bobby Clinch, o que todo mundo sabia que era mentira, mas assim mesmo ia acabar com o Dickie, ele ia perder o programa. Eles disseram que era melhor dar um basta naquilo e eu concordei, mas foi antes de eu saber o que eles queriam dizer com dar um basta naquilo. Seu guarda, posso tomar mais um pouco de chá?"

Jim Tile segurou a xícara para Ozzie.

"A caminhonete verde era do Tom e do Lemus", disse Ozzie.

"Ah", fez Jim Tile.

"Bom, aí nós chegamos lá e encontramos o Ott Pickney atrás da marcenaria, perto das latas de lixo. Reconheci ele na hora, e o Lemus perguntou: 'É aquele lá?'. Eu disse que era." Ozzie fez uma pausa. "Eu entrei na traseira da caminhonete. Da caminhonete verde."

"E o senhor Pickney foi na frente? Entre os irmãos Curl?"

"Sim, senhor. Há um campo de caça na propriedade dos Sumter. A uns vinte quilômetros daqui, mais ou menos. Nós ficamos com ele lá o resto do dia. Mas eu pensei que eles fossem só fazer umas perguntas."

"O que você viu, Ozzie?"

"Eu fiquei quase o tempo todo na caminhonete."

"Então o que foi que ouviu?"

Ozzie olhou para baixo. "Minha nossa, eu não sei. Uns gritos, acho..." As palavras saíam aos tropeções e se perdiam. Jim Tile imaginava as células do cérebro febril de Ozzie estourando como pipoca.

"O que o Ott contou a eles?", perguntou.

"Nós fizemos uma fogueira, tomamos umas cervejas e dormimos. Umas três horas antes de amanhecer, nós saímos para o brejo."

"O senhor Pickney ainda estava vivo?"

"Ele não contou praticamente nada, pelo que o Tom e o Lemus disseram." Ozzie saíra dos trilhos de novo e respondia as perguntas de Tile fora de seqüência.

"Você apenas dirigiu, foi isso?"

"Ele ainda estava vivo quando nós chegamos lá. Machucado, mas continuava vivo. Mas eu achei que iam soltar ele. Achei que já não tinham mais nada que fazer com ele. O Tom e o Lemus me mandaram ficar na caminhonete e eu fiquei. Mas me deu frio e eu queria saber por que é que eles estavam demorando tanto. No fim eu saí para mijar e foi aí que ouvi o barulho na água."

"Você não viu nada?", perguntou Jim Tile.

"Foi um barulhão danado." Ozzie espirrou, e mais ranho espirrou de seu nariz. "A verdade é que eu não queria muito olhar."

Jim Tile desamarrou os pulsos e os tornozelos de Ozzie e ajudou-o a se levantar. Juntos carregaram Culver até a caminhonete e o deitaram na carroceria. Ozzie fechou a grade traseira. Jim Tile trouxe um travesseiro e um cobertor do apartamento.

"Acho que é melhor levar o seu irmão para o hospital de Melbourne", aconselhou. "Ninguém aqui na cidade é capaz de consertar esse maxilar."

Ozzie concordou, balançando a cabeça tristemente. "Preciso passar em casa e pegar a mamãe."

Jim Tile debruçou-se sobre a janela do motorista e disse: "Ozzie, você entende o que acontecerá se eu tiver que prender vocês?".

"O Culver vai para a cadeia", disse Ozzie com a voz sumida.

"Pelo resto da vida dele aqui na Terra. Quando ele estiver se sentindo melhor, por favor, lembre-o disso, está bem?"

"Vou lembrar. Eu juro que eu acho que ele não queria atirar de verdade no senhor, seu guarda."

"É claro que queria, mas eu estou disposto a deixar isso de lado, seus moleques, desde que vocês saiam do meu caminho por algum tempo."

Ozzie ficou tão aliviado que quase mijou nas calças. Nem ligou para aqueles "moleques" que ouviu do negro. Basicamente, dava-se por feliz por ainda estar vivo. O guarda podia ter matado os dois e ter se safado, e todavia lá estava ele, agindo como um bom cristão e deixando-os ir embora.

"Só vou pedir um favor", disse Jim Tile, apoiando o braço negro como carvão na porta da caminhonete.

"Claro", disse Ozzie.

"Onde eu posso encontrar o Thomas Curl?"

Richard Clarence Lockhart foi enterrado no dia 25 de janeiro no cemitério Nossa Senhora de Tropicana, nas imediações de Harney. Foi um evento relativamente modesto, considerando-se a fama e a importância de Dickie no condado, mas a baixa audiência tinha uma explicação muito simples. Por uma infeliz coincidência, o funeral caiu justamente no dia da abertura do Torneio de Pesca de *Bass* do Lago Okeechobee e, portanto, a maioria dos amigos e colegas de Dickie estava fora, pescando. Dickie sem dúvida os perdoaria, brincou o padre, ainda mais porque a taxa de inscrição do concurso, não restituível, era de dois mil dólares por barco.

Dickie Lockhart foi enterrado num belo caixão de nogueira, e não num barco de pesca. O carro fúnebre que levou o ataúde foi escoltado até o cemitério por três carros policiais, incluindo um carro-patrulha dirigido, não com muita satisfação, por Jim Tile. O caixão de Dickie Lockhart foi fechado durante o panegírico, já que na prática o agente funerário fracassara em seus esforços cosméticos para remover a isca Double Whammy do lábio de Dickie. No úmido necrotério de Nova Orleans o anzol da isca perdera o fio, ao passo que a pele de Dickie enrijecera. Em vez de mutilar ainda mais as feições do falecido, o agente funerário simplesmente aconselhara as irmãs de Dickie a manter o caixão fechado para que ele fosse lembrado tal como havia sido.

Ozzie Rundell ficou muito agradecido. Ele não teria suportado outro vislumbre de seu ídolo assassinado.

Culver Rundell não compareceu ao enterro, já que estava hospitalizado com treze metros lineares de arame de aço inoxidável nos maxilares. Em nome de Culver, a loja de iscas encomendara um arranjo de flores especial, com um saltitante peixe de cerâmica. Infelizmente esse peixe de cerâmica era uma macaíra listrada, não um *largemouth bass*, mas ninguém no enterro teve a indelicadeza de mencionar o fato.

O reverendo Charles Weeb também não compareceu ao enterro, mas, em nome do Canal Cristão de Esportes Externos, enviou uma coroa de dois metros, feita de palmas-de-santa-rita, com uma faixa branca onde se lia: "Sempre avante, velho amigo". A coroa foi a grande sensação da cerimônia fúnebre, mas o melhor ainda estava por vir. Na manhã do dia seguinte, um domingo, no encerramento da habitual transmissão de *Jesus em sua sala*, Charlie Weeb ofereceu uma bênção especial pela alma de seu caríssimo amigo Dickie Lockhart, o maior pescador de *bass* da história da América. Em seguida o rosto de Dickie apareceu na grande tela atrás do púlpito, enquanto o rebanho ali reunido movia os lábios ao som de uma gravação de "Mais perto, meu Deus, de vós", interpretada por Johnny Cash. Ao final da canção todos choravam, inclusive Charlie Weeb, o homem que tantas vezes, a portas fechadas, referira-se a Dickie Lockhart como aquele cretino inepto e cabeça-de-galinha.

Vinte e cinco minutos depois que o programa terminou e a platéia recebeu o cachê, o reverendo Charles Weeb entrou na sala do Superdome que havia alugado para a grande entrevista coletiva. Se Charlie Weeb ficou decepcionado com o medíocre comparecimento da mídia, não o demonstrou. Ostentava o sorriso amplo e um terno creme com lenço vinho no bolso do paletó. A seu lado estava um homem esguio, alto e bronzeado, com cabelos castanhos encaracolados e um sorriso simpático e cheio de dentes. A princípio alguns fotógrafos acharam o homem parecido com Bruce Dern, o ator, mas não era ele. Tratava-se de Ed Spurling, o pescador.

"Cavalheiros", disse Charles Weeb, ainda desempenhando seu papel, "como eu me sinto feliz hoje! Sim, sem dúvida me sinto. É um enorme prazer anunciar que, a partir desta semana, Eddie Spurling será o novo apresentador de *Febre do peixe.*

Havia apenas dois repórteres na sala, mas Weeb, muito educado, esperou que anotassem a formidável notícia nos bloquinhos com espiral.

Ele prosseguiu: "Como sabem, já há algum tempo Eddie apresenta seu próprio programa de pesca, bastante popular, numa emissora concorrente. Estamos muito satisfeitos por tê-lo roubado, já que isso representa — desde ontem — a transferência de setenta e quatro canais a cabo independentes para o Canal Cristão de Esportes Externos, transferência esta a se realizar a partir da próxima temporada de pesca". Charlie Weeb se permitiu uma pausa breve e dramática. "Permitam-me dizer que, embora todos nós já estejamos saudosos de Dickie Lockhart e de seu estilo especial de entretenimento ao ar livre, estou certo de que seus fãs acharão Eddie Spurling igualmente empolgante, informativo e divertido como companheiro semanal de pescaria. Ninguém nesta família que é a nossa emissora podia estar mais satisfeito!"

Eddie deu um passo à frente e fez uma saudação tocando um boné invisível. Também ele parecia bastante satisfeito. Janeiro tinha sido um mês fabuloso. Sem vencer um único torneio de pesca, dobrara o salário e a audiência nacional televisiva, além de abocanhar o lucrativo contrato de seis algarismos como divulgador das essências de peixe da Happy Gland. O pacote da Happy Gland (incluindo propagandas em jornais, revistas, televisão, outdoors e rádios) causava inveja em todo o circuito amador de pesca do *bass* — um privilégio usufruído com exclusividade, durante cinco anos, por Dickie Lockhart. Com a súbita morte de Lockhart, o pessoal da Happy Gland passou a precisar de um novo astro. A escolha era óbvia, e a agência de publicidade nem se deu ao trabalho de testar candidatos. Dali por diante, todo frasco de Bolero do *Bass*, Almíscar de Cavala e Essência de Bagre ostentariam a imagem sorridente de Eddie "Ligeiro" Spurling.

"Alguma pergunta?", indagou Charlie Weeb.

Os repórteres se limitaram a olhar um para o outro, ambos pensando que quando chegassem à redação iam matar o editor que lhes dera aquela tarefa.

"Guardei o melhor para o fim", anunciou Weeb. "Garotas, tragam as imagens."

Duas moças de maiô opalino entraram na sala carregando um imenso troféu folheado a ouro. Devia ter no mínimo dois metros e meio de altura. Os cantos da base eram decorados com miniaturas de pescadores segurando uma vara de pescar, entretidos nos vários estágios de uma luta mítica. No topo do troféu havia um autêntico *largemouth bass* em tamanho natural. Não era dos maiores que se podiam encontrar mas causava impacto, postado no alto do troféu.

"Aí está!", disse o reverendo Weeb.

"Você ganhou esse troféu onde?", um dos repórteres perguntou a Eddie Spurling.

"Não ganhei", disse Eddie Ligeiro. "Ainda."

"Cavalheiros, leiam o que diz o troféu, olhem de perto", convidou Charlie Weeb. "Provavelmente este é o maior troféu que a maioria de vocês já viu, incluindo o Eddie, que já ganhou alguns bem grandes."

"Nenhum deste tamanho", disse Eddie com admiração.

"Exatamente", prosseguiu Weeb. "E isso porque este é o maior troféu que já existiu. E é o maior troféu que já existiu porque será dado ao vencedor do maior torneio de pesca que já existiu. Dentro de três semanas, cavalheiros, às margens dos Everglades, dos lendários pântanos da Flórida, cinqüenta dos melhores pescadores de *bass* do mundo vão competir pelo primeiro prêmio: duzentos e cinqüenta mil dólares!"

"Nossa", disse um repórter. Até que enfim algo para escrever.

"O torneio mais milionário que jamais existiu", disse Charlie Weeb, radiante. "O Torneio Dickie Lockhart de Pesca do *Bass*."

"No Lago do Lunker", completou Ed Spurling.

"Ah, sim", disse o reverendo Weeb. "Como pude esquecer?"

20

Al García sentia-se exausto. Estava de pé desde as seis horas da manhã. Mesmo depois de quatro xícaras de café sua língua parecia isopor coberto de musgo. O ombro esquerdo machucado implorava um Percodan, mas García conformou-se com aspirinas simples, engolindo quatro de uma vez. Era daqueles dias em que ele ficava se perguntando por que não se aposentara por invalidez e fora viver uma vida tranqüila em Ocala. Um daqueles dias em que tudo e todos em Miami o irritavam além da medida. Por exemplo, a moça do pedágio, quando arrancou a nota de um dólar de sua mão — um dólar inteirinho, só pelo incomparável prazer de dirigir de Rickenbacker a Key Biscayne. E o que dizer do porteiro daquele conjunto de prédios maia? *Vamos, quero ver o documento.* Que tal um distintivo de sargento, seu cretino? O problema era que o porteiro — num terno preto que devia ter custado quatrocentos dólares — trabalhara para aquele puto do Somoza. Estava acostumado a pulverizar crânios de camponeses em nome da Guarda Nacional Nicaragüense. García sabia disso, mas assim mesmo teve que obedecer e mostrar o distintivo *mais* a carteira de motorista para que o gorila o deixasse entrar.

Fechando o quadro, o ricaço que ele precisava entrevistar atendeu a porta usando uma tanga de fresco (cor de cereja) que dava a impressão de que ele criava uma jibóia no meio das pernas.

"Entre, sargento", disse Dennis Gault. "Conte-me as novidades."

"Que novidades?" García examinou o lugar antes de sentar. Apartamento bacana. Carpete espesso e fofo — nada de tapete ralo e queimado para aquele garanhão. E com uma bela vista do Atlântico. Devia valer um milhão e trezentos, por baixo, pensou

García. Ninguém comprava nem um banheiro na ilha por menos de duzentos e cinqüenta.

"Sobre o Decker", disse Gault. "Prendeu?"

"Ainda não."

"Quer suco de grapefruit? Uísque?"

"Café, se tiver", disse García. "Imagino que esteja indo para a praia."

"Não. Para a sauna." Depois de servir o café, Gault entrou no tema: "Pensei que tivesse me telefonado por causa do Decker. Eu imaginei que a essa altura os seus meninos já tiham encontrado o cara".

Os seus meninos. Ótimo, continue assim, pensou García. "Nós quase o pegamos ontem à noite, mas ele escapou."

"Escapou?"

"É, ele nos passou a perna. Roubou um barco e atravessou a baía. Quando nós conseguimos um helicóptero já era tarde."

"Parece que os meninos pisaram na bola."

"Preferimos achar que foi uma oportunidade perdida." García sorriu. "Excelente café. É colombiano?"

"É", disse Gault. Jogou um jato de vodca no suco de grapefruit.

"Eu vim aqui hoje porque preciso ouvir tudo o que aconteceu com o Decker."

Gault sentou-se e arrumou a sunga cor de cereja com irritação. Devia estar entrando no rego, imaginou García.

"Droga. Eu fui até Nova Orleans e prestei um depoimento completo. Quantas vezes eu vou ter que repassar a história?"

"Eu li seu depoimento, sr. Gault. Estava ótimo, para aqueles fins. Mas, veja, investigando do ponto de vista de Miami, eu preciso de mais detalhes."

"Por exemplo?"

"Por exemplo, por que Decker o escolheu?" García admirava a xícara de café vazia. Parecia porcelana de verdade.

"Os meus sentimentos pelo Lockhart não eram segredo, sargento. Com certeza o Decker falou com alguns pescadores, ouviu umas histórias. Depois que tirou as fotos, eu me tornei a opção lógica em termos de comprador. Ele sabia do meu ódio, sabia que eu queria desmascarar o Dickie. E sabia também que eu sou um homem de posses e que podia pagar o preço dele, por mais absurdo que fosse."

Homem de posses. García estava no paraíso dos suínos. "Decker lhe contou tudo isso?"

"Não, não me lembro de ele ter contado. Você perguntou como ele me escolheu e eu estou lhe dizendo que não foi nada difícil."

"Como foi o primeiro contato?"

"Ele telefonou."

"Sua secretária foi logo passando a ligação?"

"Claro que não", disse Gault. "Ele deixou recado. Deixou mais ou menos uns dezessete recados, até que eu acabei me enchendo e atendi o telefone."

"Isso é bom." García tirou um pequeno bloco do bolso interno de seu paletó bege e fez uma anotação. "Dezessete recados. A sua secretária deve se lembrar do nome, não acha? Ela provavelmente anotou o telefone dele numa agenda de mesa ou algo assim. Até um pedaço de papel ajudaria."

"Não sei", disse Gault. "Foi há várias semanas, ela já deve ter jogado fora."

Al García deixou o caderninho aberto no colo enquanto Gault repetia a história segundo a qual R. J. Decker exigira cem mil dólares pelas fotografias que mostravam Dickie Lockhart trapaceando.

"Eu disse que ele estava louco", afirmou Gault. "Mandei o cara para aquele lugar."

"Mas viu as fotos."

"Vi, e era o Dickie mesmo, retirando umas gaiolas de peixe de algum lago. Totalmente ilegal."

"Então por que você não comprou?", perguntou García.

"Pelo motivo óbvio, sargento, só por isso." Gault se fez de ofendido.

"Era dinheiro demais. Esse é o motivo mais óbvio."

"Esqueça o dinheiro. Acontece que teria sido errado."

"Errado?"

"Não olhe para mim desse jeito", disse Gault. "Está me olhando como se eu fosse um criminoso comum."

Talvez pior, pensou García. Ele já havia concluído que Dennis Gault era um mentiroso. Restava saber até onde iam as mentiras.

"O bilhete pedindo cem mil dólares...", disse o detetive.

"Eu dei para a polícia de Nova Orleans."

"Sim, eu sei. Mas eu estava me perguntando o que o Decker quis dizer. Ele usou a palavra 'honorários', está lembrado? Como se fosse um caso de verdade. Ele escreveu: 'Os honorários agora são cem mil dólares', algo assim."

"Ora, eu sabia exatamente o que ele queria dizer", protestou Gault.

"Claro. Mas eu fico pensando... Por que não usar a palavra 'preço'? Afinal, ele estava falando sobre o preço das fotos, não é mesmo? Me parece um modo meio estranho de se expressar."

"Eu não acho", disse Gault.

"Quando foi que o Decker lhe deu o bilhete?"

"No mesmo dia em que me mostrou as fotos, 7 de janeiro, acho." Gault levantou-se e foi até o banheiro. Quando voltou, usava um roupão de toalha com monograma por cima do sumário maiô vermelho. Tinha esfriado no apartamento.

"Depois que eu mandei o Decker passear ele foi direto ao Lockhart, garantir o dinheiro. Pura chantagem: ou paga, ou eu dou as fotos para os meus amiguinhos do jornal. É claro que o Dickie pagou — o coitado daquele imbecil não tinha escolha."

"Como sabe de tudo isso?", perguntou García.

Gault soltou um riso cáustico e bateu com as mãos nos joelhos. "Através do Decker!", exclamou. "Ele contou para a minha irmã, a Elaine. Acontece que eles estavam trepando. Com certeza a polícia de Nova Orleans lhe passou essas informações, sargento. Seja como for, o Decker contou para a Elaine que ele espremeu trinta mil do Dickie antes de receber um basta. No torneio o Decker foi conversar com ele a respeito, e o resto você sabe."

"Esse Decker não parece muito esperto."

"Então por que vocês não o prenderam?"

"Eu quis dizer", explicou García calmamente, "que não foi muito esperto da parte dele vomitar tudo isso para sua irmã."

Dennis Gault encolheu os ombros e levantou. "Sabe como é, na cama se fala tudo. Além disso, você não conhece a Elaine. Falar é a segunda coisa de que ela mais gosta." Gault lançou um olhar malicioso e colegial a García, que viu na mensagem um perfeito toque de classe: um milionário se fazendo de gigolô da própria irmã. A cada minuto que passava, o detetive de homicídios duvidava mais do caráter do sr. Gault.

"O Decker podia estar simplesmente contando vantagem", sugeriu.

"Contando vantagem, passando o tempo, esperando o pau ficar duro de novo, sei lá. Seja qual for a razão, ele contou para a Elaine." Gault recolheu a xícara de café de García. "E quanto ao parceiro de Decker, esse maluco chamado Skink?"

"Ainda nem sabemos o nome verdadeiro dele", disse García.

"É um demente; eu conheço. Diga ao seu pessoal para tomar cuidado."

"Sem dúvida", disse García, levantando-se. "Obrigado pelo café. Você foi de grande ajuda."

Gault torcia a faixa do roupão enquanto levava o detetive até a porta. "Como pode notar, sargento, eu não morria de amores pelo Dickie. Se ele tivesse morrido de qualquer outra coisa — acidente de avião, câncer na próstata, AIDS —, ninguém teria ouvido um pio da minha boca. Eu teria é dado uma festa. Mas assassinato... Nem um filho da puta trapaceiro como o Dickie merecia morrer a sangue-frio. Foi por isso que eu procurei a polícia."

"Um dever de cidadão", disse García.

"Exatamente." Antes da despedida uma idéia ocorreu a Gault: seria melhor terminar a entrevista num tom leve e amigável. Disse a García: "Você é de Cuba, não é?".

"Há muito tempo."

"A pesca é maravilhosa no sul de Havana. O próprio Fidel é louco por *largemouth bass*, sabia?"

"Li alguma coisa a respeito."

"Há anos que eu tento mexer uns pauzinhos e conseguir um convite, mas na minha posição é muito difícil. Eu estou no ramo do açúcar, como você sabe. O barbudo não costuma mandar cartão no dia dos namorados."

"Bom, vocês são concorrentes", disse García.

"Mesmo assim eu ando louco para ver se pesco um *bass* cubano. Ouvi umas histórias sobre *bass* de oito, nove quilos. Como é o nome daquele lago famoso?"

"Esqueci."

"Você pescava quando morava lá?", quis saber Gault.

"Eu era garoto", disse García. "Mas o meu tio-avô pescava."

"É mesmo?"

"Pescava tainha."

"Ah..."

"Vendia isca de macaíra para o Hemingway."

"Sério?" Aquilo impressionou Dennis Gault. "Uma vez eu vi um filme sobre o Hemingway. O ator era aquele tal de Patton."

De volta à delegacia, Al García acomodou-se em sua mesa e introduziu uma fita num gravador portátil. A data de 7 de janeiro fora escrita a lápis no rótulo da fita. Era uma das três usadas na secretária eletrônica de R. J. Decker. García as apanhara no trailer depois de conseguir o mandado de busca.

Fechou a porta da sala e aumentou o volume do toca-fitas até o número dez do mostrador. Depois acendeu um cigarro e apertou o play.

Durante alguns segundos só ouviu o ruído da fita em branco, seguido pela campainha de um telefone. O quarto toque foi interrompido por um som metálico e pela voz de R. J. Decker: "Não estou em casa agora. Por favor, deixe o seu recado após o sinal".

A primeira pessoa que ligou era uma mulher. "Rage, sou eu. O James viajou de novo e eu estou com vontade de comer massa. Que tal no Rita's, às nove?"

Em seu caderninho, García escreveu: *ex-mulher.*

A segunda chamada também era de uma mulher. "R. J., é a Bárbara. Desculpe eu ter cancelado aquela noite. Vamos tomar um drinque mais tarde e fazer as pazes?"

García anotou: *uma garota qualquer.*

O terceiro telefonema era de um homem: "Senhor Decker, o senhor provavelmente não me conhece, mas eu ouvi falar do senhor. Preciso de um detetive particular e o senhor foi altamente recomendado. Me ligue assim que puder, garanto que vai valer a pena. Meu telefone é 555-3400. Meu nome é Dennis Gault".

No caderninho, Al García escreveu: *vilão.*

Durante vários dias Decker e Skink não saíram do quarto do hotel, esperando que a situação esfriasse. Decker tinha feito o possível por telefone e estava ansioso para voltar à estrada. Skink, por sua vez, mergulhara em melancolia silenciosa e letárgica, sem mostrar o menor desejo de fazer alguma coisa ou ir a algum lugar.

Por fim, na tarde em que Catherine chegou, Skink voltou brevemente à vida. Saiu do quarto, foi para a praia e se pôs a atirar em alguns aviões a jato que se aproximavam do aeroporto de Fort Lauderdale-Hollywood.

Catherine havia trazido um prospecto recente das ações do Canal Cristão de Esportes Externos, que constava na Bolsa de Nova York como ChristNet. Decker não era grande coisa em matéria de ações e, assim sendo, telefonou a um amigo que era repórter na editoria de economia do *Sun* de Miami. O amigo investigou a emissora no arquivo computadorizado do jornal e descobriu alguns artigos muito interessantes, que Catherine havia apanhado antes de sair de Miami. Os textos deixavam claro que o rápido crescimento da emissora no mercado a cabo do Cinturão do Sol inundara a companhia com capital de giro, capital que o reverendo Charles Weeb e seus conselheiros estavam investindo a torto e a direito no mercado imobiliário da Flórida. O prospecto fazia várias referências tentadoras a um "novo e empolgante empreendimento à beira de um lago, planejado para famílias de classe média que desejam adquirir uma residência", mas esquecia-se de mencionar o processo prolongado e um tanto obscuro através do qual o Lago do Lunker havia escapado de todas as leis de zoneamento conhecidas pelo homem. A regra de "restituição do dinheiro recebido", por exemplo, não figurava nem uma vez no folheto da empresa. Os artigos do jornal abordavam esse aspecto do controvertido projeto, e, de fato, esse era o único aspecto que pareceu despertar um mínimo de interesse em Skink. Perguntou em que lugar, exatamente, ficava o Lago do Lunker e, depois de tirar o prospecto e os recortes das mãos de Decker, passou a uma cuidadosa leitura.

Em seguida, enterrou o chapéu de chuva florido na cabeça, murmurou um pedido de licença, saiu do quarto e esperou na praia. O primeiro jato que passou foi um Eastern 727 vindo de La Guardia; o segundo era um United DC-10 vindo de Chicago via St. Louis; o terceiro era uma ponte aérea da Bahamas Air que trazia jogadores diurnos de volta do cassino de Freeport. Nenhum dos aviões caiu nem sequer soltou fumaça, embora Skink tivesse plena certeza de ter atingido a barriga deles algumas vezes. O barulho dos tiros foi abafado pelo rugido dos jatos e pelo urro heavy-metal de Bon Jovi produzido pelo aparelho de som portátil de um grupo de adolescentes. Ao todo, Skink disparou onze tiros com a Browning de nove milímetros, antes de avistar o jipe do salva-vidas correndo em sua direção pela praia. O jipe estava a mais de um quilômetro de distância, dando a Skink o tempo necessário para disparar de volta ao hotel, esconder-se no banheiro do saguão e mudar de aparência.

Quando voltou ao quarto, trazia o chapéu de chuva e os óculos escuros escondidos no bolso, o impermeável laranja dobrado debaixo do braço e a longa trança enfiada debaixo da camisa. R. J. Decker perguntou o que tinha acontecido, e Skink lhe contou.

"Excelente", aprovou Decker. "Vejamos: segundo as minhas estimativas, isso significa que no momento nós estamos sendo procurados pela polícia municipal de Dade, pela patrulha rodoviária, pela patrulha marítima e agora pelo Serviço Federal de Aviação e pelo FBI. Será que eu esqueci alguém?"

Skink sentou-se no chão com ar apático.

"R. J., você precisa tirá-lo da cidade", disse Catherine.

"O meu pai, que Deus o tenha, ia ficar muito orgulhoso se soubesse que o filho dele virou fugitivo...", disse Decker. "Poucos agentes do FBI podem fazer tal afirmação."

"Desculpe", suspirou Skink.

Essa era a coisa mais patética que Decker jamais o ouvira dizer, e, de certo modo, a mais assustadora. Skink agia como se estivesse no limiar da loucura. Decker inclinou-se para ele e perguntou: "Capitão, por que estava atirando nos aviões?".

"Pense só em quem está a bordo", disse Skink. "Os otários que estão indo para o Lago do Lunker. Os ratos sortudos do reverendo Weeb." Parecia sem fôlego. Fez um sinal para que Catherine lhe passasse o prospecto do Canal Cristão de Esportes Externos. Com o dedo escuro e áspero, percorreu os nomes dos diretores.

"Esses caras...", disse com voz rouca. "Alguns eu conheço."

"De onde?", perguntou Catherine.

"Não importa. Vinte e nove mil unidades residenciais nos Everglades — é isso que importa. Cidade cristã, uma ova. É o crime do século. Esses caras são que nem barata, é impossível você se livrar delas."

"Agora é tarde, capitão", disse Decker. "A dragagem começou há um ano."

"Meu Deus", disse Skink, mordendo o lábio. Colocou os óculos escuros e inclinou a cabeça. Permaneceu assim durante um bom tempo. Decker deu uma olhada para Catherine. Ela tinha razão: precisavam levar Skink de volta ao mato.

Do corredor vinha o som de vozes masculinas que tentavam não ser ouvidas. Em seguida, uma batida na porta do quarto ao lado e mais uma do outro lado do corredor.

"Segurança do hotel", disse uma das vozes.

R. J. Decker fez sinal para que Skink entrasse no banheiro. Ele assentiu e engatinhou pelo chão, fechando a porta ao entrar. Rapidamente, Decker tirou a camisa e puxou as cortinas. "Tire o sapato", sussurrou para Catherine, "e vá para a cama." Ela no mesmo instante compreendeu o plano. E antes que Decker pudesse dar pelo menos uma boa olhada, já estava só de calcinha e sutiã, debaixo dos lençóis.

Um homem bateu três vezes na porta.

"Quem é?", berrou Decker. "Vá embora."

"Segurança do hotel. Abra, por favor."

"Estamos dormindo!"

Outra voz: "É a polícia!".

Decker foi se arrastando até a porta, do modo mais ruidoso possível. Abriu-a um pouco, apenas o suficiente para que as visitas vislumbrassem Catherine na cama.

"Qual é o problema?", perguntou com impaciência.

Um rapaz de terno azul e de walkie-talkie na mão tinha ao lado um tira de uniforme, com ar de pouco interesse. O segurança disse: "Houve um incidente na praia, senhor. Um homem armado... Ninguém se machucou".

"Ah, mas que boa notícia."

"Não viu ninguém diferente neste andar?", perguntou o tira.

"Nas últimas horas eu não vi nada, disse Decker. "Só estrelas." Fez um sinal por cima do ombro, na direção de Catherine. O segurança pareceu ligeiramente constrangido.

O policial explicou: "Um cara alto e desgrenhado, com um chapéu colorido e rabo-de-cavalo. Ele foi visto entrando nesse hotel e estamos sugerindo que todos os hóspedes permaneçam durante algum tempo nos quartos".

"Não precisa se preocupar", disse Decker.

"Só um pouco", acrescentou o segurança. "Até que ele seja encontrado."

Quando Decker fechou a porta, Catherine sentou-se na cama e perguntou: "Estrelas? Você viu estrelas, Rage?".

"Não se mexa", disse Decker mergulhando de cabeça entre os lençóis.

Thomas Curl não era um homem feliz. Nas últimas semanas ganhara mais dinheiro do que ele ou as três gerações anteriores da família Curl jamais ganharam; no entanto, Thomas não estava em paz. Primeiro, porque seu irmão Lemus morrera, e durante algum tempo Thomas ficara atrapalhado com o corpo. Como dissera a todos, inclusive a seu pai, que Lemus se afogara acidentalmente durante uma pescaria na Flórida, não havia como levar de volta um corpo com um furo de bala na testa. As pessoas fariam muitas perguntas, e responder perguntas não era a especialidade de Thomas Curl. Portanto, depois de descobrir o corpo de Lemus, parcialmente comido pelas tartarugas, na ponta de uma linha de pescar no brejo Morgan, e depois de quebrar a cabeça durante dois dias, Thomas decidiu mandar tudo para o inferno e enterrar o irmão numa cova seca e arenosa num pasto qualquer a leste da rodovia Gilchrist. Durante o tempo todo em que esteve com a pá na mão, teve a sensação de que todos os urubus-caçadores da Flórida rodopiavam no céu acima dele, esperando para fazer um *smorgasbord* com os restos de Lemus. Mais tarde Thomas tirou o boné de pesca, postou-se ao lado da sepultura e tentou se lembrar de alguma oração. A única que lhe ocorreu começava assim: "Agora eu me deito para dormir...". Errou, mas por pouco.

Quase todas as noites Thomas Curl refletia com tristeza sobre como Lemus morrera, como permitira que ele saísse correndo sozinho para dentro do mato e como de repente deixara de ouvir os tiros da Ruger de seu irmão. E como Thomas entrara em pânico e pulara para dentro da caminhonete verde e fora embora, certo de que o irmão já estava morto. E como depois voltara com um cão emprestado e descobrira rastros fundos e sangue, mas não o corpo. Naquele momento, pensou que jamais tornaria a ver o irmão. Mais tarde, no brejo, ficou horrorizado a ponto de sentir náuseas. Cumprindo ordens, Thomas tinha ido até lá para verificar a situação, só para se certificar de que o tira negro não havia encontrado o corpo de Ott Pickney. Mas lá estava o pobre Lemus, fisgado na água escura, junto com o outro cadáver. Foi então que Thomas Curl compreendeu a perigosa força dos adversários. Thomas não era o ser humano mais brilhante do mundo, mas percebia quando alguém lhe mandava um recado.

Sendo assim, enterrou Lemus, incinerou o corpo de Ott Pickney simulando um acidente de carro e foi direto para Nova Orleans, onde mais uma vez nada correu exatamente como ele esperava. Thomas manifestou a opinião de que não deveria levar a culpa por aqueles pontos sem nó, mas recebeu instruções ríspidas para voltar à Flórida imediatamente. Não para Harney, mas para Miami.

Thomas Curl não era louco por Miami. Nos tempos em que tinha sido boxeador, treinara durante um verão no Fifth Street

Gymn, que ficava na praia. Lembrava-se de ter se hospedado num hotel cor-de-rosa caindo aos pedaços, com outros dois pesos-médios; lembrava-se de encher a cara nas noites de sábado e, por puro tédio, espancar refugiados cubanos do tipo magricela que viviam nos parques da cidade. Thomas lembrava-se de Miami como um lugar quente e hostil. Mas, por outro lado, na época ele era jovem, pobre e tinha saudade de casa. Hoje era adulto, pesava quinze quilos a mais e estava nadando em dinheiro.

Para melhorar seu estado de espírito, Thomas Curl resolveu esnobar e se hospedou no Grand Bay Hotel. O quarto o esperava com uma cesta de frutas e uma banheira embutida no chão. Mergulhado na banheira, comia uma nectarina quando Dennis Gault retornou sua ligação.

"Imagine só, tem telefone até no banheiro", disse Thomas Curl.

"Bem-vindo à cidade, lenhador." Gault não estava para gentilezas. Lidar com aquele imbecil era pelo menos duas vezes mais trabalhoso do que lidar com Decker. "Um cara da polícia veio falar comigo."

Thomas Curl cuspiu a semente da nectarina na mão ensaboada. "É mesmo? Já prenderam eles?"

"Não, mas do jeito que as coisas vão pode ser melhor que não prendam."

"O quê? Mas como assim?"

"O tal tira, um cubano de merda, não acredita numa palavra do que eu digo."

"E daí? Desde que Nova Orleans acredite..."

"Já ouviu falar de extradição?", disse Gault. "Esse sujeito pode nos causar sérios problemas, filho. Pode manter o Decker longe da polícia da Louisiana durante um bom tempo, pode prolongar o caso semanas e semanas, pode ouvir a história dele e talvez até acreditar nela."

"De jeito nenhum", disse Curl.

"Nós não podemos correr esse risco, Thomas."

"Eu já fiz muito por você."

"Dessa vez não é por mim, é pelo seu irmão."

Na banheira, Thomas estendeu a mão e abriu a água quente. Tomou cuidado para não molhar o telefone, com medo de ser eletrocutado.

"Eu preciso que você encontre o Decker antes dos tiras", disse Gault.

"E quanto ao gorila maluco?"

"Eles provavelmente já se separaram."

"Eu não quero me meter com ele. O Culver me disse que é malvado como a peste."

"O Culver tem medo até da sombra dele. Além disso, pelo que a Elaine me disse, o Skink não é do tipo que anda com o Decker. Eles devem ter se separado, eu já disse."

"Se eu tiver que enfrentar o gorila, dobre o pagamento.

"Merda, você devia fazer de graça", disse Gault. A ganância era realmente um defeito desprezível, pensou. "Pelo amor de Deus, Thomas, são os caras que mataram o Lemus. Um deles ou os dois, você escolhe. O Decker é o que mais me preocupa. É ele que pode nos prejudicar no tribunal. E eu estou falando de pena pesada."

Thomas Curl não gostava da idéia de passar nem um dia na penitenciária estadual. E havia também algo muito atraente e até romântico em vingar a morte do irmão.

"Por onde eu começo", perguntou.

"Já era para ter começado, infelizmente", disse Gault. "Decker já está foragido. O truque é você descobrir *onde*, porque pode ter certeza de que ele não vai vir correndo para te encontrar."

"A não ser que eu pegue alguma coisa importante para ele", decidiu Thomas Curl.

21

“Assim não dá”, disse Catherine. “Eu não consigo, com ele lá dentro.” Levantou da cama e começou a se vestir.

De trás da porta do banheiro, uma voz resmungou: “Não se incomodem comigo”.

Com pesar, Decker viu Catherine abotoar a blusa. É isso o que eu ganho, pensou ele, é exatamente o que eu mereço. E a Catherine: “Esse cara é uma amolação, você está certa”.

“Não sei onde eu estava com a cabeça”, disse ela, vestindo uma combinação cor-de-rosa. “O James já está furioso, e ainda por cima eu estou uma hora atrasada.”

“Sinto muito”, disse Decker.

“Venha, me ajude a fechar o zíper.”

“Bonita saia. É de seda, não é?”, perguntou Decker.

“Eu não suporto zíper do lado.”

Decker deu uma espiada na etiqueta. “Nossa, Catherine, é Gucci.”

Ela franziu a testa. “Pare, R. J. Eu sei o que você está tramando.”

Como sempre.

Decker rolou para fora da cama e tateou o chão em busca da calça jeans. Já havia escurecido, hora de partir. Ruídos abafados de raspagem vinham do banheiro. Decker não conseguia imaginar o que Skink fazia lá dentro.

Catherine escovou o cabelo e aplicou um batom rosa-claro.

“Você está simplesmente beatífica”, disse Decker. “Pura como a primeira neve.”

“Não graças a você.” Ela virou as costas para o espelho e pegou as mãos dele. “Eu daria tudo para te esquecer, seu canalha.”

“Você podia tentar a hipnose. Ou um alucinógeno.”

Catherine o abraçou. "Pare de brincar, amigão, é normal sentir medo. Essa é a maior encrenca em que você já se meteu."

"Acho que sim", disse Decker.

Catherine deu-lhe um beijo no pescoço. "Se cuide, Rage. E cuide dele também."

"Vai dar tudo certo." Entregou a Catherine a bolsa Louis Vuitton e o suéter cem por cento cashmere.

Antes de cruzar a porta, ela disse: "Eu queria que você soubesse, R. J.: não teria sido uma trepada caridosa. Teria sido autêntica".

"Eu sei, é a impressão que eu tenho."

Decker não podia acreditar no quanto ainda a amava.

Skink dera um jeito de se encaixar entre a pia e a privada, comprimindo tanto o volumoso corpo que se tornara um cubo maciço e apático sobre o chão de ladrilhos. A princípio Decker não conseguiu nem precisar a localização da cabeça. O chiado do ar entrando nos pulmões parecia vir debaixo da caixa da privada. Decker agachou-se e viu o rosto sinistro de Skink, que o olhava por trás dos canos de água. Parecia uma iguana barbada.

"Por que acendeu a luz?", perguntou.

"Para não pisar nos seus órgãos vitais."

"Coisas piores poderiam acontecer."

Um prato cheio para Freud, pensou Decker. "Olhe, capitão, nós precisamos ir andando."

"Eu estou seguro aqui mesmo", disse Skink.

"Nem tanto. Está escondido debaixo de uma privada, num quarto de hotel de frente para o mar e com diária de cem dólares. É bem possível que alguém reclame."

"Você acha mesmo?"

Decker fez que sim, pacientemente. "É muito mais seguro em Harney. Se nós formos agora, chegamos no lago lá pela meia-noite."

"Fala sério?"

"Sério."

"Eu te mato, Miami, se for uma armadilha. Eu arranco a sua bexiga e penduro num galho."

"Não é armadilha nenhuma", garantiu Decker. "Vamos embora."

Levou quarenta e cinco minutos para desvencilhar Skink do encanamento. Durante o processo, a pia desprendeu-se da base. Decker a deixou sobre a cama.

No saguão do hotel, Decker alugou um Ford Escort. Tirou-o do estacionamento no subsolo e deu a volta até a entrada de serviço, onde Skink esperava perto dos latões de lixo. Quando Skink entrou no carro, Decker notou uma coisa branca metida debaixo do braço dele.

"O que é isso aí?"

"Uma gaivota." Skink ergueu o pássaro flácido, segurando-o pelo pé cor de laranja. "Não faz dez minutos que morreu. Estava enroscada num engradado daquele caminhão de frutos do mar."

"Que sorte, a nossa", disse Decker sem ânimo.

"Está com fome? Nós podemos parar e fazer uma fogueira quando passar o trânsito."

"Vamos esperar. Tudo bem?"

"Tudo bem. Ela dura umas horas."

Decker deixou a praia e seguiu na direção oeste pela via elevada da rua 17, passando pelo Port Everglades e pelo aquário do Ocean World. O trânsito era típico do mês de janeiro na praia: um imbecil atrás do outro, todos com o pára-choque colado no da frente, a perder de vista. Um em cada dois carros tinha placa de Nova York.

Skink arrumou o pássaro morto dentro do porta-luvas e o cobriu com uma cópia do contrato de locação. Seu humor já parecia bem melhor. Colocou os óculos escuros e o chapéu de chuva florido e virou-se para pegar o impermeável fosforescente no banco de trás. Foi então que reparou no Chrysler sedã azul-escuro que os seguia a uma distância de dois carros. Avistou um farol-bolha de plástico no pára-choque — não estava piscando, mas não deixava de ser um farol-bolha. O rosto do motorista estava obscurecido pelo vidro fumê, mas uma mancha vermelha movia-se na altura da boca.

"O seu amigo García fuma?"

Decker olhou pelo espelho retrovisor. "Merda", disse.

Skink vestiu o impermeável com dificuldade, ajeitou os óculos escuros e disse: "Bem, Miami, o que vai ser?".

O farol azul na frente do carro começou a piscar. Decker conferiu o trânsito na via elevada, em vão: estava congestionado o caminho todo até o sinal seguinte. E depois dele também. Não havia para onde ir. Al García vinha encostado no Escort, piscando o farol. Decker calculou que teria mais chance frente a frente com ele, sem nenhum tira de Fort Lauderdale por perto. Decidiu parar antes que García começasse a escoltá-lo.

Parou no estacionamento de uma loja de bebidas. Com o grande Chrysler, García bloqueou com facilidade o pequeno Escort. Estacionou e deixou o farol azul girando. Mau sinal, pensou Decker.

"Não quero ver sua arma", alertou Skink.

"Relaxe. O sr. Browning dorme com as galinhas."

Al García aproximou-se do carro de modo distraído e quase indiferente. Na janela do motorista, inclinou-se e disse: "R. J., você é o rei de todos os escrotos".

"Desculpe por ter dado o cano aquele dia", disse Decker.

"Todo mundo, fora a Guarda Nacional, está atrás de você."

"Já que tocou no assunto, Al, será que você não saiu um pouco da sua jurisdição? Acho que estamos no condado de Broward."

"E você é um fugitivo, seu imbecil, e portanto eu posso te perseguir onde eu bem entender. É a lei." Cuspiu o cigarro e esmagou-o no chão com o sapato.

"Como você me encontrou?", perguntou Decker. "Seguiu a Catherine desde Miami?"

"Ela é uma motorista manhosa. Fez o que pôde para me despistar."

"Eu não matei ninguém, Al", disse Decker.

"E o belo Stevie Wonder aí do seu lado?"

Skink piscou por trás dos óculos escuros.

"Venha, R. J., vamos todos dar uma voltinha." García estava sendo tão tolerante que nem tirara a arma do coldre. Decker ficou impressionado — era impossível não ficar. Se ao menos Skink se comportasse...

Skink retirou a gaivota morta do porta-luvas e Decker trancou o carro alugado. García aguardava no Chrysler. "Quem quer ser o co-piloto?", perguntou amavelmente.

Decker disse: "Eu pensei que nós dois, os cruéis assassinos, fôssemos no chiqueirinho. Você não prefere?".

"Nada disso", respondeu García, desligando o farol azul. Voltou para o trânsito, saiu da rua 17 para entrar na rodovia federal e, tomando a direção oeste, seguiu pela 84, uma estrada proibida para caminhões. Decker ficou surpreso quando ele não virou para o sul no cruzamento com a interestadual 95.

"Para onde está indo?"

"O trânsito na auto-estrada é mais livre, não é?"

"Não muito", disse Decker.

"Ele quer ir para o norte", disse Skink no banco de trás. "Para Harney."

"Isso mesmo", confirmou Al García. "E no caminho eu quero que vocês dois me contem tudo sobre como se apanha um *bass*."

As notícias que vinham do Lago do Lunker não eram nada boas.

"Eles morreram", comunicou o hidrólogo de Charlie Weeb, um bobalhão que acabara de sair da Universidade da Flórida.

"Morreram?", repetiu o reverendo Weeb. "De que porra você está falando?"

Estava falando dos *bass* — dois mil *largemouth bass*, trazidos a um custo astronômico de uma incubadora particular no Alabama.

"Não resistiram", disse o hidrólogo. "O que é que eu posso fazer? A água é péssima. Ácido tânico eles ainda conseguem tolerar, mas aquele nível de fosfato é letal. Não tem oxigênio fresco nem fluxo de água natural. Quem dragou os canais..."

"*Lagos*, droga!"

"...dragou fundo demais. Os peixes não sobrevivem mais do que dois dias."

"Deus Todo-Poderoso! Qual é a situação? *Bass* mortos e fedorentos boiando por toda parte?"

"Eu tomei a liberdade de contratar uns barcos daqui para recolher os peixes mortos", informou o hidrólogo. "Como o tempo está meio frio, o fedor não é tanto assim. Mas se vier por aí uma frente quente, vai dar para sentir o mau cheiro lá em Key West."

Weeb bateu o telefone com força e resmungou com raiva. A mulher deitada ao seu lado disse: "O que foi, padre?".

"Eu não sou padre", disse asperamente. Não tinha disposição para dar uma aula de teologia e, de qualquer modo, teria sido perda de tempo. A moça trabalhava no Palácio da Dança do Ventre, em Gretna. Disse que todo domingo sua família inteira assistia ao programa dele na televisão.

"Eu nunca dormi com um astro da televisão antes", disse a moça, aconchegando-se no peito dele. "E você é grandão, também."

Charlie Weeb escutava apenas com um ouvido. Tinha saudade de Ellen O'Leary. Ninguém ficava tão bonita como ela, nua da cintura para cima, com as longas botas de lona para pescaria. Ninguém o acalmava como Ellen, mas agora ela se fora. Tinha ido embora depois do assassinato de Dickie Lockhart. Mais uma decepção numa semana de amargas decepções para o reverendo Charles Weeb.

"Quanto eu lhe devo?", perguntou à dançarina.

"Nada, padre." Ela parecia confusa. "Eu trouxe o meu próprio dinheiro."

"Para quê?" Weeb baixou os olhos para ela. Não conseguia ver seu rosto, apenas o alto da cabeça e a inclinação suave das costas.

"Eu quero lhe pedir um favor", sussurrou a dançarina junto aos pêlos do peito de seu acompanhante. "E quero pagar por ele."

"Do que está falando?"

"Eu quero que o senhor cure o meu pai." Olhou-o timidamente. "Ele sofre de gota, coitado."

"Não, criança..."

"Tem dia que ele mal consegue levantar da cama."

Weeb mexeu-se com impaciência e olhou o relógio de pulso.

"Eu posso lhe dar duzentos dólares", declarou a moça.

"Fala sério?"

"Só uma pequena prece, por favor."

"Duzentas pratas?"

"E uma massagem, se o senhor quiser, padre."

Charlie Weeb encarou-a, pensativo. Então era verdade o que diziam sobre o poder da televisão...

"Venha, criança", disse ele, suavemente. "Vamos rezar."

Mais tarde, já sozinho, o reverendo Charles Weeb pensou na moça e no pedido que ela tinha feito. Talvez estivesse ali a resposta que ele andava procurando. Tinha dado certo antes, nos primeiros anos, e talvez desse certo de novo.

Charlie Weeb bebeu um scotch e tentou dormir, mas não conseguiu. Havia noites em que o sono não vinha, graças à apavorante consciência de que o Lago do Lunker, a cidade que sonhara, estava com sérios problemas. O primeiro golpe fora dado pela Companhia Federal de Seguros e Depósitos, cujos auditores invadiram as salas do First Standard Eurobank de Ohio e descobriram que o troço estava à beira da insolvência. O problema eram os maus empréstimos — empréstimos vultosos — que o banco aparentemente concedia com a mesma prodigalidade com que distribuía calendários de mesa. O Canal Cristão de Esportes Externos, negociando como Lagos dos *Bass* Ltda., fora o beneficiário de tal generosidade desenfreada — vinte e quatro milhões de dólares para planejamento e construção. No papel, não havia nada incomum em relação ao empréstimo e aos termos do pagamento (onze por cento ao longo de dez anos), mas, na realidade, pouco dinheiro chegou a ser pago. Cerca de seis mil dólares, para ser exato. Uma desorganização sem tamanho imperava no departamento de cobranças do First Standard Eurobank — o bando de soldados de Cristo mais paciente e amável que Charlie Weeb já conhecera. Ele nunca honrava os pagamentos bimensais e eles sempre diziam ao reverendo que não se preocupasse. E o reverendo *não* se preocupava. Aquilo era uma espelunca, convenhamos, e além disso nenhum banco falia mais. Porém os auditores federais promoveram uma devassa e descobriram que o banco tinha sido tão paciente e flexível com seus clientes comerciais que praticamente ninguém, exceto os agricultores, era obrigado a saldar os débitos em dia. De uma hora para outra, o presidente do banco e três altos assessores se mudaram para Barbados, deixando ao tio Sam a tarefa de arrumar a bagunça. As más notícias logo começaram a vazar: o First Standard Eurobank reclamava o pagamento dos empréstimos irregulares. Em todo o país, grandes construtores estavam enterrando a cabeça no chão. E o próprio Charlie Weeb vinha se escondendo de um imbecil do *Wall Street Journal* havia cinco dias.

O que irritava Weeb era que nunca lhe ocorrera não pagar o que devia; pretendia apenas fazê-lo em ritmo compatível com as vendas antecipadas no Lago do Lunker. Infelizmente as vendas estavam lentas demais. Charlie Weeb não compreendia por quê. Já tinha despedido o pessoal de marketing, o pessoal da publicidade, o pessoal de vendas — e nada melhorava. Era de enlouquecer. Os modelos de frente para o lago eram simplesmente lindos. Três quartos, banheira embutida e sauna, teto alto, aquecimento solar, cozinha com microondas — "O melhor modo de viver numa morada cristã!". Charlie Weeb era fanático pela palavra "morada", pois era um jeito muito bacana de dizer "sobrado". O problema de usar "sobrado", como qualquer imbecil na Flórida sabia, era que não se podia cobrar cento e cinqüenta mil dólares por um "sobrado" a vinte quilômetros da praia. Por esse motivo, qualquer vendedor do Lago do Lunker que dizia tal palavra era imediatamente despedido. "Sobrado" tinha uma conotação abominável, ensinara Charlie Weeb. Não se tratava de construções ordinárias cheias de velhos sacanas, mas de uma *saudável comunidade familiar*. E com ciclovias, ainda por cima!

Mas assim mesmo aqueles merdas não conseguiam vender. Cento e sessenta unidades nos primeiros quatro meses. Cento e sessenta! Weeb estava possesso. A Fase Um do projeto exigia a venda de oito mil unidades. Sem a Fase Um não poderia haver uma Fase Dois, e sem a Fase Dois o reverendo podia jogar no lixo as projeções iniciais de vinte e nove mil unidades vendidas. Aliás, podia esquecer os empréstimos, o direito de eqüidade, até as permissões de zoneamento. Quanto mais o projeto se arrastasse, maior seria a probabilidade de que todos os diretores do condado, aqueles que tão amavelmente haviam aceitado os subornos de Charlie Weeb, morressem ou perdessem as próximas eleições, e um novo time inteirinho teria que ser comprado. Um único paladino da justiça poderia melar o projeto.

O reverendo Charles Weeb tinha preocupações ainda mais sérias. Depositara tanta confiança no Lago do Lunker que ignorava uma norma crucial: investira no projeto três milhões de dólares de seu próprio dinheiro, protegido nas Bahamas. A idéia de perder essa fortuna o deixava doente. Deitado na cama, fazendo malabarismo mental com tantos números horripilantes, Weeb também compreendeu que o próprio Canal Cristão de Esportes Externos provavelmente não era forte o bastante para sobreviver, caso o Lago do Lunker fracassasse.

Portanto, era preciso fazer alguma coisa para levantar dinheiro, muito dinheiro. E rápido. Essa era a urgência que o fizera marcar o novo Torneio Dickie Lockhart de Pesca do *Bass* com tão pouca antecedência. O Lago do Lunker tinha fome de publicidade e a cobertura televisiva do torneio fatalmente impulsionaria as vendas — desde que eles conseguissem pintar umas casas e plantar um punhado de palmeiras a tempo.

Transportar para os lagos dois mil *bass* jovens pareceu a Weeb uma idéia diabolicamente sagaz. Em nome da autenticidade, ele planejou também acrescentar uma dúzia de *hawgs* da Flórida alguns dias antes do torneio. E, naturalmente, tinha toda a intenção de que Eddie Spurling vencesse aquele bando de pescadores com a maior enfiada de *bass* monstruosamente grandes já concebida. Charlie Weeb ainda não discutira a importância dessa questão com Spurling, mas tinha certeza de que ele entenderia. Certos detalhes precisavam ser planejados. Nada podia ser deixado ao acaso. Afinal, seria uma gravação ao vivo para um canal a cabo.

Charlie Weeb estava plenamente otimista até saber da morte dos peixes. Jamais imaginou que todos os *bass* morreriam, mas não tinha a mínima vontade de ouvir complexas explicações científicas. De uma coisa ele sabia: em hipótese alguma o torneio de pesca seria cancelado. Se necessário, ele simplesmente compraria outro carregamento de *bass* e daria um jeito de jogá-lo no lago um dia antes do torneio. Talvez o hidrólogo paspalho pudesse realizar alguns milagres, se ganhasse algumas horas extras. Ia dar certo. Charlie Weeb não tinha dúvida.

Como estratégia de vendas a longo prazo, o grande torneio de pesca era bastante promissor. Entretanto, a crise fiscal de curto prazo reclamava atenção imediata.

Para esse fim, a dançarina do ventre dera a Charlie Weeb uma nova inspiração espiritual.

Sentou-se na cama e pegou o telefone.

"O diácono Johnson, por favor."

Uma voz sonolenta entrou na linha.

"Izzy, acorde", disse Weeb. "Sou eu."

"São três da manhã, rapaz."

"Grande coisa. Está me ouvindo?"

"Estou", disse o diácono.

"Izzy, eu quero fazer uma cura no programa de domingo."

Johnson tossiu para limpar a garganta.

"Tem certeza?"

"Absoluta. A menos que você tenha uma outra idéia brilhante para resolver o problema de fluxo de caixa."

"Cura é assunto delicado, Charles."

"Droga. Não precisa me dizer! Foi por isso que eu parei com elas! Mas o momento é desesperador, Izzy. Eu estou querendo gravar umas chamadas de quinze segundos amanhã e começar a divulgação em grande escala. Levantar a audiência no fim de semana. Aposto que nós conseguimos um milhão e duzentos."

"Tudo isso?", disse o diácono Johnson. "Só por causa de um cordeiro?"

"Foda-se o cordeiro. Eu estou falando de uma pessoa de verdade."

O diácono Johnson não respondeu de imediato. Weeb disse: "E então?".

"Nós nunca curamos um ser humano antes, Charles."

"Nós nunca tivemos uma queda de vinte e quatro milhões antes, Izzy. Ouça: eu quero que você organize do mesmo jeito que fez com os animais. Me encontre alguma coisa quente, Izzy."

O diácono não se entusiasmou, mas sabia que era melhor não discutir.

"Consiga uma criancinha, se puder", sugeriu Charlie Weeb. "Ou um adolescente. Nada de gente esquisita nem dona de casa."

"Vou tentar", disse o diácono Johnson. A logística do feito exigiria um esforço formidável.

"Loiro, se possível", prosseguiu Weeb. Cada detalhe comovedor se converteria em mais dinheiro. Ele aprendera essa lição depois de divulgar o trágico destino de June-Lee e Melissa, as duas irmãs míticas de Weeb vendidas para a máfia da escravidão chinesa. "Nada de ruivos", instruiu Weeb. "Consiga uma criancinha loira para eu curar, Izzy, e eu juro que levantamos um milhão e duzentos."

"Não quer considerar uma tentativa preliminar?", sugeriu o diácono Johnson. "Quem sabe, com uma cabra?"

22

Uma hora depois de passarem por Fort Lauderdale, Skink começou a depenar a gaivota morta no banco de trás. De vez em quando jogava um punhado de penas acinzentadas pela janela. García arrumou o espelho retrovisor e observou, incrédulo. Depois que R. J. Decker explicou qual era o costume, García decidiu sair da estrada e fazer uma pausa para o jantar. Deixaram Skink perto de uma via elevada que conduzia a Delray Beach para que assasse o pássaro em paz. García ofereceu fósforos, mas Skink resmungou ao sair carro: "Não preciso disso".

"Vamos entrar na cidade e comer um hambúrguer. Encontramos você aqui dentro de uma hora", disse Decker.

"Está bem", assentiu Skink.

"Você vai estar aqui, não vai?"

"É o mais provável."

Skink recolhia gravetos enquanto eles se afastavam; sua silhueta lembrava um urso acocorado na escuridão.

Esperando na fila de carros do Burger King, García disse a Decker: "Então é isso, afinal: esses imbecis estão se matando por causa de peixes."

"E de dinheiro também, Al. Prêmios, patrocínios, contratos com a televisão. A pesca é só a ponta do iceberg. E nem todos esses caras são caipiras ignorantes."

O detetive deu risada. "Acho que não. Enganaram você, não foi?"

"Direitinho", disse Decker. Durante a viagem, contara a García tudo sobre Dennis Gault, as fotografias, Dickie Lockhart e Lanie. A parte sobre Lanie não era a favorita de Decker. "Só posso concluir", disse, "que ela se lembrou do meu nome por causa das fotos de moda eu que tirei em Sanibel. E provavelmente ela leu sobre o caso Bennett também. Saiu em todos os jornais." A manchete implacável do *Sun* informara: NOSSO FOTÓGRAFO CONDENADO PELO ESPANCAMENTO DO ASTRO DO FUTEBOL.

"O Gault deve ter babado de alegria quando a irmã sugeriu você como alvo", comentou García. "Fotógrafo grandalhão, ex-prisioneiro, gênio forte, passando por um mau período na vida."

"Foi de encomenda", disse Decker, taciturno.

"E quanto às fotos do Lockhart trapaceando? Até o xerox enviado pela polícia de Nova Orleans parecia ótimo."

"Só pode ser uma montagem", disse Decker.

"Para sua informação, R. J., entrei com um mandado no seu trailer. Tirei todos os filmes da bolsa onde você guarda as máquinas fotográficas. Mandei revelar no nosso laboratório."

"E então?"

"Lixo. Fotos de fiscalização para a companhia de seguro, só isso. Nenhuma mostrando peixes, R. J."

Mais essa. Lanie provavelmente roubara as fotos que interessavam da bolsa no hotel, em Hammond, e seu irmão com certeza não teve dificuldade em encontrar um bom técnico de laboratório para adulterá-las. "O que eu faço agora, Al?", disse Decker. "O que eu faço?"

"Bom, na minha posição de agente da lei que prestou juramento ao estado da Flórida, eu aconselho você a se entregar, concordar com a extradição e confiar o seu destino ao sistema judiciário. Como amigo, eu te aconselho a não pôr os pés na Louisiana até encontrarmos algumas testemunhas que sirvam de álibi para você."

"*Encontrarmos*?" Decker estava surpreso. "Al, você vai se meter na maior encrenca se descobrirem que está me ajudando. Você provavelmente já está enrolado por ter saído de Dade com um carro oficial."

García sorriu. "Eu não te contei? Tirei licença médica há dois dias. Por tempo indeterminado. O médico disse que o meu ombro está ferrado de novo. O tenente não vibrou de alegria, mas o que ele podia fazer? Metade do pessoal se aposenta só por causa de uma unha pendurada. Eu levo um tiro à queima-roupa com uma pistola de cano cerrado e só perco vinte e três dias de trabalho. Não podem reclamar por causa de uma semaninha de folga para fazer terapia."

"Licença médica", ponderou Decker. "Isso explica os seus modos excepcionalmente gentis."

"Não banque o espertalhão, R. J. Eu sou o único amigo que você tem no momento."

"Não é bem assim", disse Decker.

Segundo Ozzie Rundell, o tio de Thomas Curl chamado Shawn morava nas imediações de Orlando. Cuidava de uma mofada armadilha para turistas, de beira de estrada, chamada Sheeba's — Safári na Selva Africana, localizada a seis quilômetros da entrada para Disney World, na rodovia 92. Ozzie se ofereceu para fazer um mapa, mas Jim Tile disse que não precisava de instruções, obrigado.

Não foi difícil encontrar o zoológico decadente. Durante os seis anos desde que Shawn Curl comprara o estabelecimento de Leroy e Sheeba Barnwell, os animais outrora exóticos haviam minguado até restar apenas a melancólica trupe formada por um leão macilento, dois lhamas com falhas nos pêlos, três cabras, uma jibóia cega e dezessete *racoons,* incontrolavelmente maldosos. Um grande outdoor vermelho na rodovia 92 prometia: UM ENCANTADOR ZOOLÓGICO ONDE SEUS FILHOS PODEM BRINCAR COM OS ANIMAIS. Mas, na realidade, não havia nenhum bicho com que as crianças pudessem brincar no parque — pelo menos, não com segurança. A seguradora de Shawn Curl cancelara sumariamente a apólice após a nona vez que uma mordida de *racoon* infeccionou, o que levou Shawn a erguer uma cerca reforçada de quatro metros para manter os turistas longe dos animais. A única fonte sólida de lucros no parque era a cabine com palmeiras de plástico, onde os turistas, por três dólares e setenta e cinco centavos, podiam ser fotografados com a jibóia cega enrolada no pescoço. Como as cobras não têm pálpebras, os turistas não sabiam que a jibóia era cega. Também desconheciam que, exceto por um pequeno espaço por onde passava o tubo de alimentação, a boca da cobra tinha sido primorosamente costurada com uma máquina Singer. Naqueles tempos litigiosos, Shawn Curl achou melhor não correr outros riscos.

O proprietário do parque não soube o que pensar quando o musculoso guarda rodoviário negro entrou na loja de lembranças. Shawn Curl nunca tinha visto um guarda negro em Orlando. Reparou que o homem mancava de leve, e imaginou que talvez tivesse sido contratado exatamente por aquela razão — para cumprir alguma estúpida cota de membros de minorias com deficiência física. Shawn Curl decidiu que era melhor ser cortês, caso contrário o negrão poderia dedurá-lo à Secretaria de Proteção de Peixes e Animais pela maneira com que tratava os animais selvagens.

"Posso ajudar, guarda?"

Jim Tile estava no balcão, contemplando um mostruário de bonecos Mickey Mouse contrabandeados. Cada boneco tinha uma bandeira do exército confederado projetando-se da pata. Jim Tile pegou um Mickey e o virou para baixo.

"Made in Tailândia", leu em voz alta.

Shawn Curl tossiu, meio nervoso.

"Nove dólares e cinqüenta centavos por isto?", perguntou o guarda.

"Para o senhor, faço pela metade."

"Um desconto...", disse Jim Tile.

O guarda devolveu o boneco ao seu lugar no balcão e perguntou: "A Disney sabe que você está vendendo essa porcaria?".

Shawn Curl entortou o queixo de lado. "Que eu saiba, é tudo legal, seu guarda."

Jim Tile deu uma olhada na loja de lembranças. "Você pode ser processado por tudo isso, do jeito que está."

"Olhe, eu não fiz nada que todo mundo também não faça."

Depois de percorrerem as prateleiras — abarrotadas de máscaras feitas de coco, jacarés de borracha, conchas esculpidas, tubarões para banheira e outras bugigangas "feitas-para-a-Flórida" —, os olhos castanhos e reprovadores de Jim Tile pousaram novamente sobre o Mickey Mouse adulterado. "O pessoal da Disney não vai gostar disso. Só essa bandeira rebelde já chega para deixar os advogados muito aborrecidos."

Exasperado, Shawn Curl inflou as bochechas. "Quem te mandou aqui, afinal?"

"Eu estou procurando um rapaz chamado Thomas."

"Ele não está aqui."

"Onde posso encontrá-lo."

"Suponho que tenha um mandado, seu guarda."

"O que eu tenho é o tio dele", disse Jim Tile. "Nas minhas mãos."

Uma família de turistas entrou, as crianças correndo de um lado para o outro enquanto a mãe olhava a mercadoria com desconfiança. O pai examinou o zoológico atentamente através de uma janela atrás da caixa registradora. Jim Tile adivinhou que eles não ficariam muito tempo. E não ficaram. "Só *racoons*", disse o homem à esposa. "Tem *racoon* às pencas lá em Michigan."

Quando voltaram a ficar sozinhos, Jim Tile disse: "Shawn, eu quero o endereço do seu sobrinho em Nova Orleans. Agora mesmo".

"Eu vou lhe dar", disse Shawn Curl, rabiscando nas costas de um cartão-postal. "Mas ele não está lá."

"Onde posso encontrá-lo?"

"A última vez que ele passou por aqui, estava a caminho de Miami."

"Quando foi isso?"

"Poucos dias atrás."

"Onde ele está hospedado?"

"Num hotel grande."

"Você está me dando uma grande ajuda, Shawn. Vai acabar me obrigando a ligar para o quartel-general da Disney."

Shawn Curl não gostou daquela palavra: *quartel-general.* Emburrado, informou: "O hotel é o Grand Biscayne Alguma-Coisa. Não lembro o nome inteiro".

"Por que o Thomas foi para Miami?"

"A negócios. Foi o que ele disse."

"Que tipo de negócios?"

Shawn Curl deu de ombros. "Ele chama de promoção."

"Não pude deixar de notar aquele belo Oldsmobile lá na frente; o azul", disse Jim Tile. "Parece novinho."

Shawn Curl olhou para o guarda com cautela. "Não, eu tenho esse carro já faz algum tempo."

"Ainda está com o adesivo na janela", observou Tile. "E a etiqueta de licença do vendedor."

"E daí?"

"Foi o Thomas que te deu?"

Shawn Curl respirou fundo. Onde é que o mundo ia parar, se um negro falava com ele daquele jeito? "Talvez. Tem alguma lei contra isso?"

"Não, não tem", respondeu Jim Tile. Agradeceu ao homem pela atenção e andou em direção à porta. "A propósito", disse, "aquele leão está cobrindo um dos seus lhamas."

"Merda", disse Shawn Curl, correndo para pegar o forcado.

Os três rapazes foram ao jogo de basquete do colégio mas não ficaram muito tempo. Kyle, dono da carteira de motorista falsificada, levava três embalagens com seis garrafas de cerveja no porta-malas, junto com o rifle calibre 22 de seu padrasto. Jeff e Cole, que estavam prestes a largar a escola, ligavam menos do que Kyle para basquete colegial. O jogo era só uma desculpa para sair de casa, uma história para contar aos pais. Os adolescentes saíram antes do final do primeiro tempo. Kyle dirigiu até o local de costume, um depósito de lixo municipal alguns quilômetros a oeste da cidade. Ali, engoliram as cervejas enquanto atiravam em garrafas, latas de refrigerante e algum rato infeliz de passagem pelo lugar. Acabada a cerveja e a munição, só restava uma coisa a fazer. Jeff e Cole chamavam essa coisa de "caça-ao-mendigo", mas era Kyle, o maior dos três, quem reclamava a autoria da expressão, bem como do esporte. Pelo menos, era o que todos no colégio diziam: deve ter sido idéia do Kyle.

Todo inverno a Flórida é invadida por turistas, urubus-caçadores e vagabundos. Embora menos numerosos, os vagabundos costumam ser mais visíveis, pois dormem nos parques e bibliotecas públicas e pedem esmolas nas esquinas. O clima é tão ameno que todo lugar ao ar livre no sul da Flórida é considerado habitável pelos mendigos. A maioria deles descreve a região como o paraíso. Algumas cidades encaminham o problema com menos tolerância do que outras (Palm Beach, por exemplo, onde os vagabundos são tratados do mesmo modo que o assassino da machadinha), mas em geral os mendigos não precisam ter muito medo de ir parar na prisão. O motivo é simples, e nele reside outro atrativo fundamental para os bêbados andarilhos da nação: não há lugar para eles nas cadeias do sul da Flórida, pois elas já estão superlotadas de temíveis criminosos.

No final de dezembro, portanto, os sem-teto começam a aparecer nas ruas. Sem raízes, solitários e repudiados, são as vítimas ideais da violência gratuita. Kyle e seus amigos do colégio descobriram isso logo na primeira vez. Ganhando cinco dólares numa aposta com Cole, Kyle esmurrou um mendigo debaixo de uma ponte. Os garotos fugiram, mas nada aconteceu. É claro que o sem-teto nunca denunciou o ataque — a polícia local teria rido na cara dele. Uma semana depois os adolescentes atacaram de novo, ao descobrir um velho cabeludo dormindo num campo de golfe em Boca Raton. Dessa vez, Jeff e Cole entraram na dança e Kyle ainda deu uns tiros com o rifle do padrasto. Dessa vez, quando fugiram, os garotos davam risada.

Logo a caça-ao-mendigo virou uma diversão semanal — uma emoção, uma coisa qualquer para fazer. Os garotos se entediavam com facilidade e não eram muito populares na escola, repelidos tanto pelos certinhos como pelos drogados e surfistas. Assim sendo, sempre que Kyle conseguia o carro e afanava algum dinheiro para a cerveja, Jeff e Cole estavam prontos para a aventura. Dar antes uns tiros com o rifle deixava os meninos com o estado de espírito certo.

Logo que deixaram o depósito de lixo, saíram atrás de algum mendigo para espancar. Foi Jeff quem avistou o sujeito encolhido sob a via elevada da auto-estrada. Kyle passou por ele uma vez, deu a volta com o carro e passou novamente. Dessa vez estacionou a cinqüenta metros de distância. Os três adolescentes saíram e andaram até onde ele estava. Kyle gostou do jeito da coisa — era um trecho escuro da estrada, praticamente sem trânsito.

Skink estava quase dormindo, deitado no meio da rampa de concreto, de costas para a estrada. Ouviu gente chegando, mas achou que fosse apenas Decker e o detetive cubano. Quando eles se aproximaram mais, o que de fato alarmou Skink não foram os passos, mas o modo como cochichavam baixinho. Virou-se para dar uma olhada, mas Kyle veio correndo e lhe deu um chute brutal na cabeça.

Skink rolou pela rampa e ficou imóvel, com o rosto virado para o chão.

"Ei, seu Mendigo", disse Kyle. "Desculpe ter estragado os seus óculos escuros." Segurou os óculos quebrados para que os outros vissem.

Jeff e Cole se revezaram para chutar Skink nas costelas. "Eu gosto da roupa dele", disse Jeff. Era um garoto ossudo, com acne vulcânica e pustulenta. "É ótima para caçada", notou, passando a mão pelo impermeável.

"Então fique com ela", disse Kyle.

"É, vá em frente", encorajou Cole. "Mesmo que seja uns dez números maior que o seu."

"Vai ficar parecendo uma tenda cor de laranja", provocou Kyle.

Jeff ajoelhou-se e tentou virar Skink de costas. "Esse filho da puta é grandão", disse ele. "Ajudem aqui."

Viraram Skink e tiraram suas roupas.

"Parece morto", observou Cole.

"Olha o rabo-de-cavalo", disse Jeff. Vestiu o enorme impermeável de Skink. O capuz ficava caindo nos olhos; as mangas e as pernas da roupa eram compridas demais. Os outros garotos riram quando Jeff fez um pequeno número sob a ponte da estrada. "Eu sou o seu Mendigo", cantou. "O seu Mendigo Falecido. Encho a cara, faço farra..."

Jeff parou de cantar quando viu o estranho. O homem vinha do outro lado da estrada, correndo na direção deles. Tentou avisar Kyle, mas era tarde demais.

O homem agarrou Kyle e Cole ao mesmo tempo, saltando e abraçando os joelhos deles. E o que se viu no chão foi pura loucura. O homem esmurrou Cole três vezes, esmagando o nariz e estilhaçando o osso malar direito do moleque. O som de casca de ovo se quebrando provocou náuseas em Jeff. Enquanto isso,

Kyle, mais alto que o estranho, conseguiu se levantar e agarrar o pescoço do homem. Mas o homem, ainda de joelhos, limitou-se a levantar violentamente os dois cotovelos, atingindo Kyle na virilha. Enjoado, Jeff viu seu outro amigo desmoronar. O homem então montou em Kyle, desferindo-lhe golpes brutais no pescoço.

Jeff tentou fugir correndo da cena, mas tropeçou no largo impermeável que tinha vestido. Levantou-se, vacilou de novo. A mão de alguém o agarrou pela nuca e ele sentiu a pressão de algo frio na base do crânio. Uma arma.

"Não se mexa, seu bostinha." Um homem moreno de bigode, com jeito de durão.

Arrastou Jeff de volta para a ponte, onde o estranho mais alto continuava montado sobre Kyle, mudando silenciosamente as feições do rapaz.

"Pare!", gritou o moreno com a arma. "Pare, Decker!"

Mas R. J. Decker não podia parar, não podia sequer ouvir. A voz de Al García ecoou sob a ponte, mas nem uma palavra chegou aos ouvidos de Decker. Tudo que sua consciência registrava era a visão de um rosto e a necessidade de punir. Decker agia mecanicamente, os nós de seus dedos esfolados, sangrentos e amortecidos. Parou de esmurrar somente quando braços pesados e úmidos enlaçaram-lhe o peito e o ergueram, como se seu corpo não tivesse peso. Foi mantido no ar por um tempo que pareceu muito longo. Ao descer, enfim relaxando, a primeira coisa que Decker ouviu foi o som furioso da própria respiração. A segunda, proveniente do gigante dos braços de ferro, foi uma voz cansada que disse: "Tudo bem, Miami. Estou impressionado".

23

Skink tombou, inconsciente, no banco de trás do carro. Sua cabeça pendia contra o ombro de R. J. Decker e o ar chiava ao entrar e sair de seus pulmões. Decker sentiu gotas mornas filtrando-se na camisa dele.

"Perdeu o olho", disse Al García em tom circunspecto, mordendo a ponta do cigarro enquanto dirigia.

Decker também havia notado. O olho esquerdo de Skink era uma geléia ensangüentada — Kyle, o garoto grandão, estava usando aquelas botas texanas de matar barata no canto. Um fluido esbranquiçado escorria pelo rosto de Skink.

"Ele precisa de um médico", disse Decker.

Tanto quanto os bandidinhos adolescentes, pensou García, mas eles sobreviveriam. Não se dependesse de Decker. Ele teria matado a todos com as próprias mãos, se Skink não o tivesse detido. García tinha certeza de que os garotos não iam denunciar o espancamento à polícia. Jeff, o imbecil pustulento, era do tipo que entregava o jogo, mas os outros estavam sabendo. Juntos inventariam alguma história melodramática sobre o que tinha acontecido debaixo da ponte, qualquer coisa que pegasse bem na escola. Seja como for, García não tinha dúvida de que dois deles passariam o resto do semestre no hospital.

Decker sentia-se exausto e deprimido. Seus braços estavam doloridos e os nós dos dedos ardiam. Tocou o rosto de Skink e sentiu uma crosta de sangue sobre a barba do grandalhão.

"Acho melhor eu desistir", disse Decker.

"Não seja imbecil."

"Assim que nós encontrarmos um médico, você me deixa na estrada e volta correndo para o condado de Dade. Ninguém vai saber de nada."

"Vá à merda", disse García.

"Al, não vale a pena."

"Fale só por você." Era Skink. Levantou a mão e limpou o rosto com a manga do impermeável. Com o dedo indicador, investigou o globo ocular destruído e disse: "Maravilha".

"Há um hospital perto da saída para St. Lucie", disse García.

"Nada disso, continue dirigindo", disse Skink.

"Eu sinto muito, capitão", disse Decker. "Nós não devíamos ter te deixado sozinho."

"Sozinho é como eu gosto." Deslizou para o canto do banco de trás. Seu rosto mergulhou na escuridão.

García saiu da auto-estrada em Fort Pierce e parou numa loja de conveniência Pic'n'Pay. Decker desceu para dar um telefonema. Enquanto ele estava fora, Skink voltou a se mexer e endireitou o corpo no banco. Sob a luz forte, seu rosto parecia inchado e disforme. García percebeu que sofria muito.

"Agüente firme, governador", disse ele.

Skink o encarou. "Como? Você tirou alguma impressão digital?"

García fez que sim. "De uma maçaneta de bronze. Naquela noite, na casa do quiroprático. O FBI me forneceu uma digital que batia, veio de um antigo caso de desaparecimento."

"Um caso encerrado", lembrou Skink.

"Um caso famoso."

Skink olhou pela janela do carro.

"Quem mais sabe?", perguntou.

"Só eu e um funcionário qualquer do Edifício Hoover."

"Entendo."

"Se quer saber, senhor Tyree, eu não gosto de quem entrega os pontos. Mas desconfio que teve lá seus motivos."

"Não tenho que dar satisfação por coisa alguma", disse Skink. E acrescentou: "Não conte ao Decker".

"Não há motivo", concordou Al García.

Decker voltou trazendo café quente e bolinhos. Skink não estava com fome. "Mas fique de olho na estrada", disse ele quando voltaram a rodar.

"Eu trouxe uma coisa para você." Decker estendeu-lhe um saco marrom.

Skink abriu e mostrou o que restava do seu sorriso televisivo.

Dentro do saco havia um novo par de óculos escuros pretos.

Pouco antes da meia-noite ele gemeu subitamente e voltou a desmaiar. Decker rasgou a própria camisa para fazer uma bandagem e cobriu o olho machucado. Segurou a cabeça de Skink no colo e pediu a García que fosse mais rápido.

Minutos depois de atravessarem os limites do condado de Harney, um carro-patrulha surgiu no espelho retrovisor e praticamente grudou no pára-choque do Chrysler.

"Essa não", disse Al García.

Mas R. J. Decker se sentiu muito melhor.

O diácono Johnson sentia orgulho de si mesmo. Fora até a Secretaria do Bem-Estar perto do Superdome e encontrara uma menina loira, de nove anos de idade, que tinha juntas duplas no cotovelo. Quando ela estalava os braços ossudos, estes ganhavam um aspecto grotesco e magnífico, efeito que seria explorado de modo dramático pelas câmeras da emissora de Charlie Weeb. O diácono havia perguntado à mãe da menina se ela poderia alugar a filha para ele por dois dias e a mãe disse que sim, claro. Por cem paus, mas nada de sacanagem. O diácono Johnson disse não, não se preocupe, minha senhora, é para uma edificante atividade cristã... e levou a guria na limusine.

Chegando aos estúdios de produção do Canal Cristão de Esportes Externos, instalados no centro da cidade, o diácono Johnson conduziu a menina, cujo nome era Darla, para conhecer o famoso reverendo Charles Weeb.

Girando os óculos numa das mãos, Weeb parecia descontraído atrás da mesa. Usava um pulôver azul-cobalto, calça branca de aviador e tênis preto Nike para corrida. Uma jovem de seios impressionantes delineava suas famosas sobrancelhas cor de canela.

O diácono Johnson disse: "Darla, mostre ao reverendo o seu pequeno truque".

Darla deu um passo à frente e estendeu os dois braços, como se alguém fosse algemá-la.

"E então?", disse Charles Weeb.

Darla fechou os olhos, tensionou o corpo... e deslocou as juntas dos cotovelos, empurrando os ossos até um ângulo absolutamente despropositado. O deslocamento provocou dois breves estalidos.

A escultural depiladora de sobrancelhas quase desmaiou.

"Bravo!", exclamou Charlie Weeb.

"Obrigada", disse Darla. Seus braços pálidos e tortos penderam ao longo do corpo.

"O que você acha, Izzy?", perguntou Weeb. "Acho que estamos diante de um caso de paralisia infantil."

"Poliomielite?" O diácono franziu a testa.

"Por que não?"

"É uma doença muito rara hoje em dia."

"Perfeito."

"Só que todo mundo sabe que tem vacina."

"Não nos cafundós das minas de carvão dos Montes Apalaches", disse Charlie Weeb. "Não para uma pobre menininha órfã que cresceu à base de minhocas e água drenada."

Darla ergueu a voz. "Eu moro num apartamento em St. Charles", disse firmemente. "Com a minha mãe."

"Converse com essa criança", disse o reverendo ao diácono Johnson. "Explique-lhe como funciona a TV."

Foi uma bênção para Charlie Weeb a ausência de público durante o ensaio geral. No começo, Darla insistiu em deslocar as juntas dos cotovelos para fora e para dentro sem parar — só para se exibir — e o diácono Johnson teve que gastar um bom tempo explicando-lhe a importância teatral de esperar o momento certo. Após uma determinada deixa, Darla viraria os olhos, enrolaria a língua e cairia no palco se contorcendo toda. Quando voltasse a levantar e encarasse as câmeras e a platéia, sua poliomielite estaria curada. Para demonstrar o êxito de seu sacerdócio, o reverendo Charlie Weeb lhe jogaria em seguida uma bola de praia.

A deixa para o acesso de Darla seria o momento em que Weeb levantasse os braços e implorasse: "Senhor Jesus, cure essa pobre criatura de Deus!". Nas primeiras vezes Darla definitivamente se precipitou, desabando logo ao som da palavra "Jesus", e os ruídos daquele corpo flácido batendo no palco acabavam estragando o grandioso clímax de Charlie Weeb. Depois que o diácono Johnson conseguiu treiná-la para superar esse problema, o desafio seguinte foi ensiná-la a apanhar a bola. Nas primeiras vezes Darla simplesmente deixou a bola bater no seu peito, e o barulho do microfone sem fio sendo esmagado pela bola quase estourou os tímpanos dos engenheiros de som. Darla deixou cair a bola tantas vezes durante o ensaio que o reverendo Weeb perdeu a paciência cristã e a chamou de "xoxotinha retardada", termo que felizmente a menina não entendeu. Quando Weeb exigiu que voltassem ao método da injeção de lidocaína, o diácono Johnson apressou-se em sugerir que aquela era uma boa hora para o almoço.

Milagrosamente a gravação ao vivo do domingo se deu sem um escorregão. A equipe fez um trabalho extraordinário, tornando Darla mais pálida, mais cinzenta e mortalmente enferma. Quando ouviu a deixa, ela despencou com perfeição e — depois de muito se debater — levantou radiante, angelical e curada. Revendo os videoteipes mais tarde, o reverendo Weeb se maravilhou com a destreza e a discrição com que a pequena Darla tinha recolocado as juntas dos cotovelos. Só em câmera lenta era possível perceber o truque. E, no final, ela até agarrou a bola. Charlie Weeb sentiu-se tão profundamente tomado de júbilo que nem precisou das lágrimas de glicerina.

O número de telefone para ligações gratuitas foi mostrado durante cinco minutos na tela depois da performance de Darla. Naquela noite, depois de receber as cifras finais do banco por telefone, Charlie Weeb ligou para a casa do diácono Johnson.

"Adivinhe o total, Izzy."

"Não, eu realmente não sei. Um milhão?"

Weeb soltou uma risada estridente e disse: "Chute mais uma, seu cretino".

O diácono Johnson estava cansado demais para chutar. "Eu não sei, Charles."

"O que acha de um milhão e quatrocentos mil dólares?", exultou o reverendo Weeb.

O diácono ficou pasmo. "Puta merda", disse ele.

"Exatamente", confirmou Charlie Weeb. "Você está pensando o mesmo que eu?"

Thomas Curl estava se divertindo a valer no Grand Bay Hotel e não gostava da idéia de ter que partir tão de repente. Um dia de manhã, enquanto comia ovos Benedict dentro da banheira, recebeu um telefonema estranho e inquietante. Thomas Curl notou, pela qualidade da ligação, que era um interurbano; a voz não parecia nem a de Dennis Gault nem a de seu tio Shawn, as únicas pessoas que sabiam onde encontrá-lo. Thomas Curl ficou com a impressão de que a voz podia ser de um negro, mas não deu para ter certeza. Como o homem o chamou pelo nome, Curl desligou imediatamente e decidiu sair do hotel. Temia que a voz de negro pertencesse ao gorila louco, amigo de Decker. O brutamontes não pensaria duas vezes antes de invadir uma suíte fina e afogar alguém na banheira embutida no chão.

Thomas Curl hospedou-se num hotel mais modesto, o Marriott, próximo ao aeroporto. Muito sensato, registrou-se com o nome de "Juan Gómez", que imaginou ser o equivalente de John Smith em Miami. O fato de parecer tão hispânico quanto Cale Yarborough não o deteve, e sua assinatura de Juan Gómez não despertou suspeitas no recepcionista do hotel, chamado Rosario.

Naquela noite, depois de comer um bife que encomendou ao serviço de quarto, Thomas Curl saiu a trabalho. O endereço de R. J. Decker constava na lista telefônica e agora só faltava encontrar um mapa decente do condado de Dade.

A via expressa de Palmetto era pior do que tudo que havia em Nova Orleans. Pior até do que a interestadual 4, em Orlando. Thomas Curl sempre tinha se considerado um motorista veloz e esperto, mas a Palmetto acabava com a sua autoconfiança. Era como se estivesse com o motor afogado na pista do centro, com carros rebaixados de buzina estridente e Porsches cor de cereja voando dos dois lados. Thomas Curl ouvira umas histórias loucas sobre os motoristas de Miami — já podia voltar para casa e dizer que era tudo verdade. Dirigiam tão rápido que não dava nem tempo de mostrar o dedo para eles.

Foi um alívio quando achou a saída que procurava e entrou numa rua com sinal. A área de trailers ficava no lado escuro de uma rua sem saída. Thomas Curl rodou por ali lentamente até encontrar a caixa postal da casa móvel de R. J. Decker. As luzes estavam apagadas e o trailer parecia vazio, como Thomas sabia que estaria. Um sedã cinzento mais velho, Dodge ou Plymouth, fora esquecido na pista de cascalho. Os pneus de trás pareciam meio vazios, como se o carro tivesse sido usado recentemente. Curl estacionou atrás dele e apagou os faróis. Tirou uma chave de fenda de ponta chata, com dezesseis centímetros de comprimento, de baixo do banco da frente. Não era o melhor ladrão do mundo, mas conhecia o básico, incluindo o fato de que trailer em geral era canja de arrombar.

Outra regra fundamental do assalto a casas era esta: deixe a arma no carro, se não quiser anexar mais alguns anos à sua sentença de prisão. Thomas Curl começou a duvidar dessa norma quando a chave de fenda ficou presa na porta de trás do trailer e o buldogue de um vizinho, pesando uns trinta quilos, veio correndo para investigar o barulho. Quando o cachorro mostrou os dentes e fez um rosnado trêmulo, Thomas Curl desejou ardentemente estar empunhando a espingarda ou a pistola, ambas guardadas no porta-malas do carro.

O buldogue correu para tomar impulso antes de saltar, atingindo Thomas Curl com o máximo de impacto. Curl se chocou contra a parede de alumínio — perdeu o fôlego mas conseguiu manter o equilíbrio. O cão se sentou aos pés dele e rosnou ferozmente. Parecia de fato surpreso por não ter derrubado a vítima no chão, mas Thomas Curl era um sujeito musculoso e robusto, com um centro de gravidade baixo.

Quando o cachorro saltou de novo, Thomas Curl se encolheu e tentou proteger o rosto com o braço direito, e foi ali que o animal enterrou as presas amarelas. A princípio Thomas Curl não sentiu dor nenhuma, apenas uma pressão inacreditável. Olhou para o animal sem poder acreditar. Com os olhos arregalados, o focinho claro manchado com o sangue de Curl, o animal se contorcia numa agitação frenética, pendurado no braço dele. Tentava arrancar a carne do osso com os dentes.

Curl engoliu o grito. Com a mão esquerda foi tateando febrilmente, em busca da longa chave de fenda ainda socada na ombreira da porta. Encontrou-a, gemeu ao tirá-la com um puxão e empunhou-a firmemente com a mão boa.

Com toda a força, Thomas Curl levantou o braço direito até a altura da cabeça, de modo que o buldogue ficasse pendurado diante de seus olhos, torcendo-se e espumando. Com um golpe contundente para baixo, estripou o animal. Os olhos raivosos tornaram-se imediatamente opacos e as patas pararam de se debater. Ainda assim as poderosas mandíbulas continuaram cravadas no braço forte de Curl. Momentos se passaram e Curl permaneceu imóvel, esperando que os músculos do animal afrouxassem com a morte. Contudo, nem mesmo enquanto as entranhas do cão iam se derramando no degrau frio, exalando vapor no ar noturno, nem assim as mandíbulas relaxaram.

Thomas Curl tentou refrear as ondas de náusea. A chave de fenda escorregou de sua mão boa e caiu com um estalido no degrau de concreto.

A luz da entrada de um trailer próximo se acendeu e um homem idoso, de camisolão comprido, espiou para fora. Thomas Curl virou-se de costas rapidamente para que o vizinho não visse o cachorro morto pendurado em seu braço. Com a ajuda dessa nova luz, Curl percebeu que, em seu desespero, tinha quebrado a ombreira da porta. Com a mão boa, girou a maçaneta e tropeçou para dentro do trailer de R. J. Decker.

Deitou-se de costas no sofá, com o cachorrão atravessado no peito. Ficou assim durante o que lhe pareceu uma hora, até não tolerar mais o peso do animal e o cheiro acre de sangue. Na escuridão, Thomas Curl apenas imaginava o aspecto de seu braço — sentia os primeiros formigamentos ardentes de uma infecção maligna e o latejar febril de músculos lacerados. Deu-se conta de que em breve o corpo do animal enrijeceria, tornando praticamente impossível forçar as mandíbulas a se abrirem. Irritado, Thomas Curl cerrou o punho esquerdo e experimentou sua força. Ainda inerte, e deitado de costas, dirigiu um violento golpe de baixo para cima na cabeça do cachorro. O murro fez pouco barulho e não surtiu nenhum efeito, mas Thomas Curl não desistiu. Fechou os olhos e, imaginando que golpeava o saco de treinamento no Fifth Street Gymn, deu vários socos consecutivos, fazendo pausa para respirar. Durante os exercícios com o saco pesado, seu ex-treinador costumava tocar "Midnight rambler" no aparelho de som e Curl reviveu a canção mentalmente enquanto esmurrava o animal. A cada impacto, uma pontada brutal se estendia desde o braço lacerado até a base do seu pescoço. A dor era lancinante, mas apenas sua — tal como um saco de pancadas, o cachorro nada sentia. Sua mordida era irremediavelmente tenaz. E sobrenatural, como Thomas Curl começou a temer.

Arrastou-se para fora do sofá, acendeu a luz da cozinha e começou a virar o trailer de cabeça para baixo, procurando alguma ferramenta. Um cabo de vassoura feito de madeira mostrou-se ineficaz contra as mandíbulas diabólicas; um martelo transmitiu uma sensação reconfortante, mas produziu pouco resultado e muita confusão. Finalmente, pendurado num gancho no armário de utensílios domésticos, Thomas Curl encontrou o que procurava: uma pequena serra para metal. Entrou com esforço no estreito banheiro e ajoelhou-se. Com o braço direito amortecido, deitou a carcaça do animal no espaço do chuveiro e lançou um olhar entorpecido para a indistinta massa de carne e sangue. Thomas Curl não sabia se estava apenas exausto ou se estava enlouquecendo, mas não conseguia distinguir onde terminava sua carne e começava a do animal. Dos músculos contraídos de seu ombro até a cauda rosada do cão, tudo parecia uma mesma extensão maligna de dor. Thomas Curl tateou o chão com a mão esquerda até encontrar os dentes de aço da serra. Respirou fundo e fez o que era necessário.

Catherine estava sozinha na cama quando a campainha tocou.

O dr. James tinha viajado de novo; desta vez para Montreal, onde participava de um importante evento da sua área. Juntamente com vários outros quiropráticos, ele aceitara endossar um novo produto contra dor nas costas batizado de Sofá Vibrador Milagroso e a feira canadense seria o cenário do lançamento. Ao se despedir no carro, James prometera trazer vídeos mostrando toda a emoção do evento. Catherine disse que adoraria e lhe deu um beijo no rosto. James perguntou que modelo do sofá terapêutico combinaria mais com a sala Flórida — o xadrez ou o rosa-chá — e ela respondeu que nenhum, que ela não queria aquele sofá elétrico na sala, muito obrigada, e James foi embora com cara emburrada.

Quando a campainha tocou, Catherine vestiu um roupão de seda curto e foi descalça até a porta. A casa estava banhada de luz e o relógio da sala informava que eram nove e meia. Tinha dormido demais, outra vez.

Pela janela, viu o Plymouth Volaré estacionado na entrada de carros. Catherine sorriu — aqui vamos nós outra vez. Olhou-se no espelho mas dane-se, pensou, a essa hora da manhã não tem jeito. Ao abrir a porta, disse: "Veio na hora certa, Rage, como sempre".

Mas o homem que virou o rosto para ela não era R. J. Era um estranho atarracado usando o casaco de couro marrom de R. J. Catherine comprara o casaco para ele numa loja de artigos de caubói próxima a Denver. O estranho o colocara sobre os ombros, como uma capa. Talvez não fosse o casaco de R. J., pensou Catherine, ansiosa. Talvez fosse um igualzinho ao dele.

"Licença", disse o homem. "É a senhora Decker?"

"Stuckameyer", respondeu Catherine. "Já fui a senhora Decker."

O homem tinha um cabelo loiro e fino, nariz achatado e torto e olhinhos opacos. Entregou a Catherine um envelope marrom comercial contendo um maço de documentos. Catherine os examinou e olhou para o homem, intrigada.

"E daí? São os documentos do meu divórcio."

"Mas você *é* a Catherine Decker?"

"Onde conseguiu esses papéis?", perguntou ela com irritação.

"Tropecei neles", disse o homem. "Na casa do Decker."

Catherine o examinou com cuidado. Viu que também usava uma camisa de malha de R. J. Tentou bater a porta, mas o homem a bloqueou com a bota negra de bico redondo.

"Não seja idiota, sua vaca", disse ele.

Catherine estava prestes a sair correndo quando viu a pistola. O homem a apontava com a mão direita estendida debaixo do casaco de couro. Algo redondo, mosqueado e horrível estava preso ao braço do estranho. Parecia uma bola de futebol americano com orelhas.

"Meu Deus!", gritou Catherine.

"Não ligue, moça, ele não morde", disse o homem.

Forçou o caminho para dentro da casa e fechou a porta. Mudou a pistola para a outra mão e voltou a esconder sob o casaco o braço com a cabeça do cachorro.

"O Decker está numa puta encrenca", disse o estranho.

"Mas eu não sei onde ele está." Catherine prendeu o roupão na frente com firmeza.

"Sabe por que eu vim aqui?", perguntou Thomas Curl.

"Não, mas eu sei quem é você", disse Catherine. "É um dos pescadores, não é?"

24

O carro-patrulha de Jim Tile ultrapassou García na rodovia 222 e o guiou até a cidade, que estava escura como um necrotério. O guarda os levou direto à casa de um velho médico negro, que limpou e tratou do ferimento aberto no olho de Skink. Em silêncio, Decker e García observaram o velho desfilar uma lanterna de mão em frente ao rosto desfigurado de Skink. Espiou dentro do olho durante um bom tempo. "Ele precisa de um neurologista imediatamente", concluiu afinal. "Gainesville é a melhor alternativa."

Skink não disse nada. Quando voltaram à cabana, ele se encolheu sobre um cobertor e caiu no sono. Jim Tile acendeu a fogueira. Al García escolheu um toco de carvalho de bom tamanho e sentou-se perto das chamas. "E agora?", perguntou. "Vamos contar histórias de terror?"

"É aqui que ele mora", disse R. J. Decker.

"Inacreditável", murmurou o detetive.

Jim Tile foi até o carro e voltou com duas fotografias preto-e-branco, de vinte por vinte e cinco centímetros. "Dos nossos amigos do brejo", disse ele, entregando as fotos a R. J. Decker.

"Que absurdo", balbuciou Decker. Eram as fotos que pegavam em flagrante os pescadores trapaceiros entre os bambus do lago Maurepas, com a diferença de que a cabeça de Dickie Lockhart fora sobreposta ao corpo de um dos homens. Decker reconheceu a foto de Dickie; era uma das que havia tirado durante a pesagem no torneio de Nova Orleans. Olhando as fotos falsificadas, experimentou o ódio e a sensação de ter sido de algum modo violado.

"Alguém roubou o meu filme e fez um truque na câmara escura", disse a Jim Tile. "Já vi falsificações melhores."

"Com certeza enganou a Homicídios de Nova Orleans."

"Mas são falsas", Decker insistiu. "Eu conheço meia dúzia de especialistas criminais que podem dizer que elas foram alteradas."

Al García tirou as fotos das mãos de Decker e as analisou. "Que chique", disse. "Então é assim que eles fazem?"

"Isso mesmo, usam essas gaiolas."

"E quanto tempo os peixes permanecem vivos?"

Decker encolheu os ombros. "Uns dois dias, acho."

"Há outras coisas que você precisa saber", disse Jim Tile, e contou a conversa com Ozzie Rundell, bem como a versão dele sobre a morte de Ott Pickney.

"Além disso, ele garantiu que o Lockhart não matou o Bobby Clinch."

"Você acredita?", perguntou Decker.

Jim Tile fez que sim.

"Só pode ser o Gault", disse García.

"É o meu palpite também", concordou o guarda. "Mas não sei por que ele faria isso."

R. J. Decker pensou um pouco. Por que Dennis Gault mandaria matar um homem que ele mesmo havia contratado? Lanie poderia saber. Poderia até ser parte do motivo.

"Há um sujeito chamado Thomas Curl, um perfeito zero à esquerda", disse Jim Tile. "Ele e o irmão mataram o seu amigo Ott. Aposto que mataram o Clinch também."

"Os caras da Louisiana", disse Decker.

"E, a propósito, o Lemus Curl está desaparecido", prosseguiu Jim Tile. "A família diz que ele caiu no lago Okeechobee."

García lançou um olhar curioso para Decker, que tentou não mostrar reação.

"Mas o outro Curl", continuou Tile, "o Thomas Curl, está em Miami."

"Estou ferrado", disse Al García.

"Deixe ver se eu adivinho: o Curl está procurando por mim", disse Decker.

"Muito provavelmente", concordou Tile. "Eu entrei em contato com ele por telefone. Estava num hotel caro em Grove, mas depois se mandou."

"Qual a ligação dele com o Gault?"

"Ele pagou a diária do Curl", disse Jim Tile.

Tirou um pedaço de papel do bolso esquerdo da camisa, desdobrou-o e o passou cuidadosamente a Decker. "Enquanto isso, o senhor Gault está numa pescaria."

Era uma filipeta anunciando o Torneio de Pesca Dickie Lockhart. À luz da fogueira, Jim Tile leu em voz alta, inclinando-se sobre o ombro de Decker: "O torneio mais milionário da história. A taxa de inscrição é de apenas três mil dólares, mas corram! As inscrições serão limitadas a cinqüenta barcos".

Decker mal podia acreditar na cara-de-pau daquela gente. "Três mil dólares", repetiu.

"É espantoso", concordou Jim Tile. Havia muito tempo que desistira de tentar entender a mentalidade dos brancos. Imaginou se o tira cubano teria a mesma dificuldade.

"O Dennis Gault eu consigo entender", disse García. "É um egocêntrico ganancioso que vai atrás de troféus para enfeitar a cobertura dele. Mas que raio de importância isso tem para os outros?"

Decker falou sobre o Canal Cristão de Esportes Externos e sua participação majoritária no empreendimento Lago do Lunker. "O evento televisionado vai ser usado para vender as casas. É o que todo mundo faz hoje em dia. A Mazda usa o golfe, a Lipton usa o tênis e a emissora usa a pesca. É perfeito para o público que eles querem atingir."

Para Al García, a coisa parecia muito engraçada. "Você está me dizendo que tem homem barbado que fica horas na frente da televisão vendo outros caras pescando?"

"Milhões", confirmou Decker. "Todo fim de semana."

"Eu nunca mais quero ouvir você dizer que os cubanos são malucos", disse García. "Nunca mais."

A sombra de um sorriso passou pelo rosto de Jim Tile, mas logo desapareceu.

"O Gault é o grande problema", disse. "É ele que pode colocar o Decker na prisão."

"Ele prefere ver o nosso amigo morto", observou García.

Decker sabia que o detetive tinha razão. Dennis Gault sem dúvida já tinha compreendido que um julgamento seria desastroso. As evidências contra Decker eram inteiramente circunstanciais, e Gault não podia correr o risco de ocupar o banco das testemunhas. Havia modos mais simples de fechar um caso de homicídio e um deles era dar sumiço no principal suspeito. E esse, pensou Decker, devia ser o departamento de Thomas Curl.

"Nós precisamos encontrar o Gault antes que o Thomas encontre você", disse García.

"Brilhante, Al."

"Alguma outra idéia, espertalhão?"

"Por acaso, eu tenho. A minha idéia é que você plante a sua carcaça cubana e preguiçosa por aqui durante um ou dois dias e fique de olho no nosso amigo doente." Decker virou-se para Jim Tile. "Eu preciso de um favor seu."

"A partir desta noite", disse o patrulheiro, "estou de férias."

"Ótimo", disse Decker. "Gostaria de dar uma esticada até a praia?"

Jim Tile riu. "O meu Coppertone já está na mala."

A Crescent Beach fica seis quilômetros ao sul de St. Augustine. O amplo trecho de areia é branco como açúcar, mas tão compactado que seria possível ir de caminhão até a beira d'água sem medo de atolar. Durante muito tempo, a Crescent Beach e as comunidades vizinhas viveram na mais santa e rara paz. Ao sul, Daytona ficava com toda a publicidade e as multidões daí resultantes; ao norte, a praia de Jacksonville ainda era limpa o bastante para que os moradores não viajassem nos fins de semana. Quando o mercado de condomínios explodiu nos anos 70, todavia, as construtoras exploraram e varreram todos os recantos da costa do estado e perceberam que a encantadora Crescent Beach era o sonho erótico do vendedor — o refúgio perfeito. Vejam como era a Flórida antigamente! Venham curtir a solidão de longas caminhadas românticas com o Atlântico a seus pés! Venham deitar entre as dunas! As dunas se tornaram um atrativo de vendas crucial para as praias do norte da Flórida, até então ignoradas porque o povo do sul do estado não sabia o que era uma duna. As construtoras haviam aplainado todas elas durante a década de

50. É preciso admitir que, para os padrões do norte, as dunas da Flórida não eram lá grande coisa — outeiros cobertos de restolho, nada mais —, porém os vendedores souberam explorá-las ao máximo e os compradores acharam que elas eram pitorescas. Depois que a febre da construção tomou conta do sul de Jacksonville e as praias ficaram atravancadas de balneários exclusivos, prédios e campos de golfe, o estado se viu obrigado a comprar as dunas restantes, criar parques e fazer passarelas por toda parte para impedir que as dunas fossem eliminadas. Misteriosamente, os turistas viajavam quilômetros e pagavam ingresso apenas para ver um monte de areia de três metros de altura com uns ramos de algas — um legítimo toque de vida selvagem entre os chalés.

Lanie Gault não escolhera Crescent Beach por causa das dunas. Ela nem sequer a escolhera; um amante comprou o apartamento e lhe deu de presente no dia dos namorados de 1982. Era um homem maravilhoso e basicamente inofensivo. Tinha sua própria companhia de seguros e Lanie não se importava por ele ser casado. Mesmo porque não era o tipo de homem que ela desejaria ter ao lado o tempo *todo*. Um fim de semana sim, outro não, e estava ótimo. O caso durou dois anos, até que a mulher dele descobriu — alguém lhe telefonou e deu os detalhes picantes. O corretor de seguros não podia imaginar quem teria feito tal coisa, mas Lanie sabia: seu irmão. Dennis nunca admitiu que deu o telefonema, mas Lanie não tinha dúvidas. Dennis não suportava o corretor (grande novidade) e durante meses lhe pediu para colocar a coisa em pratos limpos e dispensar o sujeito, porque ia dar problema. Ele *não* vai causar problemas, Lanie argumentou, pensando: é só um pouco chato. Quando a esposa descobriu, Lanie zangou-se com o irmão mas sentiu-se também um pouco aliviada. Alguns dias depois, o corretor foi ao flat, disse-lhe que estava se mudando de volta para St. Louis e lhe deu um beijo de despedida. Lanie chorou, disse que entendia e perguntou se ele queria o flat de volta. O corretor disse: não, não, de maneira nenhuma; é todo seu, só não conte a ninguém onde o conseguiu. Na semana seguinte, Lanie colocou um carpete cor de vinho e concluiu que, afinal, seu coração não estava tão partido assim.

O flat de Lanie ficava na ala leste do nono pavimento e contava com uma varanda curva com vista para o mar. Um dos aspectos do prédio de que ela mais gostava era a segurança; havia não só uma guarita na entrada como um guarda armado no hall e circuito fechado de televisão. Ninguém subia sem permissão. O pessoal da segurança tinha instruções severas para telefonar antes, em qualquer circunstância. Em vista de tais procedimentos, Lanie ficou compreensivelmente alarmada quando acordou com alguém batendo na porta. Virou-se na grande cama de casal, estendeu a mão para o telefone da mesa-de-cabeceira e ligou para a recepção. O guarda disse: "É a polícia, senhorita Gault. Tivemos que deixar subir".

Ao abrir a porta, Lanie percebeu o problema. Jim Tile estava usando o uniforme de guarda estadual.

"Posso ajudá-lo?", perguntou ela.

"Não a mim", disse Jim Tile. "Pode ajudar o meu amigo."

R. J. Decker espiou pela fresta da porta. "Lembra de mim? Trocamos uns fluidos corporais não faz muito tempo."

Lanie ficou perplexa ao vê-lo. "Oi" — foi tudo o que achou conveniente dizer.

Os dois homens entraram, Jim Tile tirando gentilmente a Stetson, Decker fechando a porta. "Pelo que vejo, vocês não sabem muito bem como representar essa cena", disse Lanie, "porque não sabem o quanto eu sei."

"Como assim?"

Decker abriu as cortinas da sala sem fazer comentários sobre a vista. "Pode dar uma de pombinha apaixonada. Você conhece bem o papel: *Onde esteve? Senti saudades. Por que não ligou?* Mas isso só funcionaria se eu não soubesse que você falou com a polícia de Nova Orleans. E se eu não soubesse que ajudou o seu irmão a me incriminar."

Lanie sentou-se e mexeu no cabelo. Jim Tile foi à cozinha e preparou três copos de suco de laranja.

"Outra alternativa", continuou Decker, "é o papel de Testemunha Aterrorizada. Suspeito de assassinato invade seu apartamento e a deixa fora de si de medo. Por favor, não me machuque. Farei tudo que quiser, mas não me machuque. Mas só se tentar me fazer engolir a idéia de que você realmente acredita que eu matei o Lockhart. O que é papo furado."

Lanie sorriu sem graça. "Mais alguma opção?"

"Tente dizer a verdade", disse Decker. "Só a título de experiência."

"Tem um gravador aqui?", perguntou Jim Tile.

"Está na varanda, junto com as coisas de praia." Sacudiu a cabeça quando Jim Tile lhe ofereceu um copo de suco.

O guarda saiu e voltou com o aparelho de som portátil. Em seguida arrumou-o sobre a mesa de café da sala. Já havia uma fita cassete no compartimento.

Jim Tile apertou o botão para gravar. "Importa-se?"

"Ei, você está apagando a minha fita do Neil Diamond", protestou Lanie.

"Que perda...", lamentou Decker.

Tile mexeu no botão de volume. "Belo aparelho", disse. "Equalizador gráfico e tudo mais."

"Vamos começar com o Dennis", disse Decker.

"Esqueça, R. J."

"Ela tem razão", disse Jim Tile. "Deixe o irmão dela para depois. Vamos começar com o Clinch."

Lanie olhou com frieza para o negro grandalhão. "Posso meter você numa encrenca, sabia?"

"Não se superestime", disse o guarda.

Decker estava impressionado com o fato de Jim Tile estar tão pouco impressionado. "Muito bem, princesa, adivinhe quem matou o Bobby."

"Foi o Dickie Lockhart."

"Errado."

"Quem foi, então?"

Jim Tile levantou e abriu a porta de vidro da varanda. Uma brisa fria agitou as cortinas. Lanie estremeceu.

"O Dennis não aprovava o seu caso com o Bobby Clinch, não é?", disse Decker. "Quer dizer, uma garota sexy e de classe não pode ficar saindo com um pescador de *bass* caipira e atrasado."

"O quê?" Lanie parecia irritada; a pose altiva evaporara.

"Seu irmão mandou matar o Robert Clinch", disse Jim Tile. "Contratou dois homens para isso. Eles esperaram o Bobby no brejo do Negro, naquele dia; caíram em cima dele e depois sabotaram o barco para provocar um desastre. O Dennis queria dar a impressão de que o Dickie estava por trás da coisa."

"Não", disse Lanie, os olhos vidrados.

Ela realmente não sabia, concluiu Decker. Se estava representando, era a melhor performance de sua vida.

"O Bobby não fazia progresso nenhum na investigação das trapaças", disse ela, com jeito entorpecido. "O pessoal do Dickie era esperto demais. O Dennis estava impaciente, não parava de pressionar o Bobby. Então... bem."

"Ele descobriu que vocês estavam envolvidos."

Lanie deu uma risada frívola. "Ele não ligava se eu fazia sexo como esporte. Eu dormia toda noite com um cara diferente e ele nunca me disse uma só palavra. Quando o relacionamento ficava sério é que ele agia de um modo estranho. Quando o Bobby disse que ia largar a mulher e ficar comigo, o Dennis virou bicho. Mesmo assim, ele jamais faria o que você disse. Jamais!"

"Lanie, ele precisava mais de você do que do Bobby", disse Decker.

"Para quê, Decker? Precisava para quê?"

Decker bateu no peito. "Para mim."

Lanie começou a chorar. Não era a melhor atuação de choro que Decker já tinha visto, mas não deixava de ser convincente. "O que está dizendo?", explodiu ela, entre soluços. "Acha que eu me prostituía com o meu próprio irmão? Eu gostava do Bobby. Você não acredita mas é verdade."

Jim Tile não estava comovido. Depois de anos lavrando multas de trânsito, já ouvira todas as histórias trágicas imagináveis. Com seu habitual jeito distanciado, perguntou: "Quando foi a última vez que falou com ele?".

"O Bobby? Eu o vi na noite anterior ao desastre. Tomamos um drinque num restaurante de frutos do mar em Wabasso."

"Ele contou que iria ao lago?"

"Claro que contou. Estava muito empolgado. Tinha recebido uma dica de que o Lockhart escondia as gaiolas com peixes no brejo do Negro. O Bobby estava eletrizado. Não via a hora de encontrar os *bass* e ligar para o Dennis."

"Quem deu a dica?"

"Um sujeito que ligou para o Dennis, mas não disse o nome."

"Foi uma farsa para armar a cilada", disse Jim Tile.

"Ora, vamos", Lanie objetou. Não parava de olhar para o gravador.

Tempo esgotado, pensou Decker. Sentou-se ao lado de Lanie e disse: "Pode me chamar de intrometido, mas eu gostaria de saber por que você me incriminou".

Lanie não respondeu. Decker pegou a mão dela e a segurou delicadamente, como se fosse um filhote que temesse esmagar. Lanie ficou assustada.

"Foi idéia do seu irmão, não foi?"

"No começo ele falou de chantagem", disse ela. "Perguntou se eu conhecia algum bom fotógrafo que pudesse seguir o Dickie e tirar as fotos sem levantar suspeita. Eu pensei em você, e o Dennis disse que tudo bem. Ele pediu que eu fizesse você ficar atraído por mim e eu concordei. Qualquer coisa para me vingar do Dickie, pelo que ele tinha feito."

"O que você *pensou* que ele tinha feito", corrigiu Decker.

"O Dennis disse que o Dickie matou o Bobby. Eu acreditei. Por que não acreditaria? Fazia sentido."

"E depois que o Dickie foi assassinado?", perguntou Jim Tile.

"O Dennis me ligou em Nova Orleans."

"Mas que diabo você estava fazendo lá, falando nisso?", quis saber Decker.

"Ele me mandou até lá", disse Lanie. "Para ver se você não estava passando a perna nele. Estava furioso porque você não dizia muita coisa no telefone."

"E por isso você me arrastou até a cama e roubou o meu filme?"

"Quem arrastou quem?", Lanie rebateu. "Quanto ao filme, eu sinto muito. Foi uma coisa nojenta que eu fiz. O Dennis estava louco para ver o que você tinha conseguido. Disse que as fotos eram dele, de qualquer jeito."

Decker segurou a mão dela um pouco mais forte. "E você realmente acreditou?", perguntou, agitado. "Essas tarefas não te pareceram um pouquinho estranhas? Nenhuma lâmpada acendeu na sua linda cabecinha?"

"Não", respondeu Lanie, convicta. "Nenhuma lâmpada."

"Voltando ao assassinato do Lockhart...", sugeriu Jim Tile.

"Certo", disse Lanie, voltando-se para o guarda. "Naquela manhã o Dennis me telefonou em Nova Orleans, muito aborrecido. Disse que o Decker tinha matado o Lockhart. O Dennis estava com medo."

"Disse que ele mesmo podia ser um suspeito", completou Jim Tile.

"Certo. Ele disse que o Decker estava tentando incriminá-lo e me pediu para ir à polícia."

"E mentir?"

"Ele é meu irmão, por favor... Eu não queria que ele fosse parar na cadeia por um assassinato maluco como esse. Matar por causa de peixes! A morte do Bobby já tinha me abalado bastante. Eu não queria perder o Dennis também. Então eu fui lá e prestei um depoimento bem curto." Olhou para Decker outra vez. "Eu disse que você tinha me deixado no hotel a caminho de um encontro com o Dickie Lockhart. Só isso."

"Foi o bastante", disse Decker. "Muitíssimo obrigado."

"O Dennis parecia desesperado."

"E por bons motivos."

"Eu ainda não acredito em vocês", disse Lanie.

"Acredita, sim", disse Jim Tile.

O gênio de Decker estava a ponto de levá-lo ao descontrole. "Fez mais algum favorzinho para o Dennis que gostaria de nos contar?"

"Dá para desligar esse troço?", pediu ela.

Jim Tile desligou o gravador.

Lanie se levantou e os conduziu pelo apartamento até o segundo quarto. Abriu a porta fazendo o mínimo de ruído. O cômodo estava totalmente escuro. As cortinas estavam fechadas, mas não era só: as fendas tinham sido seladas com fita adesiva. Lanie acendeu a lâmpada do teto.

Uma moça de cabelo comprido estava deitada na cama, com um cobertor rosa de algodão puxado até o queixo. Suas pálpebras azuladas estavam semi-abertas e ela respirava pesadamente, com a boca aberta. Havia alguns comprimidos e meia garrafa de Dewar's na mesinha-de-cabeceira.

Jim Tile olhou para R. J. Decker, que disse: "Eu já vi essa moça antes. No torneio de Nova Orleans".

"O nome dela é Ellen O'Leary", disse Lanie com voz indiferente. "Ela não está se sentindo bem."

Furioso, Decker empurrou Lanie Gault e prendeu os braços dela contra a parede. "Chega de brincadeira", disse. "Quem é a garota?"

"*Não sei*!", gritou Lanie.

"Quer dizer que você chegou em casa uma noite e topou com ela desmaiada na cama?"

"Não, ela foi trazida por um homem. O Dennis me pediu para tomar conta dela."

"Você é uma mulher perversa, Elaine", disse Decker.

"Calma, homem", pediu Jim Tile. Sentou-se na cama ao lado de Ellen O'Leary e examinou o rótulo dos frascos de comprimido. "Nembutal", informou.

"Maravilha. Um coquetel Norma Jean."

"Só para ela ter sono", insistiu Lanie. "Ela vai ficar boa, R. J. Toda noite eu trago uma sopa. Dá para sair de cima de mim, por favor?"

Decker agarrou o braço de Lanie e a tirou do quarto. Jim Tile jogou as pílulas na privada e foi até a cozinha preparar um café para a mulher chamada Ellen. Perguntava-se que coisas estranhas ainda aconteceriam.

Os nervos de Decker estavam em frangalhos. Lanie era impossível.

"O que o seu irmão disse a respeito dessa mulher?", perguntou-lhe.

"Disse para eu ficar de olho nela, só isso. E mantê-la dormindo, para não se meter em encrencas. Disse que ela é um perigo para si mesma e para outras pessoas."

"Não duvido."

Lanie perguntou se podia se vestir e Decker disse que sim, mas que não tiraria os olhos dela. Lanie não protestou. Despreocupadamente, tirou a camisola e ficou nua em frente ao espelho, escovando o cabelo enquanto Decker assistia, impassível. Pôs então um jeans e um blusão da Universidade de Miami.

"Conhece um cara chamado Thomas Curl?", perguntou Decker.

"Claro, foi ele que trouxe a Ellen", disse Lanie. "Trabalha para o Dennis."

Pelo modo como respondeu, Decker percebeu que ela realmente não sabia. Nem Lanie seria capaz de fingir tão bem.

"O Thomas Curl matou o Bobby", disse ele.

"Pare", pediu ela. "Agora mesmo." Mas era óbvio, pela sua expressão, que estava juntando as peças do quebra-cabeça.

No outro quarto, Jim Tile carregou Ellen para o chuveiro. Segurou-a debaixo do jato de água fria durante dez minutos, até que ela gaguejou algo e se dobrou para vomitar. Depois ele a enxugou com uma toalha e a levou de volta à cama. Quando o estômago melhorou, ela se sentou para tomar um pouco de café.

Jim Tile fechou a porta e disse: "Quer conversar?".

"Onde eu estou?", perguntou Ellen com voz embargada.

"Na Flórida."

"Devo ter ficado doente. Será que já foi?"

"Já foi o quê?", perguntou Jim Tile.

"O enterro do Dickie."

"Sim, já foi."

"Ah...", os olhos de Ellen se encheram de lágrimas.

"O Dickie era amigo seu?"

"Era, sim, seu guarda."

"Há quanto tempo vocês se conheciam?"

"Não muito", respondeu Ellen. "Só alguns dias. Mas ele gostava de mim."

"Quando foi a última vez que você o viu?"

"Pouco antes de acontecer."

"O assassinato."

"Sim, seu guarda. Eu estava no hotel com ele, comemorando a vitória no torneio de pesca, quando o Thomas Curl bateu na porta e disse que queria ver o Dickie imediatamente."

"E o que aconteceu, Ellen?"

"Eles saíram juntos e o Dickie não voltou. Eu acabei dormindo. Nós tínhamos bebido muito champanhe. No dia seguinte, de manhã, fiquei sabendo pelo rádio o que tinha acontecido."

Jim Tile voltou a encher a xícara dela de café. "O que você fez então?", perguntou.

"Eu estava tão transtornada que liguei para o reverendo Weeb", disse ela. "E pedi que ele fizesse uma oração pela alma do Dickie. O reverendo disse que só faria se eu fosse até lá e me ajoelhasse com ele."

"Aposto que você não estava a fim *daquilo.*"

"Acertou", disse Ellen. Não entendia como o guarda negro sabia dos hábitos estranhos do reverendo, mas ficou grata pela compaixão.

Jim Tile abriu a porta do quarto e pediu a Decker e Lanie que entrassem.

"Ellen, diga à senhorita Gault quem foi buscar o Lockhart na noite em que ele foi morto."

"Thomas Curl", disse Ellen O'Leary.

Lanie pareceu chocada. "Tem certeza?"

"Eu conheço o Thomas desde os tempos do colégio."

"Meu Deus", disse Lanie, abatida.

Ellen colocou mais um travesseiro sob a cabeça. "Já estou me sentindo bem melhor", disse ela.

"Pois eu me sinto um lixo", replicou Lanie.

O telefone tocou. Jim Tile mandou que Lanie atendesse e fez sinal a Decker para escutar na extensão da cozinha.

Era Dennis Gault.

"Oi", disse Lanie, com o guarda parado bem atrás dela.

"Como vão as coisas, maninha?", perguntou Gault.

"Tudo bem. A Ellen continua dormindo."

"Excelente."

"Dennis, eu estou a fim de sair, tomar sol, fazer compras. Quanto tempo eu vou ter que ficar aqui dando uma de babá?"

"Não sei, Elaine. Os tiras ainda não prenderam o Decker."

"Ah, maravilha..." Sarcasmo perfeito. Decker ouvia, admirado. Ela podia ter feito carreira no palco ou nas telas.

"E se não prenderem?", perguntou.

"Não seja ridícula."

"Eu quero que o Tom venha buscar essa garota, Dennis."

"Em breve", prometeu ele. "Despachei-o para um serviço em Miami. Vai buscar a Ellen quando voltar. Relaxe, docinho, está bem?"

"Miami", repetiu Lanie.

"É. Estamos nos preparando para o grande torneio."

"É mesmo?", disse Lanie, pensando: espero que você se afogue, seu canalha assassino.

25

O fogo se apagou lentamente, enquanto Al García cutucava e mexia as brasas, tentando sem muita esperança reavivar as chamas. Uma cinzenta névoa ondulante cobriu o lago e pousou sobre os ombros do detetive como um manto úmido. Pequenas criaturas corriam pela mata, invisíveis. A cada galho que se quebrava, García lembrava com desespero a que ponto estava afastado de seu elemento: a cidade. Até mesmo do lago vinham ruídos — o que os provocava, ele não sabia. Eram mergulhos e chiados de todas as dimensões. García pensava em ursos — de que tipo e tamanho seriam. O peso da Colt Python que carregava sob o braço não oferecia muito conforto, pois ele sabia que a arma não fora projetada para matar ursos. García estava longe de ser um homem do campo. Seu principal contato com a vida selvagem vinha de antigos episódios do programa *O esportista americano*. Duas coisas que lembrava com muita clareza eram os ursos ferozes, do tamanho de um Pontiac, e daquelas cenas fraternais ao pé da fogueira, com os homens tomando cerveja e se banqueteando com carne fresca de veado. García se lembrava de haver sempre pelo menos dez homens fortemente armados protegendo Curt Gowdy no acampamento, fora a equipe de filmagem. E agora lá estava ele, praticamente sozinho, ao lado de uma fogueira apagada.

Com um suspiro desanimado, recolheu alguns galhos e os atirou sobre as brasas. Encostou a chama do isqueiro na pilha, mas a madeira fulgurou e logo se extinguiu. O detetive desatarraxou a parte de cima do isqueiro descartável e despejou o fluido sobre os galhos. Em seguida, inclinou-se e levou um fósforo à fogueira, que na mesma hora subiu para o rosto dele.

Depois de levantar do chão, sentou-se com ar lúgubre ao lado da fogueira, que soltava fumaça. Com muita cautela, foi tateando o rosto e descobriu apenas um estrago mínimo; as sobrancelhas estavam esturricadas e torcidas e o bigode exalava um odor acre. García sobressaltou-se ao ouvir uma risada baixa e vibrante — era Skink, que aparecera na soleira da porta da cabana.

"Francamente", disse o grandalhão. Em três minutos o fogo ardia de novo. Skink preparou café e García, agradecido, aceitou uma xícara. Havia algo de curioso na aparência do governador; o detetive demorou algum tempo para perceber o que era.

"Seu olho...", disse.

"O que tem?"

O curativo se fora e um novo olho espiava de dentro do globo ocular. O olho era espantosamente grande, com a íris de um amarelo assustador e a pupila do tamanho de uma moeda. García não pôde deixar de notar que o novo olho não se ajustava perfeitamente ao buraco no rosto de Skink.

"Onde conseguiu isso?", perguntou García.

"Ficou bom?"

"Ótimo", disse o detetive. "Muito bonito."

Com seu passo pesado, Skink voltou à cabana e trouxe uma coruja empalhada, um pássaro ereto e de aparência altiva. "Eu prendo essa coisa no teto para afastar os corvos e outros pássaros." Admirou a coruja taxidérmica, segurando-a com o braço esticado, e disse: "Se cara feia matasse...".

"Será que ela ainda vai assustar os pássaros?", perguntou García. "Quer dizer, só com um olho."

"Se vai!", disse Skink. "Mais ainda, até. Dê uma olhada nessa expressão maligna."

García precisava admitir que o olhar congelado da coruja ainda era feroz. E Skink também tinha um aspecto extraordinário. Não se movendo em conjunto com seu parceiro natural, o novo olho chamava a atenção.

"Vou ver no que dá", disse Skink, colocando os óculos escuros.

Depois de terminarem o café, Skink buscou o lampião Coleman e levou García até a água. Disse-lhe que entrasse no barco. García dividiu a proa com um velho balde de zinco dentro do qual havia uma rede de náilon dobrada. Skink remou ligeiro lago adentro, cantando uma velha canção de rock que García reconheceu vagamente: *No one knows what it's like to be the bad man, to be the sad man...* Estava mais para *madman*, pensou García.

Estava impressionado com a energia de Skink, depois da surra cruel que levara. O barco de madeira singrava a água com fortes arrancadas. Skink puxava os remos com um fervor que beirava o júbilo. Parecia mesmo outro homem, e não a massa ensangüentada e de respiração difícil que tinha estado no banco de trás do carro de García. Se a dor ainda o perturbava, não dava mostras. Era evidente que Skink vibrava de alegria por estar em casa, remando no lago.

Passados vinte minutos, Skink levou o barco para uma enseada na margem norte, mas não diminuiu o ritmo. Com o olho bom, checava a retaguarda, e manteve o curso até a foz de um regato que desaguava no lago, entre dois carvalhos pré-históricos. García achou que o regato era estreito demais até para a pequena embarcação, mas navegaram por ele facilmente. Por uma extensão de cinqüenta metros, o curso d'água serpenteava pela terra, musgosa entre ciprestes atingidos por raios e lúgubres fiapos de barba-de-velho entrelaçados. García estava admirado com a beleza primitiva do pântano mas não disse nada, com medo de perturbar o silêncio. Skink tinha parado de cantar havia muito tempo.

O regato por fim se abriu, formando uma piscina de águas negras cercada de nenúfares e minada por troncos apodrecidos.

Skink tirou os óculos escuros e guardou-os no bolso do impermeável. Largou os remos e fez um sinal em direção à rede de pescar. Desajeitadamente, García lhe passou a rede. Os pesos de chumbo eram mesmo pesados e difíceis de manejar. Ficando de pé e abrindo as pernas, Skink prendeu o fio entre os dentes e lançou a rede, formando um arco uniforme e baixo. A rede abriu com perfeição e pousou sobre a água como um manto de gaze. Quando Skink arrastou-a de volta para o barco, ela reluzia, carregada de peixes que brilhavam nas tramas como fragmentos de espelho. Skink encheu o balde de zinco com água e despejou os peixes ali dentro. Depois, voltou a dobrar a rede e sentou-se de frente para Al García.

"Carpas prateadas", anunciou. Skink tirou uma do balde e engoliu-a viva.

García arregalou os olhos. "Tem gosto do quê?", perguntou.

"De carpa." Skink tirou outro peixe do balde e bateu-o de leve na amurada, matando-o instantaneamente. "Dê uma olhada."

Debruçando-se na lateral do barco, Skink bateu a palma da mão na água, causando um baque ruidoso. Repetiu a ação várias vezes, até que de repente retirou a mão do lago e disse: "Opa, guria!". Largou a carpa morta sobre a água negra e a superfície se rompeu — um peixe enorme, cor de bronze e largo como um canhão, engoliu o peixinho que boiava.

"Cristo!", exclamou García, engolindo em seco.

Skink olhou a superfície de água, agora lisa, e sorriu com orgulho. "É... é um baita de um peixão." Jogou outra carpa, obtendo o mesmo resultado vulcânico.

"Era um *bass*?", perguntou García.

"Um *bass* grande, isto é, *hawg*", disse Skink. "O maior monstrengo de todos os tempos. Adivinhe o peso dele, sargento."

"Não faço idéia." Na luz instável do lampião, García fez força para ver o peixe, mas não enxergou nada. A água estava impenetrável, parecia petróleo puro.

"O nome dela é Queenie", informou Skink. "E pesa quinze quilos, no mínimo."

Skink jogou mais três carpas e o *bass* as devorou, num frêmito que encharcou os homens.

"Então é o seu bichinho de estimação?", disse García.

"Nada disso. É o meu parceiro." Passou o balde para Al García. "Experimente. Mas cuidado com os dedinhos."

García esmagou uma carpa e jogou-a no lago. Nada aconteceu — sequer uma onda.

"Dê umas palmadas na água", instruiu Skink.

García tentou timidamente, causando mais bolhas do que ruído.

"Mais alto, droga", disse Skink. "Isso, assim. Rápido, jogue uma carpa."

Assim que o minúsculo peixe tocou a água, ainda se mexendo, o peixe-monstro o engoliu. Fez um barulho quase obsceno.

"Ela gostou de você", disse Skink. "Tente de novo."

García jogou outra isca e viu-a desaparecer na goela do peixe. "Você aprendeu esse truque com o Marlin Perkins?", perguntou.

Skink o ignorou. "Me dê o balde", pediu ele. Alimentou o peixão com o resto das carpas moribundas, exceto uma. Segurou-a entre o polegar e o dedo indicador, riscando a água. Usando o peixe como uma varinha prateada, desenhou o número oito várias vezes ao lado do barco. De seu covil invisível no fundo do lago, o peixão emergiu lentamente até que seu dorso negro apareceu na superfície aveludada. Enquanto o peixe permaneceu imóvel, García pôde ver pela primeira vez o seu tamanho real e apreciar a espantosa capacidade de sua bocarra aberta. O *bass* deslizou lentamente em direção à carpa que Skink usava para provocá-lo. O trêmito fora substituído por uma delicada obstinação. Skink abriu os dedos e libertou o peixinho, que no mesmo instante desapareceu dentro da goela branca. Mas o *bass* não se afastou, nem Skink retirou a mão. Surpreendentemente, levantou o peixe pela mandíbula inferior, tirou-o de dentro d'água e, tomando cuidado, deitou-o no colo. "Agora sim, garoto", disse Skink. Pingando dentro do barco, o peixe fremia as brânquias e escancarava a boca em busca de ar, mas não se debatia. Uma magnífica criatura ofegante, pensou García, quase quinze quilos de músculos iridescentes.

"Sargento", disse Skink, "cumprimente a Queenie."

García não queria ser grosseiro, mas não estava com vontade de conversar com um peixe.

"Vamos", insistiu Skink.

"E aí, Queenie?", disse o detetive, sem convicção. Ainda bem que o tenente dele não estava presenciando a cena.

Skink manteve o polegar curvado sob a mandíbula inferior do *bass* e deslizou a outra mão pelo ventre branco e inchado. Levantou o peixe e o colocou atravessado no ombro, como se fosse um barril. O rosto de Skink ficou lado a lado com o do gigantesco *bass*, e Al García se viu diante (da esquerda para a direita) dos olhos de um peixe, de um homem e de uma coruja empalhada.

Como se acariciasse um cãozinho, Skink encostou o rosto nas brânquias escamosas de Queenie. "Apresento-lhe o novo chefe", sussurrou para o peixe, "igual ao outro chefe."

Al García não tinha a menor idéia do que ele estava falando.

O reverendo Charles Weeb chegou ao Lago do Lunker bem a tempo de presenciar a morte da segunda remessa de peixes. O hidrólogo estava consternado, mas disse que não havia nada a ser feito. Sob o céu cinzento, Weeb estava na margem esquerda ao lado do jovem cientista e contou os *bass* mortos que iam rompendo a superfície da água ruim. Quando chegou ao número setenta e cinco, virou-se e andou a passos largos de volta à casa modelo que servia como sede do torneio.

"Cancele a visita da imprensa marcada para amanhã", ordenou ao diácono Johnson, que obedientemente correu para o seu Rolodex.

Virando-se para o hidrólogo, Weeb disse: "Quanto tempo essa remessa sobreviveu?".

"Dezoito horas, senhor."

"Merda. E a viagem do Alabama até aqui dura..."

"Mais ou menos dois dias", disse o técnico.

"Merda." O Lago do Lunker já havia tirado a vida de quatro mil filhotes de *bass* e Charlie Weeb estava profundamente preocupado. Ainda pensava nos problemas de curto prazo.

"Posso encomendar mais duas mil", disse ao hidrólogo.

"Eu não recomendaria. A água ainda está abaixo dos padrões mínimos de salubridade."

"Como assim? Está dizendo que os peixes teriam mais chance de sobreviver num esgoto?"

"Eu não usaria esses termos, senhor."

"Muito bem, garoto, vamos às más notícias." Weeb fechou a porta de seu escritório particular e fez sinal para que o rapaz sentasse numa cadeira Chippendale. "Gosta dessa unidade? Tem portas para o átrio, janelas em ogiva, tetos curvos... Já falei da energia solar? Veja, eu tenho que vender vinte e nove mil dessas belezinhas e por enquanto as vendas estão indo devagar pra cacete. E vão demorar mais ainda se eu tiver problemas com peixe morto, entendeu?" Charlie Weeb jogou dois chicletes na boca. "Eu estou vendendo uma *nova* Flórida, filho. A última fronteira. Os meus compradores são gente simples, que prefere pescar em vez de torrar na praia. O Lago do Lunker é o lugar certo para eles, uma comunidade ao ar livre, percebe? Onde eles poderão sair de casa pela porta dos fundos e ir pescar um peixão daqueles. Foi esse o meu sonho, mas agora... bem..."

"Trata-se de um esgoto", disse o hidrólogo bruscamente. "Eu fiz mais alguns testes, uns exames químicos muito sofisticados. As toxinas que existem nessas águas fariam o rio East parecer o lago Walden. A pior concentração está no lodo do fundo. São índices dignos de figurar no *Guinness.*"

"Como?" Charlie Weeb berrou. "Como é que o lago pode estar envenenado se ele foi dragado antes?"

"Eu também fiquei intrigado, até verificar na prefeitura. Esse lugar era antes um aterro, reverendo Weeb. O Lago está bem em cima dele."

"Um depósito de lixo?"

"Dos maiores e piores", comunicou o hidrólogo com ar sombrio. "Quatrocentos acres de limo, borrachas, dioxinas, tudo o que o senhor puder imaginar. A Secretaria de Preservação do Meio Ambiente nunca descobriu."

"Senhor Jesus Cristo!", disse Charlie Weeb. Era uma exclamação que raramente ele fazia fora do ar.

"Em termos leigos", concluiu o hidrólogo, "ao dragar o Lago do Lunker, o senhor drenou o acúmulo de vinte e quatro anos de ácido de bateria fermentado."

Charlie Weeb cuspiu o chiclete na lixeira. Sua mente estava a mil por hora. Visualizou as manchetes catastróficas e esfregou os olhos como se quisesse expulsar o pesadelo. Em silêncio, amaldiçoou-se por ter sucumbido à epidemia imobiliária do sul da Flórida em vez de ir pelo caminho garantido e comprar títulos municipais isentos de impostos — a diretoria da emissora havia deixado que ele decidisse. Em meio ao seu nebuloso paroxismo de autopiedade, Weeb ouviu remotamente o hidrólogo explicar que era possível limpar o lago e torná-lo seguro, mas que tal projeto demoraria anos e custaria milhões...

Primeiro, o mais urgente, pensou Charlie Weeb. O pôster na parede lembrava-o de que o grande torneio já era dali a quatro dias. A prioridade era conseguir um novo lote de peixes.

"Se eu conseguir trazer o caminhão-tanque até aqui antes do amanhecer", disse, "e se eu jogar os *bass* na água de manhã cedo, será que eles sobrevivem até o fim do dia?"

"Provavelmente."

"Graças a Deus o torneio dura um dia só", disse Weeb, pensando em voz alta.

"Não posso garantir que eles vão estar muito saudáveis", alertou o hidrólogo. "Talvez não possam ser consumidos."

"Não precisam ser", disse Weeb, deixando o rapaz totalmente confuso. "Tire esses malditos peixes mortos da minha frente, todos eles", ordenou o pregador, e o hidrólogo correu para contratar alguns barcos.

Eddie "Ligeiro" Spurling era o próximo na agenda de Charlie Weeb. Eddie chegou usando um boné de pesca da Happy Gland e uma cintilante jaqueta prateada da Evinrude. O pedaço de tabaco Red Man que mascava era tão grande que seria capaz de sufocar uma hiena. Weeb precisou de autocontrole para disfarçar o asco. Eddie Spurling era o caipira mais nojento que ele jamais conhecera.

"Os peixes estão morrendo", disse Eddie com voz chorosa.

"Então você notou."

"Por quê?"

"Não se preocupe com isso. Sente-se, por favor."

"Odeio ver os peixes morrendo desse jeito."

Não tanto quanto eu, pensou Weeb com mau humor. Nem de longe. "Eddie", começou ele, "já pensou bastante no torneio? Você tem algum plano para vencer?"

Eddie Spurling transferiu o tabaco para o outro lado da boca. Mascando com força, ele disse: "Para falar a verdade, achei que *buzzbaits* seriam a solução, mas agora eu não sei. Não há muita cobertura nessa água. Na verdade, não tem *nada* nessa água. Eu não vi nem um agulhão lá no lago, e aqueles safados sobrevivem até numa privada".

Weeb franziu a testa.

"Iscas gelatinosas", Eddie declarou entre mascadas. "É só prender no estilo texano que elas dão conta do recado, senhor."

Charlie Weeb inclinou-se para a frente e colocou os óculos. "Eddie, é muito importante que você vença esse torneio."

"Bom, pode ter certeza de que eu vou tentar." Mostrou uma fileira de dentes molhados e sujos de tabaco. "Com um prêmio em dinheiro que nem esse, o que o senhor acha?"

"Tentar é muito bom", disse Weeb. "Muito elogiável. Mas desta vez pode ser que nós precisemos de alguma coisa a mais. Uma pequena garantia."

Weeb não se surpreendeu com a confusão de Eddie.

"Você é o novo astro da emissora, nós contamos muito com você", disse Charlie Weeb. "Se você ganhar, nós ganhamos. E o Lago do Lunker também. Trata-se de uma excelente oportunidade, Eddie."

"Sim, é claro."

"Oportunidades como essa não aparecem todos os dias." Weeb voltou a se inclinar na cadeira e cruzou as mãos atrás da cabeça. " Eu tenho um sonho, Eddie, e você faz parte dele."

"É mesmo?"

"Sim. No meu sonho, o sol brilha, o lago está limpo e bonito. Milhares de felizes compradores de casas estão reunidos ao redor dele, e as câmeras também estão presentes, esperando o final do grande torneio. Todos os pescadores já voltaram ao cais, menos você, Eddie."

"Ai!"

"Então, segundos antes do prazo final, eu vejo o seu barco cruzando as águas. Você atraca com um grande sorriso no rosto, sai e acena para as câmeras. Depois você se abaixa e puxa a maior enfiada de *largemouth bass* que alguém já viu. O público inteiro vibra, Eddie. Lá está você, debaixo da placa do Lago do Lunker, segurando aqueles peixes gigantes. Meu Deus, é uma visão e tanto, concorda?"

"Claro, reverendo, ia ser um sonho que virou realidade."

"Eddie, *será* realidade. Eu mandei buscar uns *bass* gigantescos no Alabama. São seus, parceiro."

"Espere um pouco."

"Com a água ruim desse jeito, eu não posso correr o risco de deixar os maiores no Lago." Weeb desenrolou um mapa sobre o balcão da cozinha. "Nós estamos aqui", disse ele, apontando. "E aqui está o dique dos Everglades. Tudo o que você precisa fazer é amarrar o barco no aqueduto, saltar a barragem e puxar as gaiolas."

"Gaiolas? Gaiolas de peixes?"

"Não. Gaiolas de *tigres*, Eddie. Credo — o que é que você acha?"

"Eu não vou trapacear", disse Ed Spurling.

"Como disse?"

"Olhe, eu vou fazer um levantamento do lago e jogar umas ramadas alguns dias antes. Vou marcar os locais. Elas vão se encher de *bass* antes do dia do torneio. Todo mundo faz isso, afinal. O que acha?"

Charlie Weeb sacudiu a cabeça. "Os peixes vão morrer, Eddie, esse é o problema. Dois mil *bass* novos vão chegar na véspera do torneio, à noite, e vai ser muita sorte se eles agüentarem até o anoitecer do dia seguinte. Na pior das hipóteses, você vai ser o único participante do torneio que aparecerá com um *bass* vivo."

"Mas eu não vou trapacear."

O reverendo Weeb sorriu pacientemente. "Eddie, você acabou de comprar uma grande mansão perto de Tuscaloosa. Deve ter sessenta acres, mais ou menos. E eu notei que a sua mulher está dirigindo um Eldorado novo... Bom, Eddie, eu olho para você e vejo um homem que está curtindo a vida, certo? Vejo um homem que está gostando de ser o número um, finalmente. Algumas pessoas recebem essa chance e desperdiçam. Pense no Dickie Lockhart."

Eddie Spurling não queria pensar naquele idiota do Dickie Lockhart. O que aconteceu com Lockhart tinha sido para ele uma sorte inesperada. Eddie esmagou o tabaco até formar uma pasta encharcada. "Onde eu posso cuspir isto?", perguntou ele.

"Pode ser na pia", disse Weeb. Zangado, Eddie Spurling ligou o triturador e o tabaco moído caiu no lixo.

"Então, o que vai ser?", perguntou Charlie Weeb. "Quer ser um astro ou não?"

Mais tarde, naquele mesmo dia, o diácono Johnson bateu na porta do escritório do reverendo Weeb. O reverendo recebia uma vigorosa massagem nas costas enquanto gravava o sermão de domingo para transcrição.

"Quem você conseguiu para a cura?", resmungou Weeb enquanto o massagista apertava as omoplatas sardentas.

"Nenhuma criança", informou com tristeza o diácono Johnson. "A Flórida é diferente da Louisiana, Charles. A Secretaria Estadual do Bem-Estar ameaçou cortar a transmissão do programa se nós usarmos crianças.

"Pagãos cretinos!"

Charlie Weeb planejara uma cura grandiosa para a manhã do grande torneio de pesca. Um suntuoso púlpito estava sendo construído como parte da plataforma de pesagem.

"E agora?", perguntou ele.

"Eu vou ao hospital dos veteranos amanhã, ver se arranjo algum aleijado", disse Johnson.

"Mas não um aleijado de verdade."

"Não", disse o diácono. "Alguns veteranos têm problemas imaginários. Dão uma topada no dedão do pé e ganham uma cadeira de rodas. É tudo psicológico. Acho que nós podemos encontrar algum que dê para o gasto."

"Tome cuidado", disse o reverendo Weeb. "Só nos falta um Rambo lunático lembrando do Vietnã ao vivo na televisão."

"Não se preocupe", disse o diácono Johnson. "Charles... acho que você gostaria de ouvir uma boa notícia."

"Com toda a certeza."

"O torneio lotou. Já temos cinqüenta barcos inscritos. Completamos hoje."

“Graças a Deus.” Os mil e quinhentos dólares das inscrições quase dariam para cobrir os custos. “Alguém famoso?”, perguntou Weeb.

“Não, dois irmãos”, disse o diácono. “Na verdade, o Eddie disse que nunca ouviu falar deles. O sobrenome é Tile. James e Chico.”

O sacerdote deu risada e rolou de costas. “Desde que o cheque tenha fundos...”, disse ele.

26

Catherine ficou perplexa quando passaram pelo trevo de Golden Glades e a mulher da cabine do pedágio nem estranhou quando viu Lucas.

"Não acredito", disse Catherine, quando voltaram a andar.

Ao volante, Thomas Curl olhou-a carrancudo. "Que diabo você esperava que ela dissesse?"

Quando pararam ao lado da cabine, Curl estendera o braço com a cabeça do cachorro para apanhar o bilhete. A mulher da cabine lançara um olhar bondoso ao cão, que estava se decompondo a olhos vistos.

"Tenham um bom dia", dissera ela. "Estou sem nenhum biscoito para cachorro."

"Obrigado assim mesmo", disse Thomas Curl, tocando em frente.

Ele batizara a cabeça do cachorro morto com o nome de Lucas.

"Por que não Luke?", perguntou Catherine.

"Que nome imbecil para um cachorro."

Thomas Curl segurava a pistola firmemente com a mão esquerda e por isso tinha sido obrigado a estender o braço direito para apanhar o bilhete do pedágio. Era o braço com que dirigia. Catherine via que a infecção havia causado um inchaço grotesco. A carne coberta de pus se tornara cinzenta, com traços sangüíneos se destacando.

"Você precisa consultar um médico."

"Só depois que eu falar com o Dennis", disse Thomas Curl. "E depois que eu falar com o seu maldito marido." Curl suava como um porco.

"Ele não é mais meu marido", disse Catherine.

"Mesmo assim eu vou acabar com ele, para vingar o Lemus."

"Até parece que eu me importo", disse Catherine, olhando pela janela e aparentemente apreciando o passeio.

Thomas Curl não sabia o que achar dela. A moça deveria estar morrendo de medo.

"Você vai ver só, quando ele souber onde você está."

"O Decker? Por que você acha que ele ainda liga?", blefou ela.

Thomas Curl deu uma risada grosseira. "Ele tem um milhão de fotos suas. Só isso."

"Minhas?"

"É. Suas. Debaixo da cama, no armário e provavelmente na gaveta das cuecas também. Você não sabia?"

Catherine não sabia das fotos. Ficou imaginando quais delas R. J. conservara, quais seriam as preferidas dele.

"Meu marido é médico. Ele pode dar uma olhada no seu braço quando voltar hoje à noite." Outro blefe. James teria desmaiado diante da cena.

"Nem pensar", disse Thomas. "Nós estamos indo para Lauderdale." Olhou a cabeça do cachorro e sorriu. "Não é mesmo, Lucas, meu garoto?"

Catherine não ficou surpresa quando Lucas não respondeu, mas Thomas Curl franziu a testa, descontente. "Está me ouvindo, Lucas? Droga. Vamos, cãozinho, fale."

A cabeça apodrecida do animal pendia silenciosamente do braço dele.

Thomas Curl meteu o cano da pistola na orelha malhada do cão.

"Por favor, não faça isso!", Catherine gritou, erguendo os braços.

Curl já não prestava a menor atenção na estrada. Olhou Lucas com raiva e mostrou os dentes. "O meu pai disse que a gente precisa mostrar quem é que manda. Cachorro é que nem esposa, ele disse: se você deixar ele fazer o que quer uma vez, você perde o controle. Não é mesmo, Lucas, meu garoto?"

Outra vez, silêncio.

Thomas Curl engatilhou a arma. "Você é um cachorro mau, Lucas!"

Catherine cobriu a boca e emitiu um pequeno latido abafado.

Curl abriu um largo sorriso e se inclinou sobre a cabeça. "Ouviu isso?"

Catherine latiu de novo. Era melhor do que deixá-lo disparar a arma dentro do carro, a cem quilômetros por hora.

"Muito bem, cãozinho", disse Curl, enlevado. Deixou a pistola no colo e deu um tapinha na cabeça do cão. "Você é um bom menino, Lucas, eu sabia."

"Au!", fez Catherine.

Skink pescou outras carpas com a rede e fez Al García treinar com os peixes praticamente até o amanhecer. Deixaram enfim o peixe-monstro descansar e Skink remou de volta pelo lago Jesup. Enquanto arrastavam o barco para a margem, García notou dois carros parados atrás da caminhonete de Skink, perto da cabana. Um deles pertencia ao guarda Jim Tile. O outro era um Corvette laranja.

"Temos companhia", disse Skink, tirando o chapéu de chuva.

Os quatro estavam sentados ao redor da fogueira: Decker, Tile, Lanie Gault e uma mulher que Skink não reconheceu. Decker apresentou-a como Ellen O'Leary.

"Como vai o olho?", perguntou Jim Tile.

Skink sorriu e tirou os óculos de sol. "Novinho em folha", disse ele. Todos se sentiram na obrigação de elogiar o olho de coruja.

"Estão com fome?", perguntou Skink. "Eu vou sair com a caminhonete e procurar o café da manhã."

"Nós passamos no Mister Donut vindo para cá", disse Decker.

"Obrigada mesmo assim", acrescentou Lanie.

Skink assentiu com um gesto de cabeça. "Eu estou com uma certa fome. Tirem os carros do caminho, por favor."

"Vá com o meu", disse Lanie, tirando as chaves do bolso do jeans. "Melhor ainda: eu vou com você."

"Não acredito", disse Decker.

"Tudo bem", replicou Skink. "Se você não se importar."

"Mas nada daquelas brincadeiras de amarrar", disse Lanie. Ela estava usando a voz sedutora. Decker a conhecia. Lanie entrou no lado do passageiro; Skink se espremeu na direção.

"Espero que ela goste de omelete de gambá", disse Decker.

Skink e Lanie demoraram um bom tempo.

Al García contou o plano a Decker. "O homem é completamente maluco", foi a primeira coisa que disse.

"Obrigado pela informação."

"Ele sabe das coisas", disse Jim Tile. "Pode confiar nele."

O plano de Skink era invadir o grande torneio de pesca e acabar com tudo. A idéia era sabotar o Lago do Lunker diante das câmeras de TV.

"Nós dois vamos pescar juntos", García disse a Jim Tile.

"No torneio?"

"Ele já pagou a nossa taxa de inscrição", explicou. "O mais engraçado é que nós vamos ser *hermanos*."

Sorrindo, Jim Tile balançou a cabeça. "Gostei. Não sei por quê, mas gostei."

Com uma vozinha fraca, Ellen O'Leary disse: "Vocês não se parecem muito".

"Os olhos são parecidos", disse García, fazendo cara séria. "Vai ser divertido."

Divertido não era bem a palavra que Decker usaria. A situação escapara perigosamente ao controle. De uma hora para outra, um caolho carnívoro de beira de estrada, com uma possível lesão cerebral, passara a comandar o show. O mais incrível era que García concordava com tudo. Decker não conseguia imaginar o que teria acontecido enquanto ele e Jim Tile haviam estado em Crescent Beach.

"Tudo isso é muito fascinante", disse Decker. "Eu desejo a vocês muita sorte no torneio, mas o meu problema imediato é Dennis Gault. Assassinato de primeiro grau, lembram-se?"

Jim Tile informou ao colega do outro departamento: "Já cuidamos da irmã. Essa não pode mais ser testemunha no caso". Mostrou o gravador.

"Bom trabalho", disse García. Voltou-se para Ellen O'Leary. "E quanto a você, senhorita?"

Ellen olhou preocupada para Jim Tile. O patrulheiro disse: "Ela é o vínculo entre o Tom Curl e o Lockhart um pouco antes do assassinato".

"Nada mau", elogiou García. "Eu não sei por que você está tão agitado, R. J. Pelo visto o julgamento vai ser moleza."

"Se vocês me permitem", começou Decker. "O Gault armou uma acusação de assassinato contra mim. Além disso, mandou matar o meu amigo Ott. Nesse exato momento, um atirador caipira e boçal está atrás de mim, mandado por ele. Eu prefiro não esperar três ou quatro meses até que o promotor público de Nova Orleans resolva o caso."

García ergueu a mão morena e carnuda. "Certo. Já entendi, *chico*. Que tal se eu simplesmente prender o senhor Gault no torneio de pesca? Ele ficaria morrendo de raiva, não é?"

"E seria uma bela cena para a televisão", observou Jim Tile.

"Prender o Gault por quê?", perguntou Decker.

García fez uma pausa para acender o cigarro. "Por fornecer informações falsas à polícia, para começar. Ele mentiu para mim, e eu não gosto disso. Obstrução do trabalho da polícia também é uma boa. Há anos que eu não prendo ninguém por isso. Por que não?"

"É ninharia, Al."

"Melhor do que nada", disse Jim Tile.

García acompanhou um anel de fumaça azul flutuar por entre os carvalhos. "É o melhor que posso fazer até nós encontrarmos esse Tom Curl e termos uma conversinha séria com o rapaz."

"Você acha que ele vai abrir a boca?", perguntou Decker.

"Claro." Al García sorriu. "Se eu perguntar com jeitinho."

Skink acelerou até chegar a cento e vinte por hora na Gilchrist. Sentiu-se compelido a isso, já que provavelmente jamais teria outra chance. O Corvette era mesmo um carro e tanto; Skink adorava como a frente ia engolindo a estrada.

No banco do passageiro, Lanie dobrou as longas pernas sob o traseiro e virou-se de lado para vê-lo dirigir. Skink não gostava de ser observado, mas não disse nada. Fazia muito tempo que não ficava ao lado de uma mulher bonita — era um dos preços a pagar pela vida de eremita. Lembrava-se de como o bom senso ia por água abaixo nessas horas e portanto recomendou cuidado a si mesmo. Havia trabalho a fazer. Além disso, a cabeça o atormentava; a dor tinha voltado assim que ele saíra do lago. Procurar um especialista estava fora de questão. Não havia tempo.

Lanie pôs uma fita da Whitney Houston no gravador e começou a marcar o ritmo com os pés descalços. Sem tirar os olhos da estrada, Skink arrancou a fita do painel e jogou-a pela janela.

"Tem alguma fita do Creedence?", perguntou.

Lanie virou a cabeça e, pelo vidro de trás, viu a sua Whitney Houston pular no chão, despedaçar-se e desenrolar na estrada. "Você é louco", acusou ela. "Vai me comprar uma fita nova, seu vândalo."

Skink não prestou atenção. Avistara algo logo adiante, na estrada. Um volume marrom e imóvel. Pôs o pé no freio e foi pisando devagar, para que o carro não deixasse marcas de pneu no asfalto nem rodopiasse. Quando finalmente parou perto do animal, ligou o pisca-pisca e saiu. Tomou o cuidado de levar a chave.

A coisa na estrada era um tatu morto. Depois de um breve exame, Skink o arrastou pela cauda escamada de volta ao Corvette.

Lanie estava horrorizada. Skink jogou a carcaça no banco de trás e deu partida no carro.

"Já experimentou?"

Lanie sacudiu a cabeça violentamente.

"Dá uma sopa de quiabo deliciosa", disse ele. "Se você fizer direito, pode transformar o casco numa sopeira. Cabem uns dois galões."

Lanie debruçou-se no banco para ver onde o tatu havia caído e que sujeira tinha feito no estofamento.

"Está fresco, não se preocupe." Skink manobrou o Corvette para voltar.

"Muito bem, Skink: quem é você? De verdade."

"Você já viu quem eu sou", replicou Skink.

"Antes disso", insistiu Lanie. "Você deve ter sido... *alguém*. Quer dizer, você não cresceu à base de bicho atropelado na estrada."

"Infelizmente, não."

"Eu gosto de você. Das suas mãos, especialmente. No dia em que nós nos conhecemos eu reparei nelas, quando você me amarrou com aquela corda de plástico."

"Linha de pescar", corrigiu Skink. "Ainda bem que você não guardou mágoa."

"Você não pode achar ruim por eu ficar curiosa."

"Claro que posso. Não é da sua conta quem eu sou."

"Merda", disse Lanie. "Você é impossível."

Skink pisou no freio bruscamente e reduziu a marcha. A traseira do carro jogou com força e girou; eles saíram da estrada, indo parar num pasto tão seco que a vegetação crepitava.

"Meu carrinho parado na merda de vaca", observou Lanie, em tom de preocupação mais do que de susto.

Skink tirou as mãos do volante.

"Quer saber quem sou eu? Eu sou o cara que teve a chance de salvar este lugar mas pisou na bola."

"Salvar o quê?"

Skink fez um gesto circular. "Tudo. Tudo o que importa. Eu era o cara que podia ter salvado tudo isso, mas em vez disso eu fugi. Eis a sua resposta."

"Me dê uma pista, por favor."

"Esqueça. São águas passadas."

"Você foi famoso ou coisa do gênero?"

Skink se limitou a rir. Não conseguiu segurar.

"Qual é a graça?", perguntou Lanie. Ele tinha um sorriso maravilhoso, sem dúvida alguma.

"Chega de perguntas."

"Só mais uma", disse ela, chegando mais perto. "Que tal um beijo?"

Não foi um só, e não foram só beijos. Skink se impressionou com a energia e a agilidade dela — a menos que já tivesse trabalhado no circo, não devia ter sido fácil despir-se no banco de trás do Corvette. O próprio Skink rasgou a costura interna do impermeável ao tentar tirá-lo. Lanie teve mais sorte com o jeans e a calcinha. Até conseguiu envolver o corpo dele com as longas pernas. Skink ficou admirado com o bronzeado de Lanie, e lhe disse isso. Ela apertou um botão e o banco abaixou até ficar totalmente reclinado.

Em cima de Skink, Lanie deixou que os seios lhe roçassem o rosto. Olhou para baixo e viu que ele parecia estar gostando. Apoiara os pés no painel, ainda calçando as botas enormes.

"Do que você gosta?", perguntou ela.

"De coisas mundanas."

"Combinado", disse Lanie. "E depois que acabar nós vamos ficar deitados aqui. Conversando, está bem?"

"Está."

Ela se encostou nele com mais força e começou a balançar os quadris. "E vamos nos conhecer um pouco melhor."

"Ótimo", disse Skink.

Então ela se inclinou, enfiou a língua na orelha dele e pediu: "Não tire os óculos escuros, está bem?".

Até mesmo Lanie Gault teria ficado perturbada com aquele olho de coruja fixado nela.

Mais tarde, depois que Lanie partiu e Jim Tile escondeu Ellen O'Leary em seu apartamento, Skink foi à cidade com a caminhonete. Voltou puxando um velho e amassado reboque para barcos, com um eixo enferrujado e pendente. Na carroceria da caminhonete, trazia um motor de popa Mercury de seis cavalos-vapor, que já conhecera dias melhores. Havia também uma lixeira de plástico de quarenta galões, dois metros e meio de tubulação para aquários e quatro dúzias de baterias grandes, compradas na loja de ferramentas de Harney.

Skink mexia com sua geringonça montada com a lixeira quando Decker se aproximou: "Por que você deixou a Lanie ir embora?".

"Não havia razão para segurá-la."

Para Decker a razão parecia óbvia. "Ela vai correndo falar com o irmão."

"E dizer o quê?"

"Onde eu estou, para começar."

"Você não vai ficar aqui por muito tempo", disse Skink. "Nós vamos todos para o sul. O Jim e o cubano treinaram?"

"O dia todo", disse Decker. "O García é um caso perdido."

"Pode bancar o capitão do barco, nesse caso."

Decker precisava fazer outra pergunta, mas não queria aborrecer Skink.

"Ela não sabe do plano, sabe?"

Era outro jeito de perguntar o que tinha acontecido no Corvette. Skink visivelmente não queria falar a respeito.

"Algumas pessoas sabem trepar de bico calado", disse ele com azedume. "Não, ela não sabe desse maldito plano."

Decker estava recebendo vibrações sinistras. A surra em Delray devia ter soltado mais alguns parafusos no crânio do grandalhão. Skink estava sempre sacando armas e parecia a ponto de sacar uma naquele momento. Decker pediu a Jim Tile uma carona até a cidade para dar telefonemas. Al García foi junto, estava sem cigarros.

"Não é uma boa idéia ir à cidade", disse Jim Tile, afastando-se de Harney pela rodovia 222. "Nós não devemos ser vistos juntos. Há um Zippy Mart a uns dez quilômetros daqui."

"Essa idéia dele...", disse Decker. "Não sei, não, Jim."

"É a última chance que ele tem", retrucou o guarda. "Reparou como ele está mal?"

"Então vamos levá-lo para o hospital."

"Não é o olho, Decker. Nem o que os garotos fizeram. Ele está todo machucado é por dentro. Ele mesmo se machucou, entende? Tem feito isso há anos."

Al García recostou-se no banco de trás e disse: "Qual o problema, R. J.? O homem tem uma missão".

"O Skink eu quase entendo. Mas por que vocês dois estão participando?"

"Vai ver que nós também temos uma missão", sugeriu Jim Tile.

Depois disso, Decker não insistiu.

"Relaxe", disse-lhe García. "Uma dupla de velhos tiras da estrada como nós precisa quebrar a monotonia, só isso."

No Zippy Mart, Jim Tile esperou no carro enquanto García comprava cigarros e Decker usava o telefone público. Fazia vários dias que deixara Miami e, supondo que ainda precisaria ganhar a vida depois que aquele caso terminasse, achou melhor verificar os recados. Discou o número de seu telefone e digitou o código para voltar a fita da secretária eletrônica.

A primeira voz provocou uma careta em Decker. Era Lou Zicutto, da companhia de seguros: "Ei, cara-de-pau, sorte sua que o Núñez ficou só com monoplegia. O juiz nos concedeu um adiamento de duas semanas, mas da próxima vez eu não quero saber de desculpas. Compareça com os seus negativos. Caso contrário, não se esqueça de comprar um par de muletas, sacou?".

Que flor de pessoa para se ter como patrão.

Decker não reconheceu a segunda voz, nem precisava: "Eu estou com a sua mulher, senhor Decker, e ela é bonita como nas fotos. Então, vamos fazer uma troca: a bundinha dura dela pela sua. Me procure... apareça na sexta-feira no Holiday Inn de Coral Springs. Nós vamos estar registrados como o senhor e a senhora Juan Gómez".

Decker desligou e desabou contra a parede.

Al García, que saíra da loja assobiando, agarrou Decker pelo braço. "O que foi, homem?"

Jim Tile aproximou-se e pegou o outro braço.

"Ele está com a Catherine", disse Decker, sem expressão.

"Bosta." García cuspiu na calçada.

"É Tom Curl", disse o patrulheiro.

R. J. Decker sentou-se no pára-choque do carro de Jim Tile e não disse nada durante cinco minutos. Apenas olhou para o chão. No fim acabou levantando os olhos para os outros dois.

"Onde eu posso comprar uma máquina fotográfica por aqui?", perguntou.

27

Quando voltaram ao lago Jesup, Jim Tile contou a Skink o que Thomas Curl havia feito.

O grandalhão largou o corpo na grade traseira da caminhonete e agarrou a cabeça com as mãos. R. J. Decker deu um passo à frente, mas Tile fez sinal para que voltasse.

Após algum tempo, Skink levantou os olhos e disse: "A culpa é minha, Miami".

"Não é culpa de ninguém."

"Fui eu que matei..."

"Não é culpa de ninguém", repetiu Decker. "Portanto, cale a boca." Quanto menos se falasse sobre Lemus Curl, melhor. Principalmente na presença de dois tiras.

Skink puxou a barba com força. "Isso pode ferrar com tudo", disse com voz rouca.

"Eu diria que sim", resmungou Al García.

Skink tirou os óculos escuros. Seu olho bom estava vermelho e úmido. Olhou para Decker e numa voz fraca e trêmula, disse: "O plano não pode ser mudado. Agora é tarde".

"Faça o que você tem que fazer", disse Decker.

"Eu mato esse depois", declarou Skink. "Prometo."

"Não vai chegar a esse ponto. Mas obrigado, de qualquer forma."

"Esse negócio..." Skink fez uma pausa e alisou furiosamente a barba. Estava fervendo por dentro. Esmurrou o pára-choque da caminhonete. "Esse negócio que eu preciso fazer... é muito importante."

"Eu sei, capitão", disse Decker.

"Você entenderia melhor se soubesse de tudo", prosseguiu Skink em tom solene. "Se você soubesse de tudo, compreenderia o motivo."

"Tudo bem", disse Decker. "Vá em frente com o seu plano. Eu já tenho o meu."

Skink abriu um largo sorriso e bateu palmas. "Assim é que se fala! Gostei de ouvir, Miami!"

Al García e Jim Tile trocaram um olhar cético. À sua maneira, o ardil de R. J. Decker era tão lunático quanto o de Skink.

Tal como um cirurgião examina seus instrumentos, Dennis Gault espalhou pelo carpete macio o equipamento que usaria no torneio de pesca e fez o inventário: seis molinetes Magnumlite da Bantam com carretel automático 2000 GT, oito varas de pescar Shimano, quatro varas Ugly Stiks de grafite, três frascos de essência de *bass* Happy Gland, uma faca Randall, duas pedras de cortar, pinças de aço inoxidável da Sargent, um afiador de anzol com lâmina de diamante, filtro solar Coppertone, uma rede de aterrissagem telescópica, dois óculos escuros Polaroid (amarelo-âmbar e verde), uma balança oficial Chatillion e, é claro, o estojo de equipamento. Era do tamanho de uma mala Plano Model 7777, com noventa compartimentos. Como tudo mais na artilharia de pesca de Dennis Gault, as iscas artificiais para *bass* eram novinhas. Para ações na superfície da água, ele havia se abastecido com Bang-O-Lures, Shad Raps, Slo Dancers, Hula Poppers e Zara Spooks. Para a dragagem profunda, armara-se com as Wee Warts e Whopper Stoppers, além da formidável Lazy Ike. Para áreas com vegetação, incluíra a Jig-N-Pig e a Double Whammy, a Bayou Boogie e a Eerie Dearie, bem como uma profusão colorida de Mister Twisters. Dennis Gault conseguira um quilo e meio do acessório mais confiável para a pesca do *bass*: a grudenta minhoca artificial. Além disso, apanhara peixes de todas as cores para usar como isca e os levaria também. Arrumou-os com carinho; havia bastante espaço.

A decisão mais crucial, e a que mereceu maior reflexão, era sobre o peso das linhas de pescar que iriam nos carretéis. Uma boa linha é fundamental. A delgada linha plástica é tudo que prende o pescador ao seu selvagem e precioso troféu. Quanto mais tempo o *bass* ficar na linha, maior a chance de escapar. Já que cada peixe que se liberta ou derruba a isca é dinheiro que vai pelo ralo, a meta do pescador profissional de *bass* é não perder absolutamente nenhum peixe. Por conseqüência, nos torneios não havia o menor vestígio de luta verdadeira entre o pescador e o peixe. Os violentos e profundos mergulhos e as graciosas acrobacias de um *largemouth bass* capturado pelo anzol não eram tolerados no calor de um campeonato sério de pesca. De fato, a estratégia padrão era bater no peixe com toda a força e em seguida arrastar a criatura atordoada para dentro do barco o mais rápido possível. Não era raro, nos torneios, ver um impotente *bass* de dois quilos e meio sendo puxado aos sacolejos sobre a superfície da água.

Obviamente uma linha pesada era essencial. Para o Torneio Dickie Lockhart de Pesca, Dennis Gault selecionou um monofilamento rosado da Andes, de vinte libras e flexível o bastante para lançar a isca a uma distância modesta sob vento leve, mas com resistência suficiente para esticar a espinha de qualquer *bass*.

Usando um ferro de passar, Gault aplicava um emblema dos Bass Blasters na frente do boné quando o telefone tocou. Era Lanie, ligando de um posto de caminhões a meio caminho entre Harney e Fort Lauderdale.

"A Ellen não está mais comigo", disse ela. "O Decker foi ao meu apartamento e a levou."

"Bom trabalho", ironizou o irmão.

"O que você queria que eu fizesse? Ele foi com aquele guarda negrão."

Gault estava decidido a não deixar que nada interferisse no torneio.

"Não se preocupe com isso", disse ele.

"E quanto a Nova Orleans?", Lanie perguntou.

"Esqueça o assunto", disse Gault. "E esqueça o Decker também. O Tom vai cuidar dele."

Lanie sabia o que ele queria dizer, mas varreu o pensamento da cabeça. Fez de conta que não significava nada. "Dennis, eu contei a eles que fiz aquela declaração escrita. Contei que eu menti."

Em vez de ficar furioso, ele se limitou a dizer: "Não tem importância".

Lanie queria que Dennis falasse mais alguma coisa, porém nada. Queria saber tudo sobre o torneio, que equipamento ele pretendia usar, onde ficaria hospedado. Queria que ele pelo menos fingisse que estava contente com o telefonema, mas ele pareceu apenas entediado. Para Dennis, tudo era negócio.

"Preciso arrumar a bagagem", disse ele.

"Para o torneio?"

"Isso mesmo."

"Posso ir junto?"

"Não é uma boa idéia, Elaine. Toda aquela tensão, você sabe."

"Mas eu tenho uma surpresa."

"E o que será?"

"Nada de mais, mano. Só uma dica que vai te fazer ganhar o torneio com absoluta certeza."

"Ora, Elaine." Mas ele mordera a isca.

"Você conhece um homem chamado por aí de Skink?", perguntou ela.

"Conheço. É louco de dar pena."

"Eu não acho."

Houve uma pausa tensa do outro lado da linha. Pensamentos sórdidos e desagradáveis passavam pela cabeça de Dennis Gault envolvendo a irmã e o eremita. Onde é que a mãe deles tinha errado ao criar Elaine, imaginou?

"Dennis, ele tem um peixe enorme."

"Como? Você disse que ele *tem* um peixe? Que é *dono* de um peixe?"

"Isso mesmo, Dennis, seja bobo e vá em frente."

"Termine o seu conto de fadas, Elaine."

"Ele criou um *bass* mutante gigantesco. É o orgulho dele. Fala como se fosse um recorde mundial ou coisa assim."

"Duvido seriamente."

"E mais tarde ele comentou que uns amigos dele vão participar do torneio."

"*Mais tarde*? Depois do chá com biscoitinhos?"

"Pare, Dennis. Não foi exatamente fácil conseguir que o cara se abrisse. Perto dele o Charles Bronson vira a alma da festa."

"O que mais ele disse?"

"Que ele e o peixe iam fazer uma viagem neste fim de semana."

Gault fungou com desprezo. "Ele e o peixe. Uma viagem romântica?"

Lanie esperou que ele pensasse. Dennis Gault não demorou muito.

"Ele vai esconder o *bass* no Lago do Lunker", disse ele. "Para que os amigos possam ganhar o torneio."

"Foi o que eu imaginei."

"Nada mal para um dia de trabalho, mesmo tendo que dividir o prêmio por três."

"E que tal por dois?", sugeriu Lanie.

"Como?"

"Você e eu, meio a meio", disse ela. "Caso você ganhe com o peixe do Skink."

Dennis Gault não pôde deixar de rir. Sua irmã era mesmo uma coisa. Se fosse homem, teria colhão de aço.

"Negócio fechado?", disse Lanie.

"Aceito: metade, metade." Gault na verdade nem ligava para o dinheiro.

"Eu não vou andar nessa coisa", disse Al García.

"Foi o único que eu consegui encontrar com engate para reboque", explicou Jim Tile.

"García disse: "É um puta caminhão de lixo, Jim. Um caminhão de lixo a diesel de onze toneladas!".

"É perfeito", concluiu Skink. "A sua cara."

Ele prendera o barco de madeira no reboque de segunda mão. Era uma carga leve, mesmo com o motor de popa. Puxou a lingüeta do reboque com uma só mão e a encaixou no furo do engate.

García olhava, desanimado. O velho e descascado barco já era ruim sozinho, mas, preso à traseira de um caminhão de lixo, parecia uma oferta de loja de sucata. "Nem cigano viajaria nessa porra de caravana", disse o detetive. "E o caminhão de jardinagem do seu primo?"

"Quebrou o eixo", explicou Jim Tile.

"Então vamos alugar uma caminhonete comum."

"Não dá tempo", disse Skink.

"Então nós vamos todos com você", propôs o sargento.

"Nada disso", disse Skink. "Nós não podemos ser vistos juntos lá. A partir de agora, vocês não me conhecem e eu não conheço vocês. Nós vamos lá para pescar e não para fazer relações públicas. Você e o Jim, os dois irmãos, vocês estão sozinhos. E pronto."

"Mas e se acontecer alguma coisa?", perguntou García. "Como entramos em contato com você?"

"Eu vou ficar atento. Onde está o mapa?"

"Aqui." García deu um tapa no bolso da calça.

"Ótimo. Agora, lembrem-se, arranjem um refrigerador daqueles grandes."

"Sei, um de sessenta galões."

"Isso mesmo. E uma bomba de aquário."

"Já anotamos tudo", disse Jim Tile.

Skink abriu um sorriso cansado. "Falta uma coisa." Meteu a áspera trança grisalha dentro do impermeável. O guarda o aconselhara a fazer isso para reduzir as chances de ser parado gratuitamente na estrada. Cabelo comprido atraía os tiras como ímã.

"E o Decker? Ele deu o telefonema?", quis saber ao entrar na caminhonete.

"Deu e já foi embora", disse Jim Tile.

"Deus... esse é o único problema que me preocupa", confessou Skink. "Eu gosto de verdade daquele rapaz." Enterrou o chapéu de chuva com força na cabeça. Ergueu ligeiramente os óculos escuros, apenas para introduzir o dedo e arrumar o olho de coruja que saía da órbita.

"Como se sente?", perguntou Jim Tile.

"Cada vez melhor. Obrigado pelo interesse, Jim. E você, *señor* Cubano Espertalhão, lembre-se..."

"Vou ser cuidadoso com ela, governador, não se preocupe."

"Porque se ela morrer, eu vou ser obrigado a matar alguém."

Com isso, Skink deu partida e a caminhonete sacolejou pela trilha de gado a caminho da trilha do Mórmon.

A grande lixeira de plástico viajava de pé na carroceria, amarrada com cordas e tiras elásticas. Presa grosseiramente ao topo da lixeira ia uma bomba movida a bateria, obviamente de segunda mão, e dali brotavam tubos transparentes de oxigênio. O recipiente plástico estava cheio com exatos trinta galões da mais pura água do lago Jesup. Dentro daquela água, agitada mas com renovação contínua de oxigênio, ia o peixe batizado de Queenie, movendo as barbatanas, praguejando em silêncio. O maior *largemouth bass* de todo o planeta.

Depois de se registrarem no hotel, Thomas Curl mandou Catherine tirar as roupas. Ela ficou de sutiã e calcinha e avisou que dali não passava.

"Eu quero que você fique pelada", disse Thomas brandindo a pistola. "Assim você não foge."

"Está muito frio", protestou Catherine.

Curl buscou um cobertor de lã fino no armário e o atirou para ela. "Pronto", disse.

Catherine sentiu o cobertor com os dedos. "É áspero demais."

Thomas Curl engatilhou a arma. Não apontou diretamente para ela; mirou para cima, puxando a arma sobre o ombro esquerdo, estilo pistoleiro. "Tire tudo", ordenou ele.

Com relutância, Catherine obedeceu. O abalo que a infecção causara na mente minúscula de Thomas Curl pesou muito nessa decisão. Em qualquer outro caso ela teria tentado convencer o sujeito a mudar de idéia, mas aquele ali não estava nada bem. Tinha ficado febril, com a fala incoerente e alternava períodos de agitação com embotamento. Desistira de qualquer tentativa de arrancar a cabeça de cachorro do braço; tornara-se amigo dela.

Thomas Curl ficou olhando atentamente enquanto Catherine se enrolava no lençol duas vezes e sentava na beira da cama.

"Os seus peitos são uma beleza", disse ele.

"Aposto que você diz isso a todas as suas vítimas de seqüestro."

"Acho que eu ia gostar de te comer."

"Outra noite qualquer", disse Catherine.

Lentamente, como um camaleão sonolento, Thomas Curl foi fechando os olhos inchados. A cabeça pendeu para o lado e teria pendido ainda mais, se a testa não tivesse encostado na boca da pistola. Por um momento, Catherine teve certeza de que seria obrigada a lavar os miolos que espirrariam no seu cabelo, mas abruptamente Thomas Curl acordou. Desengatilhou a arma e a guardou no cinto. Com o braço que tinha a cabeça do cachorro grudada, indicou o telefone na mesa-de-cabeceira. "Ligue para o seu marido médico", disse ele. "Diga que está tudo muito bem."

Catherine discou o número do hotel em Montreal, mas James não estava no quarto. Desligou.

"Eu tento mais tarde."

Com passos vacilantes, Thomas Curl caminhou até a cama. O fedor da cabeça do cachorro era insuportável.

"Posso abrir uma janela?", pediu Catherine.

"Deita."

"Para quê?"

Com o braço bom ele a empurrou contra a cama. Rasgou um lençol em tiras e, com elas, amarrou-a no colchão. Catherine se impressionou com a força dos nós, já que a destreza do homem estava bastante comprometida.

Thomas Curl desconectou o telefone e o meteu sob o braço direito. "Não tente fazer gracinhas", alertou.

"Você vai sair?"

"O Lucas precisa dar uma volta."

Catherine fez que sim com a cabeça.

"Vou levar o telefone", disse Thomas.

"Será que você podia trazer alguma coisa para comer?", pediu ela. "Eu estou morrendo de fome."

Thomas Curl jogou o casaco de R. J. Decker nos ombros. "Vai ter que ser um sanduíche do Burger King", disse ele.

"Na Wend's tem salada", sugeriu Catherine.

"Tudo bem", disse Thomas. "Wend's."

Ele não estava com muita fome. Beliscou umas batatas fritas enquanto Catherine comia uma salada e bebia Diet Coke. Tinha sido tão difícil desamarrá-la que ele acabou cortando as tiras do lençol com uma faca de bolso.

"O Lucas gostou do passeio?", perguntou ela.

"É um bom menino", disse Curl, fazendo um agrado na cabeça do cão. "Bom menino do papai."

Voltou a conectar o telefone à parede e mandou Catherine ligar para Montreal outra vez. Dessa vez, James atendeu.

"Como vai a convenção?", perguntou Catherine. "Divertida?"

Thomas Curl aproximou-se dela na cama e sacou a arma à guisa de lembrete.

Catherine disse a James: "Para você não ficar preocupado, eu estou ligando para dizer que eu vou passsar uns dias na casa da minha irmã, em Boca Raton. Achei que você podia ligar para casa e não me encontrar". Falaram alguns minutos sobre o tempo e sobre as encomendas do sofá vibrador terapêutico, muito animadoras, e depois se despediram.

"Foi muito bem", elogiou Thomas Curl, mastigando uma batata frita fria. "Você gosta dele tanto quanto do Decker?"

"O James é um amor", retrucou Catherine. "Se você está querendo dinheiro, ele paga qualquer coisa para me ter de volta."

"Eu não estou querendo dinheiro."

"Eu sei", disse ela.

"Então agora o seu doutorzinho não vai ficar preocupado quando não te encontrar em casa, certo?"

"Não, ele está se divertindo bastante. Foi entrevistado pela revista *Vertebrae Today.*"

Thomas Curl arrotou.

"É uma revista de quiroprática", explicou Catherine. Nem ela estava morrendo de entusiasmo.

O telefone tocou. Catherine estendeu a mão para pegá-lo, mas Curl golpeou seu braço com o cabo da arma. Quando atendeu, uma voz disse: "Aqui é Decker".

"Já chegou?"

"Estou a caminho", respondeu Decker. Estava num posto em Fort Pierce, abastecendo o carro de Al García.

"Está pronto para negociar?"

"Pode ter certeza. Como vai a senhora Gómez?"

Curl encostou o fone no rosto de Catherine. "Diga a ele que você está bem", ordenou.

"Eu estou bem, R. J."

"Catherine, sinto muito."

"Tudo bem..."

Curl afastou o fone dela bruscamente. "É assim que nós vamos fazer o negócio: toma lá, dá cá."

"Está certo, mas eu escolho o lugar."

"Sem chance, cara."

"É o único jeito, Tom. Só assim eu posso ter certeza de que a moça vai ser libertada."

Curl esfregou a testa. Queria ser duro, mas sua mente não conseguia montar uma argumentação. Cada pensamento que se formava parecia ferver e se evaporar devido à febre. Decker o instruiu sobre quando e aonde ir e Thomas Curl repetiu tudo numa voz alta, pastosa e fragmentada. Por sorte Catherine anotou as indicações num bloquinho do Holiday Inn, pois Thomas esqueceu tudo assim que desligou.

"Está com fome, Lucas?" Abriu o saco de papel marrom. Havia passado em outra lanchonete e comprara uma surpresa para o cachorro.

Catherine espiou o embrulho. "Gaines Burgers?"

"É o favorito dele", disse Thomas. Desembrulhou um dos bolinhos e o esmagou entre as mandíbulas do cão, ainda presas obstinadamente ao seu braço. A carne vermelha grudou nas presas amarelas e secas do animal. “Você gosta disso, não é, garoto?”

“Ele não está com fome, Tom”, disse Catherine. “Dá para perceber.”

“Acho que tem razão”, concordou Curl. “Deve ser o cansaço da viagem.”

28

O diácono Johnson bateu de leve na porta. Por milagre, o reverendo Weeb estava sozinho.

"Charles, é melhor dar uma olhada."

"O que foi agora?", perguntou o sacerdote, irritado.

Saiu com o diácono Johnson do escritório. Atravessaram o jardim e desceram uma passarela em declive até uma rampa para barcos na margem recém-gramada do Lago do Lunker Número Um. Muitos pescadores já haviam chegado, e a rampa estava repleta de barcos pesqueiros de formato arrojado, todos presos a grandes e coloridos veículos Blazer, Jeep ou Bronco. Em meio à cintilante confraria, via-se um imenso caminhão de lixo verde-oliva, com um barco velho e empenado atrelado ao pára-choque.

Dois homens impassíveis estavam encostados no caminhão. Um era alto, musculoso e negro; o outro, robusto e de aparência latina. O restante dos pescadores analisava os exóticos recém-chegados a certa distância e dava risinhos abafados.

Charlie Weeb se aproximou dos dois e disse: "Se estão procurando o depósito de lixo, fica na rodovia 84". Apontou para oeste, em direção ao dique. "Daquele lado."

"Nós viemos participar do torneio", disse Jim Tile.

"É mesmo?" Weeb contemplou o barco com desprezo. "Desculpe, filho, mas o evento não está aberto ao público em geral."

"Nós não somos o público em geral, filho", replicou Al García. "Somos os irmãos Tile." Com frieza, estendeu a Charlie Weeb o recibo da taxa de inscrição. Sem sequer olhar, Weeb o passou ao diácono Johnson.

"Está certo, são eles", confirmou o diácono. "Barco número cinqüenta, tudo pago."

"Vocês não parecem irmãos", disse o reverendo Weeb em tom de acusação.

"*Sí, es verdad*", disse Jim Tile.

"É, doutô", acrescentou García. "Somo mano de verdade."

Haviam praticado esse número na longa viagem até o lago. Jim Tile se dera muito melhor com o espanhol do que Al García com o jargão negro. Mesmo assim, alcançaram o efeito desejado.

Charlie Weeb contraiu o rosto e passou a mão de unhas bem-feitas pelo cabelo loiro e impecável. "Cavalheiros, queiram me dar licença", disse ele, e puxou o diácono Johnson de lado.

"Que merda de brincadeira é essa?"

"Não é brincadeira, Charles."

"Um tição e um *cucaracha*? Aqui? Para mim isso é piada." Weeb cuspia ao falar, tamanha a sua exasperação. "Izzy, esta noite nós vamos receber mil cristãos devotos, compradores de casas em potencial. Eu lhes prometi uma cura, prometi um torneio de pesca de categoria mundial e prometi mostrar o rosto radiante deles num canal a cabo nacional. Tudo isso, Izzy, para *vender a porra desses lotes*."

"Abaixe a voz, Charles." Mesmo sussurrando, o reverendo Weeb era capaz de chacoalhar porcelanas.

O diácono Johnson o tomou pelo braço e o levou para longe dos recém-chegados. À sombra ofensiva do caminhão de lixo, o diácono disse: "Nós aceitamos o dinheiro deles, Charles. Eles têm que pescar".

"Foda-se a taxa de inscrição. Devolva."

"Ah, ótimo", rebateu o diácono Johnson. "E quando os jornais ligarem, você explica o motivo."

A idéia de publicidade negativa foi como uma navalha fria na espinha de Charlie Weeb.

Em tom quase choroso, ele disse: "Esse pessoal que eu estou trazendo, Izzy, não vai gostar de ver um preto e um latino nesse empreendimento de caráter familiar. O pessoal que vê o meu programa em casa também não vai gostar. Eu não estou aqui para tecer julgamentos, mas para defender o meu público. O fato é que a minha gente não podia ser mais branca. Quando eles virem esses dois caras, vai ser o fim. Vão pensar que tudo o que ouviram sobre o sul da Flórida é verdade — negros e cubanos por toda parte. Até pescando *bass* nos lagos".

"Há mais quarenta e nove barcos nesse torneio, Charles. Basta dizer aos câmeras para desviarem do barquinho de madeira. E quanto ao caminhão de lixo, nós podemos estacioná-lo nos fundos, no terreno em construção. Empreste a esses dois um carro alugado decente para eles passearem pela propriedade. Se alguém perguntar, diga que eles trabalham aqui."

"Boa idéia", disse Weeb. "Podemos dizer que eles colocam asfalto ou algo assim. Excelente." Às vezes ele não sabia o que faria sem Izzy.

"Não se preocupe, Charles", disse o diácono Johnson. "Basta olhar para eles. Não têm a menor chance. Vai ser um milagre dos céus se aquele ninho de cupim não afundar no cais."

Tudo o que Charlie Weeb conseguiu dizer foi isto: "Tem cabimento, um preto e um cubano participando de um torneio profissional de pesca?".

Mas os misteriosos irmãos Tile já colocavam seu barco na água.

O dia seguinte havia sido reservado para o treino. Conforme a tradição, os pescadores se reuniram logo cedo na rampa dos barcos para trocar teorias e inventar possíveis desculpas. Como até ali ninguém tinha pescado no Lago do Lunker, tratava-se basicamente de papo furado e especulação fútil. Os *bass* seriam encurralados pelos aquedutos. Não, ficariam nas profundezas. Não, estariam assentados nos baixios.

Apenas Charlie Weeb e seus homens sabiam a verdade: não havia *bass*, a não ser mortos. Os novos estavam a caminho.

Eddie Spurling percebia que alguma coisa estava terrivelmente errada, mas não disse uma palavra. Em vez de se misturar a seus companheiros durante o café com biscoitos, passeou pela margem sozinho, na escuridão que antecede a aurora. Dois outros pescadores juntaram-se a ele para bater papo, mas Eddie estava indiferente e melancólico. Não mostrou o menor interesse pela *crankbait* de sonar profundo de Duke Puffin, nem pelo novo motor de giro de Tom Jericho.

Enquanto os pássaros anunciavam o nascer do sol, Eddie Spurling contemplava os canais inertes e escuros e pensava: essa água não presta.

Al García e Jim Tile foram os últimos a sair. Sofreram um breve atraso quando Billie Radcliffe, um rapaz muito branco de Waycross, Geórgia, disse a Jim Tile: "Cadê o seu caniço, tio Remus?". Jim Tile se sentiu na obrigação de lhe explicar a importância das boas maneiras, quebrando todas as varas de pescar que encontrou no barco personalizado de Billie Radcliffe. Tal ação fora calma, metódica e sem interferências, visto que Al García e sua Colt Python haviam supervisionado a breve cerimônia. Dali em diante, os outros pescadores mantiveram distância dos irmãos Tile.

Mas não fez diferença. O treino no lago Jesup foi inútil: Al García se revelou o pescador de *bass* mais perigoso do mundo. Quatro vezes ele enroscou o anzol no couro cabeludo de Jim Tile, ao fazer lançamentos desnorteados. Três vezes espetou a si próprio, e com resultado tão grave que Jim Tile precisou cortar as farpas do anzol só para removê-lo da coxa de García.

Lançar uma vara de plug pesado exigia um polegar sensível, mas invariavelmente García soltava o carretel ou muito cedo ou tarde demais. Lançava a isca direto no fundo do barco, onde ela se despedaçava como uma bala, ou a lançava direto para o céu, fazendo com que se precipitasse perigosamente sobre suas cabeças. Nas poucas ocasiões em que o detetive conseguiu de fato alcançar a água, Jim Tile deixou a vara de pescar de lado para aplaudir. E ambos concordaram: Al García devia se limitar a dirigir o barco.

O fraco motor de popa de seis cavalos-vapor não permitia que transitassem pelos canais com muita rapidez, mas, por volta do meio-dia, chegaram ao local que Skink havia indicado, próximo à margem oeste do Lago do Lunker Número Sete. Os paisagistas de Charlie Weeb ainda não haviam alcançado essa fronteira do empreendimento, de modo que as margens continuavam cobertas de montes de terra estéril retirada pelas dragas. O canal terminava no antigo dique que separava os exuberantes e caudalosos Everglades da civilização de concreto. Charlie Weeb avançara até o limite. Aquela era a barreira final.

Jim Tile e Al García tinham o "fosso" Número Sete à sua inteira disposição, como Skink previra. Era espraiado demais, claro demais e longe demais para os outros pescadores.

García levou o barco para a margem, onde Jim Tile saltou e recolheu várias braçadas de ramos secos de azevinho, que retirou de uma pilha deixada pelas máquinas de terraplanagem. Eles haviam escondido no barco, sob um encerado, três engradados de madeira para laranja. Haviam trazido de Harney na carroceria do caminhão de lixo. García prendeu os engradados um ao outro, enquanto Jim Tile recheava o vão entre as ripas com os ramos secos. Juntos baixaram os engradados dentro d'água. Com uma linha de pesca, Al García mediu a profundidade — quatro metros e meio. Marcou o local secreto colocando na margem duas latas vazias de Budweiser.

Ali seria o lar substituto de Queenie por algum tempo.

"É o truque mais antigo do mundo", Skink havia dito ao detetive duas noites antes. "Esses *bass* grandes adoram um esconderijo. Ficam invisíveis atrás do mato, caçando umas carpas estúpidas. Se vocês encontrarem as ramadas, encontram o peixe. Escondam as ramadas, e vocês vencem o tal torneio."

Esse era o plano.

Jim Tile e Al García executaram-no com a maior tranqüilidade. Não havia sequer um barco por ali.

Havia, porém, um helicóptero particular.

Os irmãos Tile não se deram ao trabalho de olhar para cima na única vez em que o helicóptero sobrevoou a área. Mas bastou uma vez para que o piloto contratado por Dennis Gault marcasse o local no mapa. Em seguida, voltou ao heliporto e falou pelo rádio com o patrão.

Naquela noite, após os treinos, o estado de espírito na rampa dos barcos oscilava entre a insegurança e o desânimo. Ninguém tinha pescado um único *bass*, embora nenhum dos pescadores admitisse. Não se tratava apenas de uma questão de orgulho — o sigilo era obrigatório nos torneios. Quando duzentos e cinqüenta mil dólares estavam em jogo, amizades eternas e confidências fraternais não valiam um tostão furado. Ninguém compartilhava informações, comparava estratégias ou trocava segredos. Como resultado, ninguém se dava conta de como o lugar batizado de Lago do Lunker era uma nulidade em termos de pesca. Enquanto investigavam as águas próximas às margens, alguns pescadores depararam com jovens *bass* mortos e em segredo ruminaram as teorias habituais: falta de nitrogênio, contaminação por fosfato, presença de algas, pesticidas. Contudo, não eram uns poucos peixes mortos mas a ausência de peixes vivos o que perturbava os competidores. O otimismo foi se esvaindo com o passar do dia. Aqueles eram os melhores pescadores do país; sabiam reconhecer água de má qualidade. Durante toda a manhã os homens tentaram detectar peixes em seus sonares Humminbird, mas tudo o que estes revelaram foi um profundo e cinzento vácuo. As margens eram uniformemente escarpadas, assim como o fundo era plano e os lagos, despidos de vida. Até mesmo Dennis Gault estava preocupado, embora tivesse uma carta na manga do seu impermeável L. L. Bean.

Ao anoitecer os pescadores voltaram à rampa dos barcos e encontraram bandeiras desfraldadas, música country metálica no último volume e um complexo palco retangular que ainda estava sendo erguido — de um lado o púlpito rosado, do outro o painel para marcar os pontos do torneio. O palco inteiro estava banhado por holofotes ofuscantes, pois os técnicos da emissora faziam o teste de luz. Sobre o púlpito pendia um estandarte com letras vermelhas que proclamavam: JESUS NA SUA SALA — AO VIVO ÀS CINCO HORAS. E acima do placar pendia outro estandarte, cujas palavras em azul diziam: "O LAGO DO LUNKER APRESENTA O TORNEIO DICKIE LOCKHART DE PESCA DO *BASS*". Todo e qualquer ângulo alcançável por uma câmera estava tomado por anúncios e logotipos dos vários patrocinadores que haviam arcado com o alto prêmio em dinheiro.

Depois que todos os barcos haviam retornado ao cais, o reverendo Charles Weeb ocupou o centro do palco com um microfone sem fio.

"Saudações, desportistas!"

Os pescadores, cansados, resmungaram uma resposta apática.

"Imagino que hoje a pesca tenha sido dura, mas não se preocupem!", gritou Charlie Weeb. "O Senhor me disse que amanhã será um dia danado de bom!"

O sistema de som ampliava o entusiasmo do sacerdote; os pescadores sorriram e aplaudiram, embora sem energia.

"Sim, senhores", continuou Weeb. "Eu falei com o Senhor esta tarde e o Senhor me disse: 'Amanhã será bom. Amanhã os grandes *bass* estarão famintos!'."

Duke Puffin gritou: "Ele disse para usar *buzzbaits* ou minhocas de borracha?".

Os pescadores explodiram numa gargalhada e o reverendo Weeb sorriu, complacente. Qualquer coisa, desde que animasse aquele bando de cretinos.

"Como sabem", disse ele, "esta noite tem churrasco no Lago. Vai ter costela, frango, bagre do lago Okeechobee e toda a cerveja que vocês conseguirem tomar!"

O anúncio da boca-livre extraiu o primeiro aplauso sincero da noite.

"Assim sendo", prosseguiu o reverendo Weeb, "aluguei dois ônibus com ar-condicionado para levá-los ao clube. Divirtam-se esta noite, descansem bastante e amanhã marquem belos pontos naquele quadro, porque o país todo estará assistindo!"

Avidamente os pescadores invadiram os ônibus. Jim Tile e Al García fizeram questão de sentar logo na frente. Ninguém lhes dirigiu uma palavra.

Assim que os ônibus se afastaram, Weeb atirou o microfone para um técnico da emissora, caçou o jovem hidrólogo nos bastidores e disse: "Espero que já tenham chegado".

"Sim, senhor, é só dizer quando."

Aos carpinteiros, Weeb gritou: "Virem esses holofotes para o outro lado! Iluminem a rampa... Ande, imbecil, não temos todo o tempo do mundo".

Em meio à escuridão que se instalou surgiu um cintilante caminhão-tanque de aço. Não era um caminhão comum de alguma companhia de petróleo, embora parecesse. O motorista foi dando ré com cuidado sobre a rampa dos barcos, escorregadia, e a um metro da água freou o caminhão, que emitiu um silvo gasoso.

"Bela manobra", comentou o hidrólogo.

O motorista saltou para fora, sacudindo uma prancheta.

"Dois mil *bass* frescos", anunciou ele. "Quem assina os papéis?"

Depois do churrasco, Jim Tile e Al García voltaram ao alojamento com o carro emprestado. Foi então que receberam a má notícia.

A batida havia falhado.

A equipe da SWAT de Broward invadira com total segurança o quarto 1412 do Holiday Inn de Coral Springs e sem muitas gentilezas prendera um tal de Juan Gómez, suspeito de seqüestro. Infelizmente, descobriram que aquele era o verdadeiro sr. Juan Gómez, vendedor de software para computadores. Além disso, a moça que ele levava no bico ali no quarto do hotel não era a desaparecida Catherine Stuckameyer, mas a filha de dezenove anos do fundador do Floppy World, um dos maiores clientes varejistas de Juan Gómez.

Quando a confusão finalmente se esclareceu e a equipe da SWAT voltou ao Holiday Inn, o outro Juan Gómez, cujo nome verdadeiro era Thomas Curl, já havia deixado o quarto rumo a um destino desconhecido. Técnicos em evidências passaram horas analisando as partículas de Gaines Burger caídas no chão.

Al García organizou a batida sem contar a R. J. Decker, que rejeitara energicamente a proposta de permitir que a polícia fizesse uma tentativa de salvamento. Insistira em cuidar de Thomas Curl sozinho, pois a vida de Catherine estava em jogo. Sendo assim, Jim Tile e Al García recuaram e fingiram concordar. Logo que Decker deixou Harney, García ligou para seu superior em Miami e este, por sua vez, telefonou ao xerife de Broward. Houve um atraso de várias horas devido à burocracia policial, ainda mais porque ninguém havia comunicado oficialmente o desaparecimento de uma mulher chamada Catherine Stuckameyer. As autoridades levantaram a suspeita de que era apenas mais uma esposa rica e solitária que tinha dado no pé. Quando a SWAT agiu e encontrou o quarto certo do hotel, já era tarde demais.

"Eles pisaram na bola", disse García batendo o telefone. "Dá para acreditar? E agora estão putos comigo! Um capitão gringo cabeça-de-galinha reclamou que ainda não há nenhuma evidência de seqüestro e que eu fiz eles passarem vexame. Se esses almofadinhas de merda entraram no quarto errado com uma M-16 na mão, a culpa não é minha."

"E nós enquanto isso perdemos a pista do Curl, da ex-mulher do Decker e do próprio Decker", disse Jim Tile.

"As coisas estão saindo do jeito que o valentão queria. Agora é ele que manda no jogo." García atirou no chão o boné de pesca e xingou. "O que mais nós podemos fazer, merda?"

"Pescar", respondeu o patrulheiro. "Mais nada."

Era meia-noite e meia quando bateram na porta do quarto de Dennis Gault. Ele não imaginava quem poderia ser. Tinha preferido não ficar no alojamento do Lago do Lunker com os outros pescadores, não só porque as festas barulhentas perturbariam sua concentração, mas também porque os outros pescadores o ignorariam, como sempre. Além disso, os carpetes estavam cobertos de serragem e as paredes cheiravam a tinta fresca. Obviamente o lugar fora levantado às pressas em duas semanas, só para o torneio.

Sendo assim, Gault se instalou numa suíte no Everglades Hilton, onde sempre ficava quando ia a Fort Lauderdale. Apenas Lanie, seus secretários e algumas amiguinhas sabiam onde encontrá-lo. E por isso o visitante noturno o surpreendeu.

Encostou o ouvido na porta. Do outro lado vinha o som da respiração pesada de um homem e um fraco zumbido. "Quem é?"

"Sou eu, senhor Gault."

Gault reconheceu a voz. Abriu a porta, irado, mas o que viu tirou sua respiração. "Santa Mãe de Deus!"

"Olá, chefe", disse Thomas Curl. "Pijama bonito." Entrou cambaleando e desmoronou numa poltrona.

"Ahnn, Tom..."

"Qual é o problema, chefe?"

Gault ficou olhando, paralisado. O que poderia dizer? Curl parecia a morte de mau humor. Os olhos eram fendas inchadas, o rosto estava coberto de manchas roxas. O suor brilhava na testa cinzenta e um líquido esbranquiçado vazava dos cantos dos lábios.

"O que aconteceu com você, Tom?"

"A senhora Decker está presa no porta-malas, não se preocupe." Curl limpou a boca na manga do casaco. "Puxa, chefe, esse é o pijama mais bacana que eu já vi."

O olhar de Dennis Gault fixou-se no braço direito de Curl. "Que... que merda é isso?", gaguejou.

"Ele se chama Lucas", disse Curl. "É um bom menino."

"Meu Deus." Gault entendeu então de onde vinha o zumbido. Eram as moscas que rondavam a cabeça do cachorro.

"Eu fui criado no meio de cachorrinhos", continuou Curl. "A maioria vira-lata."

"Você não devia ter vindo aqui", disse Gault.

"Mas eu tenho que fazer um pouco de hora."

"Antes de se encontrar com o Decker?"

"Isso mesmo." Curl avistou uma garrafa de *brandy* sobre um aparador. Gault lhe estendeu a bebida mecanicamente. Curl deu três goles grandes na garrafa. Seus olhos ardiam depois que a deixou de lado. "Eu vou precisar de um barco de pesca", disse ele, estalando os lábios.

Gault rabiscou um número de telefone num guardanapo. "Pronto, esse cara tem um Starcraft."

"Qualquer um serve."

"Você está bem?", perguntou Gault.

"Vai dar tudo certo. Eu vou resolver essa merda de uma vez por todas." Curl reparou na tralha de pesca de Gault, disposta meticulosamente sobre o carpete. "Belo equipamento, chefe. Parece que acabou de sair do catálogo."

"É melhor você ir embora, Tom. Eu preciso acordar cedo amanhã."

"Eu também tenho dormido pouco. O Lucas sempre quer brincar."

Dennis Gault mal podia respirar, tão pestilento era o fedor. "Me ligue depois de amanhã. Eu vou ter um presentinho para você."

"Isso é muito bom."

"Outra coisa muito importante, Tom. Está tudo combinado para hoje à noite, não é? Com o Decker, quero dizer."

"Não se preocupe."

"Pode cuidar disso sozinho?"

"Não faço mais que a minha obrigação."

Na porta, Thomas Curl estendeu a mão direita com um gesto embriagado. "Toque aqui, chefe." Gault apertou o membro apodrecido sem se atrever a olhar.

"Bom, sempre em frente", disse Curl com uma saudação desengonçada mas vigorosa.

"Obrigado, Tom", disse Dennis Gault. Fechou a porta, jogou fora o *brandy* e foi correndo tomar uma ducha escaldante.

29

Os telefonemas começaram tão logo eles se recolheram.

Quando Al García atendeu, a voz do outro lado da linha disse: "Por que não volta para Miami, *cucaracha*?".

Na vez de Jim Tile, o recado foi este: "Não mostre os beiços no lago, negro".

Depois da quarta chamada, García acendeu a luz e sentou-se na cama. "Já não basta nós termos ficado com o pior quarto do prédio e eles ainda vêm encher o saco."

"Mas nós temos uma bela vista do depósito de lixo", disse Tile. Quando tirou as pernas nuas debaixo das cobertas, García notou o curativo sobre o buraco de bala feito por Culver Rundell.

"Não foi nada, a bala atravessou", explicou o guarda.

"Um desses pescadores malucos?"

Jim Tile fez que sim.

"Puta merda", disse García. "Talvez seja melhor levar mais a sério esses telefonemas."

"Eles só estão tentando nos assustar."

O telefone tocou novamente. Jim Tile deixou-o tocar durante um minuto antes de atender.

"Vai virar isca de jacaré, tição", disse uma voz arrastada.

O guarda desligou. Seu maxilar estava rígido e o olhar endureceu. "Estou começando a levar para o lado pessoal."

"E eu também." García pegou a calça que estava pendurada na cadeira e tateou os bolsos em busca do isqueiro. Quando o telefone voltou a tocar, o detetive disse: "Minha vez".

Outra voz sulista. "Boa sorte, sebento."

García bateu o telefone e propôs: "Um de nós devia usar a inteligência e tirar a tomada da parede".

“Não”, disse Jim Tile. Estava preocupado com Skink e Decker. Um deles talvez precisasse entrar em contato.

“Eu não acredito que esses cretinos estão mesmo achando que a gente vai ganhar. Eles não viram o nosso barco? Eu queria saber do que é que eles têm tanto medo...”

“Da nossa cara”, disse Jim Tile. Encostou a cabeça no travesseiro e olhou para o teto. García acendeu um cigarro e examinou um folheto promocional do Lago do Lunker que uma mulher lhe entregara no churrasco.

Eram duas e meia quando alguém do lado de fora acertou um tiro de rifle na janela deles e fugiu.

Zangado, Jim Tile pegou o telefone e começou a discar.

Enquanto sacudia os cacos de vidro de cima do cobertor, Al García quis saber: “Está ligando para quem, *chico*? Para a Secretaria de Proteção dos Peixes e Animais?”.

“Acho importante impressionar”, disse o guarda. “Não concorda?”

Para chegar ao dique, Eddie Spurling precisava pegar a rodovia 84 no sentido oeste, virar ao norte na US 27 e seguir até o Campo de Pescaria de Sawgrass. Lá o dique dava passagem, mas sua largura comportava apenas um veículo. Às três da manhã, Eddie não contava com nenhum carro vindo na direção oposta. Dirigiu o Wagoneer lentamente através de uma escuridão cristalina, enquanto espirais de insetos voavam do pântano e toldavam os faróis. Às vezes precisava frear, quando o farol alto paralisava algum animal de olhos vermelhos como rubis na trilha sulcada — coelhos, gambás, raposas, gatos, linces e mesmo uma lontra velha e gorda. Eddie achava espantoso que existisse tanta vida selvagem tão perto da cidade.

Levou uma hora para fazer o circuito completo até o ponto onde a barragem contra enchentes tocava o Lago do Lunker Número Sete. Quando alcançou o local designado, Eddie Spurling desligou o motor, apagou as luzes, abaixou a janela e olhou para o oeste. A noite nos Everglades era gloriosa e imensa, e a curva do céu não se comparava a nada que ele jamais tivesse visto no sul. A galáxia parecia esparramar-se diretamente no pântano cintilante.

Quando olhou para o leste, Eddie viu uma paisagem obstruída e fragmentada — a aura brutal das luzes da cidade, a cicatriz pálida e linear da super-rodovia nascente e de seus três trevos, construídos especialmente para o empreendimento de Charlie Weeb. Não descobrindo nada de belo naquele panorama, Eddie virou o rosto. Colocou o boné, fechou o colete de baixo e saiu da caminhonete, em direção ao murmúrio gentil do brejo.

A água resplandecia dos dois lados do dique. Sob a fina neblina, o Lago do Lunker Número Sete estendia-se, liso e sem vida, à semelhança de uma cisterna. Em contraste, a pequena piscina do lado dos Everglades movia-se com inquietas carpas e insetos aquáticos. A cavidade tinha uma orla exuberante de espadanas, capim duro e nenúfares verdejantes e redondos, grandes como pizzas. Algo mais flutuava na piscina: uma garrafa plástica de Clorox, presa a uma corda.

Eddie Spurling notou como o objeto parecia deslocado; repugnante, na verdade, como lixo. Aquela idéia bastou para enfurecê-lo — Weeb e seus malditos *bass* importados do Alabama. Eddie desceu cuidadosamente pelo declive do dique, as botas escorregando na terra solta. Na beira da piscina encontrou uma longa vareta, que usou para puxar a garrafa de alvejante que flutuava na água.

Agarrou a corda e a puxou com atenção. A gaiola de peixes era mais pesada do que esperava; parecia de chumbo. Deve ter ficado embaraçada nas hidriláceas, pensou Eddie.

Quando enfim a gaiola rompeu a superfície, ele soltou a vara e agarrou a rede. Depois, puxou-a para terra.

Eddie acendeu a lanterna e iluminou a gaiola. “Meu Deus!”, exclamou. Não acreditava no tamanho do peixe — um *black bass* de proporções grotescas. Era tão grande que podia ser confundido com uma garoupa de alto-mar. Parecia pesar quinze quilos. O enorme *bass* lançou um olhar feroz para Eddie e debateu-se furiosamente em sua prisão de arame. Eddie só fazia olhar, aterrado. Isso é impossível, pensava.

Do outro lado do lago alguma coisa fez barulho e Eddie Spurling gelou. Reconheceu o estalo rude do cão de um rifle.

"Ponha de volta", disse uma voz grave.

Eddie engoliu em seco. Estava tão aterrorizado que não conseguia se mexer.

O homem disparou a arma e explodiu a garrafa de Clorox aos pés dele. Quando o eco se extinguiu, a voz disse: "Agora mesmo".

Com os joelhos trêmulos, Eddie mergulhou a gaiola dentro da água límpida, deixando a corda molhada escorregar entre os dedos.

Na outra margem do lago, o atirador saiu de trás da vegetação. Pelo tamanho da silhueta, Eddie Spurling viu que se tratava de um homem enorme. Sua aparência tornava-se ainda mais sinistra graças ao uniforme militar e a uma espécie de máscara negra. O homem chapinhou pelo charco e escalou a lateral do dique. Eddie pensou em correr, mas não havia para onde ir; pensou em nadar, mas as cobras e jacarés podiam causar algum inconveniente. Sendo assim, ficou onde estava, tentando não sujar a calça.

Logo o homem do rifle estava ao lado dele, sobre o dique, dominando-o com sua altura..

"Apague a lanterna", disse ele.

Estava próximo o bastante para que Eddie distinguisse suas feições. Tinha cabelo comprido e escuro, barba desgrenhada e um chapéu de plástico florido na cabeça. A máscara na verdade era um par de óculos escuros. O rifle era um Remington.

"Eu sou Eddie "Ligeiro" Spurling."

"Quem perguntou?"

"Da televisão."

"Eu não vejo televisão", disse o homem do rifle.

Eddie tentou uma abordagem diferente. "É dinheiro o que você quer? Quer a caminhonete? Vamos, pode levar."

Sem piscar, o homem virou-se e detonou o rifle na direção do pára-brisa fumê da Wagoneer de Eddie Spurling. "Tenho a minha própria caminhonete, obrigado", disse ele. Em seguida, atirou também nos faróis para neblina.

Eddie suava gelado.

"Que peixe, hem?", disse o homem.

Eddie fez que sim, concordando freneticamente. "O maior que eu já vi."

"O nome dela é Queenie."

"Uma beleza", disse Eddie, em desespero. Tinha absoluta certeza de que o atirador cabeludo o mataria.

"Você deve estar curioso para saber o que aconteceu com os seus peixes."

"Na verdade, não eram meus", disse Eddie.

O homem deu uma risadinha branda. "Você veio até aqui só para dar um alô aos peixinhos?"

"Não, senhor, eu vim para libertá-los", disse Eddie.

"O que você acharia se eu atirasse no seu pau e acabasse logo com isso?"

"Por favor", gritou Eddie. "Falo sério, eu ia soltar os peixes. Olhe dentro da caminhonete, se você não acredita. Se eu fosse levá-los, teria trazido um viveiro, certo? Teria trazido a droga daquele barco, certo?"

O atirador parecia refletir.

Eddie continuou: "E por que eu estaria aqui, três horas antes do torneio, correndo o risco de ver os peixes morrerem antes da hora?".

"Você não é um dos trapaceiros?", perguntou o homem.

"Não, e não pretendo começar a ser. Eu não seria capaz de ir até o fim, então que se dane o Charlie Weeb."

O atirador abaixou o rifle. "Eu libertei aqueles *bass* contrabandeados."

"Fico contente", disse Eddie Spurling.

"Eram três dos grandes. Um devia ter pelo menos seis quilos."

"Bom, quem sabe esse aí não acaba caindo no meu anzol, quando crescer mais", replicou Eddie.

"E a Queenie? O que você teria feito com ela?"

Sem hesitar, Eddie respondeu: "Eu teria soltado também".

"Sei..."

"Que motivo eu teria para matá-la? Suponha que eu levasse esse monstro para casa e empalhasse. Toda vez que eu entrasse no escritório ele me olharia da parede e apareceria uma verdade terrível naqueles olhinhos vermelhos. Eu não ia agüentar. É por isso que eu digo que o senhor não precisava da arma. Eu teria libertado os peixes de qualquer jeito?"

O homem do rifle ficou parado, refletindo. Os óculos escuros apavoravam Eddie.

"Eu tenho um filho de nove anos, senhor", continuou Eddie. "Acha que eu seria capaz de mentir para o meu filho? Dizer que pesquei um peixe desse tamanho quando não é verdade?"

"Tem gente que seria."

"Não eu."

"Acredito em você, Spurling", disse o homem. "Agora, dê o fora daqui, por favor."

Obedientemente, Eddie escalou a ribanceira do dique. Saltou para dentro da caminhonete sem sequer afastar o vidro quebrado do assento.

"Você vai conseguir dar a volta com essa coisa?"

"Vou, as quatro rodas são móveis", respondeu Eddie. Nervoso, tateou no escuro em busca da chave.

"A linha divisória do universo", filosofou o homem do rifle. "Esse dique é a cicatriz moral do universo."

"É estreito, disso pode ter certeza", disse Eddie.

"O mal de um lado e o bem do outro." O homem ilustrou apontando com o Remington.

Eddie esticou o pescoço para fora da janela e perguntou, com toda a educação: "Posso perguntar o que você pretende fazer com esse enorme e lindo *bass*?".

"Pretendo libertá-lo daqui a uns cinco minutos", respondeu o homem. Não disse onde ou de que lado da linha divisória.

Eddie sabia que não devia abusar da sorte, que devia se mandar para longe daquele lunático, mas não se conteve. O pescador que havia nele precisava perguntar. "Falando nisso, quanto é que ele pesa?"

"Catorze quilos e oitocentos gramas exatos."

"Minha nossa." Eddie "Ligeiro" Spurling deixou cair o queixo.

"Agora dê o fora", disse o homem do rifle. "E boa sorte no torneio."

Quando Eddie se foi, Skink tirou o peixão de dentro do lago. Apoiou a gaiola nos ombros e a carregou até o outro lado do dique, para o Lago do Lunker. Manteve-a dentro da água enquanto examinava a margem. Avistou as duas latas de cerveja que marcavam o local onde Jim Tile e Al García haviam mergulhado as ramagens.

Skink içou a gaiola mais uma vez e levou-a ao local secreto. Dessa vez ele retirou o enorme *bass*, posicionou-o na direção do esconderijo submerso e gentilmente o soltou. O peixe agitou-se, turvando a água ao redor, e sumiu. "A gente se vê de noite", disse Skink. "E depois, vamos para casa."

Com o rifle na mão, permaneceu no dique durante duas horas, enquanto a noite se transformava em dia. No lado dos Everglades, uma garça grasnou e os tordos cantavam nos juncos. O lado do dique onde Skink estava jazia mudo e sem vida. Ele ficou à espera de que algo surgisse no Lago do Lunker Número Sete — uma tartaruga, um peixe-agulha, qualquer coisa. Esperou bastante.

Depois, dominado pela preocupação, andou ao longo do dique a passos pesados, até o local onde deixara a caminhonete. A leste, atrás da orla suja da cidade, o sol se levantava.

Naquele momento, R. J. Decker estacionava o carro atrás de uma fileira de trailers de construção no Lago do Lunker. O nascer do sol era a melhor hora para agir, pois nessa hora a maioria dos seguranças estava dormindo ou dando um tempo em volta do relógio de ponto, esperando para bater o cartão. Decker avistou apenas um guarda de uniforme, um sujeito rotundo e corado que emergiu de um dos trailers só para mijar, voltando em seguida a fechar a porta.

Decker verificou a máquina fotográfica mais uma vez. Era uma Minolta Maxxum, uma robusta câmera trinta e cinco milímetros que ele havia comprado em West Palm Beach, numa loja popular que aceitava cartão de crédito. Decker imaginava que uma Kodak ou uma Sure-Shot teriam funcionado do mesmo modo, mas estava com pressa quando escolheu. Abriu a parte de trás do aparelho e inspecionou o mecanismo de carregamento. Fez o mesmo com a unidade de *motor-drive*.

Satisfeito, tampou as lentes, fechou a câmera e guardou-a no porta-luvas do carro de Al García. Depois, tirou o alicate de corte do porta-malas e se esgueirou até o depósito de suprimentos, onde se dedicou a arrombar o cadeado.

A largada para o Torneio Dickie Lockhart de Pesca do *Bass* estava marcada para as seis e meia, mas os pescadores chegaram muito mais cedo, para colocar os barcos na água, testar a aparelhagem e apanhar os acessórios gratuitos que eram distribuídos pelos representantes dos patrocinadores, espalhados por todo o cais. Os pescadores sabiam que o vencedor daquele torneio não precisaria nunca mais molhar uma linha, graças não só ao prêmio mirabolante mas também aos contratos promocionais que se seguiriam. Durante um ano, a isca para *bass* que ganhasse o primeiro prêmio no Lockhart sem dúvida seria o produto mais procurado nas lojas de iscas para água doce. Não havia lógica nenhuma nesse fenômeno, já que os *bass* comiam praticamente de tudo (inclusive os próprios filhotes), mas os fabricantes de equipamentos pintavam e bordavam para estimular a compra compulsiva. Antes do tiro de largada, cobriam os competidores de plugs, anzóis, spinners e, é claro, minhocas de borracha gratuitas, exibidas em gigantescos tanques de plástico como um diabólico macarrão púrpura.

A manhã estava fresca e clara. Falava-se que a temperatura podia chegar a quase trinta graus no meio da tarde. Matronas voluntárias da Primeira Igreja Pentecostal da Redenção Libertadora distribuíam trechos da Bíblia e serviam biscoitos quentes e café, embora muitos competidores estivessem tensos demais para rezar ou comer.

Às seis em ponto um Rolls-Royce bordô estacionou perto da rampa do Lago do Lunker Número Um. Dennis e Lanie Gault desceram. Lanie usava uma jaqueta vermelha, calça Gore-Tex colada no corpo e botas pretas de equitação. Colheu os olhares dos participantes e atacou com grande apetite um saco de croissants quentes.

Aparentando uma absoluta autoconfiança, Dennis Gault desatrelou do reboque o seu cintilante barco Ranger de seis metros e o levou para a água. Arranjou meticulosamente as varas de pescar, uma a uma, depois a caixa de ferramentas e o imenso estojo de equipamento. De cócoras na cabine do barco, verificou os medidores — a temperatura da água, as condições de navegabilidade, a presilha para compassar, o tacômetro, a gasolina, as baterias, a pressão do óleo. Apertou um botão do rastreador sônico de peixes e na tela apareceu um "bom dia" digital verde-berrante. O possante motor de popa Johnson pegou na primeira tentativa, rugindo como um filhote de tigre. Enquanto o motor esquentava Dennis Gault permaneceu na direção, alisando despreocupadamente as rugas do macacão azul-celeste. Esguichou Windex nas lentes dos óculos Polaroid amarelo-âmbar e os esfregou com um lenço azul-escuro. Em seguida, vestiu o colete impermeável monogramado e enfiou no bolso um grande tubo aerossol de Happy Gland. Obedecendo à moda vigente no mundo da pesca, virou a aba do boné para trás. Daquela maneira, o vento não o arrancaria da cabeça quando ele estivesse a setenta e cinco quilômetros por hora.

Dennis Gault já esperava ouvir as costumeiras piadinhas sobre o seu Rolls-Royce e sobre o cretino pomposo que ele era. Mas, pela primeira vez, os outros pescadores o deixaram em paz. Na verdade, Gault estava tão entretido com o próprio ritual preparatório para o torneio que quase não notou a sensação da manhã.

Começou como um pontinho a leste no horizonte, mas se elevou mais rápido que o sol. Era uma estranha luz pulsante. Os pescadores se aglomeraram no cais para olhar. Imaginaram que um dos grandes fabricantes de iscas talvez estivesse promovendo um espetáculo para algum novo comercial. E que espetáculo!

Logo o céu sobre o Lago do Lunker explodiu numa ofuscante luz azulada. Numa tela de quinze metros montada atrás do palco, surgiu o rosto do reverendo Charles Weeb para a bênção matinal. Era uma mensagem gravada (pois Charlie Weeb raramente levantava antes das dez), mas nenhum competidor estava disposto a ouvir o que o Antigo Testamento dizia sobre a pesca. Tinham os olhos fixos no que se aproximava lentamente pela estrada.

Era um comboio de carros da polícia.

Carros da polícia rodoviária, para ser exato. Eram dezesseis, e os brilhantes faróis azuis fatiavam a escuridão. Fechando a procissão, vinha um caminhão de lixo com um barco a remo atrelado ao pára-choque.

Dennis Gault não gostou nada daquela história. Achou que os tiras estavam lá para prender alguém, possivelmente ele mesmo. Lançou um olhar preocupado para Lanie, que encolheu os ombros e sacudiu a cabeça como quem diz: não é nada.

Os oito primeiros carros desviaram-se para um lado da rampa dos barcos e estacionaram encostados um ao outro; os restantes pararam em formação semelhante do lado oposto, criando uma ampla passarela em forma de V para o caminhão de lixo de Al García e Jim Tile.

Todos os guardas saíram e se plantaram ao lado dos carros. Tinham uma expressão séria e neutra; não demostraram nenhuma reação diante das minicâmeras da emissora cristã que filmavam sua chegada. Os patrulheiros eram jovens, eretos como postes, bem-apessoados, musculosos e estavam fortemente armados. Eram os melhores amigos de Jim Tile na polícia rodoviária. E eram brancos — o que, sem sombra de dúvida, impressionou os presentes.

O velho barco a remo chegou ao lago sem incidentes.

O diácono Johnson acordou cedo. A importância do dia pesava-lhe nos ombros e ele tinha motivos para estar ansioso. Vestiu uma camisa esporte areia, lustrou os sapatos creme e aparou os pêlos do nariz. No café da manhã, mastigou apaticamente um *bagel* de passas, examinou o caderno de esportes para verificar se haviam impresso corretamente o grande anúncio do torneio e depois ligou pedindo a limusine.

Resolveu fazer mais uma tentativa junto ao hospital dos veteranos.

Dessa vez dois médicos o aguardavam na recepção.

O diácono Johnson sorriu e estendeu a mão, mas os médicos olharam para ela como se fosse uma cascavel.

"Sinto muito", disse um deles, "mas o senhor tem que ir embora."

"Anda incomodando os pacientes", disse o outro.

"Mas e aquele que quer aparecer na televisão?", perguntou o diácono.

"Eles disseram que o senhor ofereceu dinheiro."

"Foi necessário", mentiu Johnson. "Normas federais."

"Dinheiro", prosseguiu o médico, "para mentir as doenças."

"Mentir, não. *Dramatizar*. Há uma grande diferença." O diácono cruzou os braços com indignação. "A nossa emissora é um empreendimento inteiramente cristão."

"Vários pacientes ficaram muito agitados quando o senhor esteve aqui na última vez."

"Certamente não foi a minha intenção."

"Falaram de violência", disse o outro médico, aparentemente um psiquiatra.

"Violência?", repetiu o diácono Johnson.

"Por isso não vamos mais permitir que entre."

"Mas um deles, o cabo Clement, manifestou interesse em participar do programa do reverendo Weeb hoje."

Os dois médicos trocaram olhares.

"Clement", repetiu o diácono, soletrando o nome. "O cara do joelho torto."

"Infelizmente o cabo Clement está isolado no sexto andar", disse o psiquiatra.

"Parece que assaltou a farmácia ontem à noite", explicou o outro médico.

"Não está disponível para programas de televisão", acrescentou o psiquiatra. "Por favor, vá embora, senhor Johnson. Antes que chamemos a segurança."

O diácono Johnson voltou para a limusine, mal-humorado.

"Para onde?", perguntou o motorista.

"Você conhece a cidade?"

"Sou nascido e criado aqui", respondeu o homem.

"Ótimo. Leve-me até alguns mendigos."

Charlie Weeb ficaria muito contrariado. Vetara explicitamente gente de rua, por ser arriscado demais. Era louvável manter padrões elevados, mas o diácono Johnson não tinha muito tempo. Faltavam poucas horas para a cura.

O motorista da limusine o levou até a região dissoluta da praia de Fort Lauderdale, conhecida como a "Faixa", mas lá todos os vagabundos tinham cabelo oxigenado e bronzeado perfeito. "Saudáveis demais", concluiu o diácono Johnson.

"Há um abrigo no Sunrise Boulevard", disse o motorista. "Vamos tentar."

O diácono Jonhson logo viu que o motorista havia acertado. De parede a parede havia alcoólatras no abrigo: vagabundos pálidos, banguelas e de cabelo oleoso, barra pesada para ninguém botar defeito. Alguns estavam tão acabados que nenhum maquiador do mundo teria condições de torná-los apresentáveis a tempo de participar do programa. Pior, a maioria curava uma ressaca tão forte que não conseguia nem entender a oferta do diácono Johnson. O dinheiro, isso eles entendiam perfeitamente, mas a parte sobre trocar de roupa e ensaiar não entrava na cabeça deles.

"É para a televisão, santo Deus", implorava o diácono.

Mas os homens apenas sorriam e se coçavam.

Desesperado, Johnson escolheu um mendigo magricela que andava de cadeira de rodas. Chamava-se Clu. O motorista depositou Clu no banco traseiro da limusine, dobrou a cadeira de rodas e guardou-a no porta-malas.

Enquanto voltavam para o Lago do Lunker, o diácono disse: "Tem certeza de que você consegue levantar?".

"Pode apostar que sim."

"Na hora em que mandam?"

"Pode apostar que sim."

Clu tinha um sorriso travesso que intrigou o diácono. "Então, qual é o problema com as suas pernas?"

"Nenhum", respondeu Clu.

"E para que a cadeira de rodas?"

"Eu fiz um negócio", disse o mendigo. "Troquei por três latas de Sterno e uma meia de lã. Nada mal, eu diria."

"Sem dúvida", concordou o diácono Johnson. "E quando foi isso?"

"Em 1981", respondeu Clu, ainda com o sorriso malicioso.

"E anda nela desde então?"

"O tempo todo. Eu não tenho por que levantar."

O diácono Johnson inclinou-se e pediu ao motorista que parasse.

"Saia", disse a Clu.

"Para quê?"

"É só um teste", explicou o diácono. "Desça e ande ao redor do carro."

Quando o motorista abriu a porta, Clu despencou de cara na calçada. O motorista abaixou-se para ajudá-lo, mas o diácono Johnson fez que não com o dedo.

"Pode se levantar, filho?"

Clu tentou com todas as forças, até seu rosto ficar vermelho, mas as pernas magricelas não funcionavam. "Eu não acredito", gemeu.

"Foi o que pensei", disse o diácono entre os dentes.

No chão, Clu continuava com seus grunhidos e contorções. "Deixe eu tentar mais um pouco", suplicou.

"Devolva-lhe essa maldita cadeira de rodas", o diácono ordenou asperamente ao motorista. "E vamos embora."

Quando já não restavam dúvidas de que a grande megacura televisiva teria de ser cancelada, ou pelo menos transferida para um cordeiro ou um gato, o diácono Johnson avistou o cego.

O homem estava sozinho, sentado no banco de um ponto de ônibus, perto da entrada do Lago do Lunker, debaixo da grande placa de madeira que anunciava o empreendimento; na verdade, bem embaixo da segunda letra "L". Parecia um milagre do céu que ele estivesse sentado ali num momento tão crucial. Só que o diácono Johnson não acreditava em milagres. A velha e boa sorte era a explicação mais provável. Mandou o motorista da limusine parar.

O cego não tinha cão nem bengala, o que encheu o diácono de esperança quanto à transação.

Andou até ele e o cumprimentou. O homem não mexeu um músculo e continuou olhando para a frente. O diácono Johnson não via nada, a não ser seu próprio reflexo garboso nos óculos escuros.

"Permita-me perguntar, mas o senhor é cego?", disse o diácono.

"Parece", disse o homem.

"E qual é o grau da sua cegueira?"

"Depende."

"Consegue ler o que está escrito naquele outdoor?" O diácono Johnson apontou um grande anúncio da Toyota na estrada, a cerca de quinhentos metros.

"É difícil", disse o homem.

O diácono levantou a mão em frente do rosto do homem. "Consegue ver isto?"

O homem fez que sim.

"Muito bom." Obrigado, meu Deus, pensou o diácono Johnson. Considerando os seus propósitos, alguém parcialmente cego era perfeito. E, para maior vantagem televisiva, o homem tinha uma aparência doentia sem estar morbidamente acabado, como alguns mendigos do abrigo.

O diácono se apresentou e disse: "Já ouviu falar do Canal Cristão de Esportes Externos?".

"Já", disse o cego.

"Então ouviu falar do reverendo Charles Weeb, que cura as pessoas em rede nacional de televisão."

"Eu não vejo televisão."

"Sei, entendo, mas pelo menos *ouviu falar* das curas do reverendo Weeb? Eu pergunto porque ele fará outra hoje. Aqui mesmo, passando este portão."

"Uma cura..."

"Transmitida via satélite pela televisão", disse o diácono Johnson. "Você estaria interessado?"

O homem brincou com a barba.

"Pagamos quinhentos dólares", esclareceu o diácono.

"E eu ficaria curado?"

"Digamos que o reverendo Weeb obtém excelentes resultados. Com a ajuda do Senhor, é claro." O diácono Johnson andou ao redor do cego e avaliou sua presença cênica. "Acho que o Senhor gostaria que você se barbeasse", disse ele. "E possivelmente que cortasse o cabelo. A trança pode ser um inconveniente."

O cego levantou o dedo do meio em frente do rosto do diácono Johnson. "Consegue ver isto?", perguntou.

O diácono deu uma risada sem graça. "Acho que o subestimei... Vamos arredondar para mil dólares."

"Por mil dólares eu tomo um banho", disse o cego. "E só."

Quando se levantou, o homem mostrou toda a sua estatura ao diácono. Tirou um chapéu de plástico florido do bolso e o ajeitou na cabeça. Então, com dedos grossos e calejados, segurou o cotovelo do diácono Johnson.

"Conduza-me."

Assim que foi dada a largada e os barcos rugiram lago adentro, Al García teve certeza de que ele e Jim Tile afogariam, que as águas agitadas cobririam o barquinho de madeira e que este viraria para baixo, prendendo os dois numa fria cápsula submersa.

Mas isso não aconteceu. O barco se revelou não só estável como seco. Era, todavia, irritantemente lento — e mais lento ainda graças ao peso do refrigerador Igloo, cheio de água fresca do lago Jesup especialmente para Queenie. Essa carga, somada ao peso considerável dos dois homens, do equipamento, do tanque de gasolina, das marmitas, da âncora e da isca (vários quilos de carpas de Harney congeladas, o prato favorito de Queenie), era quase insuportável para o pequeno e cansado motor Mercury de seis cavalos-vapor.

García conduziu o barco pelo canal, devagar e em linha reta, em direção ao Lago do Lunker Número Sete. Com uma das mãos manobrava o motor. Com a outra, corricava sem pressa uma linha de pescar equipada com uma disforme e ruidosa isca artificial, uma autêntica monstruosidade. "Parece um DIU de elefanta", García havia dito ao empertigado e contrariado vendedor que lhe dera a isca no cais. "Ou então um brinco da Cher."

Era uma viagem longa e morosa, e o zumbido monótono do motor de popa acabou dando sono. García estava semi-adormecido quando sentiu um puxão nas mãos. Abriu os olhos e viu a ponta da vara tremer e entortar. Lembrando-se do que Skink lhe ensinara, puxou duas vezes, com força, e outro puxão respondeu no final da linha. Sem muito esforço o detetive fisgou sua presa, um peixe negro e frágil que não media mais de doze centímetros.

"Parece um filhote de *bass*", opinou Jim Tile.

"Ora, vejam só", disse Al García. "Jogue no refrigerador."

"Para quê?"

"Para mostrar ao governador que nós pescamos um por nós mesmos."

"É pequeno demais", observou Tile, soltando o *bass* dentro do Igloo.

"Mas é um peixe", disse o detetive. "Vamos, Jim, entre no espírito da coisa."

Nesse momento o motor parou, tossiu duas vezes, cuspiu fumaça azul e ficou em silêncio. Al García retirou a capota e tentou consertá-lo, em vão, durante dez minutos. Depois trocou de lugar com o guarda para que este tentasse.

Jim Tile puxou repetidas vezes o cordão de partida, mas o Mercury não deu sinal de vida. Após a décima tentativa, ele sentou e disse: "Droga".

O barco de madeira boiava imóvel no canal e não havia nenhum barco à vista.

"Nós ainda temos um longo caminho", disse García.

De cócoras, Jim Tile desprendeu o tubo de combustível e cheirou a vela de ignição.

"Tem alguma coisa errada", disse ele.

García contraiu o rosto. "Não me diga que acabou a gasolina."

Jim Tile ergueu o pesado tanque de alumínio e desatarraxou a tampa. Olhou o interior dele e depois meteu o nariz no buraco.

"Está cheio de gasolina", disse com desânimo. "Só que alguém mijou aqui dentro."

30

A noite havia sido cruel com os dois.

Catherine se sentia dolorida e suja depois de ter ficado espremida no porta-malas do carro. Seus joelhos estavam esfolados e o cabelo cheirava a borracha, pois tinha usado o estepe como travesseiro. Havia chorado até conseguir dormir e, naquele momento, sob a luz ofuscante da manhã, a visão da pistola de Thomas Curl lhe deu vontade de chorar outra vez. Pensar em Decker ajudou a conter as lágrimas.

O estado de Curl tinha se agravado mais do que Catherine julgara possível. O rapaz estava à beira do coma ou da morte. Já não conseguia mexer o braço direito. O músculo estava tão enegrecido e morto quanto a cabeça de cachorro agarrada nele. Escorria catarro dos olhos e do nariz. Da noite para o dia a língua inchara e se projetara para fora da boca, como uma exótica flor escarlate. Thomas Curl praticamente ignorava Catherine no barco, mas cochichou o tempo todo com o cachorro morto enquanto acariciava seu focinho petrificado. Àquela altura Catherine já havia se acostumado com tudo, até com o cheiro.

Thomas Curl passara a manhã toda bebendo e ela concluiu que apenas o álcool impedia que a dor da infecção o derrubasse. Ele dirigia o barco lentamente, manejando o leme com os joelhos e franzindo os olhos para o sol. Passaram por vários pescadores no canal, mas aparentemente nenhum deles viu a pistola encostada ao seio esquerdo de Catherine. Se repararam na cabeça do buldogue, não deixaram transparecer.

"Eu sou um homem rico, Lucas", disse Thomas Curl ao cão. "Tenho dinheiro para comprar dez barcos daqueles rápidos lá."

"Tom, nós estamos quase chegando", avisou Catherine. Sentiu o cano da arma empurrar-lhe o seio com mais força.

"Lucas, nós estamos quase lá, garoto", disse Thomas Curl.

Ao fazer esse anúncio, apoiou o corpo contra o acelerador do Starcraft e arrancou a toda, atravessando às cegas um matagal cerrado. Catherine deu um grito ao ser atingida pelas hastes denteadas; seu rosto sangrou. O barco saiu da vegetação emaranhada, saltou para fora d'água e aterrissou na margem barrenta. O propulsor fincou-se na terra e lá ficaram eles.

"Chegamos", declarou Thomas Curl.

"Ainda não", disse Catherine.

"Não se preocupe, ele vai nos encontrar", disse Curl. "Aposto que sabe farejar a sua xoxotinha."

"Que lindo", disse Catherine. "Você devia trabalhar para a Hallmark, escrevendo cartões para o dia dos namorados.

Com a barra da saia ela limpou os arranhões no rosto. Curl saiu do barco cambaleando. Ainda segurava a pistola com a mão boa.

"Não precisa pegar a coleira", disse a Catherine.

"Está bem." Não havia coleira, é claro. Saiu do Starcraft encalhado e, no mesmo instante, amaldiçoou Thomas Curl por não deixar que ela calçasse os sapatos.

Enquanto Catherine se abaixava para tirar as urtigas dos pés, Curl inclinou a cabeça e levou a mão em concha à orelha. "O que foi?", perguntou, alvoroçado.

"O quê?", perguntou Catherine, mas Curl não falava com ela.

"O que foi, garoto?"

Em algum lugar, no brejo apodrecido que era a mente de Thomas Curl, o cachorro latia. Curl agachou-se no chão e abaixou a voz.

"O Lucas ouviu alguém se aproximando."

Catherine também ouviu. Seu coração disparou ao avistar R. J. Decker, as mãos no bolso, andando ao longo da margem do canal.

Ela acenou e tentou gritar, mas nenhum som saiu de sua garganta. Decker também acenou e sorriu, do modo como sempre sorria quando ficava algum tempo sem vê-la. Sorriu como se estivesse tudo bem, como se nenhum louco gangrenado estivesse encostando uma arma carregada no mamilo de Catherine, enquanto gritava para uma cabeça de cão decepada que lhe pendia do braço: "Ataque, garoto, vamos!".

"Calma, Tom", disse R. J. Decker.

"Cale a boca, cretino."

"Será que alguém acordou com o pé esquerdo hoje?"

"Eu disse para calar a boca e não chegar perto."

Decker permaneceu a três metros de distância. Estava de jeans, camisa de flanela e tênis. Tinha no ombro uma máquina fotográfica, pendurada por uma alça fina.

"Lembra do acordo?", disse a Curl. "Toma lá, dá cá: eu em troca dela."

"Que troca você ofereceu ao Lemus?"

"Eu não matei o seu irmão, mas diria que ele teve o que pediu."

"Você também vai ter, cretino."

"Estou vendo."

R. J. Decker viu que alguma coisa terrível se passava com Thomas Curl; viu que ele estava doente. Viu também que algo horripilante acontecera com seu braço direito e que podia ser esse o motivo de sua perturbação.

"Isso é um cachorro, Tom?", perguntou.

"O que você acha, imbecil?"

"É claro que é um cachorro", disse Catherine. "Um buldogue, acho."

"Eu conheço um cachorro parecido", disse Decker com simpatia. "Mora na mesma área de trailer que eu. Chama-se Poindexter."

"O nome deste aqui é Lucas", disse Thomas Curl.

"Ele faz algum truque?"

"Faz. Arranca o saco de cretinos como você."

"Entendo."

"Você está me machucando, Tom", disse Catherine.

"Afaste a arma dela", pediu Decker calmamente. "Solte-a já, o trato é esse."

"Você vai ver qual é o trato", disse Thomas Curl. Com a língua inchada e vermelha, lambeu a ponta do cano do revólver e o plantou bem no meio das sobrancelhas castanho-claras de Catherine. Girou o cano da arma de um lado para outro até deixar uma marca redonda e úmida em sua testa.

"Esse foi o trato que você fez com o Lemus", disse Thomas Curl. "Bem no meio da testa." Voltou a meter a arma no seio dela.

Catherine estremeceu ao sentir o aço azul contra o rosto. Chegou a pensar que desmaiaria. De certo modo, era o que desejava. Cair de cara na vegetação áspera seria melhor do que suportar aquilo. E Decker... Ela poderia cobri-lo de tapas, parado lá como se estivesse na fila do supermercado. Pela primeira vez desejou ver o jeito esquentado, o gênio perigoso. Normalmente ela detestava violência, mas aquele dia seria uma exceção. Catherine ficaria deliciada ao ver o ex-marido estrangular Thomas Curl com as próprias mãos.

"Eu preciso matar vocês dois", disse Curl. Combatia tremores profundos. Em seu rosto formavam-se grandes gotas de suor e a respiração saía em jatos explosivos e ruidosos.

Decker sabia que podia derrubá-lo, talvez até com um único e bom soco — se a arma não estivesse apontada diretamente para o coração de Catherine. Ah, Catherine... Decker precisava tomar cuidado, o homem estava perdendo a cabeça.

"Trato é trato", disse ele.

"Eu não posso soltá-la agora, porra."

"Ela não vai contar nada", disse Decker. "Precisa pensar no marido."

"É uma pena", resmungou Thomas Curl. De súbito um olho pareceu ficar maior do que o outro. Ele começou a gingar de leve, como se estivesse no convés de um navio.

"Vamos acabar logo com isso", disse Curl. "Eu não estou me sentindo muito bem."

Empurrou Catherine para Decker, que a puxou para si com as duas mãos. "Por favor, Rage", sussurrou ela.

"E então, quem leva bala primeiro?", perguntou Curl. Como nenhum dos dois disse nada, ele consultou seu fiel amigo. "Lucas, quem vai primeiro?"

"Tom, um último favor antes de você nos matar."

"Quieto!"

"Tire uma foto nossa. Eu e a Catherine, juntos."

Curl sorriu com desdém. “Para quê?”

“Porque eu a amo”, disse Decker. “E este é nosso último momento juntos. Para sempre.”

“Você *tem* esse direito.”

“Então, por favor.”

Catherine apertou a mão dele. “Eu também te amo, Rage.” As palavras soaram maravilhosas, mas, naquelas circunstâncias, Decker não sabia como interpretá-las. Uma arma faz as pessoas dizerem as coisas mais incríveis.

Tirou do ombro a alça da câmera Minolta. Thomas Curl meteu a pistola sob o braço direito e pegou a câmera com a mão boa. Examinou-a com ar confuso, como se o aparelho fosse um divisor de átomos.

“O meu pai acabou de comprar uma Polaroid.”

“Essa é muito parecida”, tranqüilizou-o Decker. “Olhe pela janelinha.”

“Assim?”, Thomas Curl levou a câmera até o olho.

“Está vendo a gente?”

“Não”, disse Curl.

Decker deu dois passos para trás, puxando Catherine pelos cotovelos.

“E agora, Tom?”

Curl deu uma risada estridente. “Ah, agora estou vendo.”

“Ótimo. Agora... aperte o botão preto no alto.”

“Espere, eu estou vendo vocês dois embaçados.”

“Não tem problema.”

“Ora, já que vocês estão nessa situação, podem pelo menos tirar uma boa foto de despedida. Me explique como eu arrumo o foco.”

Catherine apertou o braço de Decker. “Dane-se o foco”, cochichou ela. “Tire a arma dele.”

Mas, muito prestativo, Decker explicou: “O foco fica no botão preto”.

“No mesmo?”

“Isso, é automático. Basta apertar.”

“Mas que coisa...”

“Não é uma beleza?”, disse Decker.

"É, sim", concordou Curl. "Mas por onde é que sai a fotografia?"

"Essa não...", suspirou Catherine.

"Por baixo", mentiu Decker. Pela primeira vez ele pareceu ligeiramente impaciente.

Curl virou a câmera de cabeça para baixo. "Não estou vendo onde."

"Confie em mim, Tom."

"Se você diz..." Curl voltou a erguer a Minolta. Embriagado, levou vários segundos para ajustar o visor ao olho.

"Os dois não estão uma belezinha, Lucas?" Curl explodiu numa gargalhada cruel e bêbada. "Primeiro eu tiro a foto, depois eu arranco a cabeça deles."

Localizou o botão preto com o dedo trêmulo. "Muito bem, cretinos, digam 'X'."

"Até mais, Tom", disse R. J. Decker.

Não havia filme nenhum na máquina fotográfica — apenas quatrocentos gramas de gel fluido, um explosivo plástico e maleável usado geralmente em construções. Para Decker, foi uma tarefa simples passar um arame de cobre desencapado desde as baterias da câmera até a gelatina compactada, uma substância tão volátil que bastava o contato do obturador para fornecer o calor necessário à explosão.

Foi uma reação química simples e rápida.

Ao toque do botão, a Minolta explodiu. Não foi uma explosão luminosa, mas um poderoso abalo que contraiu o ar e arrancou o crânio envenenado de Thomas Curl, arremessando-o num arco digno do tiro de uma 44. Mergulhou com um baque ruidoso no meio do canal.

Catherine ficou abismada com o tempo que o corpo sem cabeça de Curl demorou para se curvar e desmoronar na lama avermelhada; minutos, pensou. É que ali, naquele instante, sob a névoa cinzenta e acre do assassinato, toda a cena parecia acontecer em câmera lenta: R. J. jogando a arma na água; R. J. arrastando o corpo até o barco; R. J. empurrando o barco ribanceira abaixo. R. J. erguendo-a com facilidade nos braços, levando-a para algum lugar seguro.

Os dois se revezavam no remo. Toda vez que passavam vagarosamente por um barco, recebiam o mesmo olhar zombeteiro.

"Eu não estou nem aí", disse Al García a Jim Tile. "Como você vê, Jim, parece que ninguém está pescando nada."

E era verdade. García e Jim Tile não sabiam o motivo nem pensaram muito no assunto enquanto remavam. Preocupavam-se apenas com um peixe, e ainda faltava muito para chegar até onde ele estava. Mas os outros participantes do torneio gostariam muito de saber que o hidrólogo de Charlie Weeb tinha avisado que isso poderia acontecer: os *bass* importados talvez não sobrevivessem na água contaminada. Contudo, mesmo que os pescadores soubessem de toda a verdade, era improvável que tivessem desistido e encostado as varas; havia muito em jogo. No fundo da alma de cada pescador reside uma confiança secreta em sua perícia, uma confiança que o impele a continuar pescando e ignorando o bom senso, os fatos simples da ciência, a ruína financeira e até os desastres naturais. Na insana competição no Lago do Lunker, usaram-se caixas inteiras de equipamento. Nenhuma arma secreta deixou de ser empregada. As águas pútridas foram sondadas por iscas artificiais de todos os tamanhos e cores imagináveis, lançadas em todas as profundidades navegáveis e em todas as velocidades possíveis. No meio do dia, ficou óbvio que nem a mais sofisticada tecnologia pesqueira do mundo convenceria aqueles peixes a morder.

Remando tediosamente pela trama dos longos canais, Jim Tile e Al García detectavam angústia no rosto dos adversários.

"Parece que eles não estão se divertindo muito", comentou García.

"Esse pessoal não sabe o que é se divertir", disse Jim Tile, assumindo sua vez nos remos. "Isso é que é divertido."

A cada remada a verdade se tornava mais evidente: mesmo que alcançassem o monte de mato submerso e fizessem o que Skink lhes dissera, provavelmente nunca voltariam ao cais no final da tarde. Remando, não daria.

Mas eles tinham que tentar.

"Pé na tábua, *chico*", disse Al García. "O tempo está remando contra a gente."

Naquele momento, no extremo oeste do Lago do Lunker Número Sete, Dennis Gault dobrava o mapa à prova d'água que o piloto de helicóptero assinalara para ele. Lanie estava na cadeira giratória lendo a *Cosmos*, uma das várias revistas que havia trazido para matar o tempo. O bronzeador havaiano fazia o nariz dela brilhar.

Dennis Gault bafejou nos óculos escuros e limpou as lentes com um lenço de papel. Testou-as contra o sol antes de colocá-las. Vasculhou seu arsenal, escolheu uma vara com plug e prendeu uma nova isca Double Whammy à linha. Verificou se o anzol estava afiado espetando-o no dedo. Sorriu, satisfeito, quando a farpa logo prendeu sua pele. Depois, borrifou a isca três vezes com a essência da Happy Gland para *bass*.

Gault finalmente estava pronto. Recuou e lançou a isca giratória no ponto exato onde as ramadas submersas deveriam estar.

"Venha, menino", disse ele. "Abra a boquinha."

31

"Explique-me", disse o reverendo Charles Weeb na cadeira do barbeiro. "Como foi, exatamente, que aquela merda entrou no ar?"

"O trecho promocional?", perguntou o diácono Johnson.

"Sim, Izzy. Com todos aqueles carros de polícia."

"Foi uma tomada ao vivo, Charles, tal como você queria. 'Interrompemos a nossa programação normal para levá-lo ao Torneio Dickie Lockhart de Pesca do *Bass* e bláblábla. Sintonize mais tarde e acompanhe o empolgante final'."

"Dezesseis carros de polícia, Izzy. Dezesseis. Parecia uma batida para pegar traficante, e não um torneio de pesca."

"Do jeito que você fala, parece até que nós é que convidamos."

"Não, não, como assim?", objetou Charles Weeb. "Vocês fizeram muito melhor: levaram a tropa para dentro de onze milhões de lares."

"O nosso tempo de satélite já estava pago, Charles", protestou o diácono Johnson. "Acho que você está exagerando."

Weeb contorceu-se com impaciência enquanto o barbeiro delineava suas cerradas sobrancelhas loiras. Talvez Izzy tenha razão, pensou, talvez a imagem dos carros de polícia não tenha sido tão negativa assim. Pode até ter despertado a curiosidade dos espectadores e quem sabe não aumentou a audiência.

"Posso trazê-lo agora?", perguntou o diácono Johnson.

"Pode, Izzy." O novo corte de cabelo de Weeb já estava pronto. Deu cem dólares ao barbeiro e o despachou. Weeb se olhou no espelho e passou um pouco de colônia Old Spice. Abriu depois o armário e selecionou um terno cor de framboesa pálida, um dos seus favoritos. Já estava com a calça vistosa quando o diácono Johnson retornou com o pecador encomendado.

"Puxa, você é mesmo um sujeito grandão", comentou Weeb.

"Devo ser", disse o homem.

"O diácono Johnson me disse que você é cego."

"Não totalmente."

"Não, claro que não", disse o reverendo Weeb. "Nenhum filho de Deus é totalmente cego, não no sentido espiritual. Os olhos d'Ele são os seus olhos."

"Caramba! É bom saber."

"Qual é o seu nome, pecador?"

"Me chamam de Skink."

"Que tipo de nome é esse? Escandinavo ou algo assim? *Skink.*" Weeb franziu a testa. "Será que se incomodaria, senhor Skink, de adotar um nome bíblico hoje? Digamos... Jeremias?"

"Claro que não."

"Excelente." O reverendo Weeb estava preocupado com a trança do homem, o que comunicou ao diácono Johnson por meio de uma pantomima.

"O cabelo fica", disse Skink.

"Não vai pegar tão mal", interveio o diácono. "Na verdade, ele parece com um dos Oak Ridge Boys."

Charlie Weeb admitiu que sim, que era verdade. "Senhor Skink, acho que já lhe informaram como a coisa funciona. Teremos um ensaio geral dentro de mais ou menos vinte minutos, mas quero alertá-lo: a situação real é muito diferente, é muito mais... emotiva. Já viu uma cura pela televisão?"

"Negativo."

"As pessoas choram, gritam, babam, tremem. É um momento de muito, muito júbilo. E quanto melhor *você* se sair, mais jubiloso será."

"O que eu quero saber", disse Skink, "é se eu vou mesmo ficar curado."

O reverendo Weeb sorriu como um velho tio bondoso e alisou as lapelas cor de framboesa. "Senhor Skink, há dois tipos de cura. Uma delas é física; a outra, uma revelação espiritual. Ninguém, a não ser o próprio Senhor, pode prever o que acontecerá esta tarde. Se não ocorrer um milagre genuíno, prometo que os seus olhos ficarão curados no sentido espiritual."

"Isso não vai me ajudar a tirar carteira de motorista, vai?"

Charlie Weeb tossiu discretamente. "O diácono Johnson mencionou que pagamos em dinheiro vivo?"

Às cinco em ponto o episódio especial e ao vivo de *Jesus na sua sala* foi transmitido via satélite para os mais distantes rincões alcançados pelo Canal Cristão. Radiante e calmo, o reverendo Charles Weeb surgiu por trás de seu púlpito de gesso rosado e deu as boas-vindas a todos os americanos que agora participavam da pitoresca e simpática comunidade do Lago do Lunker, na Flórida.

"Estamos particularmente radiantes por receber centenas de irmãos e irmãs cristãos que vieram de longe para viver conosco esse dia emocionante. Obrigado a todos pelo amor, pelas preces e pelos pagamentos adiantados... Como vocês viram com os próprios olhos, a Flórida ainda é um paraíso, um lugar de paz, de recolhimento interior, de celebração da obra gloriosa de Deus por meio da natureza..."

A câmera número um focalizou o céu.

"E vejam só. Neste exato momento, as águias voam sobre estes belos e novos Campos Elíseos!"

Os pássaros que voavam no alto não eram águias, mas urubus comuns de cor marrom. O câmera tinha ordens severas para evitar closes.

A câmera número dois fez um giro panorâmico sobre a platéia — rostos solenes, satisfeitos, atentos, com exceção de um homem na primeira fila que não estava aplaudindo. Usava um terno estampado e desengonçado, um chapéu de palha gasto e óculos de lente preta. Não tinha cara de feliz soldado de Cristo. Estava mais para o Charles Manson dos esteróides. A câmera dois não focalizou o rosto dele por muito tempo.

Charlie Weeb demorou vinte minutos para convocá-lo. A essa altura a platéia vibrava num frenesi lacrimoso. Como Weeb previra, mulheres gordas desmaiavam a torto e a direito. Homens-feitos choravam como bebês.

A um aceno de cabeça do reverendo Weeb, dois jovens diáconos de ternos brancos como pombos conduziram o cego até o palco.

"Pobre e infeliz pecador", disse Weeb. "Como se chama?"

"Jeremias Skink."

"Ah, Jeremias..."

A platéia exultou.

"Jeremias, você acredita em milagres?"

"Sim, irmão Weeb", disse Skink. "Acredito."

"Acredita que o Senhor está aqui, no Lago do Lunker, neste dia?"

"Acredito que está aqui com o senhor", disse Skink recitando as falas, que haviam sido cortadas drasticamente devido a problemas durante o ensaio.

"E, Jeremias, acredita você que ele zela por seus filhos?"

"Ele ama a todos nós", disse Skink.

"É cego, ai de ti, há quanto tempo?.

"Ai de mim, há muito tempo."

"E os médicos perderam as esperanças?"

"Totalmente, reverendo Weeb."

"E até você mesmo perdeu as esperanças em si próprio, não é, irmão?"

"Amém", disse Skink, enquanto uma Minicam dava um zoom em seus óculos escuros. Estava furioso consigo mesmo por ter se sujeitado a usar o chapéu de palha e o terno caipira.

O reverendo Weeb enxugou a testa com um lenço e pousou a mão gorducha e rosada sobre o ombro de Skink.

"Jeremias", disse ele solenemente, "neste glorioso dia tropical com que Deus nos presenteou, neste dia em que esportistas retiram tesouros dessas águas tão puras que nos cercam, neste dia é desejo de Deus que você volte a enxergar. Deve ver a glória de Sua criação: da luz do sol, do céu e da estonteante beleza natural desta comunidade pacata, cujas moradas têm um preço tão modesto. Gostaria de ver tudo isso, Jeremias? Gostaria de voltar a enxergar?"

“Pode apostar o seu traseiro”, disse Skink, desviando-se um pouco do roteiro.

As sobrancelhas do reverendo Weeb arquearam-se, mas ele não perdeu o rebolado.

“Jeremias”, prosseguiu ele, “pedirei que esses bons cristãos que são nossas testemunhas, hoje, aqui no Lago do Lunker, que dêem as mãos. E todos vocês, em casa, larguem a Bíblia e também dêem as mãos. E eu próprio segurarei as suas mãos, Jeremias, e juntos vamos rogar a Deus Todo-Poderoso que o abençoe com o dom da visão.”

“Amém”, disse Skink.

“Amém”, ecoou a multidão.

“Fazei este pecador enxergar!”, gritou aos céus o reverendo Weeb.

“Enxergue!”, gritou a multidão. “Enxergue! Enxergue!”

Skink entrou no espírito da coisa, a despeito de si mesmo. “Veja-me, sinta-me!”, berrou.

“Veja-o, sinta-o”, a platéia repetiu. O novo refrão era estranho, mas tinha uma cadência agradável.

Sem perder tempo, o reverendo Weeb devolveu as exortações da oração a termos mais convencionais. “Deus, salvai este infeliz pecador!”

“Salvai-o!”, ecoou a multidão.

Tal como uma tartaruga ameaçada, o reverendo Weeb encolheu o pescoço, retraiu os membros e piscou os olhos. O transe durou um minuto. Finalmente, voltou a si. Levantando os braços acima da cabeça, declarou: “A hora se aproxima, Jesus chega à nossa sala!”.

O público aguardou, enlevado. A Minicam estava tão próxima que dava para contar os poros do nariz de Charlie Weeb.

“Jeremias, repita comigo”, disse ele. “ ‘Jesus, deixe-me ver Teu rosto.’ ”

Skink repetiu.

... “ ‘Jesus, deixe-me ver a luz do sol.’ ”

“Jesus, deixe-me ver a luz do sol.”

“ ‘Jesus, deixe-me ver a pura glória cristã de Sua mais nova criação, o Lago do Lunker.’ ”

"Idem", disse Skink. Agora vinha a parte engraçada.

"Que seja feita a vontade do Senhor", declarou Weeb. "Jeremias, meu caro irmão em Cristo, tire as lentes que o protegiam."

Skink tirou os óculos escuros e meteu-os no bolso superior do paletó. Uma onda de choque varreu a platéia. Skink não havia permitido que as maquiadoras chegassem perto de seu rosto. As Minicam recuaram rapidamente.

Desviando o olhar do rosto dele, o reverendo Weeb vociferou: "Jeremias, está realmente curado?".

"Estou, sim, irmão Weeb."

"E o que está vendo?"

"Um grande homem de terno cor de framboesa."

O público aplaudiu. Muitos bradaram graças febris aos céus.

Sorrindo modestamente, o reverendo Weeb continuou: "Jeremias, acima de mim há dizeres jubilosos — dizeres invisíveis a seus olhos há poucos instantes. Diga-nos o que está escrito".

Essa era a grande deixa de Skink, o gancho com o torneio transmitido ao vivo. Como a suposição era que ele continuaria basicamente cego depois da cura, pediram que Skink decorasse o estandarte e fingisse que o lia no ar. O estandarte dizia: "O LAGO DO LUNKER APRESENTA O TORNEIO DICKIE LOCKHART DE PESCA DO *BASS*".

Mas aquelas não eram as palavras que Skink pretendia dizer ao microfone.

Charlie Weeb esperou três longos instantes. "Jeremias?"

Skink ergueu os olhos para o estandarte.

"Jeremias, por favor", disse Weeb. "O que está escrito?"

"Diz: 'Esprema o meu limão, boneca'."

Um silêncio pesado e incômodo desceu sobre o palco. O rosto do reverendo Charles Weeb encheu-se de terror. Seu queixo caiu e as brilhantes coroas de ouro em sua boca chocaram-se vigorosamente, mas nenhuma palavra espiritual saiu dela.

O grandalhão cego, de rosto inchado, começou a chorar.

"Obrigado, Senhor. Obrigado, irmão Weeb. Obrigado por tudo."

Com isso, Skink virou-se de frente para a câmera um.

E piscou.

E, ao piscar, o olho de coruja amarelo pulou da órbita e saltou no chão com o ruído pesado de uma bola de gude. Até quem estava na última fileira ouviu.

"Oh, já posso ver de novo, irmão Weeb", gritou o homem outrora cego. "Venha, deixe-me abraçá-lo, como o Senhor me abraçou."

Com gestos simiescos, Skink abraçou a Minicam e puxou-a para o rosto.

"Esprema o meu limão, boneca!", gemeu ele, esmagando os lábios contra as lentes.

Na platéia, treze mulheres desmaiaram aos trambolhões, caindo das cadeiras dobráveis.

Dessa vez foi autêntico.

"Quer uma cerveja?", perguntou Lanie.

"Não", disse Dennis Gault.

"Uma Perrier?" Lanie remexeu dentro do frigobar.

"Silêncio", pediu Dennis.

Estava lançando a linha sobre as ramadas há muito tempo, mas sem sentir uma mordida sequer. Experimentara todas as iscas do estojo e mais alguns híbridos experimentais, mas voltou à Double Whammy por teimosia. Esta era a isca artificial secreta de Dickie Lockhart, todos sabiam, e Dennis Gault estava louco para ganhar o torneio com ela. Para exibi-la. Esfregá-la na cara de todos. Mostrar àqueles caipiras cretinos que o rei deles estava morto de verdade.

Gault tinha certeza de que aquele era o lugar certo, pois o rastreador sônico fornecia uma topografia detalhada do fundo do canal. As ramadas apareciam como um espigão preto e irregular no mapa, que não mostrava nenhuma outra forma. Uma mancha vermelha e elíptica brilhava debaixo dele.

Era o peixe.

Ele não ficava parado; movia-se lentamente ao redor dos engradados submersos. Gault direcionava os arremessos conforme esses movimentos.

"Por que esse infeliz não morde?", perguntou Lanie.

"Não sei", disse Gault. "Mas eu gostaria que você ficasse quieta."

Lanie fez cara feia e voltou às revistas. Queria que seu irmão ganhasse o torneio tanto quanto ele próprio, mas não entendia por que levava o assunto tão a sério. Afinal, não precisava do dinheiro. Bobby Clinch, pelo menos, tinha bons motivos para ficar tenso nos torneios de pesca: tinha que pôr comida na mesa de Clarisse e gasolina no Corvette de Lanie.

Girou a cadeira de modo que o sol batesse nas costas e começou a ler um artigo sobre bulimia.

Cinco metros abaixo do barco, num vácuo escuro, o grande peixe estava aborrecido e inquieto. Um alarme primitivo havia disparado em algum lugar de seu sistema nervoso central — um alerta de sobrevivência, poderoso mas pouco esclarecedor. O grande peixe não sabia o que acionara o aviso interno — uma grave escassez de oxigênio, causada pelas toxinas da água —, mas reagiu como todo *largemouth bass* quando percebe uma mudança na atmosfera.

Decidiu se empanturrar.

Como uma tora, o peixe emergiu do fundo do canal e boiou, invisível, sob a sombra flutuante do barco. Esperou o familiar ruído rítmico da mão batendo na água e espiou através do espelho líquido, esperando ver o rosto amigo da criatura que sempre lhe trazia carpas. A fome começava a corroer seu estômago.

Ao olhar para a tela do rastreador, Dennis Gault exclamou: "Meu Deus, o miserável está bem debaixo de nós!".

"Eu não estou vendo", disse Lanie.

"Debaixo do barco. Veja lá, no sonar."

O peixe estava tão próximo que Gault podia dispensar o arremesso. Bastava mergulhar a isca giratória na água, contar até doze e começar a puxar lentamente. A isca deslizou sem enroscar nas ramadas e foi chacolhando em direção à superfície. A aba de borracha vibrava, as duas colheres metálicas rodopiavam. Toda aquela agitação mecânica transmitia o medo de uma criatura perseguida. Mas a isca não se comportava como uma rã, uma carpa ou outro peixe qualquer. Na verdade, não se assemelhava a nada na natureza. Mesmo assim, o peixão a engoliu avidamente.

Dennis Gault nunca sentira tamanha força. Quando o peixe fisgou, Gault reagiu três vezes, puxando com todo o vigor. A vara dobrou e a linha zuniu, mas a criatura nem se mexeu. Parecia um bloco de concreto.

"Santo Deus", disse Gault. "Elaine! Peguei! Peguei!"

Ela largou a revista e correu para buscar a rede.

"Não, ainda não!" Seu irmão ofegava tanto que Lanie achou que era hora de providenciar uma embalagem para o peixe.

O peixão passou a fazer uma coisa que Dennis Gault jamais tinha visto um *bass* fazer: começou a puxar a linha. E não apenas num ímpeto nervoso, mas com um impulso ruidoso e constante. Gault apertou o polegar sobre o carretel e gritou quando a pele se esfolou, ficando em carne viva diante de seus olhos. O *bass* sequer diminuiu a velocidade.

Com a mão livre, Gault ligou o motor e engatou a ré do barco: ia recuar sobre o bicho, como faria com uma macaíra ou um atum.

"O que eu faço?", perguntou Lanie, indo para a traseira do barco.

"Pegue a direção quando eu disser."

A quarenta metros do barco, o peixe rompeu a superfície. Pesado demais para remover o obstáculo da água, sacudia a cabeça em fúria sísmica, a isca pendendo da parte inferior da boca. Para Dennis Gault, o grotesco *bass* era tão tenebroso e sinistro como um ser pré-histórico. Não era capaz sequer de calcular seu peso. A boca do peixe parecia do tamanho de uma cesta de basquete.

"Puta merda", exclamou Lanie, fascinada.

"Vamos, é com você." Gault fez sinal para que ela pegasse a direção. "Leve o barco direto para cima desse merda." Ele se levantou e apoiou a ponta da vara na barriga, usando os músculos das costas e das coxas como alavanca na briga. O peixe continuava indiferente. Para cada metro de linha que Dennis Gault ganhava, o *bass* gigante conquistava dois.

"Mais rápido", disse Gault à irmã, que empurrou o acelerador de mão. Era a primeira vez que pilotava um Ranger, mas imaginou que não devia ser muito diferente do Corvette.

Com o motor em marcha a ré, o barco aos poucos foi vencendo a distância entre Dennis Gault e a criatura presa na ponta da linha. Depois de várias investidas breves, o *bass* submergiu no fundo e lá permaneceu, recuperando o fôlego.

Gault confiava tanto no seu sofisticado equipamento e nos conhecimentos que possuía sobre o comportamento dos peixes que se sentiu seguro para apertar a trava do carretel. O propósito era impedir que o peixe ganhasse mais linha. Com qualquer outro *bass* de bom tamanho a estratégia teria funcionado — o monofilamento de vinte libras era extremamente forte. A vara de grafite era flexível, mas resistente. Por fim, segundo o raciocínio de Gault o mais importante era que o peixe estivesse devidamente exausto ao final de uma batalha tão extraordinária.

Gault girou a trava de modo que só um caminhão Mack fosse capaz de roubar mais linha. Depois, começou a puxar.

"Acho que está vindo", anunciou. "Mas que puto! Já vai desistir?"

O grande peixe deu uma guinada com a cabeça, recusando-se a entregar os pontos, mas Gault conseguiu trazê-lo do fundo. Ao contrário dos velhos e manhosos *bass* que habitavam os lagos de fazendas muito visitadas ou de locais turísticos, aquele nunca sentira a fisgada de um anzol, nunca lutara contra garras invisíveis. Não desenvolvera nenhuma tática que lhe permitisse escapar de Dennis Gault e sua poderosa máquina barulhenta. Só podia contar com a própria força e, naquela água ruim, pouco restava dela.

Gault saboreou a sensação de ver o peixe enfraquecendo e seus lábios esboçaram um sorriso. Se Dickie ainda estivesse vivo, pensou, seria fulminado pelo espetáculo daquele monstrengo pendurado no cais. Gault verificou se a rede estava ao alcance.

A linha então afrouxou.

Durante um nauseante momento, Gault pensou que o *bass* se libertara, mas logo entendeu. O peixe avançava rápido na direção do barco. Ele puxou freneticamente, tentando esticar a linha.

"Elaine, ele vem disparado na nossa direção! Avance!"

Lanie mudou a marcha com um solavanco e o barco deu um salto para a frente, agitando água e formando espuma.

O peixão veio à tona; parecia um grande cano de esgoto cor de bronze flutuando atrás da popa. Era tão escuro que lembrava a sombra de alguma coisa, não a coisa em si. Pela primeira vez Dennis Gault percebeu o verdadeiro tamanho do peixe e sentiu a emoção correr-lhe nas veias. Era sem dúvida alguma um recorde mundial. Gault já via seu nome no placar. Já via o *bass* pregado na parede atrás de sua mesa. O taxidermista tornaria os flancos mais brilhantes, retocaria as barbatanas, devolveria um pouco da fúria aos opacos olhos rubros.

A fúria brilhava neles naquele momento, só que Dennis Gault não podia ver.

Quando puxou a linha, o *bass* nadou docilmente em direção ao barco. "Pegue a rede!", gritou para a irmã. "Vamos, passe logo essa rede!"

Mas o peixe deu uma rabanada e mergulhou.

"Marcha a ré!", gritou Dennis Gault.

Lanie empurrou o acelerador com o máximo de força e o possante motor de popa estremeceu e rugiu ao recuar. Foi então, com o barco diretamente sobre ele, que o peixe revelou a pequena dose de astúcia de que a natureza dotara seu cérebro diminuto. Mudou de rumo.

"Não, não, não, não!" — Dennis Gault dava gritos histéricos.

O barco estava indo para um lado e o *bass* para outro. Gault apoiou os joelhos na amurada. Segurou a ponta da vara com as duas mãos.

A linha se retesou.

A vara foi se dobrando até que a ponta tocasse a água. "Pare!", gritou Dennis Gault. "Pare, seu imbecil, seu gordo filho da mãe..."

O grande peixe não parou.

Com o carretel totalmente esgotado, Dennis Gault não tinha mais linha para desenrolar. Só lhe restava resistir.

"Solte!", suplicou Lanie.

"Nem fodendo", disse Dennis. "Esse peixe é meu!"

Impotente, Lanie testemunhou o seu irmão ser arrastado de cima da popa. A última coisa que viu foi a sola do Top-Sider que ele usava.

O som da queda na água veio seguido de um lamento surdo e arrepiante, mas não provinha de Dennis. Seu grito emudeceu quando ele atingiu a hélice, que girava (segundo o tacômetro do painel) a quarenta mil voltas por minuto, precisamente. Ocorre que a hélice um modelo turbo SST novinho em folha e, assim, as três lâminas curvas e inoxidáveis estavam afiadas como sabres. Era como se Dennis Gault tivesse caído de cara sobre um triturador de lixo de duzentos cavalos-vapor. O som que Lanie ouviu era o da carne sendo moída.

Ela desligou o motor e levantou para ver o que havia acontecido.

"Dennis?" Temerosa, espiou a água escurecida, que se tingia de vermelho.

Um retalho de tecido azul como o céu flutuou na superfície: um pedaço de um macacão oficial dos Pescadores de *Bass*. Quando Lanie viu aquilo, percebeu que não adiantava mergulhar para resgatar o irmão. Segurou-se na amurada do barco com as duas mãos, inclinou-se para fora e delicadamente vomitou os croissants.

A cem metros do barco, no ponto onde o canal de Charlie Weeb encontrava o dique, o grande peixe rompeu a superfície, sacudiu a cabeça e livrou-se do anzol.

32

Catherine e Decker sentaram-se no capô do carro, estacionado entre as caminhonetes. De lá tinham uma boa visão do palco, do local de pesagem, da rampa e do cais. O sol escorregava por trás de uma camada baixa de nuvens acobreadas e alguns barcos começavam a voltar.

"Você está bem?", perguntou Catherine. Ela havia tomado banho, escovara o cabelo e trocara de roupa. Decker passara num shopping center e lhe comprara uma calça comprida e uma blusa verde; Catherine se comoveu por ele ainda lembrar o número que ela usava.

"Eu estou ótimo", disse Decker. Mas suas lentes mentais haviam registrado Thomas Curl em três fotogramas, todos nada agradáveis.

"O James nunca vai acreditar nisso", disse Catherine.

Decker olhou-a de modo estranho e no mesmo instante ela se sentiu péssima por ter tocado no nome do marido.

"Viu só quanta emoção você estava perdendo por não continuar casada comigo?", disse Decker.

"Eu não me lembro de ser assim."

"Pois eu me lembro", disse Decker. "Era assim mesmo." Ele sorriu e apertou de leve a mão dela. Catherine ficou aliviada; ele ficaria bem. Deslizou do capô e foi examinar a comida que havia no bufê armado perto do palco.

Vindo não se sabe de onde, Skink se materializou e roubou o lugar de Catherine sobre o carro.

"Que bela roupa", comentou Decker.

"Fazia anos que eu não enfiava um terno no corpo."

"E o chapéu também é uma beleza."

Skink deu de ombros. "Você perdeu o show."

"O que aconteceu?"

"O pastor tentou me curar."

Decker riu um pouco ao ouvir a história de Skink.

"Isso explica onde foi parar o público."

"O pessoal se espalhou que nem ratos", disse Skink. "O pior é que eu perdi o maldito olho. Saiu rolando pelo chão."

"Vamos arranjar um outro."

"Da próxima vez eu não quero olho de coruja, não. Prefiro de javali, um daqueles bem grandes e bravos."

Decker vinha acompanhando os barcos que chegavam em alta velocidade; naquele instante, porém, virou-se para Skink e disse em voz baixa: "Eu estou meio encrencado, capitão".

Skink estalou a língua contra os dentes.

"Eu matei aquele homem", disse Decker.

"Foi o que imaginei."

"Não havia outro jeito."

Skink perguntou o que havia acontecido com o corpo e Decker lhe contou. "Não se preocupe", disse ele. "Você agiu bem."

"Não me preocupar?"

"Ouviu o que eu disse."

Decker suspirou. Sentia-se desligado e aéreo, como se tivesse saído do corpo. Tinha a impressão de estar sentado no alto de uma árvore, olhando para si mesmo e para aquele venerável personagem de chapéu de palha, terno desalinhado e óculos escuros. Daquela perspectiva, Skink teria possibilitado um belo estudo fotográfico. Parecia um traficante de LSD, de aparência libertina, em Woodstock. Ou Altamount. Eram aqueles sujeitos que pareciam velhos demais e barra pesada demais para o público.

Decker decidiu contar a Skink por que voltara ao Lago do Lunker. Ele acabaria perguntando, de qualquer modo.

"Quando eu encontrei a Catherine", disse ele, "comecei a pensar no Dennis Gault."

"Esse é caso para a polícia de Nova Orleans", repetiu Skink. "Foi uma piada; portanto, esqueça. Você está limpo."

"Eu não estava pensando na polícia de Nova Orleans, capitão", disse Decker. "Estava pensando no Bobby Clinch, no Ott Pickney e no Dickie Lockhart. E no que o Gault fez a eles."

"E à Catherine."

"Também."

"Tem razão", concordou Skink. "Esse senhor Gault não é propriamente um homem gentil."

Decker respirou fundo e foi em frente: "Eu estou pensando seriamente em matá-lo."

"Agora que pegou o traquejo, certo?"

Decker se magoou com o sarcasmo de Skink. Você me deu um ótimo exemplo, pensou. "Não sei o que eu vou fazer quando encontrar esse cara. Não sei se vou conseguir me controlar."

"Não me venha com esse papo de aloprado", disse Skink. "Você quer mesmo fazer isso? Ou está se sentindo na obrigação de fazer? Pense bem, Miami. O Tom Curl foi outra história: você tinha que salvar a sua garota. Aquilo lá foi resgate, mas agora seria vingança. Até um caolho lunático como eu consegue ver que você não teria estômago. E eu fico feliz com isso."

Decker virou o rosto.

"Mas o motivo para não matar o canalha é outro", acrescentou Skink. "Simplesmente não é necessário."

"Talvez você tenha razão."

"Acho que você não entendeu."

"Não importa." Decker desceu do capô. Avistou Catherine chegando com dois cachorros-quentes com chili. "É melhor a gente ir embora antes da festança", sugeriu ele com voz cansada.

Skink sacudiu a cabeça. "É melhor você ficar", disse. "E além disso eu preciso de um favor."

"Mas claro."

"Você sabe mexer nessas malditas câmeras de TV?"

Mais tarde, quando o *Wall Street Journal* e outros jornais reconstruíram o colapso do Canal Cristão de Esportes Externos, alguns colegas e concorrentes de Weeb o chamaram de tolo por não ter tirado do ar o programa no Lago do Lunker assim que Skink deu um beijo de língua na Minicam. Contudo, tal apreciação não levava em conta a pressão dos patrocinadores de Weeb, que haviam desembolsado somas fabulosas para financiar o torneio de pesca e que sem dúvida alguma esperavam ver o evento (e todos aqueles produtos para pesca) ser transmitido em rede nacional. Para esses empresários, a tentativa de cura pela fé não passava de um grosseiro e irritante preâmbulo ao acontecimento central. A pesagem dos peixes foi presenciada por nada menos que toda a diretoria da Happy Gland, indústria que fabricava a essência de peixe. Os diretores haviam deixado Elijay, na Geórgia, com a expectativa de que Eddie Spurling, seu novo porta-voz, vencesse disparado o Torneio Lockhart. Fora o que Charlie Weeb lhes dissera com a mais absoluta segurança.

Portanto, mesmo depois da atuação de Skink não se cogitou abortar o programa. Na verdade, havia sobrado pouco tempo entre o show religioso e o final do torneio. Weeb não pôde avaliar com calma a extensão da catástrofe em termos televisivos. Sabia que as conseqüências haviam sido ruins. Péssimas. O mar de rostos cristãos e devotos se dissipara diante de seus olhos. As dez primeiras fileiras em frente ao palco se esvaziaram e as cadeiras viradas denunciavam a rapidez da retirada. Alguns fiéis passeavam pelo cais, enquanto outros giravam na órbita do bufê gratuito. A maioria, aparentemente, refugiara-se nos ônibus fretados, encolhendo-se nos assentos para recitar trechos apropriados da Bíblia. Não viam a hora de sair do Lago do Lunker.

Assim que Skink pulou para fora do palco em busca do seu globo ocular, Charlie Weeb chamou um comercial e saiu à procura do diácono Johnson, que tivera a precaução de requisitar a limusine e partir para destino ignorado. A principal indagação de Weeb — enunciada numa explosiva torrente de obscenidades — dizia respeito à escolha do senhor Jeremias Skink como indivíduo digno de ser curado. O reverendo Weeb estava convencido de que Skink era mais demente do que inválido e de que sua tendência esquizóide para a automutilação deveria ter sido percebida pelo diácono Johnson (que, afinal, recebia duzentos mil por ano para impedir tais embaraços).

Sem conseguir localizar o diácono, Charlie Weeb voltou ao palco e tentou salvar a situação. Sua imagem de curandeiro espiritual fora prejudicada, talvez irremediavelmente, mas tal fato o preocupava menos do que o crescente espectro da ruína financeira. Chegara aos ouvidos de Weeb que muitos peregrinos que haviam assinado contratos novos para a aquisição de residências no Lago do Lunker começavam a recuar — meia dúzia havia até exigido a devolução do depósito. A notícia embrulhou feio o estômago de Weeb.

O que lhe faltava naquele instante — tratava-se, na verdade, da única coisa capaz de salvar o empreendimento — era um grande e caloroso encerramento sulista. Especificamente: um radiante, bronzeado, bom e simpático rapaz personificado em Eddie Spurling e sua fieira de *bass* graúdos. Tal imagem elevaria o estado de espírito geral.

Assim sendo, Charlie Weeb agarrou o microfone e falou sem parar enquanto os barcos chegavam com os motores a toda. Falou do sol, do clima balsâmico, das águas calmas, do aquecimento central, das prestações negociáveis, das ciclovias, dos salões de jogos, das taxas baixas de manutenção, da piscina olímpica — de tudo, enfim. Menos de peixes.

Pois peixes era o que não havia ali.

Todos os barcos chegavam vazios. O repórter esportivo da emissora cristã estendia o microfone para o rosto do pescador e este arrumava o boné, cuspia tabaco e resmungava que tinha sido um dia daqueles. Então o repórter esportivo sorria amarelo e dizia: "Espero que tenha mais sorte da próxima vez".

A multidão que aguardava no cais — formada principalmente por patrocinadores, vendedores de equipamento e parentes dedicados dos competidores — não se lembrava de um dia de pesca mais desolador, nem nas semanas após o furacão Camille, que destruíra o sul do país.

O próprio Skink ficou preocupado com o que estava vendo, mas não havia nada a fazer senão esperar. Era impossível que ninguém tivesse pescado nada.

Quanto mais claro se tornava o quadro, mais difícil era para Charlie Weeb dar um verniz positivo aos eventos do dia. Uma pesagem com nada para pesar era algo extremamente monótono em termos televisivos, mesmo na TV a cabo. Para tapar buraco nas transmissões até que Eddie "Ligeiro" Spurling chegasse, Weeb ordenou que o diretor passasse uns vídeos sobre como pescar, fornecidos pelos grandes fabricantes de equipamento.

Faltavam apenas dez minutos para o encerramento do prazo. O sol de inverno ia deixando o céu e quarenta e sete barcos estavam de volta à rampa. O placar vazio zombava de Charlie Weeb, que já não sabia como reunir coragem para encarar o comitê da Happy Gland.

Onde estava Eddie Spurling e seus *bass* gigantes?

Nos bastidores, o jovem hidrólogo abordou o reverendo Weeb. "Más notícias", disse ele. "A água nunca esteve tão ruim quanto hoje."

"Suma da minha frente", gritou Weeb. Não dava mais a mínima para a água. Os peixes de Eddie estariam bem, já que vinham das águas dos Everglades.

Com um olhar grave, o hidrólogo prosseguiu: "O senhor está prestes a ter um sério problemão".

"E você está prestes a levar um chute na bunda. Caia fora!"

O microfone de ouvido de Weeb zumbiu e o diretor de televisão perguntou: "Quanto tempo ainda?".

"Faltam três barcos", disse o sacerdote. "Fique frio, vai valer a pena."

E valeu.

Naturalmente Skink foi o primeiro a ouvi-los chegar. Saltou de cima do carro de Decker e caminhou até o cais. Os outros espectadores abriram caminho, reconhecendo de imediato o ciclope ensandecido que o reverendo Weeb tinha tentado curar. Skink esperou sozinho até que Decker e Catherine chegassem, de mãos dadas.

"Ouça", disse Skink.

Decker ouviu o barulho do barco. O piloto, não importava quem fosse, aproximava-se com extrema lentidão — comportamento virtualmente desconhecido nos circuitos profissionais de pesca do *bass*.

"Será que é problema no motor?", disse Decker.

Skink sacudiu a cabeça. Um sorriso maroto surgiu em seu rosto.

"A coisa promete", disse Catherine.

O cais foi subitamente banhado por uma luz vibrante quando os holofotes se acenderam. Um dos câmeras da emissora, um ruivo magro e rijo de cabelo cacheado, chegou correndo na rampa dos barcos com a Minicam equilibrada no ombro. Sem maiores explicações, passou a câmera e o gerador portátil a R. J. Decker e se afastou.

"Ele já tinha compromisso", explicou Skink. Catherine não podia garantir, mas achou que ele tinha piscado o olho bom por trás dos óculos escuros.

Decker focalizou a câmera enquanto Catherine arrumava o fone de ouvido na cabeça dele; na mesma hora ouviu os berros do diretor ordenando que a câmera dois ficasse pronta.

"Vai ser moleza", disse Decker. Qualquer criança de quatro anos seria capaz de operar o zoom.

Skink esfregou as mãos grosseiras. "Luz! Câmera!"

Decker focalizou o lago e ficou de prontidão. Não demorou para que um barco de pesca entrasse no campo de visão. Era Eddie "Ligeiro" Spurling que se aproximava lentamente. A razão era óbvia.

Ele rebocava mais dois barcos.

"É Spurling?", gritou o diretor de TV para a câmera dois.

"É", respondeu Decker.

A confirmação foi passada para o reverendo Weeb, que entrou no sistema de som e convocou todos os que estavam ouvindo para voltar agora mesmo à área do cais. Até os que haviam se refugiado nos ônibus emergiram para ver o que estava acontecendo.

"Vá em frente, Rudy", instruiu o diretor, e Decker obedeceu, como Rudy teria feito.

Enquanto a procissão de barcos avançava monotonamente pelo Lago do Lunker Número Um, algumas pessoas na multidão (sobretudo quem tinha binóculo) começaram a mostrar apreensão. Curioso, Charlie Weeb desceu do palco e se juntou à sua congregação na beira da água.

R. J. Decker se saía muito bem como câmera. Tudo o que aparecia no visor estava perfeitamente em foco.

Lá vinha Eddie Spurling virado para trás no assento do piloto, vigiando os barcos alquebrados que rebocava.

O primeiro era o barquinho de madeira — e nele estavam Jim Tile e Al García sentados na popa. Saudaram as luzes da TV com latas de Budweiser.

Charlie Weeb deixou escapar um gemido. "Virgem Maria, são os irmãos Tile." Ele se esquecera por completo do tição e do *cucaracha*. "Tirem as câmeras de cima deles!", gritou o sacerdote.

Lentamente R. J. Decker deu uma panorâmica no segundo barco, e o que ele viu fez seus joelhos dobrarem.

Era o Starcraft. E não estava do jeito que Decker o deixara.

"Oh, não!", exclamou Catherine, e se escondeu atrás de Skink. Apoiou a cabeça nas costas dele e fechou os olhos.

O barco estava cheio de urubus.

Era um aglomerado irrequieto de doze pássaros, talvez mais, todos de um marrom lustroso, robustos, destemidos e atarracados, com cabeças vermelho-sangue e olhos cruéis e penetrantes. Arrotavam, agitavam-se e piscavam sob a luz forte, mas não voavam. Estavam cheios demais.

"A freguesia não arreda pé", Skink sussurrou para Decker.

Entorpecido, Decker deixou que a câmera que operava entrasse no barco. Ignorou a voz sem corpo que berrava no fone de ouvido.

Os urubus passeavam em meio a uma confusão de ossos humanos. E, mesmo não tendo restado nada nos ossos, de vez em quando um daqueles pássaros repugnantes inclinava a cabeça e bicava furiosamente, mostrando aos outros que o dono era ele. O urubu maior, um macho de penas eriçadas e bico torto e manchado, exibia um crânio amarelo e descarnado sob as garras.

"Parece de cachorro", disse Skink, confuso.

"É o Lucas", suspirou Catherine. "Rage, eu quero ir para casa."

Assim que Eddie Spurling prendeu os barcos, Charlie Weeb se precipitou para ele e perguntou: "Por que rebocou esses imbecis?".

"Porque eles me pediram."

"E onde estão os peixes?"

"Não pesquei nada", comunicou Spurling. "Levei uma surra."

Weeb mordeu o lábio superior. Precisava tomar cuidado com as palavras. Uma multidão considerável os cercava. Os outros competidores queriam ver como se saíra o famoso pescador da televisão.

"Como assim, não pescou nada?", murmurou Weeb com voz estrangulada. "Como é possível?" Fulminou-o com os olhos. Onde diabos estavam os *bass* contrabandeados?

"Os danados não quiseram fisgar nada hoje."

"Você está ferrado, Eddie."

"Acho que não."

O repórter esportivo da emissora meteu o microfone debaixo do queixo de Spurling e perguntou ao astro do *Febre do peixe* o que tinha acontecido.

"Foi um daqueles dias", filosofou Eddie Ligeiro, "em que nos sentimos a válvula de limpeza de saliva no trombone da vida."

Al García e Jim Tile desceram do barco com o refrigerador. Skink os esperava.

"Não trouxemos a Queenie", informou García.

"Eu sei."

García olhou para Jim Tile e depois para Skink.

"Aposto que vocês tiveram problemas com o motor", disse Skink.

"Eu não acredito." García compreendeu o que havia acontecido, mas não sabia o motivo.

"O que houve, homem da selva?"

"Uma mudança nos planos", explicou Skink. "Tive uma inspiração de última hora."

Jim Tile pensava a respeito. "O Starcraft não está participando do torneio."

"Não", disse Skink. "Pergunte ao Decker: ele sabe que barco é esse."

"Então ainda falta um", observou García.

"Falta", confirmou Jim Tile. "O de Dennis Gault."

Skink tinha um ar satisfeito. "Vocês dois são bem espertos, meninos. Nem parecem tiras."

Al García lembrou o que Skink lhe ensinara a respeito dos grandes peixes. "E me conte então que diabo você fez."

"Eu não fiz nada, *señor*, só facilitei as coisas." Skink abriu a tampa do refrigerador e viu o pequeno *bass* que García fisgara nadando veloz na água pura. "É extraordinário, sargento! Estou orgulhoso de você."

"Senhor, há algo que precisa saber", disse Jim Tile.

"Daqui a pouco, guarda Jim. Antes nós vamos levar esse pequeno embornal para o posto de pesagem." Skink levantou sozinho o pesado refrigerador e abriu caminho com os cotovelos entre a multidão. "Vocês não vão acreditar", comentou com Jim Tile e García, virando a cabeça sobre o ombro, "mas acho que o barco de vocês é o único que trouxe um peixe."

"Era isso que eu estava tentando dizer", reclamou Tile, emburrado.

Skink subiu no palco e carregou o refrigerador até a balança. Tirou o pequeno *bass* e o depositou com todo o cuidado no prato. Atrás deles, no palco, a balança digital se acendeu com fulgurantes números de dois metros de altura: "392 gramas".

"Ah, ha!", exclamou Skink. Encontrou o microfone do palco e bradou pelo sistema de som: "Atenção, consumidores do K-Mart! Temos um vencedor!".

"Mas que merda dos infernos", murmurou Charlie Weeb. A voz transmitida pelo sistema de som era igualzinha à do cego. Primeiro um barco cheio de urubus. O que mais viria?

Enquanto seguia o câmera da emissora até o posto de pesagem, ocorreu ao contrariado reverendo que o homem não era o ruivo Rudy. Outra pessoa estava operando a Minicam, alguém que Weeb não reconheceu. Não fazia sentido, mas, no caos incessante daquele dia, esse lhe pareceu um mistério menor.

O cego já não estava ali quando Charlie Weeb subiu no palco, porém outro pesadelo o aguardava.

Os irmãos Tile.

"*Hola*", disse Jim Tile a Charlie Weeb, "o peixe *es muy grande*, não?"

"Dá uma oiada, mano", sugeriu Al García.

Charlie Weeb sentiu um gosto de bílis na boca. "Parece que vocês são mesmo os vencedores", disse ele. A Minicam estava focalizada em seu rosto; o país todo assistia. Fazendo grande esforço para se recompor, Weeb ergueu o minúsculo *bass* diante da câmera. Duas garotas de biquíni cor de laranja trouxeram o imenso troféu sobre rodas e outras duas vieram com o fac-símile de papelão de um imenso cheque no valor de duzentos e cinqüenta mil dólares.

"Tudo bem", disse Al García, fazendo doer os ouvidos de Jim Tile. "Mas onde está o cheque verdadeiro?"

"Ahhh...", fez Weeb. Como poderia dizer na televisão que, depois de tudo aquilo, o cheque não estava com ele? Que ele e o diácono Johnson eram os dois únicos seres humanos que tinham a combinação do cofre e que o diácono havia desaparecido?

Pressentindo problemas, Jim Tile perguntou: "*Donde está el cheque?*".

"Desculpe", disse o reverendo Weeb, "mas eu não falo cubano."

À guisa de tradução, Al García disse: "Onde está a porra da grana, por gentileza?".

Weeb tentou dar várias explicações, nenhuma convincente e nenhuma negando o fato de que ele prometera entregar o cheque aos vencedores em transmissão nacional, no dia do torneio. A multidão, e em especial os outros pescadores, ficou inquieta e revoltada. Por mais que não gostassem dos irmãos Tile, gostavam menos ainda da idéia de um pescador ser enganado. Até o carrancudo contingente da Happy Gland se uniu aos protestos.

"Desculpem", disse Weeb finalmente, levantando as mãos espalmadas. "Houve um pequeno problema."

Al García e Jim Tile olharam-se com irritação.

"Você faz as honras", García disse.

Jim Tile tirou o distintivo e um par de algemas do bolso da jaqueta.

As sobrancelhas exuberantes e bem tratadas de Charlie Weeb pareceram murchar. Um burburinho varreu a turba.

"Corte, Rudy, corte!", gritou o diretor no ouvido de R. J. Decker, mas este deixou o filme rodar.

Em inglês perfeito, Jim Tile disse: "Senhor Weeb, o senhor está preso por fraude...".

"E estelionato", interveio García. "E tudo o mais que sou capaz de imaginar."

"E estelionato", prosseguiu Jim Tile. "Tem o direito de permanecer em silêncio..."

Naquele instante um lamento pungente rasgou a noite. Elevou-se da margem em tom animalesco e gutural. García encolheu-se e tremeu.

Jim Tile sacudiu a cabeça. Tinha tentado avisá-lo.

Decker largou a Minicam e correu em direção à rampa dos barcos.

Skink estava de joelhos na água rasa. Ao redor dele, os peixes emergiam de barriga para cima, tendo convulsões e movendo as barbatanas, rompendo a superfície vítrea em ziguezagues espasmódicos.

Com a mão em concha, Skink recolheu um *bass* aturdido e o ergueu, gotejando, para mostrá-lo a Decker e aos outros.

"Estão todos morrendo", lamentou-se.

"Leve o meu barco", ofereceu Eddie Spurling. "Eu tenho seis dessas porcarias."

"Obrigado", disse Skink com voz rouca. Decker e Catherine entraram no barco com ele.

"Espero que você encontre a sua amiga!", gritou Eddie Ligeiro enquanto o barco se afastava. Jamais se esqueceria da magnífica criatura que vira na gaiola de peixes. Não suportava pensar que ela morreria na água envenenada, mas parecia inevitável.

Dentro do barco, Skink ficou de pé e acionou o acelerador de mão. Primeiro o chapéu de palha foi levado pelo vento, depois os óculos escuros. Skink não se importava. Tampouco parecia notar os borrachudos e os mosquitos que o atingiam na testa e nas faces e grudavam em sua barba com a cola do sangue que traziam. Na escuridão insondável daquele começo de noite, Skink pilotava em campo aberto, como se conhecesse os canais de cor ou por instinto. O barco acelerou como um foguete; Decker viu o velocímetro tocar a marca dos noventa e cerrou os dentes, rezando para que não atropelassem um jacaré ou um tronco. Catherine escondeu a cabeça no peito dele e o envolveu com os braços. Poderia ter sido um momento de encanto, não fosse a velocidade que gelava os ossos.

Em meio ao estrondo do motor, Skink se pôs a falar aos brados.

"O confronto é a essência da natureza!"

Sacudiu a cabeça, para soltar a trança prateada, e deixou que o cabelo se agitasse ao vento.

"O confronto é o ritmo da vida", continuou. "Na natureza, a violência é pura e proposital, uma espécie contra a outra lutando pela sobrevivência!"

Maravilhoso, pensou Decker, parecia o Marlin Perkins sob efeito de alguma poderosa anfetamina. "Olhe para onde está indo, capitão!", gritou.

"E sobre o Dennis Gault", Skink bradou em resposta, "tudo o que eu fiz foi facilitar um confronto natural, idêntico a milhares de outros confrontos que acontecem aqui, todos os dias e todas as noites, sem testemunhas nem celebrações. Mas eu conhecia os instintos do Gault tão bem quanto conhecia o peixe. Era só uma questão de escolher o momento oportuno, de combinar os ritmos naturais, de situar as duas espécies a uma distância propícia para o ataque. Foi só isso, Miami."

Num gesto feroz, Skink esmurrou o volante com os dois punhos, fazendo com que o barco em alta velocidade se desviasse perigosamente do rumo.

"Mas que droga!", gemeu ele. "Que droga! Eu não sabia que a água estava assim!"

Decker chegou por trás dele e, disfarçando, apoiou o joelho na direção, só para prevenir. "Claro que não sabia!", gritou. Abaixou a cabeça sem necessidade quando passaram por baixo de uma passarela construída para a super-rodovia.

"Estamos atravessando águas envenenadas", disse Skink, incrédulo. "Construíram uma porra de um balneário completo e acabado às margens de uma água envenenada."

"Eu sei, capitão."

"A culpa é minha."

"Não seja ridículo."

"Você não entende!", e virou-se para Catherine. "Ele não entende. Você ama esse homem? Então explique a ele. É minha culpa."

Protegendo o rosto do frio com as mãos, Catherine replicou: "Você está sendo duro demais com você mesmo, Skink. É o que eu acho".

Skink sorriu. Seus clássicos dentes de lobo-do-mar estavam salpicados de borrachudos mortos. "Você é uma moça e tanto. Eu queria que você despachasse o seu médico e voltasse..."

De repente, na frente deles, apareceu outro barco. Não passava de uma sombra alongada flutuando na escuridão, bem no meio do canal. Uma pessoa vestindo um impermeável amarelo estava sentada na proa, encolhida no assento.

Skink não estava sequer olhando. Falava com Catherine, que abrira a boca para gritar. Desesperado, Decker usou o peso do corpo e empurrou a direção para a esquerda, puxando em seguida o acelerador de mão. O barco de Eddie Ligeiro quase alçou vôo ao bater de raspão na popa do outro barco. Rodopiaram duas vezes antes que Decker encontrasse o botão para desligar o motor.

Skink, que fora jogado violentamente contra o motor, levantou-se e inspecionou o local. "É aqui", anunciou.

O outro barco fora atirado de encontro à margem. Decker esperou que seu coração parasse de martelar e só então gritou para a pessoa de capa impermeável. "Você está bem?"

"Vá à merda!"

"Lanie?"

"Sempre a megera", disse Skink. Estava tirando o terno barato de tecido estampado que o diácono Johnson lhe dera para a cura.

"Quem é essa mulher?", perguntou Catherine.

“A irmã do Gault”, disse Decker.

“Vão à merda vocês dois!”, gritou Lanie. Estava de pé na proa, apontando com raiva para eles.

“E onde está o Dennis?”, perguntou Decker.

“Mude de assunto”, aconselhou Skink. Ele estava nu. Pôs-se de joelhos e debruçou-se para fora do barco, exibindo-se involuntariamente para Decker e Catherine. Bateu com a palma da mão na água.

“Espero que o seu peixe morra”, Lanie gritou para Skink. “Como todos os outros.” Sua voz fraquejou. “Como o Dennis.”

“Será que eu perdi alguma parte da história?”, disse Catherine.

Furioso, Skink pegou um filhote de *bass* morto e o lançou para a margem. Espalmava a água sem cessar, mas nenhum peixe emergiu do fundo, nenhum peixe foi à sua mão.

Decker remexeu no barco de Eddie até encontrar um holofote, que podia ser conectado ao acendedor de cigarros do barco. Enquanto Skink continuava debruçado para fora, chamando por Queenie e batendo na água, Decker investigou toda a extensão da margem com o holofote. Por um momento, sem querer, dirigiu-o sobre Lanie, que xingou e lhe deu as costas na cadeira giratória.

Decker localizou o corpo flutuando no final do canal, perto do dique. Abaixou os dois motores de giro e conduziu o barco de Eddie pelo caminho dourado que o holofote traçava.

Catherine esticou o pescoço para ver o que era, mas Decker pousou a mão em seu ombro.

O garboso Dennis Gault estava em retalhos. Flutuava com o rosto para baixo, enroscado na linha de pescar de vinte libras.

“O ritmo do confronto”, disse Skink. “De certa forma, eu chego quase a admirar o filho da mãe.”

Decker sabia que não havia nada a fazer.

“Mas que belo esporte...”, observou Catherine.

Skink e Decker viram o grande peixe ao mesmo tempo sem forças, e ele emergiu de lado junto às pernas inchadas de Gault. De tanto sangrar, as brânquias haviam descorado e tinham agora uma cor rosada; os flancos haviam escurecido. Estava morrendo.

"Não vai morrer, não", disse Skink, e mergulhou. Para um homem daquele tamanho, o barulho do impacto foi pequeno. Entrou na água como uma agulha.

Catherine se levantou para olhar ao lado de Decker. O ar que expelia transformava-se em suaves flocos de vapor.

"Peguei!", gritou Skink. "Mas... que diabo!"

De algum modo ele ficara enganchado no corpo de Dennis Gault. Durante vários instantes a água revolveu-se ao redor de um macabro duelo unilateral: membros mortos e rígidos de encontro a membros vivos. Catherine observava com uma expressão de horror: Dennis Gault parecia ter voltado à vida. Skink sofria terrivelmente, a água fétida e salobra queimando-lhe a órbita ocular em carne viva. De súbito pareceu que ia afundar.

R. J. Decker apanhou um arpão de Eddie Ligeiro e fincou-o com força no ombro de Gault. Estocou brutalmente o cadáver, usando todo o peso do corpo, e Skink conseguiu se desvencilhar. Segurava o peixe inerte nos braços nus. Nadava de costas, com a cabeça para fora, como uma lontra. Tentava recuperar o fôlego.

"Obrigado, Miami", disse ele, ofegante. "Cuide-se."

Com quatro batidas de perna, chegou à margem e foi carregando o imenso peixe pela encosta. Decker não precisou do holofote para localizá-lo — um americano branco e nu, correndo com os pés chatos ribanceira acima. Cantava também, embora a melodia fosse indistinta.

Decker acelerou o motor e atracou o barco na margem com um sacolejão. Pulou para fora e estendeu a mão a Catherine. Juntos correram em direção ao dique, mas Skink estava muito à frente. Mesmo carregando o peixe, parecia correr duas vezes mais rápido.

A voz de Lanie Gault chamando Skink elevou-se no canal. Decker ouviu dois tiros e, por reflexo, arrastou Catherine para o chão. Olhou para cima e viu duas pequenas luzes explodindo no céu, encharcando a noite de vermelho. Estranhamente, Decker lembrou da luminosidade tépida e segura da câmara escura. Não conseguia imaginar por que razão Lanie havia disparado a pistola sinalizadora; talvez só tivesse aquela.

Levantaram-se e voltaram a correr, mas Skink já tinha alcançado o topo do dique. Quando chegaram ao outro lado, não o viram — havia desaparecido na linha divisória do universo. As luzes se extinguiram, o fulgor rubro escoou do céu e a escuridão cristalina retornou ao pântano.

Uma ondulação demorava-se nas margens tranqüilas do lago. Ouvia-se a voz das rãs e dos grilos, as baratas-d'água deslizavam entre os juncos. Nenhum sinal de peixe ou homem.

"Está ouvindo?", perguntou Decker.

Catherine espantou os insetos e apurou o ouvido. "Acho que não, Rage."

"Alguma coisa nadando." Era o mais suave dos movimentos, avançando para o interior dos Glades. Decker tinha certeza.

"Espere", disse Catherine, segurando o braço dele. "Agora ouvi."

ESTA OBRA FOI COMPOSTA PELA TYPELASER DESENVOLVIMENTO EDITORIA EM GARAMOND LIGHT E IMPRESSA PELA PROL EDITORA GRÁFICA EM OFFSET SOBRE PAPEL PÓLEN SOFT DA COMPANHIA SUZANO PARA A EDITORA SCHWARCZ EM SETEMBRO DE 1995.